KB253163

한국문학과 심리주의

우리어문학회 편

국학자료원

【목차】

프로이트 정신분석학의 현대시 적용을 위한 시론

노 철

1. 서론

지금까지 한국 현대시에서 프로이트의 정신분석학적 방법론의 수용은 프로이트가 발견한 인간의 무의식을 승인하거나 성적 에너지를 모든 정신적 경향의 근저로 설정하는 경우가 주를 이루고 있다. 반면에 프로이트의 정신분석학적 방법 그 자체를 시의 분석 방법으로 활용한 예를 찾아보기가 힘들다. 그러므로 이 논문은 지금까지 프로이트 이론의 체계보다는 그 이론 체계가 구성되어 가는 과정을 주목하여, 그 과정에 사용된 방법론을 한국 현대시에 적용하고자 한다.

물론 프로이트의 모든 방법론이 한국 현대시를 이해하는 방법론으로 타당할 수는 없을 것이다. 프로이트의 방법론이 한국 현대시의 분석 방법으로 어느 정도 타당한가를 가늠하는 것은 매우 어려운 과제다. 그럼에도 이러한 시론적 연구를 진행하는 것은 프로이트의 방법론을 자의적으로 활용하여 학문의 체계를 혼란스럽게 하는 현 연구 풍토에 대한 반성과 한국 현대시 연구의 학문적 체계에 작은 보탬이 될 수 있다는 믿음 때문이다.

이 논문은 첫째, 프로이트의 방법론에 대한 간략한 검토를 전제로 하여 기존의 정신분석학적 방법적 연구를 비판적으로 검토하고자 한다. 둘째, 한국 현대시의 몇 작품을 선정하여 프로이트적인 정신분석학적 방법을 적용하는 실제 분석을 시도하고자 한다. 셋째, 앞의 분석을 토대로 한국 현대시의 프로이트의 방법론 적용의 가능성과 그 한계를 살펴 한국 현대시에서 정신분석학적 연구 방법의 적용이 가능한 범주를 정립하고자 한다.

2. 프로이트의 정신 분석학과 현대시 연구 방법론

프로이트가 발견한 새로운 영역이 무의식이라는 사실은 누구나 알고 있는 일이다. 그러나 무의식과 의식의 관계나 무의식의 속성과 관련하여 한국 현대시를 분석한 연구는 진지하게 진행되었다고 볼 수 없다. 프로이트의 무의식은 서로 반대되고 모순되는 것들이 공존한다. 무의식은 기존의 사유 체계에 얽매이지 않는다. 우리의 의식이 세계를 인식할 때 전제하는 시간과 공간의 관념이 없다. 무의식은 진행되는 에너지의 흐름만이 있을 뿐이다. 프로이트는 이 에너지의 흐름을 리비도라 부른다. 이 리비도는 늘 만족을 추구할 뿐이다. 이것을 쾌락의 원칙이라 부른다. 그런데 현실의 원리는 늘 리비도를 억압하므로 리비도는 의식에 밀려 감추어지지만 항상 우리 신체 속에 거주하면서 기회가 있을 때마다 분출된다.

이러한 리비도의 분출은 개인의 정신 발달 과정에 따라 다양한 형태로 나타난다. 인간은 유아시절부터 신체의 발달과 함께 여러 경험을 축적하면서 정신적 발달을 이루는데, 인간의 정신은 이 연속적인 발달 단계가 모두 공존하고 있기 때문이다. 인간이 어처구니없는 실수를 하거나 평상시의 모습에서 예측하기 어려운 행동을 하는 것도 이러한 정신적 구조와 관련된다. 프로이트는 이러한 정신적 구조를 언어를 통해서 분석하고 있다. 한 인간의 언어 표현의 틈에서 무의식의 세계를 발견하고 있는 것이다.

이런 점에서 바슐라르나 질베르트 뒤랑이 이미지를 중심으로 상상력의 체계를 구성하는 것과는 변별된다. 바슐라르나 뒤랑이 이미지와 의미를 일대일 대응 관계로 해석하는데 반해서 프로이트는 표상의 바탕에 감추어진 무의식을 탐구한다. 프로이트는 무의식의 작용이 의식의 검열을 받으면서 왜곡되는 이미지를 포착하여 그 이미지의 출처를 밝히는 데 주목한다. 프로이트가 내세운 대표적인 이미지 변형 방법은 전위(轉位)와 압축이다.

> 분자적 요소들이 전위됨으로써 처음에는 힘이 약했던 분자가 그것보다 강한 에네르기를 가진 분자를 받아들이기 위하여 그것 자체의 강도를 증가시키고 끝내는 의식 안으로 들어갈 수 있을만한 힘을 가지게 되며, 분자적 요소들이 압축됨으로써 숨겨진 꿈의 요소들 중에서 어느 한 부분이 탈락되어, 나타난 꿈으로 옮겨지거나 어떤 공통점을 지닌 잠재 요소들이 나타난 꿈에서 하나로 뭉쳐진다.[1]

전위와 압축은 무의식이 의식의 억압에 대응하는 방식으로 인간이 사회적 자아를 형성하는 과정이라 할 수 있다. 특히 이 과정은 언어를 통해 이루어진다. 언어는 리비도가 추구하는 욕망을 억압하는 체계라는 것이다. 그러므로 프로이트의 정신분석학은 사회가 개인을 억압하면서도 그 억압을 은폐하는 사회의 언어를 대상으로 하고 있다고 볼 수 있

---

1) 김인환, "문학(文學)과 정신분석(精神分析)," 『인문(人文)논집(論集)』 39호 (고려대학교 문과대학, 1994. 12).

다. 바꾸어 말하면 언어의 표상에 숨겨진 무의식의 실체를 탐구하는 일이라 할 수 있다. 이런 점에서 그 동안 현대시의 정신분석학적 연구 방법을 반성적으로 검토할 필요가 있다.

정신분석학적 방법의 대상으로 가장 주목받았던 것이 이상(李箱)의 시다. 그러나 이상의 시에 대한 연구는 직접적인 표상의 체계에 집중한 것이지 표상에 은폐된 무의식의 실체를 탐구하는 방법론으로까지 나아가지는 못한 경우가 많았다. 이상 시의 연구는 크게 세 가지로 분류할 수 있다. 첫째, 주체의 분열, 자의식, 주체의 욕망체계 등에 주목하여 <烏瞰圖>나 <거울>의 표상과 선이나 숫자의 유희의 체계를 정신적 구조와 대응시키는 연구 방법을 들 수 있으며, 둘째, 이상의 전기적 사실과 작품의 표상을 연결짓는 연구방법을 들 수 있고, 셋째, <시간 연구>, <공간 연구>, <반어적 아이러니> 등의 제목으로 정신의 구조 가운데 특수한 영역을 탐구하는 연구를 들 수 있다. 이 세 연구는 모두 직접적인 언표(言表)의 체계를 주목한 연구다. 언표의 출처인 무의식의 흐름을 밝혀내는 정신분석학적 연구 방법이라 하기에는 미흡해 보인다. 물론 이상 시의 표상들은 정신분석학적 분석의 대상으로서 흥미롭다는 것을 부정하는 것은 아니다.

그러나 이 논문은 이상의 시를 연구 대상에서 배제하고자 한다. 이상의 시적 실험 자체가 정신분석학적 방법을 직접적으로 표출하고 있기 때문이다. 현대시의 정신분석학적 방법은 정신분석학적 방법이 전면에 부각되지 않은 작품에 정신분석학적 방법을 적용할 때 그 방법론이 더욱 선명하게 드러날 수 있을 것이다. 또, 프로이트의 정신분석학은 억압이 은폐된 자본주의 사회의 텍스트에 적합한 방식이라는 점에서, 1930년대보다 자본주의의 억압이 일상에까지 깊숙이 침투하기 시작한 1970·80년대 시에서부터 정신분석학적 방법을 적용하는 것이 한국 현대

시의 정신분석학적 방법의 적용 가능성을 살피는 데 훨씬 선명해 보인다. 따라서 이 논문은 1970·80년대 이성복의 시집 『뒹구는 돌은 언제 잠 깨는가』를 연구 대상으로 삼고자 한다. 끝으로 이 시집을 다루는 구체적인 방법은 무의식이 에네르기의 양이라는 점을 전제로 하여 이 에네르기의 흐름이 억압에 어떻게 대응하며 여러 이미지들을 형성해 가는가를 살필 것이다.

3. 억압에 대응하는 정신적 퇴행의 리비도

이성복의 『뒹구는 돌은 언제 잠 깨는가』(1980, 문학과지성사)는 주로 1970년대에 썼던 시들이다. 1970년대 세계자본이 산업구조를 조정 하는 한 방편으로 남한에 중화학공업을 이전하면서 자본주의가 우리들의 일상적인 삶까지 본격적으로 지배하기 시작했다. 자급자족 경제에 기반을 둔 전통적인 공동체가 붕괴되면서 삶의 방식이 자본주의로 빠르게 편입된 것이다. 시골 인심이 사나워지는 것도 이와 관련된다. 이제는 낯선 여행자에게 호박전을 부쳐주던 시골아주머니는 찾기 힘들어졌다. 호박은 팔기 위한 상품이 되었으므로 무료로 줄 수 없기 때문이다. 우리들의 생활방식과 정신적 환경은 이제 자본주의의 지배 속에 놓여 있는 것이다. 이러한 변화는 1970년대 시인들에게는 정신적 부담으로 작용하고 있다. 전통적인 공동체적 사유와 자본주의의 압력 사이에서 겪는 정신적 상처가 1970년대 시의 주류를 이룰 정도다.

이러한 정신적 상처를 이성복은 <루우트의 기호 속에서>로 표출하고 있다. 루우트는 무리수를 표현하는 수학적 기호다. 유리수가 사물을 측량하는 숫자로 세계를 인식하는 주요한 사유체계인 반면에 무리수는 현실에서 인식할 수 없는 숫자이다. 그러면서도 무리수는 우리의 현실 속에 존재한다. 다시 말해서 무리수는 은폐된 현실 세계인 것이다. 제목에서 보듯이 이 작품은 바로 이러한 은폐된 세계를 그리려는 시도라 할 수 있다.

> 바퀴벌레들이 동요하고 있어 꿈이 떠내려가고 있어
> 가라앉은 山, 길이 벌떡 일어섰어 구름은 땅 밑에서
> 빨리 흐르고 어릴 때 돌로 쳐죽인 뱀이 나를
> 감고 있어 깨벌레가 뜯어 먹는 뺨, 썩은 나무를
> 감는 덩굴손, 죽음은 꼬리를 흔들며 반기고 있어
> 《닭아, 이틀만 나를 다시 품에 안아 줘
> 《아들아, 이틀만 나를 데리고 놀아 줘
> 《가슴아, 이틀만 뛰지 말아 줘
> 밥상 위, 튀긴 물고기가 퍼덕인다 밥상 위, 미나리와
> 쑥갓이 꽃핀다 전에 훔쳐 먹은 노란 사과 하나
> 몸 속을 굴러다닌다 불을 끄고 숨을 멈춰도 달아날 데가 없어
> 《엄마, 배불리 먹고 나니 눈물이 눈을 몰아내네
> 《엄마, 내 가려운 몸을 구워 줘, 두려워
> 《엄마, 낙오(落伍)된 엄마, 내 발자국을 지워 줘
> 얼마나 걸었을까 엄마의 입술이 은행나무 가지에
> 걸려 있었어 겁 많은 江이 거슬러 올라가다
> 불길이 되었어 時計가 깨어지고 말갈족과 흉노족들이
> 횃불로 몸 지지며 춤추고 있었어 性器 끝에서
> 번개가 빠져나가고 떨어진 어둠은 엄청나게 무거웠어

<루우트의 기호 속에서> 전문

문장을 쓸 때 문법적 체계를 구성하는 것은 사회적 훈련의 결과이지만 주어나 서술어의 자리에 어떤 낱말을 놓느냐는 전적으로 정신적인 작용이다. <바퀴벌레가 동요하고 있어 꿈이 떠내려가고 있어>에서 주어

인 바퀴벌레와 꿈의 병치는 합리적인 인과 관계가 성립되지 않는다. 우연한 관계의 병치다. 그러나 술어인 동요하는 것과 떠내려가는 것은 불안을 표현하는 언어로서 동질적인 이미지다. 그 불안은 산과 길과 구름이 전도(顚倒)된 풍경으로 나타나게 한다. 가라앉고 벌떡 일어서고 빨리 흐르는 것은 동요하고 떠내려가는 모습의 세부적인 형태라 할 수 있다. 화자의 심리에 따라 풍경이 전도된 것이다. 이어서 불안은 공포로 심화된다. 기억 속에 잠재되어 있던 동·식물이 화자를 감고, 뜯어먹고, 감는다. 이것은 답답하고 무서워 어쩔 줄 모르는 심리를 보여준다. 현실과 상관없이 기억 속의 존재인 뱀, 깨벌레, 썩은 나무의 덩굴손이 화자를 억압하고 있다. 이것은 이성복이 유년에 체험한 농경문화와 관련이 있다고 할 수 있다. 불안과 두려움이 정신의 심층에까지 미쳐 망각되었던 불안과 두려움의 표상까지 되살아나고 있는 것이다.

다음 순간 이 두려움의 압력에 대항하여 <《 》의 언어를 발성(發聲)한다. 닭의 품에 안기고 싶고, 아들처럼 놀고 싶고, 가슴을 정지하고 싶어한다. 이것은 불안과 공포를 벗어나고 싶은 심리적 에너지의 흐름이다. 품에 안아주기, 데리고 놀기는 유년의 시절로의 정신적 퇴행이며 가슴이 뛰지 않기는 죽음으로의 퇴행이다.[2] 억압된 에네르기의 양을 해소하는 데는 언제나 정신적 퇴행의 과정을 거쳐서 극복되는 것이나 퇴행이 늘 성공하는 것은 아니다. 퇴행된 에네르기의 양이 억압의 양만큼 강화되지 못하면 실패하게 된다.

밥상 위의 튀긴 물고기가 퍼덕이고, 미나리와 쑥갓이 꽃을 피는 풍경은 전도된 풍경의 지속을 보여준다. 앞의 전도된 풍경을 해소할 만큼

---

2) 정신 발달의 복원성은 특수한 퇴화-퇴행-능력이라고 부를 수 있다. 그러나 초기 단계는 항상 복고될 수 있다. 원초적 정신은 모든 의미에서 불멸적이다.(프로이트, 『문명속의 불만』(열린책들, 1997, p.53의 견해를 참조.)

유년으로의 정신적 퇴행이 강화되지 못한 상태를 말해주는 것이다. <불을 끄고 숨을 멈춰도 훔쳐 먹은 노란 사과가 몸 속을 굴러다닌다.>는 구절은 유년으로 정신적 퇴행이 실패한 이유를 보여준다. 화자의 원초적인 죄의식이 유년으로 퇴행을 방해하고 있다. <훔쳐 먹은 노란 사과>는 실제로 훔쳐 먹은 사과라기 보다는 이성복의 시에서 보여주는 종교적 상징과 관련을 맺고 있다. 이성복은 이 시집에서 하나님의 가르침이 주는 억압과 거부를 도처에 드러내고 있다.3) 훔쳐먹은 노란 사과는 성경의 아담과 이브의 신화가 무의식 속에서 분출된 이미지인 것이다.

　죄의식의 정체는 다음의 <《 》구절에 암시되어 있다. 엄마에 대한 태도가 그것이다. 엄마는 먹는 것, 가려운 것, 걷는 것을 제공하는 존재이다. 인간의 원초적인 욕구를 충족시켜주는 존재인 것이다. 그런데 그 엄마는 이제 낙오(落伍)되어 있다. 어디에서 낙오된 것인지는 말하지 않는다. 그러나 다음 구절에 <엄마의 입술이 은행나무 가지에 걸려 있어>라는 구절에서 어머니가 해체되고 전도되는 사태를 볼 수 있다. 가장 원초적인 자궁으로의 퇴행이 막힌 사태를 대변하고 있는 것이다. 이성복은 이 지점에서 유년의 퇴행을 중단하고 역사적인 세계로 에너지를 전위(轉位)한다.4) 에네르기가 강(江)과 불길로 상징되는 국토로 전위되고, 국토에 전위된 에네르기의 양이 강화되면서 <현재>의 상징인 시계(時

---

3) "엘리, 엘리 죽지 말고 내 목마른 裸身에 못박혀요"(<정든 유곽에서> 부분), "나는 퀭한 地下道에서 뜬눈을 새우다가/ 헛소리를 하며 찾아오는 東方博士들을/ 죽일까봐 겁이 난다"(<出埃及>), "부르며 사방에서 걸어리라 나의 代父 하늘이여"(<소풍>), "우리의 저주는 십자가보다 날카롭게 하늘을 찌른다"(다시 정든 유곽에서>) 등에서 성경의 모티프는 지속적 사용되고 있다.

4) "잠자는 동안 祖國의 신체를 지키는 者는 누구인가"(<정든 유곽에서>), "빨리 오너라 後金의 아내여 와서"(<또 비가 오고>), "地圖가 감춘 나라여 덧없음의 없음이여"<口話>), "外蒙古 군사들은 우리를 번호로 불렀다"(<移動>) 등에서 지속적으로 나타난다.

計)를 깨뜨린다. 이 지점에서 에네르기의 승화가 일어난 것이라 할 수 있다. <말갈족과 흉노족이 횃불로 몸을 지지며 춤추>는 것은 가려운 것, 답답한 것, 불안한 것, 두려운 것을 넘어서는 원시적인 해방의 축제다. 그러나 그 해방의 에네르기는 지속되지 못한다. 현실적인 억압의 양이 다시 신체에 고착되는 에네르기로 전화된다. 성기(性器) 끝에서 번개가 빠져나가는 것은 흥분된 양의 에너지가 고갈되는 순간으로 그 뒤에 밀려오는 어둠 즉, 답답하고 불안한 심리는 발산되지 못하고 신체의 고통으로 무겁게 자리잡고 있다. 그 현실적인 억압의 정체는 직접 드러나지 않았지만 억압의 양과 강도가 한 개인의 정신적 고통으로 신체 속에 내재화되는 과정을 보여주고 있는 것이다. 이런 점에서 이 작품은 1970년대 유신 체제의 정치적 억압과 고통을 정면으로 다루지는 않았지만 당시 지식인의 은폐된 정신적 풍경을 억압과 투쟁의 심리적 드라마로 보여주고 있다 하겠다.

4. 억압에 대응하는 집단심리의 리비도

억압에 대한 이성복의 또 다른 대응은 속죄양 의식이다. 정신적 고통의 에네르기를 신체의 고통으로 고착시킬 때 인간은 정신병에 시달리게 된다. 시인은 이러한 정신병의 징후를 언어 예술로 승화시키는 힘을 지니고 있다. 이성복의 죄의식은 역사에 대한 부채의식과 그 부채를 벗어나려는 정신적 고투를 예술로 승화한다.

1
누이가 듣는 音樂 속으로 늦게 들어오는
男子가 보였다 나는 그게 싫었다 내 音樂은
죽음 이상으로 침침해서 발이 빠져 나가지
못하도록 雜草 돋아나는데, 그 男子는
누구일까 누이의 戀愛는 아름다워도 될까
의심하는 가운데 잠이 들었다

牧丹이 시드는 가운데 地下의 잠, 韓半島가
소심한 물살에 시달리다가 흘러들었다 伐木
당한 女子의 반복되는 臨終, 病을 돌보던
靑春이 그때마다 나를 흔들어 깨워도 가난한
몸은 고결하였고 그래서 죽은 체했다
잠자는 동안 내 祖國의 신체를 지키는 者는 누구인가
日本인가 日蝕인가 나의 헤픈 입에서
욕이 나왔다 누이의 戀愛는 아름다와도 될까
파리가 잉잉거리는 하숙집의 아침에

2
엘리, 엘리 죽지말고 내 목마른 裸身에 못박혀요
얼마든지 죽을 수 있어요 몸은 하나지만
참한 죽음 하나 당신이 가꾸어 꽃을
보여 주세요 엘리, 엘리 당신이 昇天하면
나는 죽음으로 越境할 뿐 더럽힌 몸으로 죽어도
시집 가는 당신의 딸, 당신의 어머니

<정든 유곽에서> 부분

<정든 유곽에서>라는 제목은 이성복의 시대의식을 보여준다. 이 나라
는 몸을 파는 유곽이지만 그 유곽에 정이 들어서 그곳을 운명으로 받아
들이고 있는 시대의 풍경이다. 70년대는 포크 송과 비틀즈의 리듬이 이
어지던 시대다. 특히 포크 송의 오빠부대가 음악의 주류를 형성하고 있

었다. 곱게 꾸민 목소리로 나직하게 연애 감정을 노래하던 포크송 속에는 다감하고 낭만적인 남자가 전형적인 주인공이다. 반면에 화자의 음악 속 남자는 침침하고 우울한 주인공으로 화자 자신의 모습이라 할 수 있다. 화자도 누이의 음악 속의 남자를 아름답다고 생각하지만 화자는 아름다운 것을 싫어하는 이중적 태도를 보이고 있다. 그것은 침침하고 우울한 의식이 아름다운 것을 갈망하는 에네르기를 억압하는 사태다. 그러나 자꾸 아름다운 것의 에네르기가 우울한 의식을 위태롭게 하고 있다. <누이의 연애가 아름다워도 되는가를 의심하는 가운데 잠이>드는 모습은 침침하고 우울한 에네르기가 아름다운 에네르기를 끝내 거부하지 못하고, 그 불안정한 심리에 지쳐버린 모습이다.

  더구나 잠은 의식을 더욱 느슨하게 한다. 그 느슨한 틈으로 잠재되어 있던 표상이 떠오른 것이다. 잠 속으로 흘러든 한반도가 그것이다. 그러나 이러한 진술을 곧이곧대로 받아들일 수는 없다. 꿈은 기록하는 자가 변형하기 때문이다. 여기서 꿈에 대한 기록은 <한반도>와 <伐木 당한 女子의 반복되는 臨終>이다. 伐木과 女子의 臨終은 당혹스러운 결합이다. 검열을 피하기 위한 전위와 압축이 행해진 것이다. 아름다운 女子들이 누이의 음악 속의 男子들과 결합하는 것에 대한 두려움이 근저에 깔려 있다. 伐木과 臨終은 그 두려움을 표현하는 언어들이다. 그러나 이런 두려움뿐만 아니라 또 다른 두려움이 섞여 있다. <病을 돌보는 靑春>은 화자의 신체가 겪는 고통을 나타낸다. 성적 에네르기의 억제가 숫컷의 에네르기를 퇴화시킨다는 두려움을 암시하고 있다. 성적 에네르기는 단순히 생식의 문제가 아니다.[5] 숫컷의 에네르기는 사회적인 활동을 이끄는 힘인 것이다. 이런 점에서 화자는 욕망의 제어를 지나치게

---

5) 프로이트가 성적 에네르기에 주목하는 것은 먹고 싸는 것은 혼자서 할 수 있지만 성적 결합은 사회적 활동이라는 점에 주목하고 있는데, 그동안 지나치게 프로이트를 성욕주의자로만 해석하여 왔다.

행하고 있다고 할 수 있다. <가난한 몸은 고결하였고 그래서 죽은 체했다>는 것은 죽은 체하는 것이 고결할 수 있다는 믿음이라기보다는 침묵이 고결한 것이냐는 반어적 물음이라 할 수 있다.

그가 고결함을 지키려는 이유는 다음에 나타난다. 조국에 대한 부채의식이다. 조국의 신체를 지키는 일이 자신의 몫이므로 성적 욕망인 연애를 거부하고 있는 것이다. 일본인가 일식인가 말재롱은 부채의식의 부담을 줄이려는 에네르기의 분출이다. 욕 역시 부채의식을 줄이려는 또 다른 방편이다. 농담과 욕설은 억압된 에네르기를 분출시키는 방식인 것이다. 그러나 농담과 욕설로 그 부채의식이 소산되지 못한다.

그는 끝내 조국에 대한 부채의식을 죽음의 본능으로 전이시킨다. 자신이 나신에 못박음으로써 죄의식을 소산하고자 하는 것이다. 이 도덕적인 죽음을 통해 죄를 사하고자 한다. 거기에 여자들을 구원하는 길이라는 명분까지 덧붙이고 있다. 이렇듯 과격한 에네르기 해소 방식은 그만큼 억압의 양이 강하다는 것의 반증으로 시인의 정신적 상처를 그대로 노출시키고 있다.

정신적 상처의 중요한 요소는 조국과 관련되어 있다. 조국이 무엇인지 모르지만, 조국은 집단심리로서 다른 나라 사람과는 구별지으면서 같은 구성원끼리 동일시하는 리비도적 결속을 수행한다. <日本인가 日蝕인가>에서 일본과 조국을 구별짓는 심리적 고착이나 <내 목마른 裸身에 못 박혀요>에서 같은 구성원끼리 결속을 위해 목숨을 던지겠다는 광기가 그 예라 할 수 있다. 집단에 고착되어 개인을 포기하고 죽음까지 마다하지 않는 광기는 나르시즘과도 관련된다. 자신의 삶이 위태로울 때 그 위험을 극복하려는 자기보존 본능, 즉 자기애가 작용한 것이다. 자기가 거주하는 조국이 흔들리므로 그 조국을 지키기 위해 자기애의 양만큼 조국에 자기의 리비도를 투여한 것이다. 이것은 역설적으로 조국의 권위가 공황상태라는 것도 말해준다. 조국이 받들고 따를 지도 이념을 수행하지 못하고 있는 현실에 대한 불안과 두려움이 이상적인 조국에 대한 집착을 낳고 있는 것이다. 이런 점에서 <정든 유곽에서>는 유신체제의 파시즘에 몸을 파는 1970년대 지식인의 심리적 공황과 민주사회에 대한 소망을 담고 있다고 할 수 있다. 여기서 우리는 정신분석학적 연구방법의 한 범주를 설정해 볼 수 있을 것이다. 한 개인의 정신적 상처가 집단심리와 관련될 때 정신분석학적 연구는 개인의 리비도에서 사회적 병리현상의 흔적을 찾아낼 수 있는 것이다.

5. 표상에 은폐된 리비도의 흐름

프로이트의 정신분석학적 방법이 현대시의 어느 범주에서 적용 가능한가를 살피기 위해서 우선 적용이 불가능한 범주부터 살펴보고자 한다. 본래 적용 범주를 설정하는 일이 완전할 수는 없지만 범주를 설정하기 위해 몇 가지 기본 전제 조건을 설정하기 위해 배제되는 범주를 살필 필요가 있기 때문이다.

그는 아버지의 다리를 잡고 개새끼 건방진 자식하며
비틀거리며 아버지의 샤쓰를 찢어발기고 아버지는 주먹을
휘둘러 그의 얼굴을 내리쳤지만 나는 보고만 있었다
그는 또 눈알을 부라리며 이 씨발놈아 비겁한 놈아 하며
아버지의 팔을 꺾었고 아버지는 겨우 그의 모가지를
문밖으로 밀쳐냈다 나는 보고만 있었다 그는 신발을 신은 채
마루로 다시 기어 올라 술병을 치켜들고 아버지를 내리
찍으려 할 때 어머니와 큰 누나의 비명,
나는 앞으로 걸어 나갔다 그의 땀 냄새와 술 냄새를 맡으며

> 그를 똑 바로 쳐다보면서 소리 질렀다 죽여 벌릴 테야
> 별은 안 보이고 가웃이 열린 문 틈으로 사람들의 얼굴이
> 라일락꽃처럼 반짝였다 나는 또 한 번 소리 질렀다
> 이 동네는 法도 없는 동네냐 法도 없어 法도 그러나
> 나의 팔은 罪를 짓기 싫어 가볍게 떨었다 근처 市場에서
> 바람이 비린내를 몰아왔다 門 열어 두어라 되돌아올
> 때까지 톡, 톡 물 듣든 소리를 지우며 아버지는 말했다
> <어떤 싸움의 記錄> 전문

이 작품은 서사적 구조를 지니고 있다. 현실적인 사실을 시간적 순서에 따라 배열하고 있다. 의식에 포착된 사건을 기록하고 있는 것이다. 물론 이 사건 역시 기억의 산물이기는 하지만 시적 진술의 틈에서 무의식의 영역을 찾아내려는 시도는 무의미해 보인다. 이 작품은 시간과 공간 구조 속에 놓여 있는 행위들로 이루어져 있으므로 무의식의 영역과는 동떨어져 있다. 무의식은 시간과 공간의 제약을 벗어난 자유로운 에너지의 흐름으로 그 자체가 <하나의 관념으로 극화된다>.6) 희미하게나마 아들과 아버지의 싸움 속에서 아들이 아버지의 권위에 도전하면서 사회화되어 가는 전형적인 프로그램을 읽을 수 있을지 모르지만 그것은 인식할 수 있으나 명징한 논리로 설명이 불가능한 영역인 타자(the Other)의 세계를 거느리고 있다. 이 작품에서는 <라일락꽃처럼 반짝인 것>, <바람의 비린내>, <톡, 톡 물 듣는 소리>가 정신분석학적 적용이 가능한 타자의 영역으로 보인다. 사람들의 얼굴은 화자에게 위안과 용기를 주는 것으로 보인다. 라일락꽃이 반짝인다는 것은 봄철 라일락꽃이 담장 너머로 활짝 핀 모습으로 긴장을 풀어주는 힘을 지니고 있다. 이러한 비유는 형의 행동에 억압되었던 감정에 극단적으로 대응하던 화

---

6) 슈피타, "인간 정신의 수면 상태와 꿈 상태," 참조, 프로이트, 『꿈의 해석 (상)』(열린책들, 1997), p. 87에서 재참조.

자의 감정이 그 억압을 적절하게 조정하는 상태를 보여준다. 바람의 비린내는 앞에 형의 땀 냄새와 술 냄새가 비린내로 변하는 형국이다. 땀 냄새와 술 냄새의 억압이 일시적으로 해소되면서 비린내를 맡게 된다. 그것은 자신의 공격적인 에너지가 누그러지면서 형의 억압 에너지와 자신의 공격적 에너지가 중화되는 상태와 그 에너지들이 잠재의식 속으로 각인 되는 모습이다. 톡, 톡 물 듣는 소리는 억압에 대응하던 공격적 에너지가 이제는 평정 상태를 찾으면서 일상으로 회귀하는 모습을 보여준다. 아버지와 형과 나의 가족 관계가 다시 원상태를 복구한 것이다.

　이상에서 살폈듯이 정신분석학적 대상은 사실의 진술이 아니라 표상에 숨겨진 무의식의 흐름을 찾아내는 새로운 텍스트를 구성하는 것이라 할 수 있다. 사건의 행위가 아니라 그 행위의 바탕에서 움직이는 에네르기의 흐름이 텍스트인 것이다. 그런데 이러한 아버지와 아들의 갈등이 발생하게 된 원인은 다른 시에서 발견된다.

1
집에 **敵**이 들어올 것 같았다
(집은 **地下室**, 집은 개구멍)
흰피톨 같은 아이들이 소리 없이 모였다
귀를 쫑긋 세우고 아버지는 문틈을 내다보았다

밥이 타고 있었다
敵은 집이었다
<금촌가는 길> 부분

　집은 가족이 기거하는 세계다. 그 세계가 지하실이이라는 것은 가족의 심리가 어둡고 침침하며, 개구멍이라는 것은 가족의 심리가 무엇인가를 두려워하고 있다는 것이다. 아이들은 그 분위기를 감지하고 무의식적으로 그 불안에 대응하고 있다. 흰피톨이 바이러스와 싸우기 위해

모여들듯이 아이들은 그 불안을 중심으로 모여든 것이다. 그 불안의 중심에는 아버지가 있다. 귀를 쫑긋 세우고 문틈을 바라보며 불안해하는 아버지는 아이들의 불안의 근원인 셈이다. <敵이 집이었다>는 발언은 바로 아버지가 흔들리는 가족의 불안한 심리를 말하고 있는 것이다. 더구나 <밥이 타고 있었다>는 것은 정상적인 가족의 식사가 무너진 사태다. 불안의 에너지가 배고픈 욕구를 앞지르고 있어 그 불안이 얼마나 치명적인가를 말해주고 있다. 아버지의 권위가 흔들리는 모습이다.

여기서 <어떤 싸움의 기록은>을 아버지의 불안에 흔들리던 자식이 성장하면서 아버지를 거부하는 행위로 읽을 수 있는 근거가 마련된다. 아버지는 유년의 아들이 사회화하는 과정에 중요한 역할을 한다. 아버지의 권위를 두려워하면서 그 권위를 제거하고 싶은 욕망 속에서 아이는 성장한다. 이때 아들은 아버지의 권위에 복종하면서 아버지를 제거하고 싶은 욕망을 심층 심리 속에 숨긴다. 아들은 아버지를 능가하는 행위가 금지된 상태만 있는 것이 아니라 현실적으로 아버지를 능가할 힘이 부족하기 때문이다.

> 2
> 地主는 나이가 어렸다
> 다투어 사람들이 땅을 나누었다
> 아버지는 땅을 고르고 물을 뿌렸다
> 아버지는 신발을 벗어 부쳤다
> 아버지의 발목이 흙에 묻혔다 다시 떠올랐다
> 깨꽃이 웃고 개가 짖었다
> 아버지의 발목이 깊이 묻혔다
> 아버지의 얼굴이 푸른 잎사귀처럼 흔들렸다
> …… 어떤 꽃을 보여 주시겠어요, 아버지
> <금촌 가는길> 부분

아버지는 사회 속에서 아들의 안위와 희망을 만드는 존재다. 유년의 아들은 스스로 아버지가 행하는 사회적 노동을 수행할 힘이 부족하므로 아버지를 인정하고 그에 의존한다. 아버지의 사회적 노동은 아들을 편안하게 하고 아들에게 새로운 가능성을 제시하여 준다. <깨꽃이 웃고 개가 짖는> 모습은 평온한 한 농가의 모습으로 아들에게 기쁨을 주고 있다. <아버지의 얼굴이 푸른 잎사귀처럼 흔들렸다>는 것은 아버지의 권위에 대한 믿음을 보여주고 있다. 이성복의 시에서 <푸른 잎사귀>는 <시든 꽃>, <벌레 먹은 잎사귀> 등과 대조되는 이미지로 이상적인 관념인 <꽃>을 피우기 위한 과정을 상징한다. 아버지에게 어떤 꽃을 보여주겠느냐고 반문하는 것은 이러한 기대의 표명이다. 그런데 이 시는 그러한 기대가 충족되는 만족감보다는 아버지가 부재하므로 빚어지는 불안한 심정이 바탕에 깔려 있다. 그것은 성인이 된 화자가 유년을 회상하면서 현재 자신의 심정을 중첩시키고 있기 때문이다.

> 5
> 어떻게 깨어나야 푸른 잎사귀가 될 수 있을까
> 기어이 흔들리려고 나는 全身이 아팠다
>
> 어디서 깨어나야 그대 내 잎사귀를 흔들어 줄까
> 그대 손 잡으면 그대 얼굴 지워지고
>
> 가슴으로 걷는 길
> 얼음짱 밑 환한 집들
> <금촌 가는 길> 부분

푸른 잎사귀가 되고 싶고 그 잎사귀를 타인이 흔들어 주기를 바라고 있다. <푸른 잎사귀가 흔들리는 것>이 이상적 관념을 상징하고 있다. 이성복의 이러한 관념은 아버지와 관련되어 보인다. 고향을 떠난 아버지를 찾아갔지만 만날 수 없었던 일(<꽃 피는 아버지>), 농사를 지을 때는 아버지가 곁에 있었던 일(<꽃피는 아버지>)에서 보듯이 아버지가 든든한 존재로 있을 때는 늘 푸른 잎사귀를 기르고 있다. 사회적 노동을 충실히 수행하면서 아들의 희망을 기르는 아버지의 모습은 <푸른 잎사귀의 흔들림>으로 각인 되어 있는 것이다. 그것은 미래에 꽃이 핀다는 심리적 연쇄를 이어가고 있다. 성인이 된 화자가 스스로 지금 푸른 잎사귀가 되고 싶어하는 것은 스스로 사회적 노동을 통한 지위를 얻고 있지 못한다는 불안이 그 바탕에 깔려 있다. 화자는 그대를 통해서 자신의 불안을 해소하고 싶어한다.

이 때 그대는 타인이 아니라 <나> 속에 있는 <타자(the Other)>로 보여진다. 의식 속에서 붙잡으려 하지만 알 수 없는 정체로 붙잡기 힘든 <나> 속의 무의식의 에너지가 <그대>인 셈이다. 그리하여 화자는 무의식의 에네르기의 흐름에 맡길 때 <얼음짱> 같은 불안하고 힘겨운 의식의 밑에서 분출하는 <환한 집>을 만나고 있다. 그러므로 <기어이 흔들리려고 全身이 아팠다>는 것은 현재 불안하고 어두운 의식의 세계를 전복하고 새롭게 분출되는 무의식의 흐름을 따라가려는 화자의 심리적 고통을 표현하고 있다고 할 수 있다. 따라서 이성복은 <금촌 가는 길>에서 현재 고통스러운 의식의 세계에 대응해 유년으로 퇴행을 통해 그 고통을 극복하고 무의식의 에네르기를 따라 가려는 정신적 흐름을 보여준다 하겠다.

이 장에서 논의를 정리해보면 프로이트의 정신분석학을 한국의 현대시에 적용할 수 있는 범주는 다음과 같다. 첫째, 시의 텍스트가 시간과 공간의 제약을 벗어난 이미지의 병치가 이루어져야 한다는 것이다. 시간과 공간의 제약 속에 사실을 서사적으로 기록한 시에서는 무의식의 영역을 추출하기가 힘들어 프로이트 이론을 적용하기에는 무리가 따른다. 무의식은 시간과 공간의 제약 없는 에너지의 흐름으로 우연적 관계로 병치를 이루고 있기 때문이다. 둘째, 프로이트의 정신 분석학은 시 한 편보다는 시집 전체나 작가론에 유용하다는 것이다. 한 시인의 작품은 개별 작품마다 차이를 지니고 있지만 시집이나 전체 작품 속에서는 무의식적으로 반복되는 에너지의 흐름이 숨겨져 있기 때문이다. 무의식의 탐구는 겉에 드러나는 진술의 틈에서 분출되는 타자의 세계를 탐구하는 것이기 때문에 여러 텍스트 속에 반복되는 틈을 주목해야 하기 때문이다.

6. 결론

프로이트의 정신분석학을 한국 현대시에 적용하기 위한 시론적 검토를 정리하면 다음과 같다. 첫째, 프로이트의 정신분석학은 일상적인 억압이 은폐된 자본주의 사회의 텍스트에 적합하다. 자본주의 사회는 늘 불안한 체계로 그 불안이 동요와 폭발을 반복적으로 행하고 있기 때문이다. 현대시의 언어의 체계도 불안정하여 낱말과 낱말의 결합에는 어떤 에네르기가 작용하고 있다. 억압과 그에 대응하는 에네르기의 충돌과 전이가 내재되어 있는 것이다. 둘째, 프로이트의 정신분석학은 시의 핵심인 정서의 양과 흐름을 측량하는 데 유용한 방법이었다. 시적 긴장은 늘 일정한 정서를 생산해내는데, 그 곳에는 서로 다른 에네르기의 충돌과 화해의 흐름이 개진되어 있으며, 정서적 승화가 이루어지는 대목에는 한 에네르기가 다른 에네르기로 전위되는 에네르기의 변환을 목격할 수가 있다. 따라서 에네르기의 흐름과 그 변환 정도에서 정서의 양과 강도를 측정할 수 있다. 셋째, 정신분석학적 방법의 대상이 될 수 있는 시는 시간과 공간의 제약 속에 기술된 사실이 아니라 그 제약을 넘어서는 언어의 우연적 결합을 보여준다는 것이다. 무의식 자체가 시간과 공간의 제약을 넘어서 있기 때문이다. 정신적 발달의 여러 단계가 동시에 존재하므로 억압의 강도가 크면 대개 정신의 퇴행을 통해 억압의 시공간을 초월해 억압의 에네르기를 해소하거나, 억압에 맞서 새로운 에네르기를 강화하는 데, 이러한 정신적 퇴행과 강화 과정은 합리적인 체계와 무관하게 우연적인 방식을 취하기 때문이다. 넷째, 프로이트의 정신분석학은 한 개인의 정신적 상처가 집단심리와 관련될 때 개인의 심리에서 사회적 병리현상을 읽어낼 수가 있다. 집단 심리는 개인의 생존을 위해 개인적인 리비도를 집단에 전이시키는 데서 발생하기 때문이다. 다섯째, 프로이트의 정신분석학적 방법은 작가론에 유용해 보인다. 한 시인의 작품에는 여러 작품에 걸쳐서 반복되는 요소가 있기 마련이고, 이 반복되는 요소가 여러 방식으로 전위 혹은 압축되어 다양한 형태를 형성하기 때문이다. 다시 말해서 전체 텍스트 속에서 무의식적으로 반복되는 에너지의 흐름을 포착할 때, 한 시인의 시가 보여주는 심미적 경향을 조망할 수 있다는 것이다.

참고 문헌

김인환. "文學과 精神分析". 『人文論集』 제 39호. 고려대학교 문과대학.
    1994. 12.
이성복. 「뒹구는 돌은 언제 잠을 깨는가」. 문학과 지성사. 1980.
Freud, Sigmund. 「프로이트전집」 1-20. 열린책들. 1997.
Wright. Elizabeth. 「정신분석 비평」. 권택영 옮김. 文藝出版社. 1989.

프로이트의 정신분석학 이론과 문학 연구
-이론의 재검토와 작품 분석의 실제-

류경동

1. 서론

문학을 인간 심리와 연관지어 바라보려는 태도의 기원은 아리스토텔레스의 '카타르시스'까지 거슬러 올라갈 수 있지만, 프로이트 이후 정신분석학적 관점에서 문학 연구의 가능성을 모색한 시도들만으로도 우리는 하나의 광범위한 역사를 서술할 수 있을 것이다. 정신분석학이란 프로이트를 포함한 무수히 많은 연구자들의 반성적 사유와 대화가 집적된 거대한 담론의 체계이다. 그러므로 정신분석학 이론을 재검토하고 이를 바탕으로 정신분석학적 문학 연구의 가능성을 모색해 본다는 것은 지난한 작업일 수밖에 없다. 그러나 그 출발점에 늘 프로이트가 놓이게 되는 것은 프로이트의 이론이야말로 정신분석학의 기원이자 모든 정신분석학적 연구의 테제가 되기 때문이다.

하나의 담론이 거대해질수록 그 기원에 대한 정확한 이해와 반성이 필요하다는 문제의식에서 이 글은 정신분석학적 문학 연구의 가능성을 프로이트의 이론으로부터 물어오고자 한다. 익히 알려진 바대로 프로이트의 정신분석학 이론은 개인과 집단의 심리, 예술과 종교, 문명 등의 여러 영역에 걸친 인류학적 구도를 지니고 있다. 이 글은 이런 방대한 프로이트의 이론들 중에서 문학 연구와 보다 직접적으로 관련된다고 판단되는 개인 심리학과 문학 예술론들을 중심으로 정신분석학적 문학 연구의 이론과 방법을 점검해 보고자 한다. 또한 실제 작품 분석에서는 이청준의 「과녁」을 정신분석학적 인식틀로 읽어 보고 거기에 숨겨진 등장인물의 무의식적 욕망과 그 작용을 분석해 보고자 한다.

2. 정신분석학 이론과 문학 연구의 가능성

1) 정신분석학 이론의 성립과 전개

프로이트의 정신분석학 이론은 그가 행한 신경증 치료과정에서 형성된다. 프로이트의 초기저작에 속하는 「히스테리연구」는 신경증 환자들의 병적 징후와 병인 그리고 치료과정에 대한 임상 보고서라 할 수 있는데, 여기서 그는 정화 방법 혹은 말을 통한 치료를 실행하고 이를 '정신분석'이라 부른다.[1] 프로이트는 신경증의 원인을 신체적 결함에서 찾지 않고 소산되지 않은 정신적 에너지가 신체에 전이되어 발생하는 것으로 본다. 그는 환자와의 대화[2]를 통해 심리적 병인을 찾고 그것을

---

[1] 프로이트, 「히스테리 연구」, 김미리혜 역(서울: 열린 책들, 1997). 이후 프로이트 저작의 경우는 열린 책들에서 간행된 프로이트 전집에 의하며 자세한 출판사항은 생략함.

[2] 프로이트는 최면이나 자유 연상의 방법을 사용해 환자와 대화를 나눈다. 대부분의 신경증 치료 과정이 언어를 매개로 이루어진다는 점은 주목해 볼 필요가 있다. 분석자는 환자의 말에서 환자가 숨기고 있는 무의식을 읽어 내려 하고, 환자는 자신의 욕망을 언어를 통해 분석자에게 전이시

해소시킴으로써 신체에 나타나는 증상을 제거한다. 그리고 환자의 심리 기저에는 은폐된 무의식적 사고, 특히 성적인 욕망을 기원으로 하는 무의식적 소망이 잠재되어 있어 신경증의 원인이 됨을 발견한다.[3)]

　신경증 치료과정에서 성적 본능의 중요성을 인식한 프로이트는 「성욕에 관한 세 편의 에세이」에서 보편적인 인간 정신의 밑바탕에 에너지로서의 성본능이 내재함을 밝히고 있다. 성본능은 육체와 정신의 경계에 있으며, 외적 자극에 의해 활성화되기도 하지만 끊임없이 몸 속을 흐르는 자극의 근원으로서 자리한다. 프로이트의 성욕은 생식기에만 국한된 것이 아니기 때문에 사춘기 이전의 유아들도 성욕을 지닌다는 유아기 성욕 이론이 가능해진다. 유아기의 성욕 이론은 오이디푸스 콤플렉스와 그 극복이라는 유아의 사회적 성장 모델에서 핵심을 이루는데 그 일련의 과정은 다음과 같다. 즉, 충족될 수 없는 유아기의 욕망들은 무의식 속으로 억압되며 '소망의 승화'라는 과정을 거치면서 사회적으로 승화되어 높은 목표를 지향하게 된다. 쾌락 원리에서 현실 원리로의 이행이라 할 수 있는 이런 과정이 순조롭게 진행되지 않는 경우, 그 아이가 성인이 되었을 때 신경증이 발병할 확률이 높아진다는 것이다. 그리고 이런 신경증은 유아기의 성적 활동과 긴밀히 연결되어 나타난다. 대부분의 경우 유아의 성적 활동은 '유아기의 기억 상실'에 의해 망각되지만 그 기억은 완전히 잊혀진 것이 아니라 의식의 억압에 의해 의식에 떠오르는 것이 제지당할 뿐이다. 결국 신경증이나 성적 도착은 현재

　킨다. 그러므로 환자는, 해석되기를 욕망하며 해석자의 적극적인 참여와 반응을 요구하는 텍스트와 유사하다. 정신분석학과 문학의 가장 근본적인 근친성은 이 둘이 모두 언어를 매개로 한다는 점일 것이다.

3) 신경증의 근본 원인으로서 성적욕망을 제시한다는 것은 당시로서는 대단한 거부감을 불러일으킬 가능성이 있었고 실제로 그러했다. 그러나 프로이트는 성욕의 중요성을 애써 부각시키려는 것이 아니라 오히려 발견된 사실에 충실했을 뿐이라고 판단하는 것이 적절할 것이다.

의 어떤 심리적 외상을 통해 억압된 유년기의 성적 본능으로 되돌아가
는 것이며, 프로이트는 이를 '억압된 것의 귀환'이라고 부른다.

그러므로 인간의 정신이란, 허용될 수 없지만 끊임없이 의식의 수면
위로 부상하려는 무의식적 욕망과 이를 억압해야하는 의식과의 갈등이
벌어지는 하나의 場이라 할 수 있다. 프로이트에 의하면 인간의 정신은
무의식/전의식/의식으로 구분될 수 있는데[4], 의식은 외부세계를 느끼고
질서짓는 인식체계, 전의식은 의식의 요소로 떠오를 수 있는 경험의 요
소, 무의식은 전의식과 의식의 경계 밖에 있는 모든 것으로 억압된 본
능의 표상들이다. 그러나 이들은 격리된 채 안정적으로 존재하는 것이
아니라 하나의 영상에서 다른 것으로 옮아가며 전이를 부추기는 역동성
을 보인다.

2) 소망충족으로서의 꿈과 문학

억압된 무의식은, 프로이트의 비유처럼 신들에 의해 거대한 산에 눌
려있지만 여전히 꿈틀거리는 타이탄들(Titans)과 같아서 늘 의식의 전면
으로 나오려고 한다. 그러므로 꿈처럼 의식의 억압이나 통제가 원활하
지 못한 경우 무의식은 의식 속으로 스며든다. 이런 '퇴행 현상'[5]을 통

---

4) 프로이트는 인간 정신을 세 가지 관점 즉 역동적 관점, 경제적 관점, 형
   태론적 관점에서 파악한다. (보다 자세한 것은 E.라이트, 『정신분석비평』,
   권택영 역(서울: 문예출판사, 1995), p.p.18-19 참조.) 공간적 비유를 사용
   하고 있는 형태론적 관점에서 전의식/무의식/의식의 구분과는 달리 후기
   (1923)에 이르면 이드/자아/초자아의 구분을 택하는데, 이 경우 조절하는
   기능으로서의 자아의 역할이 어느 정도 강조됨을 알 수 있다. (같은
   책,p.p.80-81)
5) 체험이나 감각에 대한 인상은 먼저 무의식에 저장되었다가 검열을 통해
   전의식을 거쳐 의식에 이르게 된다. 감각에 대한 인상이 무사히 검열을

해 우리는 욕망이 표면화되기 시작했던 유년기, 정신의 기원으로 돌아
가게 되는 것이다. 「꿈의 해석」은 이런 일련의 인간 정신 과정을 바탕
으로 꿈의 의미와 그 특성을 실증적으로 분석해내고 있다. 프로이트는
환자들과 자신의 꿈 분석을 통해 꿈은 소망의 충족이며 이중의 구조로
이루어져 있음을 규명한다. 우리가 접하는 발현몽-꿈 내용:잠재적 사유
를 드러내는 표상들-은 그것이 은폐하고 있는 잠재몽-꿈 사고:무의식적
욕망-을 압축과 치환 혹은 상징화를 통해 왜곡시킨다. 그러므로 꿈의
해석은, 발현몽의 해독을 통해 심층의 구조를 이루고 있는 잠재몽에 닿
아야만 하고 그 잠재몽의 본래적 의미, 즉 억압된 소망의 표상을 드러
내야 하는 것이다.

　「꿈의 해석」은 프로이트의 정신분석이론과 정치한 분석의 방법을 담
고 있는 동시에 정신분석학적 문학 해석의 시사점을 던져주고 있다. 정
신분석학이 밝히고 있는 바대로 인간은 누구나 동일한 욕망을 감추고
있다. 꿈이 그 잠재된 소망의 충족이라면, 문학 역시도 퇴행적 소망이
언어화되는 장소라는 점에서 꿈과 문학은 유연성(有緣性)을 지닌다. 프
로이트가 「오이디푸스 왕」과 「햄릿」의 분석에서 보여주듯이 욕망의 배
출구로서의 문학은 꿈과 유사한 목적을 수행하는 것이다.6)

　　통과해 의식으로 이르는 방향이 '진행적'이라면, 꿈처럼 검열체계가 제대
　로 효력을 발휘하지 못하는 경우 이동 방향이 반대로 바뀌게 되는데 이
　를 프로이트는 '퇴행 현상'이라고 부른다. 그러므로 퇴행 현상이 일어나
　는 꿈의 원동력은 무의식적 욕망이라고 할 수 있다.
　6) 프로이트는 자주 문학 작품을 분석의 대상이나 이론 전개의 논거로 사
　　용한다. '문학 작품은 어떤 과학 논문보다도 인간 심리에 충실하게 접근
　　한 결과의 산물이며 작가는 과학적 심리학의 선구자'라는 것이 프로이트
　　의 기본 입장이다.(「빌헬름 옌젠의 '그라디바'에 나타난 망상과 꿈」,
　　p.230) 특히, 프로이트는 「꿈의 해석」에서 문학 작품을 꿈과 동일한 분석
　　의 대상으로 삼기도 하는데, 「오이디푸스 왕」이나 「햄릿」의 분석에서 이
　　두 작품은 아버지 살해와 어머니에 대한 욕망이라는 동일한 요소를 감추

「꿈의 해석」에서 꿈은 소망 가공 작업을 통해 변용된 것으로 해석의 대상이 된다. 가공작업에 의해 변용된 꿈의 이중 구조는 문학의 구조와도 유사하다. 그러나 프로이트의 꿈 해석은 흔히 하는 해몽과는 판이한 것이다. 동일한 꿈 요소도 꿈을 꾼 사람에 따라 다르게 해석해야 하며 꿈의 각 부분 자체에 관심을 기우려야 한다. 그러므로 꿈은 프로이트의 비유처럼 일종의 '상형문자'와 같은 것이다.[7] 이집트의 상형문자는 상형문자와 표음 문자 혹은 표의 문자가 혼합되어 사용된다.[8] 이 경우 상형문자와 그 의미는 일사일의(一辭一意)적 관계가 아니며, 문자의 의미는 전후에 놓인 다른 문자와의 관계 속에서 파악되어야 한다. 그러므로 하얀 속옷을 보면 결혼을 한다거나 하는 식으로 꿈 요소들을 의미가 확정된 약호로 파악한다면 올바른 꿈 해석에 도달할 수 없는 것이다.[9] 이런 프로이트의 꿈 해석은 문학 작품의 해석과 유사한 측면을 지닌다. 의사전달을 목적으로 하는 일상언어와는 달리 문학 작품의 언어들은 기호와 의미의 관계가 일대일 대응 관계가 아니기 때문에 미학적 모호성을 지니고 있다. 또한 작품에 존재하는 구성 요소들은 그 자체의 의미보다는 상황과 맥락에 따라 변용되는 것이 중요하므로, 다른 요소들과

고 있으며, 어쩌면 이 두 작품이 몇 세기를 걸쳐 사람들에게 충격을 주는 이유도 이런 보편적인 욕망을 담고 있기 때문이라고 본다. (「꿈의 해석」, p.p. 345-351)

7) 「꿈의 해석」, p.453

8) 앨버틴 가우어, 『문자의 역사』, 강동일 역(서울: 새날, 1995), p.99. 예를 들어 오리모양의 상형문자는 그 자체로 오리를 의미하기도 하지만 해를 본딴 상형문자와 함께 사용되면 '태양의 오리'가 아니라'파라오의 아들'을 의미하며 또는 S와 A를 합친 SA란 소리를 갖기도 한다. 이 예는 크리스티앙 자크, 『이집트 상형문자 이야기』, 김진경 역(서울: 예문, 1997), p.p. 23-4에서 참조하였음.

9) 막스 밀네르, 『프로이트와 문학의 이해』, 이규현 역(서울: 문학과 지성사, 1999), p.58.

의 관계를 고려해 그 의미에 접근해야 한다. 이런 점에서 「꿈의 해석」에서 프로이트가 보여주는 해석의 방법은 잠재적 텍스트의 재구성이 목표로 하는 문학 해석의 모델10)이 될 수 있는 것이다.11)

그러나 꿈과 문학 혹은 꿈 해석과 문학 해석의 유사성으로부터 꿈꾸는 자=작가의 등식을 연역해내는 것은 정신분석학적 전기 비평의 전형적 오류로 연결될 가능성을 지닌다. 문학 작품에 나타난 무의식적 욕망을 작가의 욕망으로 치환해서 텍스트의 어떤 요소를 작가의 유년기나 작가의 어머니로 해석하는 것은 꿈 해몽의 오류를 되풀이하는 것이다. 문학 창조에는 물론 작가의 무의식이 참여하지만 그 해석에는 수용자의 무의식도 함께 참여한다. 텍스트에는 작가의 무의식과 독자의 무의식 그리고 등장인물의 무의식이 혼재되어 있는 것이다. 그러므로 올바른 텍스트의 해석은 그 구성 요소를 작가의 무의식적 욕망으로 한정지어 확정된 약호화하는 것이 아니라 요소들의 관계망 속에서 무의식적 힘들이 어떻게 작용하는지를 살펴야 하는 것이다.12)

---

10) 허창운 등, 『프로이트의 문학예술 이론』(서울: 민음사, 1997), p.19.
11) 프로이트가 꿈 해석 방법을 문학 작품에 적용시킨 글이 「빌헬름 옌젠의 ‘그라디바’에 나타난 망상과 꿈」이다. 이 글은 사소한 것, 놓치기 쉬운 것, 반복되는 것들에 주목하여 의미를 구성하는 정신분석학적 해석의 전범이라고 할 수 있는데, 프로이트는 ‘노르베르트’라는 주인공의 꿈을 면밀히 분석하고 그 꿈들이 주인공의 억압된 욕망을 숨기고 있음을 밝힌다.
12) 정신분석학적 전기 비평의 또 다른 오류는 전기적 자료와 작품 해석의 섣부른 연결에서 발생하기도 한다. 작가의 가족사나 성장기에 겪은 독특한 체험에 대한 기록 혹은 증언들을 작가의 정신적 성장이나 작품 세계의 성격을 설명하는 방증 자료로 사용하는 것은 문학 연구의 한 방법이기도 하다. 그러나 이런 자료들이 작품에 잠재하는 작가의 무의식적 소망을 쉽게 해명해 줄 것이라고 믿는 것은 일종의 착각이라 할 수 있다. 저항과 억압 때문에 은폐된 환자의 심리적 외상은 오랜 시간과 노력을 통해 찾아낼 수 있는 것이다. 이렇게 지난한 신경증 치료과정에 비해 쉽

「창조적 작가와 몽상」은 「꿈의 해석」에서 암시되었던 꿈과 문학 창조의 유사성을 보다 직접적으로 다루고 있다. 프로이트는 문학적 성향의 최초의 흔적을 어린아이의 놀이에서 찾는다. 어린아이는 놀이를 통해 현실에서 얻을 수 없는 즐거움을 얻는데 비해 어른들은 그것을 몽상으로 대신한다. 몽상의 힘인 욕망은 현재와 과거, 미래의 각기 다른 시간 사이를 오고 간다. 몽상의 현재적 계기는 과거의 기억을 일깨우며 환기된 과거 즉 어린 시절의 욕망을 동력으로 한 정신활동은 미래와 연관된 상황을 창조해낸다. 현재의 계기와 과거의 모델을 바탕으로 미래의 그림을 그리는 몽상의 과정은 문학 창조의 과정과도 유사하다. 현재의 강한 체험은 작가에게 망각되었던 어린 시절의 기억을 다시 일깨우는데, 환기된 어린 시절의 기억에서 풀려 나온 욕망은 마침내 문학 창조에서 그 충족을 얻게 된다는 것이다. 그러므로 문학 작품에서 최근의 계기를 이루는 요소들만이 아니라 옛 기억의 요소들도 알아낼 수 있다는 것이다.

「창조적 작가와 몽상」과 「꿈의 해석」에서 프로이트는, 소망 충족으로서의 꿈과 문학은 그 목적과 효과에서 유사성을 지닌다고 본다. 그러나 과연 우리는 문학을 꿈과 유사한 것으로 볼 수 있는가, 혹은 꿈 해석의 방법을 그대로 문학 해석의 방법으로 가져갈 수 있는가하는 가장 기본적인 의문을 가져볼 수 있다. 프로이트의 꿈 이론처럼 꿈이 무의식적 욕망이 그려놓은 추상화라면, 문학은 꿈에 비해 보다 의식적인 자아 의지의 소산으로 구상화에 가까울 것이다. 그렇다면 문학에서 잠재되어 있는 무의식적 텍스트를 재구성하는 일의 유의미성은 의문의 대상일 수밖에 없다.

게 표면화될 수 있는 작가의 자전적 기록이 작가의 내면적 진실에 얼마나 근접해 있을지는 반성적으로 검토해볼 필요가 있다.

그러나 의식의 개입이 꿈과 비교해 문학에 더 우세하다는 것을 인정한다 하더라도 작품에 작용하는 무의식의 역할을 적극적으로 감안해볼 필요는 있을 것이다. 특히 현재의 문학 해석의 성향들이 의식의 측면만을 강조함으로써 무의식이 차지하는 몫을 적절히 고려하지 못하는 상황에서는 더욱 그러하다. 의식적 계획과 계산에 의해 질서잡힌 통일체로 작품을 보려는 태도는 주제와 형식을 평가하고 설명하는 방향을 취한다. 그러나 이런 방식은 서사적 흐름의 뒤틀림이나 건너뜀, 왜곡과 은폐의 기본 구조를 읽어내는 데에는 취약함을 보인다. 사건과 행동을 이성적 인과율로 판단하거나 우연과 필연의 변증적 과정으로 이해하는 일반적인 해석의 방법과 함께, 작품 속에 숨겨진 무의식적 욕망들에 대한 고려를 통해 인물의 행적과 사건 전개의 추이 속에 잠재하는 보다 근본적인 동인들을 추적하는 작업이 병행된다면 보다 풍요로운 작품 해석을 가져올 수 있을 것이다.

3. 분석의 사례-이청준의 「과녁」

1) 예비적 고찰

이청준의 소설들 중에는 외견상 정신분석학적 해석에 적합해 보이는 작품들이 있다. 「소문의 벽」의 '박준'이나 「빈방」의 '지승호' 같이 이상 심리나 신경증을 앓고 있는 인물들이 등장하는 작품들이 거기에 해당될 것이다. 이들 소설의 구조는 인물들이 앓는 신경증의 원인을 추적하는 과정으로 이루어져 있다. 일견 보기에도 정신분석 담론에 기대고 있는 이들 작품들은 신경증의 근원에 사회 역사적인 문제를 숨겨둠으로써 오히려 정신분석적 접근을 어렵게 한다. 가장 원초적인 체험에 사회적인 것이 자리한다는 것은 그 사회적 문제가 인간의 내면을 황폐화시켰음을 드러내는 데에는 적절할 것이다. 그러나 한 개인의 내면에 침윤된 사회 역사적인 문제(현재의 정신적 외상)가 신경증으로 발병하기 위해서는 억압된 유아기의 무의식 소망과 결부되어야 한다는 정신분석학의 원리를 상기해본다면, 동일한 역사적 사건을 체험한 세대들 중에 왜 그 사람만이 신경증에 걸리는가하는 문제는 해명되지 않고 남는다. 그러므로 이 소설들은 정신분석의 틀을 사용하고는 있지만 오히려 정신분석적 해석과는 거리를 두고 있는 작품들이며, 인물의 내면이나 숨겨진 욕망을 읽어내는 것이 방해받거나 혹은 유용하지 않은 작품들이라 할 수 있다.13)

프로이트의 정신분석학 이론은 신경증이나 성적 이상(性的 異常)을 통해 인간 보편의 정신 구조를 밝힌다. 정신 질환은 인간 정신의 지층을 탐색할 수 있는 하나의 균열이자 틈인 것이다. 그러므로 정신병의 소인은 누구나 지니고 있는 것이며 비정상과 정상의 경계는 모호해진다.(역설적이게도 프로이트는 발병의 원인은 소상히 밝혀내지만 정상적인 의식으로 성장하는 경우는 명쾌하게 설명하지 못한다.) 정신분석학 이론에 의하면 인간 정신의 내면은 억압된 무의식적 욕망과 의식이 끊

---

13) '박준'이나 '지승호'는 결국 완쾌되지 못한다. 이들 작품들에서 등장인물의 병이 완쾌되지 않는 것은, 세계와 개인의 부단한 갈등이라는 현대 소설의 기본 문법을 충실히 반영한 때문인지도 모른다. 「빈방」의 신경증 환자인 지승호는 치료과정이라고 할 수 있는 '나'와의 대화를 통해 모든 '말'을 꺼내놓지만 결국 딸꾹질은 멈추지 않는다. 외견상 치료과정을 거치지만 지승호의 증세가 없어지지 않는 것은 그 증세의 원인을 개인의 성장 과정에서 찾지 않고 사회적 관계 속에서 찾으려는 '나'의 부주의일 수 있다. 그러나 소설의 전체적인 맥락을 고려한다면 결국 증세가 치유되지 않는 근본적 이유는 사회와 개인의 지속적인 대립과 갈등 때문이라고 보는 것이 타당할 것이다.

임없이 갈등을 일으키는 혼란스런 싸움터이다. 그러므로 정신분석학 이론은 신경증이나 광기 혹은 착란의 증상을 보이는 인물들이 등장하는 작품들에만 적용 가능한 것은 아니다. 오히려 그런 징후들과는 전혀 관계없는 작품들에서 그들의 내부를 관류하는 무의식의 흐름들을 읽어내는 것이 보다 풍요로운 결과를 가져올 수 있을 것이다. 그런 관점에서 이 글은 이청준의 「과녁」을 정신분석학적 인식의 틀로 접근하고 거기에 숨겨진 욕망의 지형도를 읽어내고자 한다.

1967년 「창작과 비평」 가을호에 발표된 이 작품의 줄거리는 다음과 같다. 지방의 검찰지청에 검사로 부임한 석주호는 새벽 산책길에 북호정이라는 활터에서 노인과 젊은 여인의 활쏘기 시합을 본다. 지기 싫어하는 성격 때문이기도 하지만 그 광경의 신비스러움과 아름다움에 끌려 활쏘기를 배우기 시작한다. 그러나 성급함과 자만심 때문에 고전동 역할을 하는 소년을 과녁 옆에 세우게 되고 소년을 화살로 맞추게 된다. 결국 소설의 제목인 '과녁'은 소년의 죽음을 암시하며, 죄를 벌하는 검사라는 신분의 주인공이 살인을 저지르게 되는 역설적 상황으로 소설은 끝을 맺는다.

일반적으로 「과녁」은 그 소재의 특이성 때문에 「서편제」나 「줄」 혹은 「매잡이」와 함께 사라져가는 장인적인 것들을 다루는 소설로 분류되곤 한다. 작가의 시선을 고려해 「과녁」을 보다 면밀히 읽어 보면, 이 작품의 서사는 '노인'과 '석주호'를 두 축으로 하여 진행됨을 알 수 있다. 전통적인 것이 소멸하며 겪는 진통이라는 이 소설의 의미는 두 인물의 갈등에서 생성된다. 노인이 훼손되는 과거, 정적인 것, 질서의 기호라면, 석주호는 훼손하는 현실, 동적인 것, 욕망의 기호이다. 갈등의 양상에서 전자가 수세적이라면 후자는 적극적이고 공격적이다. 따라서 이 글은 갈등의 동력이라 판단되는 석주호라는 인물을 중심으로 은폐된 무의식적 욕망의 정체와 그 실현 과정을 분석해보고자 한다.

2) 첫 장면 : 신비로움 혹은 아름다움

> 초여름의 새벽 안개가 읍공원을 덮고 있다. 안개는 서서히 위로 움직이면서 여자가 흰 옷자락을 걷어 올리듯이 공원을 벗겨 올라가고 있다. 나무가 없는 공원 풀언덕이 아랫도리로부터 드러났다. 비는 오지 않았지만 밤이슬에 젖은 풀빛이 생생하다.

「과녁」의 첫 장면은 공원을 덮고 있는 안개가 서서히 걷히는 풍경으로부터 시작된다. 그리고 그 안개 속으로 알 수 없는 소리가 들려온다. 시야를 가린 안개와 정체를 알 수 없는 소리는 곧이어 나타나는 북호정이라는 활터와 그곳에서 벌어지고 있는 노인과 젊은 여인의 활쏘기 시합을 더욱 신비스럽게 만든다.[14] 북호정의 낯선 새벽 활쏘기 시합은 '이상한 광경', '신비스런 광경' 혹은 '이상한 경기'에서처럼 '이상한' 혹은 '신비스러운'이라는 형용사로 수식되고 있다.[15] 일상적이지 않은, 낯

---

14) 새벽 공원에서 울려나오는 활터의 '소리'는, '그 소리들은 저희들끼리 서로 부딪치고 깨지면서 새로운 소음의 덩어리 속으로 섞여 들어가고 있었다'에서처럼 시가지가 깨어나면서 올라오는 소리와는 대조적이다. 소음에 가까운 시가지의 '소리'에 비해 활터의 '소리'는 좀더 신비로운 것으로 묘사된다. 소설의 첫 부분에서 '소리'는 북호정과 시가지에 대해 상반된 가치를 부여하는 역할을 하기도 한다.
15) 「과녁」나 「서편제」 혹은 「매잡이」나 「줄」과 같은 작품에서 근대사회에서 적응하지 못하고 소멸해 가는 전통적인 장인들의 세계는 그것을 추적하는 화자나 독자를 매료시킨다. 현실의 삶에서는 찾아볼 수 없는 그 장인적 세계는 이제 비일상성의 세계이다. 그 낯선 세계를 지키는 장인의 모습은 일상인에게는 어떤 신비로운 존재로 비춰질 수 있을 것이다. 또한 생활 속에서 풍류나 멋을 제공하던 것이 생활의 영역을 벗어나 이제는 유물처럼 보관되어 있거나 소멸해가는 것을 볼 때의 느낌은 새삼스러운

선 것이 주는 신비스러움을 석주호는 아름다움으로 인식한다.

> 아침만 해도 그는 너무나 귀중한 것을 찾아놓고 어찌할 줄을 모르고
> 있는 형편이었는데, 이제 그는 조금씩 그 아름다움을 자기 것으로 나눠
> 가질 가능성을 보게 된 것이다.

> 소년의 아름다운 모습을 보고 싶어서라기보다는…….

그 신비스러움에서 파생된 아름다움에 대한 매료는 석주호를 활터로
이끄는 가장 중요한 이유가 된다. 석주호는 승부욕과 자기 연마의 도구
로 활쏘기를 배우려 하지만 이것은 어디까지나 표면적인 이유에 불과하
다. 그 숨은 동기는 활터에서 찾아낸 아름다움을 소유하고 싶은 석주호
의 욕망이라 할 수 있다. 그리고 석주호의 아름다움에 대한 욕망에는
성적 욕구가 은밀히 내재되어 있다.[16] 앞서 인용한 소설 첫 장면의 풍
경 묘사는 다분히 성적인 모티브를 담고 있는 것으로, 소설 초반부의
분위기와 석주호의 무의식적 내면을 지배한다. 안개가 걷히는 모습을
여인이 옷을 벗는 것으로 표현한 것이나 풀언덕을 아랫도리로 비유한
것은 모두 성적인 표현들이다. 이 첫 장면의 풍경묘사는, 옷/의식의 통
제가 걷히며 육체/욕망의 대상이 서서히 드러나는 과정으로 읽을 수 있
다. 그렇다면 안개가 걷히고 최종적으로 나타난 북호정과 활쏘기 시합
은 훔쳐 보는 자인 석주호의 무의식적 욕망이 고착되는 대상이라 할 수
있다.

> 낯설음이다. 한 세대가 유년기에 보고 자란 것이 이제는 사라져 가는 것
> 이 되었을 때 갖게 되는 이런 느낌은, 마치 망각했던 유년기의 어떤 것
> 을 현재의 시점에서 재발견했을 때 느끼는 감정과 유사한 것은 아닐까.

16) 프로이트 역시 '아름다움'을 성적 흥분과 깊은 연관을 지닌 것으로 본
　　다.(「성욕에 관한 세 편의 에세이」, p.264)

3) 비밀의 공간-북호정 : 소문으로서의 근친상간

이 소설의 첫 장면에서 북호정은 안개에 가려져 있으며 신비로움을 주는 공간으로 그려진다. 그리고 신비로움을 더해주는 역할을 하는 것은 안개 속으로 들려오는 '주의를 기울이지 않으면 의식되지도 않았지만, 설령 의식된다고 해도 어디서 오는 소리인지 분간할 수 없는' 소리이다. 실체가 가려져 있기 때문에 소리는 근원과 정체를 확인할 수 없다. 소설의 첫 장면에서 신비감을 조성하는 안개에 의한 소리/실체의 분리는 이 소설의 중요한 의미를 상징적으로 암시한다.

시가지와는 동떨어진 외딴 곳에서 일상인들과는 다른 삶의 방식을 고수하는 듯이 보이는 북호정의 사람들은 다분히 비밀스런 존재들이다. 이런 비밀의 공간을 감싸고 도는 것이 '소리'이다. 비밀이란 들추고 싶은 호기심을 유발하며 그 호기심은 소문의 형식으로 왜곡되어 나타난다. 그 소문의 중심에 놓여 있는 것은 근친상간에 대한 환상이다. 작가는 노인의 내면적 독백을 독자에게 들려줌으로써 근친상간이란 하나의 의혹이며 풍문에 불과함을 밝히고 있다. 그러므로 소리/실체의 의미 구조에서 소리는 실체와는 상관없이 분리된 것처럼 보인다. 그러나 소설의 사건들 이면에는 근친상간에 대한 등장인물들의 욕망이 은밀히 흐르고 있다.

> "모르죠. 듣기로는 보내려고 하지 않는다는 소문이기도 하고, 보내려고는 하는데 처녀가 싫단다고도 하고 알쏭달쏭한 모양입니다."
> 권서기는 이상한 웃음을 지었다. 뭔가 검사의 속을 저 혼자 상상해 본 모양이었다.

> 확실하지는 않았지만, 그들은 한결같이 <양조장>의 말이 어떤 금기

(禁忌)를 범하고 있다는 느낌을 받았다. 그들이 느낀 것은 막연했고, 또 사람에 따라 달랐다. 그들의 그런 기분은 그 딸과 노인을 이상한 방법으로 관련지어 상상함으로써 그 말로 인한 노인의 처참한 분노를 예감하기도 했고.

　진실과는 거리를 두고 있지만 소설의 등장인물들은 북호정의 노인과 딸인 젊은 여인의 관계를 '알쏭달쏭한' 어떤 것으로, 혹은 '이상한 방법'으로 연관지어 상상한다. 소문이란 실제의 진상보다는 듣고 말하는 사람들의 욕망이 가미되어 과장되거나 왜곡된 것이다. 소문을 듣고 말하는 사람들은 그 소문에 자신의 숨겨진 욕망을 투사함으로써 간접적으로나마 소문 속의 사건에 가담한다. 소문의 내용이 불미스럽거나 추악한 것일수록 '말'을 통해 금기를 어기는 욕망의 활동은 활발해진다.[17] '권서기'나 '양조장'을 비롯해 활을 배우러간 사람들의 호기심은 곧 자신들이 숨기고 있는 욕망의 우회적 표현이라 할 수 있다. 그러므로 신비스럽고 비밀스런 북호정의 공간은 타인의 욕망이 투영된 공간이다.
　소문의 근원으로서의 북호정 사람들과 그를 둘러싸고 떠도는 근친상간의 풍문은 소리/실체의 분리라고 설정한 이 소설의 의미구조에 부합된다. 그러나 이 소설에서 근친상간의 소문은 실체가 전혀 없는 소리만은 아니다. 비록 안개에 가려져 있지만 들려오는 과녁을 맞추는 화살소리처럼, 석주호를 포함한 사람들의 무의식에서 흘러나온 근친상간의 욕망은 소문의 형식으로 떠돌고 있는 것이다.

---

17) 소문을 통한 욕망 충족은 육체적 움직임이 없이도 가능한 쾌락이라는 점에서 일종의 '사전 쾌락'이라 할 수 이다.('사전쾌락'에 대해서는 「창조적 작가와 몽상」, p.95 참조) 사회적 금기를 어기는 소문에 욕망이 가담하는 것은 리비도적 충동이 음담패설에 작용하는 과정과 유사하다고 할 수 있다.(「농담과 무의식의 관계」, p.130-136)

4) 자리바꿈 : 아버지 살해의 욕망

석주호의 무의식적 욕망은 소설 전개의 근본적인 동력이다. 앞서 언급했듯이 석주호를 활터로 이끄는 것은 '아름다움'에 대한 소유욕이다. 그리고 그런 욕망의 대상은 구체적으로는 '젊은 여인'일 것이다. 이 소설에서 활쏘기는 그 의미가 다소 복합적인 것이라 할 수 있는데, 유독 젊은 여인의 활쏘기는 '아름다운' 것으로 묘사되고 있다. 새벽에 석주호가 본 활쏘는 모습이나 사람들의 강권에 활을 쏘게 되었을 때도 젊은 여인의 모습은 묘한 신비감과 아름다움을 주는 것으로 묘사된다. 그리고 그런 젊은 여인의 활쏘기는 활쏘기 본래의 의미를 벗어난 상징적 의미를 담고 있는 것으로 나타난다. 노인과의 활쏘기가 누구도 보지 않는 새벽에만 이루어지며, 사람들 앞에서 활을 쏘고 나서 노인과 여인이 심한 수치심에 빠진다는 것은 젊은 여인의 활쏘기가 사람들에게는 노출시켜서 않되는 일종의 비밀스런 의식임을 암시한다. 그 비밀스런 의미가 석주호의 무의식적 욕망을 자극하고 그를 활터로 이끄는 매개물이 된다.18)

---

18) '젊은 여인의 활쏘기가 지니는 비밀스런 의미'는, 활쏘기 자체가 지닌 상징적 의미보다는 활쏘기를 둘러싼 상황과 인물들의 태도로부터 추출한 것이어서 그 함의가 다소 모호함을 인정할 수밖에 없다. 결국 '활쏘기 자체'의 상징적 의미를 밝히는 것만이 '비밀스런 의식'의 의미를 명확하게 밝히는 길이 될 것이다. 활쏘기가 석주호의 무의식적 욕망을 자극하는 매개물이라면 활쏘기는 성적(性的)인 의미를 지닌 것이라야 해석의 정합성이 확보된다. '과도한 해석'이라는 지적을 무릅쓰고 활쏘기를 '상징화'의 관점에서 분석하면 다음과 같다.
　프로이트는 꿈의 상징분석에서 보통 뾰족하거나 길쭉한 것, 우산(펼치는 것은 곧 발기를 의미), 무기들, 팽창하는 것인 채찍은 대부분 남성 생식기를, 종이나 나무, 상자, 난로는 여성 생식기를 의미한다고 본다.(「꿈의 해석」, p.453) 이런 관점에서 보면, 우선 '활쏘기'에서 활과 화살은 남성

그러나 이런 석주호의 무의식적 욕망이 맞닥뜨린 것은 활터의 지배자인 노인이다. 노인은 활터의 질서이자 석주호가 지닌 무의식적 욕망의 구도에서는 모든 '아름다움'을 소유하고 있는 아버지이다. 석주호의 '음모'가 비극적 파탄으로 이어지는 소설의 마지막 부분에서 발견되는 것은 그의 유년기적 욕망의 되풀이이다. 노인/아버지-젊은 여인/딸 혹은 어머니-소년/아들의 구도는 석주호의 무의식적 욕망에 의해 노인/아버지-젊은 여인/어머니-석주호/아들의 구도로 바뀌게 되며, 아버지로서의 노인을 극복하고 활터의 모든 '아름다움'을 차지하려는 석주호의 숨겨진 욕망이 드러난다.

노인을 '거인'으로 인식하고 '두려운 마음으로 노인과 활에 순종'하려 하면서도 '음모' 혹은 '반역'을 꾀하는 석주호의 이중적인 심리는 표면적으로 명확하게 해명되지 않는다. 또한 묶여 있는 폴을 보고 느끼는

생식기를 의미한다고 볼 수 있다. 화살의 날카로움과 활의 긴장-팽창-긴장해소는 남근적 속성이 분할되어 있는 것으로 볼 수 있기 때문이다. 그리고 원을 둘러 그린 형태와 화살이 날아가 꽂히는 대상으로서의 속성을 지닌 과녁은 여성 생식기를 상징한다고 볼 수 있다. 이런 활쏘기를 구성하는 요소들의 상징적 의미를 종합해 보면 활쏘기가 성적 활동(性的 活動)을 의미한다고 볼 수 있을 것이다. 특히 활쏘기를 둘러싼 인물들의 태도나 분위기를 고려하면 이 작품에서 활쏘기가 다분히 성적인 의미를 지닌다는 판단이 가능해진다.

그러나 이런 해석이 지닌 위험성은 명백하다. 프로이트가 「꿈의 해석」에서 상징들과 그 의미를 위의 예와 같이 규정한 것은 꿈의 자의적(自意的) 해석을 경계하기 위한 것이며, 상징의 의미도 그 전체적 의미가 비교적 명확한 꿈으로부터 추출해냈다는 점을 망각해서는 않된다. 프로이트의 상징에 대한 분석이 지닌 이런 맥락을 고려하지 않은 채로, 상징을 속기술의 부호처럼 명확한 의미를 지닌 약호로 상정하고 거꾸로 상징 해석을 통해 모호한 작품의 의미를 밝혀 보려는 것은 프로이트의 해석 방법의 전도된 적용이라 할 수 있다. 혹은 구성 요소 간의 관계를 고려하지 않고 선험적으로 존재하는 보편적 상징의 존재를 작품 해석에 도입하는 것 역시도 프로이트의 방법과는 거리가 먼 것이라 할 수 있다.

노인에 대한 '이상한 분노'는 그야말로 '이상한' 것이다. 석주호 자신이 노인에 대한 '반역'을 미처 명확히 의식하지 못하며 '음모'를 어렴풋하게 느끼는 것, 혹은 자신도 이해하지 못하는 '이상한 분노'를 갖게 되는 것은 곧, 이런 행위들의 이면에 석주호 자신도 의식하지 못하는 무의식적 의도가 숨겨져 있기 때문일 것이다. 그리고 그 의도는 바로 노인/아버지의 권위에 도전해 무의식적 욕망이 갈구하는 대상인 젊은 여인/어머니를 차지하려는 유년기적 욕망에서 비롯한다.

소설 중간에 암시된 석주호와 실제 아버지와의 관계 변화는 이런 석주호의 무의식적 욕망의 되풀이와 모종의 관련을 지닌다. 석주호는 대법관 출신인 아버지로부터 '좋은 머리'와 '유복한 환경'을 물려 받는다. 그러나 석주호는 이것을 약점으로 혹은 극복의 대상으로 여긴다. '자신에게 굴복한 패자가 모든 사람에게는 극복될 수 없는 승자가 되기를 바라는' 석주호의 심리는 아버지를 이상화하고 그 아버지를 극복함으로써 모든 것을 소유하려는 욕망의 변주일 뿐이다. 그러나 은퇴한 아버지는 야당생활을 시작하고 이런 변화는 석주호의 지방 발령-좌천-과도 무관하지 않을 것이다. 아버지는 더 이상 석주호를 지켜주는 '거인'이 아니며 석주호의 무의식적인 욕망이 극복하고자 하는 대상이 될 수 없다. 이미 약화된 아버지를 대신하는 것이 활터의 주인이자 지배자인 노인이다. 석주호의 무의식적 욕망에 의한 아버지와 노인의 자리바꿈이 일어나는 것이다. 석주호가 그를 '거인'-존경의 대상-으로 여기면서도 그에 대한 반역을 음모하는 것은 노인/아버지를 살해하고 그의 소유를 차지하고픈 무의식적 욕망의 표현인 것이다. 그러므로 소설의 비극적 파국은 이런 무의식적 욕망에서 파생되는 죄의식과 징벌의 표상으로 이해할 수 있을 것이다.

4. 결론

새로운 이론과 방법을 문학 연구에 적용하고자 할 때 문학 연구자의 뇌리를 떠나지 않는 질문은 그 이론과 방법의 타당성에 대한 의구심일 것이다. 이 글은 정신분석학적 문학 연구의 가능성과 유효성을 간략히 검토하고 그 타당성 여부를 작품 분석을 통해 구체적으로 드러내 보이고자 했다. 보다 포괄적인 정신분석학 이론에 대한 접근과 구체적인 문학 연구로의 확장은 남겨진 과제일 것이다. 끝으로 정신분석학적 문학 연구의 한계와 문제점을 간단히 제시하고 글을 맺고자 한다.

문학과 정신분석학의 친연성(親緣性)에도 불구하고 정신분석학적 문학 연구가 지니는 문제 중의 하나는, 그것이 문학 창조의 원리나 효과에 대해서는 비교적 소상히 밝히고 있지만 미적 형식의 원리를 해명하는 데에는 미흡하다는 점이다. 또 모든 작품이 아니라 어떤 작품에만 적용되거나 혹은 그 유효성이 보장된다는 점이다.

그리고 보다 근본적인 문제는 정신분석학 이론의 보편성과 특수성을 어떻게 받아들이는가의 문제이다. 인간 심리나 문명 발달이 지니는 근본 원리의 보편성에도 불구하고 프로이트의 정신분석학은 초기 자본주의 서구 사회의 산물이다. 이런 시·공간의 격차는 이제 우리에게 정확한 이해와 더불어 적극적인 평가와 창조적 수용의 태도를 요구한다. 이는 정신분석학 이론의 한계와 공백을 우리의 시각으로 메워가는 반성적 작업과 이를 토대로 우리 문학 연구의 이론과 방법의 틀을 확장해가는 작업의 필요성에 다름아니다.

〔고려대학교 국문학과 강사〕

프로이트 정신분석적 방법론의
고전시가 적용 가능성*

이상원

1. 서론

지금까지 고전시가 연구가 방법론적 측면에서 다양성을 확보하지 못했다는 것은 주지의 사실이다. 사정이 이런데도 이에 대해 심각한 문제 제기조차 제대로 이루어지지 못했다는 것은 시가 연구자 모두가 반성해야 할 일이다. 특히 사설시조를 중심으로 활발하게 방법론적 모색이 이루어지고 있는 조선후기 시가 연구의 동향에 비해 조선전기 시가 연구는 최소한의 방법론적 모색조차 이루어지고 있지 못한 상태라 할 수 있다. 이 글은 기본적으로 이런 반성적 토대에서 출발하고자 한다.

시가 연구에 있어—특히 조선전기 시가 연구에 있어 '방법론적 다양성의 확보'라는 명제가 얼마나 타당성을 가질지의 문제는 현재로서는 속단하기 어렵다. 다만 그 가능성을 모색하고 토론의 장을 마련할 필요성만큼은 충분히 인정될 수 있으리라 본다. 이러한 믿음 하에 이 글에서는 프로이트의 정신분석학이 조선전기 시가를 분석하는 데 얼마만큼

---

* 이 논문은 고려대학교 BK21 한국학교육연구단의 신진연구인력 지원비에 의해 작성된 것임.

의 효용성을 제시할 수 있을지 그 가능성을 검토하고, 아울러 그것이 갖는 한계를 함께 지적하고자 한다.

프로이트의 정신분석학은 워낙 방대하기 때문에 그 이론적 체계를 전부 소화하여 문학에 적용한다는 것은 쉬운 일이 아니다. 또한 초기 이론과 후기 이론 사이에는 약간의 차별성이 존재하는 것으로 알려져 있다. 따라서 이 글에서는 그의 후기 이론, 특히 '집단 심리학과 자아 분석'[1]에 기초하여 조선전기와 중기의 연군시가—특히 '亦君恩이샷다' 라는 관습적 표현이 사용된 것—를 중심으로 분석하고자 한다.

2. 집단 심리학과 자아 분석

프로이트에 따르면 남자아이는 아버지를 경쟁자로 인식하고 이 경쟁자를 죽이고 어머니를 소유하는 환상에 빠질 정도로 사랑의 농도가 지속된다. 이것이 오이디푸스 콤플렉스이다. 여기서 벗어나는 길은 거세 콤플렉스에 대한 공포에 의해 마련된다. 아버지는 모든 권위의 근원이요, 온갖 욕망의 조정관이기에 남자아이를 거세시킬 능력도 있는 사람으로 경험된다. 이렇게 해서 남자아이는 어머니에 대한 사랑을 포기하고 아버지와 동일시, 즉 자기 역시 때가 되면 아버지와 같은 권력의 자리를 점할 수 있으리라는 이해와 동화의 방향으로 나간다. 그리고 이런 과정에서 초자아가 형성되어 심리 형태의 일부를 이룬다.[2]

프로이트는 동일시의 특징을 세 가지로 요약하고 있다. 첫째, 동일시

---

1) 김석희 옮김, 『문명 속의 불만』(프로이트 전집15, 열린책들, 1997).
2) 엘리자베드 라이트 저, 권택영 옮김, 『정신분석비평』(문예출판사, 1997), 23-24면.

는 대상과의 감정적 결합의 근원적 형식이다. 즉 동일시는 타인과의 감
정적 결합이 나타내는 초기 형태로 간주할 수 있다. 둘째, 동일시는 퇴
행적인 방법으로, 즉 대상을 자아 속에 받아들이는 방법으로 리비도적
대상 결합의 대용물이 된다. 셋째, 동일시는 성본능의 대상이 아닌 타인
과 공유하고 있는 공통된 특성을 새롭게 지각하면 일어날 수 있다. 이
공통된 특성이 중요할수록 부분적인 동일시는 더욱 성공적으로 일어날
수 있으며, 그리하여 새로운 유대 관계의 단서가 될 수도 있다.[3]

프로이트는 개인 심리에 일어나는 이러한 변화를 토대로 집단 심리
를 설명하고 있다. 프로이트에 있어 개인 심리학과 집단 심리학은 뚜렷
한 차이가 없는 것으로 이해되고 있다. 그는 개인 심리학이 개인과 타
인간의 관계를 무시할 수 있는 경우가 드물다는 점에서 개인 심리학은
처음부터 집단 심리학이기도 하다고 보고 있다. 그에 따르면 집단 구성
원들 사이의 상호 유대는 중요한 감정적 공통성에 바탕을 둔 동일시와
비슷하다. 집단의 경우 이 공통된 특성은 지도자와의 유대가 갖고 있는
본질 속에 존재한다.

주지하다시피 집단 속의 개인들은 하나의 통일체로 결합되어 존재하
며, 이에 따라 집단 나름의 독특한 특징[4]을 갖게 된다. 대부분의 집단
심리학은 이러한 집단이 보여주는 현상적 특징에 주목한다. 그러나 프
로이트는 집단이 개인들을 하나의 통일체로 묶어 주고 있다면, 거기에
는 그 개인들을 묶어 주는 '무엇'이 있다고 봐야 한다면서, 이 '무엇'에
주목한다. 이와 관련하여 그는 집단 속에 존재하는 리비도적 결합이 집
단의 본질임을 밝히고 있다. 집단에서 개인은 한편으로는 지도자와 리

---

3) 김석희 옮김, 앞의 책, 123-4면.
4) 지적 능력의 저하, 감정 억제력 결여, 온건한 태도를 유지하거나 행동을
   늦추지 못함, 감정 표현에서 한도를 넘어서고 감정을 행동이라는 형태로
   표출하려는 경향.

비도적 결합으로 묶여 있고, 또 한편으로는 집단의 다른 구성원들과 리비도적 결합으로 묶여 있다. 집단 속의 개인은 지도자를 자신의 이상으로 삼으며—지도자는 자아이상의 대신— 다른 구성원들과 자신을 동일시한다.

그런데 여기서 주목할 것은 이러한 두 관계에 대한 프로이트의 견해다. 그는 구성원 개개인과 지도자를 묶어 주는 관계가 집단 속의 구성원들을 서로 묶어 주는 관계의 근원—또는 집단 지도자와의 관계가 집단 구성원들 사이에 유지되는 관계보다 더 지배적인 요인—이라고 말한다. 집단 속의 개인들이 하나의 통일체로 결합될 수 있는 것은—즉 개인이 암시에 의해 다른 구성원들과 동일시될 수 있는 것은 구성원 모두에게 평등한 사랑을 똑같이 베푸는 우두머리가 있다는 환상 때문이다. 여기서 그가 지도자의 존재와 역할을 특히 강조하고 있음을 볼 수 있다. 이를 가장 단적으로 보여주는 것이 군대 집단의 <공황> 현상에 대한 분석이다. 프로이트에 따르면 공황은 집단의 리비도적 구조가 이미 이완되었음을 의미하고, 그 이완에 대해 이치에 맞는 방법으로 반응하는 것이다. 따라서 공황은 집단 심리의 사라짐과 집단의 붕괴를 의미한다. 그런데 이러한 공황 현상은 지도자를 잃어버리거나 지도자에 대한 불안이 생겨나면, 위험은 전과 다름이 없다 해도 일어난다. 그는 집단 구성원들 사이의 상호 유대는 대개 지도자와의 유대가 사라지는 것과 동시에 사라진다는 말을 통해 지도자와의 관계가 훨씬 근본적인 것임을 강조하고 있다.

이는 프로이트의 집단 심리학이 개인 심리학에 기초하고 있음을 단적으로 보여준다. 프로이트에게 있어 지도자의 존재가 강조되는 것은 당연한 것이다. 왜냐하면 지도자는 자아이상의 대신이기 때문이다. 집단은 개인들의 집합으로서 구성원들은 하나의 대상에 그들의 자아이상의 위상을 부여한다. 그 결과 집단은 그들의 자아를 서로 동일시한다. 그런데 자아 이상의 위상을 차지한 이 대상이 바로 지도자로 나타나는 것이다.

한편, 동일시가 낳는 가장 중요한 결과는 자신과 동일시하는 사람들에 대해서는 공격성을 제한하고 그들을 용서하고 도와주는 것이다. 이는 집단의 경우에도 그대로 적용된다. 집단 형성이 지속되거나 확대되는 한, 집단 속의 개인들은 모두 획일적으로 행동하고, 다른 구성원들의 독특한 개성을 참아 주며, 자신은 나머지 구성원들과 동일시하고, 그들에게 전혀 혐오감을 품지 않는다. 만약 조건은 서로 비슷하지만 많은 점에서 차이가 있는 집단들의 상호 작용—경쟁이라는 형태—이 존재하게 되면 집단의 이런 성격은 더욱 강화된다. 다른 집단과의 차별성을 부각시키며, 그들을 공격하는 과정에서 내적 결속은 오히려 공고해질 수 있기 때문이다.

3. 15~17세기 연군시가의 정신분석적 해석

조선 건국의 주체 세력들은 이상적인 사대부 사회를 건설하는 것이 목표였다. 이는 정도전을 비롯한 개국 공신들의 일관된 생각이었다. 비록 태종과 같은 군주에 의해 일시적으로 왕권이 지나치게 비대해지는 현상이 나타나기도 했으나, 이로 인해 집권 사대부층의 근본적인 생각이 바뀌었다고 할 수는 없다. 오히려 강력한 군주의 출현은 집권층 내부를 통일적으로 묶어 주는 계기로 작용했다고 볼 수도 있다.

한편 이상적인 사대부 사회의 건설이 목표였다는 것은 가능한 한 많은 개인을 포섭하려는 열린 체계를 지향했음을 의미한다. 따라서 여기서는 자기 집단의 성격을 공고히 함으로써 다른 집단을 배제하는 차별

화의 속성보다는 동일시를 통한 감정적 카타르시스의 형성이 훨씬 중요
한 위치를 차지하게 된다. 선초 악장문학은 이러한 노력의 일환으로 창
작된 것들이다. <感君恩>을 통해 군주를 정점으로 한 사대부 집단의 결
합이 어떻게 이루어지고 있는지 살펴보자.

> 四海 바닷 기픠는 닫줄로 자히리어니와
> 님의 德澤 기픠는 어느 줄로 자히리잇고
> 享福無彊ᄒ샤 萬歲롤 누리쇼셔
> 享福無彊ᄒ샤 萬歲롤 누리쇼셔
> 一竿明月이 亦君恩이샷다.5)

　최근 김흥규는 건국 초기에 제작된 악장인 <文德曲>, <霜臺別曲>,
<龍飛御天歌>를 대상으로 악장의 수사학 속에 담긴 집권 사대부층의
정치 의식을 구명한 바 있다.6) 그에 따르면 건국 초기의 악장 속에는
무조건적인 찬미를 넘어서는, 악장 담당층인 사대부들의 정치적 의미가
깃들어 있다는 것이다. 이는 선초 악장 문학을 찬양 일변도의 문학—더
나아가서 阿諛의 문학으로 해석하던 기존의 연구 성과를 극복한 것으
로 주목받아 마땅하다. 그런데 문제는 조선 건국의 주체라 할 수 있는
정도전이나 권근의 작품들, 그리고 국가적 역량을 투여하여 제작한 <용
비어천가>를 지나 그 뒤에 제작된 악장들에서도 그러한 의미가 지속되
었는가 하는 점이다. 필자는 이 점에서 조선전기 사대부층의 집단 심리
를 문제삼고자 한다.
　위의 <감군은> 1장은 바다의 깊이는 유한한 것이지만 군은의 깊이는
무한한 것이라는 점을 전제로 삼고 있다. 이에 이어지는 2장에서는 하

---

5) <感君恩> 1장,『樂章歌詞』.
6) 金興圭,「鮮初 樂章의 天命論的 상상력과 정치의식」, 韓國詩歌學會 編,
　　『詩歌史와 藝術史의 관련 양상』(보고사, 2000).

늘같이 높은 것이 군은이라고 했다.[7] 이렇듯 군은을 절대화하고 이상화하기 위해 사물들이 동원된다. 그리고 만세를 누리라는 기원이 뒤따르며, 지상에 존재하는 모든 것이 군은이라는 해석으로 마무리된다. 여기에는 김흥규가 말한 바 무조건적인 찬미를 넘어서는 정치적 의미가 나타나지 않는다. 왜 그럴까?

정도전이나 권근 같은 조선건국의 주체들은 이상적인 사대부 사회—현인정치적 권력분점론—를 꿈꾸었다. 그렇기에 예찬과 **頌禱**를 중심으로 하는 악장 문학 속에서도 권력 배분에 관한 자신들의 정치적 동기를 내면화했다. 그러나 건국 주체들의 이런 의도가 지속되었는가에 대해서는 의문의 여지가 많다. 오히려 건국의 기틀이 다져진 이후의 사대부들은 건국 주체들의 악장 문학 속에 잠재된 의식을 공유하기보다는 표면에 드러난 찬미의 수사에 이끌린 것으로 보인다.[8] 바로 이 지점이 악장 문학을 집단 심리의 현상으로 해석할 수 있는 대목이다.

선초 악장 문학은 초기에는 건국 주체들에 의해 그들이 지향하는 정치적 의도를 담는 통로로 작용했으나 후대로 가면서는 이러한 의식이 퇴색하는 대신 그 자리를 군은에 대한 예찬이 차지하는 것으로 보인다. 이러한 악장 문학의 맹목적이고 무의식적인 계승은 집단 심리의 한 전형을 보여주는 것이라 할 수 있다. 그들이 그토록 칭송하고 예찬하는 지도자인 '님'은 자아이상의 대신이며, 이 '님'으로부터 공평한 은혜를 받고 있다는 암시를 통해 그들은 서로 동일시되고 있다. 이와 관련하여 주목을 끄는 것이 "亦君恩이샷다"라는 표현이다. '이 또한 임금의 은혜'라는 말은 '존재하는 모든 것이 임금의 은혜'라는 말에 다름 아니다. 중

---

7) 泰山이 놉다컨마르는 하롤해 몬 밋거니와 / 님의 놉프샨 恩과 德과는 하
  늘フ티 노프샷다 / 享福無彊ᄒ샤 萬歲롤 누리쇼셔 / 享福無彊ᄒ샤 萬歲롤
  누리쇼셔 / 一竿明月이 亦君恩이샷다.
8) 이는 왕권과 신권의 대립이 지속되었는가의 문제와는 별개다.

세 사회에서 이것만큼 집단의 결합을 공고히 할 수 있는 말이 어디 있
겠는가? 선초 사대부들은 이를 통해 자신이 어디에 있건 또 무엇을 하
건 군주의 사랑을 받고 있다고 느꼈으며, 이것이 당시의 집권 사대부층
을 하나로 묶어 줄 수 있는 강력한 힘이었다. 그렇기에 님은 만세를 누
리면서 영원히 존재해야 하는 것이다. 님이 부재하거나 님의 존재에 이
상이 생기면 집단이 사라지거나 심각한 문제가 발생하기 때문이다.

  암시를 통한 동일시와 관련하여 특히 주목을 끄는 작품이 맹사성의
<강호사시가>다. 악장 문학이야 창작 동기나 사용처의 특수성으로 인해
그렇다 치더라도 초기 시조의 대표작이라 할 수 있는 맹사성의 「강호사
시가」에 악장 문학의 관습적 표현이 계승되고 있음은 분명 예사롭지 않
은 것이다.

> 江湖에 봄이 드니 미친 興이 절로 난다
> 濁醪溪邊에 金鱗魚ㅣ안주로다
> 이몸이 閑暇히옴도 亦君恩이샷다.
>
> 江湖에 녀름이 드니 草堂에 일이 업다
> 有信흔 江波는 보내느니 ㅂ람이다
> 이몸이 서늘히옴도 亦君恩이샷다.
>
> 江湖에 ᄀ올이 드니 고기마다 술져 잇다
> 小艇에 그믈 시러 흘리쯰여 더뎌 두고
> 이몸이 消日히옴도 亦君恩이샷다.
> 江湖에 겨월이 드니 눈 기픠 자히 남다
> 삿갓 빗기 쓰고 누역으로 오슬 삼아
> 이몸이 칩지 아니히옴도 亦君恩이샷다.9)

---

9) 김천택, 『청구영언』(조선진서간행회, 1948).

<감군은>이 군은의 총체적 의미를 규정하고 어느 곳이든 王土 아님이 없음을 말했다면, <강호사시가>는 여기에다 시간적 질서를 부여함으로써 군은의 항존성을 강조하고 있다. 그러니까 <감군은>의 "一竿明月이 亦君恩이샷다"10)를 사시의 순환 구조로 노래함으로써 님의 사랑을 받지 않는 때가 없음을 부각한 것이다. 이 작품의 각 연이 '강호'라는 공간적 언어로 시작하고 있기 때문에 강호시조의 출발로 이해하고자 하는 경향이 그 동안 지배적이었다. 그러나 여기에 등장하는 '강호'는 16세기 사림파 시조에 등장하는 '강호'와 질적으로 구별된다는 점에서 이러한 이해 방식은 온당하지 못하다는 생각이 든다. 맹사성의 <강호사시가>는 오히려 그 표면적 형식과 관계없이 선초 악장 문학의 영역에 포섭되어 있다고 보는 것이 온당할 것이다. <강호사시가>는 자신의 이상, 즉 자아이상의 대신인 님으로부터 무한한 사랑을 받고 있음을 표현했다는 점에서 악장 문학에 포섭되어 있을 뿐만 아니라, 시간과 공간 모두를 초월한 사랑을 노래하고 있다는 점에서 그 총결판이라 할 수 있다.

맹사성의 <강호사시가>가 군은의 항존성을 강조함으로써 시간과 공간을 초월한 총결판으로서의 성격을 띠고 있다는 것은, 그것의 영향력을 능히 짐작게 한다. 즉 강호와 군은의 결합이 시조의 외피를 두르고 나타났다는 점에서 후대 시조에서 이를 계승하는 작품들이 탄생하리라는 것을 충분히 예상할 수 있다. 16세기 초반 김구, 이현보, 송순의 시조는 이를 입증하는 예들이다. 먼저 널리 알려진 김구의 시조부터 보기로 한다.

---

10) 이 구절은 <감군은>에만 나타나는 것은 아니다. 『악장가사』 소재 <어부사> 1장에도 동일한 구절이 나타난다. 따라서 이 구절은 당시의 관습적인 표현이라 할 수 있다.

> 올히 댤은 다리 학긔 다리 되도록애
> 거믄 가마괴 해오라비 되도록애
> 享福無彊ᄒ샤 億萬歲롤 누리쇼셔.
>
> 泰山이 놉다 ᄒ여도 하놀 아래 뫼히로다
> 河海 깁다 ᄒ여도 ᄯᅡ 우히 므리로다
> 아마도 놉고 깁흘슨 聖恩인가 ᄒ노라.11)

첫 번째 작품은 김구가 옥당에서 당직을 서고 있을 때 중종의 요청에 따라 불렀다는 것이며, 두 번째 작품은 김구가 기묘사화로 벼슬에서 물러난 뒤 지은 것이다. 우리는 여기서 기묘사림의 경우 후대의 사림들과 달리 군은의 높고 깊음을 의심할 여지없이 받아들이고 있음을 볼 수 있다. 다음에서 살펴보겠지만 16세기 중·후반 사림파 시조의 경우 여전히 군은의 항존성을 노래하고 있지만, 거기에는 다분히 시름과 갈등이 내재되어 있다. 그러나 위 김구의 경우 이런 시름과 갈등은 전혀 찾아볼 수 없으며, 오히려 기존의 악장적 어투를 이어받아 최대한으로 군은을 예찬하고 있다. 이런 사정을 어떻게 이해해야 할까?

김구의 시조를 통해 조광조를 비롯한 기묘사림들의 생각을 엿볼 수 있다. 흔히 15세기 후반 사림의 등장으로 집권 훈구 세력과 사림파 사이에 정치적 긴장 관계가 형성되었고, 이에 따라 두 세력은 화합할 수 없는 갈등을 빚은 것으로 알려져 있다. 이는 어느 정도 사실일 것이다. 그러나 군주의 신뢰를 중심에 놓고 생각해 봤을 때 두 세력은 각기 동상이몽을 꾸고 있었다고 생각된다. 반정 공신들이야 말할 것도 없지만, 기묘사림들 역시 왕의 총애를 등에 업고 至治를 실현할 수 있다고 강하게 믿었던 듯하다. 군주와 하나가 되어 治人의 이상을 이루려면 군주의 만수무강이 절대 필요하다는 점에서 첫 번째 작품과 같은 기원의 노

---

11) 金絿,『自菴集』,『韓國文集叢刊24』(民族文化推進會, 1996).

래가 불린 것으로 생각되며, 두 번째 작품을 통해 벼슬에서 물러난 뒤에도 그들의 군주에 대한 신뢰는 근본적으로 달라지지 않았음을 확인할 수 있다.

이에 비해 16세기 중·후반 사림들의 시조에서는 김구의 경우와는 다른 경향을 띠고 나타난다.

> 功名이 그지 이실가 壽夭도 天定이라
> 金犀씌 구븐 허리예 八十逢春 긔 몃히오
> 年年에 오늣나리 亦君恩이샷다.12)

> 風霜이 섯거친 날에 갓 피온 黃菊花를
> 金盆에 ㄱ득 담아 玉堂에 보내오니
> 桃李야 곳이온 양 마라 님의 뜻을 알괘라.13)

두 작품 다 일단 겉으로 보아 전대의 작품과 별 차이가 없어 보인다. 먼저 이현보의 「생일가」의 경우 '오ᄂ리' 노래와 '역군은이샷다'라는 악장적 표현을 적당히 결합시켜 표현되어 있다. 송순의 시조 역시 임금의 요청에 따라 노래를 지었다는 점에서 위 김구의 경우와 비슷하다고 할 수 있다. 그러나 이 두 작품에는 앞서 살펴본 김구의 작품과 견주어 봤을 때 중요한 차이가 내재되어 있다.

먼저 이현보의 <생일가>부터 보자. 공명은 끝이 없고 수요는 하늘이 정한 것이라는 초장의 의미는 무엇인가? 수요는 하늘이 정하는 것이라 언제 목숨이 다할지 알 수 없는 일이다. 때문에 개인의 공명 추구가 다 동일할 수는 없으며 또한 마냥 지속될 수 있는 것도 아니다. 그런데도 그는 팔십 평생을 님의 사랑을 받으며 살아갈 수 있었다. 그러니 해마

---

12) 李賢輔, 『聾巖集』, 『韓國文集叢刊17』(民族文化推進會, 1996).
13) 김수장, 『해동가요』.

다 오늘처럼 살 수 있었던 것은 오로지 군은의 덕택이라 할 수 있다. 여기서 주목되는 것은 모든 개인들이 님으로부터 다 똑같은 사랑을 받으며 살아가는 것은 아니라는 인식이 부분적으로나마 나타난다는 점이다. 이는 님에 대한 불안을 암시한다.

송순의 시조에서 주목되는 것은 "桃李"의 출현이다. "桃李야 곳이온양 마라"를 액면 그대로 이해하자면 시적 화자가 他者를 향해 건네는 말로 볼 수 있겠지만 다른 한편으로는 님이 화자를 향해 던지는 말로도 볼 수 있다. 즉 시적 화자는 황국을 옥당에 보낸 님의 뜻을 '황국처럼 돼라'고만 받아들이는 것이 아니라 '도리처럼 되지 말라'고도 받아들이고 있는 것이다. 님의 뜻을 '~해라'로 받아들이는 것과 '~해야지 ~해서는 안 된다'로 받아들이는 것의 차이는 크다. 전자의 경우 님의 절대적인 사랑을 전제하지만 후자의 경우 님의 절대적인 사랑을 의심하고 있기 때문이다. 이런 점에서 송순의 시조에서도 이현보의 경우와는 좀 다르지만 여전히 불안이 내재해 있음을 알 수 있다.

그렇다면 이러한 일부 변화는 왜 나타나는가? 그것은 물론 16세기 사림파의 처지와 밀접한 관련성이 있다. 16세기 사림들의 경우 15세기 집권 사대부층과 근본적인 생각의 차이가 있었던 것은 아니다. 16세기 사림들 역시 이상적인 사대부 사회의 건설을 그들 사고의 중심에 놓고 있었다. 따라서 그들 역시 지도자와 리비도적으로 결합되어 있다. 그런데 문제는 지도자의 사랑을 독차지 할 수 없다는 데 있다.14) 따라서 그들은 님으로부터 사랑받고 있지만, 크게 사랑받고 있다고 느끼지는 못한다. 이것이 님에 대한 신뢰가 흔들리고 있는 근본 동인이다. 이현보를 비롯한 16세기 사림파 시조가 겉으로는 '연군', '군은', '성은'을 말하면

---

14) 이러한 인식은 기묘사림 이후의 사림들에게 해당하는 것이다. 기묘사림들까지만 하더라도 지도자의 사랑을 독차지할 수 있다고 믿었던 듯하다. 이는 김구의 작품이 입증하고 있다.

서도 시름과 갈등이 작품의 중심을 이루고 있는 것은 바로 이런 이유에
서다. 이는 님이 자아이상의 대신으로 존재하기에 부족하다고 느끼고
있음을 암시한다. 님이 자아이상의 대신으로 군림할 수 있었던 것은, 님
이 하늘의 대리인이라는 환상 때문이었다. 이제 이런 환상은 깨지기 시
작했으며, 님은 왕권의 중심에 위치한 현실적 존재자로 인식된다. 이에
따라 님은 더 이상 그들이 되고 싶고, 본받고 싶은 대상이 아니게 된다.

  그러나 그들은 님을 완전히 지워버리지는 않는다. 다만 그들의 이상
은 좀더 근본적인 것으로 향할 뿐이다. 여기서 사림들은 자신들의 이상
을 자연으로 이동시키는 것으로 보인다. 자연이야말로 그들이 원래 꿈
꾸었던 환상에 가장 가까운 것이다. 그리하여 자연은 그들이 본받고 싶
은 대상으로서의 위치를 확고하게 누리게 된다. 그리고 사람들은 이를
매개로 하여 급속도로 결합함으로써 집단으로서의 자리를 확실히 마련
하게 된다. '심성수양'을 강조하는 사림파 시조의 본질은 이 점에서 온
전히 이해될 수 있다.15)

  마지막으로 16세기 말 사림 집단 내부의 분파로 인한 붕당 정치의
출현과 그 산물로서의 17세기 시조는 어떻게 이해해야 할까? 17세기 시
조 역시 "역군은이샷다"라는 관습적 표현이 나타나는 작품을 중심으로
고찰하기로 한다. 조존성의 <呼兒曲>과 신흠의 <放翁詩餘>에서 각 한
수씩 발견할 수 있다.

> 아히야 粥朝飯 다오 南畝에 일 만해라
> 서투른 짜부를 눌마조 자부려뇨
> 두어라 聖世躬畊도 亦君恩이시니라.16)

---

15) 이렇게 본다면 '강호가도'를 본질로 하는 강호시조는 16세기 사림파에
   의해 형성되었다고 보는 것이 옳을 듯하다.
16) 조존성, <呼兒曲> 제3 '南畝躬畊', 김천택, 앞의 책.

功名이 긔 무엇고 헌신짝 버스니로다
田園에 도라오니 麋鹿이 벗이로다
百年을 이리 지냄도 亦君恩이로다.17)

17세기 시조에 오면 님의 모습은 더욱 불안정한 모습을 띠게 된다. 겉으로는 '역군은'을 말하고 있으면서도 실질에 있어서는 16세기 시조와 견주어도 많은 차이를 보여준다.

우선 조존성의 작품부터 보자. 아이에게 죽조반을 재촉해서 먹고 서둘러 나가야 할 정도로 할 일이 많다고 했다. 그러나 중장에서 보듯 이를 함께 할 수 있는 사람이 없다. 오히려 혼자 이 모두를 헤치고 나가야 한다. 집단 속의 개인으로 결합되어 있기보다 집단에서 소외된 개인의 모습이 훨씬 부각되어 있다. 종장에서 이 또한 군은이라고 말하고 있기는 하지만, 이는 님이 아직도 자신을 사랑하고 있다고 믿고 싶어하는 자위에 가까우며, 님의 절대성을 믿는 환상과는 멀어져 있다. 이는 "역군은이샷다"가 "역군은이시니라"로 변화되어 나타나는 데서도 읽을 수 있다. 그의 자아이상은 오히려 다른 데 있다. 그것은 太古의 자족적 이상 세계라 할 수 있다.18)

신흠 작품 역시 조존성의 것과 비슷한 모습을 보여준다. 초장에서 공명을 헌 신짝에 견주고 있다. 사대부의 공명 추구는 당연한 것이다. 이는 공명은 끝이 없다고 한 이현보에게서 단적으로 확인할 수 있었던 바다. 그런데도 공명에서 벗어난 것을 헌 신짝을 벗은 것처럼 홀가분하다고 하는 것은 집단의 결합에 심각한 문제가 일어났음을 말해준다. 중장

---

17) 申欽, <放翁詩餘> 제2, 김천택, 앞의 책.
18) <호아곡> 제4 '北郭醉歸'에서 이를 확인할 수 있다. 아히야 쇼 머겨내여 北郭에 새 술 먹쟈 / 大醉혼 얼굴을 돌빗체 시러오니 / 어즈버 羲皇上人을 오늘 다시 보와다.

에 그려진 전원의 형상 또한 조존성의 경우와 아주 흡사하다. 그의 전
원에는 미록만이 존재할 뿐 아무도 존재하지 않는다.[19] 종장에서 존칭
어 '-시'가 사라진 "역군은이로다" 또한 조존성의 경우와 마찬가지로 자
위 또는 자탄에 가깝다. 그리고 그는 목릉 성세를 태평성세로 간주하면
서 현재를 부정해 버리며, 은자를 칭송하거나 선계를 동경한다는 점에
서도 조존성의 경우와 유사하다.[20]

　17세기 시조에서는 님이 불안정한 모습을 띠고 있으며, 님의 절대성
은 거의 존재하지 않는 것으로 나타난다. 이러한 현상은 이미 16세기에
서부터 어느 정도 나타나는 것이었지만, 16세기에는 사림 집단의 이념
추구가 집단의 결합을 가능하게 하는 요인으로 작용했고, 님의 존재 또
한 의심받고 있으나 위신이 추락한 것은 아니었다. 그러나 17세기에 오
면 님은 사라지고 없거나, 있더라도 그 위신은 거의 추락한 상태로 존
재한다. 17세기 중반 윤선도의 <夢天謠>는 님의 위신이 추락한 모습을
단적으로 보여준다.

　　　　상해런가 꿈이런가 白玉京의 올라가니
　　　　玉皇은 반기시나 群仙이 꺼리느다
　　　　두어라 五湖烟月이 내 分일시 올탓다.[21]

　님은 더 이상 자아이상으로 군림하지 못하고 있음을 읽을 수 있다.
윤선도는 꿈인지 현실인지 알 수 없다고 했지만, 이는 이미 엄연한 현

---

19) 山村에 눈이 오니 돌길이 무쳐셰라 / 柴扉롤 여지 마라 날 ᄎᄌ리 뉘 이
　　시리 / 밤중만 一片明月이 긔 벗인가 ᄒ노라.
20) 신흠 시조의 이런 성격에 대해서는 필자의 「申欽의 <放翁詩餘> 研究」,
　　『17세기 시조사의 구도』(月印, 2000) 참조.
21) 尹善道, <夢天謠> 제1장, 「孤山遺稿」, 『韓國文集叢刊91』(民族文化推進會,
　　1992).

실이 되어 있었다. 윤선도의 경우에도 비록 부분적이지만 선계에 대한 동경이 나타난다는 점에서 앞의 두 사람과 근본적으로 동일하다.

그렇다면 이런 17세기 시조의 특징을 어떻게 이해해야 될까? 조존성이나 신흠에게서 나타나는 태고에 대한 동경, 선계 지향은 새로운 대상 선택이라고 말할 수 있을까? 불행하게도 그 답은 아니다 쪽이다. 사실, 17세기 시조의 이런 경향은 당연한 것이라 할 수 있다. 그들이 이상으로 선택한 것은 우주의 이법이 완벽하게 구현되는 자연의 질서였다. 따라서 현실정치에서 갈등과 좌절을 경험하는 것은 자명한 이치다. 이런 이유 때문에 유배나 방축 등 타의에 의해 쫓겨난 그들이 꿈꿀 수 있는 것은 자연의 질서가 가장 온전하게 구현되는 세계일 수밖에 없다. 이런 점에서 17세기 시조에 흔하게 나타나는 태고, 선계 등은 그들이 꿈꾼 이상적 세계에 다름 아니다. 이 역시 대상 선택이라기보다는 동일시에 가깝다. 그들은 이제 태고의 은자나 선계의 신선과 자신을 동일시하면서 그들의 행동을 모방하게 된다. 이런 점에서 15~17세기 사대부 집단은 퇴행만을 반복하고 있음을 볼 수 있다. 따라서 이들에게서 주체의 형성은 찾아볼 수 없다.

주체가 형성되어 가는 과정은 오히려 다른 쪽에서 찾아져야 할 것이다. 매우 제한적이기는 하지만 17세기 이후 향촌사족들의 시조에서 그 징후를 발견할 수 있다.

집단은 자아이상을 하나의 공통된 대상으로 대치하고, 그 결과 자아 속에서 자신들을 서로 동일시하게 된 개인들의 집합이다.22) 따라서 집단의 구성원이 지도자를 더 이상 자아이상의 대신으로 대치하지 않게 되면 그는 집단에서 이탈하게 됨을 알 수 있다. 이것은 사랑하던 대상이 사랑할 가치가 없음을 스스로 입증해 보였기 때문에 그 대상을 포기

---

22) 김석희 옮김, 앞의 책, 134-5면.

한 경우와 비슷하다고 할 수 있다. 이 경우 포기된 대상은 동일시를 통해 다시 자아 속에 확립되어 자아이상의 엄격한 비난을 받게 되며, 대상을 향한 비난과 공격은 우울한 자기 질책의 형태로 나타난다. 다음의 작품들은 이 점에서 주목을 요한다.

어리고 쏘 어리니 ᄒᆞᄂᆞᆫ 일이 다 어리다
이러홈도 어리고 져리홈도 어리도다
아마도 어린 거시니 어린 대로 ᄒᆞ리라.

내의 졸ᄒᆞ이미 졸ᄒᆞᆫ 즁의 더 졸ᄒᆞ다
生涯도 졸ᄒᆞ고 學業도 졸ᄒᆞ여라
두어라 本性이 졸ᄒᆞ거니 므스이라 아니 졸ᄒᆞ리.23)

자신의 어리석고 못남을 유별나게 강조하고 있는 김득연의 이 시조들은 자신이 포기한 대상에 대한 공격으로 해석될 여지가 충분히 있어 보인다. 비록 김득연뿐만이 아니라 비슷한 처지에 놓여 있었던 박인로와 정훈 같은 사람에게서도 이러한 경향이 나타나는 것으로 미루어 17세기 이후 향촌사족들의 시조에서는 사대부 집단에서 이탈하면서 겪게 되는 고민과 갈등, 또는 이탈 후 정상적인 대상 선택을 이루지 못하고 방황하는 신경증적 징후들이 나타나는 것처럼 보인다.

한편 이런 징후들과 관련하여 『청구영언』(진본) 무명씨조에 '放浪'이라는 제목으로 실려 있는 다음 작품들을 주목할 필요가 있다.

이셩져셩 다 지내고 흐롱하롱인 일 업니
功名도 어근버근 世事도 싱슝샹슝
每日에 ᄒᆞᆫ 盞 두 盞ᄒᆞ여 이렁저렁 ᄒᆞ리라.

---

23) 金得硏, 『葛峯先生文集』 坤.

> 이럿타 저럿탓 말이 오로다 두리슝슝
> 잇거나 사거나 기픈 盞에 ㄱ득 부어
> 每日에 長醉不醒ᄒ면 긔 죠흔가 ᄒ노라.
>
> 어리거든 채 어리거나 밋치거든 채 밋치거나
> 어린 듯 미친 듯 아는 듯 모로는 듯
> 이런가 져런가 ᄒ니 아므란 줄 몰래라.
>
> 世事ㅣ 삼꺼울이라 허틀고 미쳐셰라
> 거귀여 드리치고 나 몰래라 ᄒ고라쟈
> 아희야 덩덕궁 북쳐라 이야지야 ᄒ리라.24)

위의 작품들은 작자를 알 수 없어 단정적으로 말하기에 곤란한 측면이 있다. 하지만 17세기 향촌사족들의 시조와 작품 경향이 거의 일치하고 있는 점으로 미루어 사대부 집단에서 이탈한 뒤 정상적인 대상 선택을 이루지 못하고 방황하는 징후들을 보여주는 것으로 해석될 가능성은 충분히 있어 보인다.

4. 남는 문제들

지금까지 프로이트의 정신분석학 중 집단 심리학 이론에 주목하여 이것이 고전시가 연구에 적용될 수 있는 가능성을 검토해 보았다. 그리하여 연군시가, 특히 '역군은이샷다'라는 관습적 표현이 사용된 작품을 중심으로 15세기~17세기의 시가사를 개괄해 보았다. 이제 앞으로의 과

---

24) 김천택, 앞의 책. 18세기 사대부 작가 권섭(1671~1759)의 <笑矣乎> 四章 도 비슷한 맥락에서 주목을 요하는 작품이라 할 수 있다.

제를 간략히 정리하는 것으로 논의를 맺고자 한다.

정신분석학의 핵심은 무의식에 있다. 집단 심리학이라고 하여 여기서 예외일 수 없음은 물론이다. 따라서 이를 문학에 적용할 경우 표면적 진술의 틈에 존재하는 무의식적 언어에 주목해야 할 것이다. 그런데 고전시가의 경우 이런 무의식적 언어의 사용은 극히 제한되어 있다. 특히 조선 전·중기 사대부 시가에서는 거의 나타나지 않는 것으로 보인다. 조선시대 시가는 거의 의식적 언어가 중심을 이루고 있다고 해도 과언이 아닐 정도다. 이는 정신분석적 방법론을 고전시가 연구에 적용하기 어렵게 만드는 일차적 요인으로 작용할 수 있다. 앞서 맹사성의 <강호사시가>를 선초 집권 사대부층의 집단 심리를 반영한 것으로 보았으나, 사실 여기에 사용된 언어는 무의식적이기보다 오히려 의식적이고 의도적인 수사가 중심을 이루고 있다. 맹사성을 비롯한 선초 악장문학의 담당자들은 군주에 대한 찬양을 통해 집단의 결속을 강화하려는 목적으로 작품 창작에 임했기 때문이다. 집단 심리학에서는 이런 의도적 수사를 문제삼을 수 있다. 왜냐하면 의도적 수사가 집단 심리를 움직이는 역할을 하는 경우도 있기 때문이다. 말은 집단 심리에 강력한 태풍을 불러일으킬 수 있고, 그 태풍을 가라앉힐 수도 있는 마술적인 힘을 가졌다.25) 집단 심리에서 중요한 것은 의도적이냐 그렇지 않으냐에 있지 않고 그것을 환상으로 받아들이느냐 아니냐에 달렸다. 그러나 개인 심리를 분석하는 경우에는 의식적 언어의 틈에 존재하는 무의식의 흔적이 중시될 수밖에 없다. 이런 점에서 정신분석적 방법론을 어디까지 확대하여 적용할 수 있을지는 여전히 고민거리라 할 수 있다.

집단은 획일적이고 한결같은 영향력을 가진 안정되고 지속적인 집단이 있는가 하면, 순식간에 형성되었다가 금세 사라지는 일시적인 집단

---

25) 김석희 옮김, 앞의 책, 90면.

도 있다. 프로이트가 집단 심리학의 모델로 삼은 것은 이 중 일시적인
집단이었다. 그는 "각 개인의 후천적 능력이 비록 잠정적이나마 완전히
사라지는 驚異를 우리가 만날 수 있는 것은 바로 이 소란스럽고 덧없
는 집단, 말하자면 안정되고 지속적인 다른 집단들 위에 포개진 집단에
서다."26)라고 말한다. 그런데 조선시대 사대부 집단은 일시적인 집단이
라기보다는 안정되고 지속적인 집단에 가깝다. 뿐만 아니라 프로이트가
이런 집단의 구체적 예로 제시한 종족, 계급, 종교, 국가 등의 복합적
성격을 동시에 갖는 것이 사대부 집단이라 할 수 있다. 따라서 사대부
집단의 심리를 정신분석학의 관점에서 이해한다는 것은 여러 가지로 어
려움에 봉착할 수밖에 없다. 또한 조선시대 사대부 집단의 본질을 어떻
게 이해해야 할지도 문제다. 지도자를 가진 집단으로 보아야 할지, 지도
자가 없는 집단으로 보아야 할지, 아니면 성리학이라는 추상 관념이 지
도자를 대신하고 있다고 보아야 할지 등등에 대해 명쾌하게 대답하기
어려운 측면이 분명 존재한다.27)

　17세기 향촌사족의 시조에서 주체의 형성을 찾는 것이 합당한지에
대해서도 더 따져봐야 할 문제다. 16세기 頤菴 宋寅(1517~1584)의 다
음 작품은 『청구영언』(진본) 무명씨조에 '방랑'이라는 제목 하에 실려
있는 작품들과 견주어 봤을 때 거의 차이가 없다.

　　　이셩 져셩ᄒ니 이론 일이 무스 일고
　　　흐롱 하롱ᄒ니 歲月이 거의로다

---

26) 위의 책, 150면.
27) 지도자를 가진 집단이 더 원시적이고 완전한 집단인지, 지도자가 없는
　　집단에서 이념이나 추상 관념이 지도자를 대신할 수는 없는지, 공통된
　　경향이나 대다수 사람들이 공유할 수 있는 소망이 지도자의 대역으로 기
　　능할 수는 없는지 등등의 문제에 대해서는 프로이트도 뚜렷한 답을 제시
　　한 바가 없다. 위의 책, 114~119면 참조.

두어라 已矣已矣여니 아니 놀고 어이리.

혼둘 셜혼날에 盞을 아니 노핫노라
꿀病도 아니 들고 입덧도 아니 난다
每日에 病 업슨 덧으란 찌지 말미 엇더리.

드른 말 卽時 닛고 본 일도 못 본드시
내 人事ㅣ 이러홈애 눔의 是非 모를로다
다만지 손이 셩호니 盞 잡기만 호노라.28)

아무것도 한 일 없이 세월만 흘러가니 이렇게 사느니 차라리 노는
것이 낫지 않겠느냐. 한달 내 술독에 빠져 살아도 아무 탈이 없으니 매
일 취해 있음이 어떻겠는가. 세상일에는 관심이 없고 손은 성하니 술
마시는 일만 하겠다. 세 작품의 내용을 정리하면 대체로 이렇게 될 것
이다. 아무튼 여기서는 집단 심리의 흔적은 찾아볼 수 없고 16세기 특
권 사대부였던 송인29) 개인의 정서 표출이 두드러진다. 이 점에서 위
작품들은 『청구영언』의 작품들과 맥을 같이 한다. 그렇다면 17세기 이
후 일부 향촌사족들의 시조에서 나타나는 징후들을 어떻게 이해해야 할
까? 지도자 또는 집단 이념에 대한 동일시를 경험하지 못하고 거기서
이탈한 개인은 비단 17세기에만 존재한 것이 아니라 16세기에도 존재
했다고 봐야하지 않을까? 그럴 수는 있을 것이다. 또 그렇게 볼 만한
여지도 충분히 있다. 그렇다 하더라도 17세기에 들어와서 이러한 징후
들이 특별히 두드러지는 이유에 대해서는 좀더 세밀히 따져져야 할 것
이다. 이를 위해서는 16세기 송인의 시조와 17세기 향촌사족의 시조,
그리고 『청구영언』 무명씨조에 실린 작품들의 상호 관계부터 해명될 필

---

28) 김천택, 앞의 책.
29) 송인의 개인 정보에 대해서는 필자, 「16세기 시조의 성격과 조선전기 시
　　조사의 구도」, 『어문논집』43(민족어문학회, 2001.4) 참조.

요가 있다. 이들의 관계를 밝히고 난 다음 집단의 성격 변화를 고려한다면 그 이유가 좀더 분명히 드러날 것이다.

  마지막으로 정신분석학이 문학 연구—특히 고전시가 연구—의 방법론으로서 어느 정도의 위치를 가질 수 있을지에 대해 간략히 언급하는 것으로 글을 마무리하고자 한다. 정신분석학은 개인 심리에 초점이 맞추어져 있다. 「집단심리학과 자아 분석」이라는 제목이 보여주듯 집단심리학에서도 역시 집단의 구성원으로서의 개인, 즉 일정한 시기에 일정한 목적을 위해 집단으로 조직된 군중의 일원으로서의 개인에 관심을 갖는다. 따라서 동적 시간상을 부여하여 사적 변천을 문제삼고자 할 경우 한계를 가질 수밖에 없는 것처럼 보인다. 이는 역사주의적 방법론과 결합할 때 정신분석적 방법론이 가치를 지닐 수 있음을 의미한다.

〔고려대학교 국문학과 강사〕

라캉 정신분석과 문학연구

이도연

1. 라캉 정신분석의 이론적 검토

1) 이론의 배경과 성립

라캉의 정신분석이론만큼 소문만 무성한 채 제대로 원전 소개가 안 된 경우도 드물 것이다. 라캉의 주저인 <<에끄리>>(1966)마저 출판사들의 야심찬 번역 계획에도 불구하고 아직 이 땅에서 빛을 보지 못하고 있다. 그리고 원전의 난해함은 한국어 독자들에게 절망과 함께 '접근불가능한 텍스트'라는 오명을 던져주고 있다. 한국어로 출판된 라캉의 원전은 권택영 교수가 편한 <<욕망이론>>(문예출판사, 1994)만이 유일한 정도이다. 그러나 이 책도 <<에끄리>>의 아주 적은 부분만을 소개하고 있고, 영어번역에 대한 중역이라는 문제를 지니고 있다. 따라서 라캉의 불어 원전에 대한 한국어 번역본은 전무하다고 해도 과언이 아니다. 현재 라캉에 대한 수많은 2차서들이 나와 있지만 무엇보다도 시급한 것은 라캉의 원전에 대한 한국어 번역본의 출간이라고 할 수 있을 것이다. 불어에 능숙하지 않은 독자들은 할 수 없이 영어본에 손을 댈 수밖에 없는데, 이 영문판마저 불문판 <<에끄리>>에 대한 편집자의 <selection>이라 일반 연구자들이 라캉 정신분석의 전모를 살펴보기에는 어려운 실정이다. 이와 같이 원전 텍스트를 공유할 수 없는 상황 속에서의 라캉에 대한 논의는 근본적인 결함 내지 한계를 안고 시작하는 것임을 솔직하게 시인할 수밖에 없다.[1]

라캉은 '프로이트로 되돌아가자'라는 슬로건 아래, 소쉬르 등의 언어학, 헤겔의 욕망이론, 하이데거의 존재론, 레비스트로스 등의 구조인류학적 성과를 흡수하여 독창적인 정신분석이론을 전개하였다. 그리고 크게는 프로이트의 정신분석을 구조주의의 자장 속에서 새롭게 해석해 냈다고 할 수 있다. 프로이트가 무의식의 형성물들이 '압축'과 '전치'라는 의식의 작용과는 다른 기술을 사용하고 있음을 밝혀낸 데에 덧붙여 라캉은 '무의식은 언어처럼 구조화되어 있다'라고 주장하였다. 이는 야콥슨이 실어증 환자의 언어구조에서 은유와 환유의 기제를 밝혀 낸 것에 직, 간접적으로 영향받은 것이다. 그리고 기표와 기의사이의 의미화작용을 나타내는 라캉의 공식과 은유나 환유 등에 대한 설명은 소쉬르의 언어학과 직접적으로 관련된다.(물론 라캉은 그 영향관계를 스스로 고백하지는 않았지만) 소쉬르에게 있어 안정적인 결합관계로 파악되었던 기표와 기의의 의미화작용은 라캉에게는 부정된다. 기표는 기의에 닿지 못하고 그 표면에서 끊임없이 미끄러지며 안정적인 의미는 산출되지 않는다. 기표와 기의는 순간적이고 불안정한 결합 속에서 의미를 산종(散種)시킬뿐이다. 라캉에게 있어 기표와 기의 사이의 불안정한 결합관계는 고정점(the anchoring point)을 통해서만 그 의미가 획득된다.

라캉의 정신분석이론을 한 마디로 특징짓는 단어는 '욕망'이다. 그는 프로이트의 성욕이론을 확장시켜 독창적인 욕망이론을 수립했다. 그의

---

1) 참고로 라캉에 관한 국내, 외 서지가 가장 잘 정리되어 있는 책은 '스튜어트 슈나이더맨, <<쟈크 라캉, 지적 영웅의 죽음>>(인간사랑, 1997), 허경 역.'이다. 이 책의 부록에서 역자는 라캉에 관한 거의 모든 서지를 상세하게 소개해 놓고 있다.

욕망이론 형성에 가장 큰 영향을 미친 것은 프랑스에 뒤늦게 소개된 헤겔철학이었다. 프랑스의 헤겔철학자, 장 이뽈리뜨와 알렉상드르 꼬제브를2) 통해서 라캉은 헤겔의 욕망이론을 접했다. 헤겔의 <<정신현상학>>의 주인과 노예의 변증법에 대한 설명은 라캉의 욕망이론 수립에 결정적인 역할을 하였다. 특히 주인과 노예사이의 '인정투쟁'의 문제는 라캉이 상상계와 상징계를 설명하고, '모든 욕망은 타자의 욕망이다'라는 명제를 수립하는 데 유용하게 사용되었다. 라캉에 의하면 '나'의 욕망은 실은 타자의 욕망을 욕망하는 것에 불과하며, 엄마와의 상상적인 동일시에서도 '나'의 욕망은 엄마가 욕망하는 남근이 되고자 하는 욕망에 다름 아니다. 욕망에 의해 소외된 주체는 상징계의 질서 속에서 스스로의 욕망이 아닌 타자에 의해 규정된 삶만을 살아갈 뿐이다. 타자와 욕망에 의해서 소외되는 주체의 상황을 전형적으로 보여주는 모델이 바로 라캉의 유명한 '거울단계'(mirror stage)이다.

라캉의 독창적인 이론의 배경이 되었던 구조주의 이전의 프랑스를 풍미했던 사상적 조류는 싸르트르, 메를로-뽕띠등의 실존주의였다. 후설과 하이데거의 현상학은 프랑스에서 실존주의로 소개되었다. 라캉 역시 구조주의의 자장 속에서 자신의 이론을 전개해 나갔지만 앞 세대의 실존주의의 세례를 받으며 성장한 세대에 속한다. 라캉은 특히 하이데거의 존재론에 영향받은 바 큰데, 정신분석 치료에 있어 <텅빈발화>(empty speech) 와 <꽉찬발화>(full speech)의 구분은 언어학의 성과들과

---

2) 특히 코제브는 1933년에서 1939년까지 고등 실용학문 학교에서 헤겔의 <<정신현상학>>에 대한 일련의 세미나를 운영하였으며, 라캉은 그 세미나에 정기적으로 참석했다. 코제브와 라캉은 동갑이었으며, 두 사람 모두 욕망의 이론가가 되었다. 꼬제브의 당시의 세미나를 출간한 책, <<헤겔 독서 입문(1947)>>(영문판: Introduction to reading of hegel)은 라캉이 욕망이론을 전개할 때 큰 영향을 미친 것으로 보인다.(마이클 페인, <<읽기이론/ 이론읽기>>(한신문화사, 1999), 장경렬외 역, 60-61쪽 참고.)

하이데거의 존재론이 결합한 경우라고 할 수 있다. 라캉의 독특한 조어 (造語)인 'empty/full speech'는 하이데거의 용어인 '수다'(Gerede)와 '담론'(Rede)[3]에서 빌려온 것이다. 라캉은 1953년 처음으로 이 용어를 구분하여 사용하는데, '꽉찬 발화'는 언어의 상징적인 차원을 표시하는 반면에 '텅빈발화'는 언어의 상상적 차원, 즉 자아가 유사자에게 건네는 말을 표현한다. "꽉찬발화는 의미[sens]가 채워진 말이다. 텅빈발화는 단지 의미작용만이 있는 말이다." 피분석자의 이야기를 듣는 분석가의 과제는 꽉찬발화가 나타나는 순간을 식별하는 것이다. 꽉찬발화와 텅빈발화는 연속선의 양 극단에 위치하고 있으며 "이 두 극단 사이에 말의 여러 실현 양식들이 모두 늘어서 있다."(Seminar1, p.50.)[4] 라캉은 정신분석 치료의 목표는 꽉찬발화를 명확히 표출시키는 것이지만 이것은 매우 힘든 작업이며, 꽉찬발화는 명확히 표현되기가 대단히 힘들다고 지적하고 있다.[5]

　　라캉의 정신분석이론은 또한 레비스트로스, 모스(Marcel Mauss)등의

---

3) 이기상/ 구연상, 『<<존재와 시간>> 용어해설』(까치, 1998), 71-75쪽 참고.

4) 1953년부터 1979년에 이르는 라캉의 강의록인 <<세미나>>(Le séminaire)의 권수와 그 책의 페이지수를 가리킴. 총 26권으로 간행될 예정인 <<세미나>>는 현재 영문판으로 6권만이 번역되어 나왔으며 영문판 제목은 각각 다음과 같다.

　　Book 1: <<Freud's papers on technique>>(1953-54)

　　Book 2: <<The ego in freud's theory and in the technique of psychoanalysis>> (1954-55)

　　Book 3: <<The psychoses>>(1955-56)

　　Book 7: <<The ethics of psychoanalysis>>(1959-60)

　　Book 11: <<The four fundamental concepts of psychoanalysis>>(1964)

　　Book 20: <<On feminine sexuality, the limits of love and knowledge>> (1972-73)[Encore]

5) 딜런 에반스, <<라깡 정신분석 사전>>(인간사랑, 1998), 김종주외 역, 117-119쪽 참고.

인류학의 성과에 크게 기대고 있다. 특히 라캉의 상징계에 대한 설명은 인류학의 연구성과를 그대로 계승하고 있다. 그리고 라캉의 정신분석 자체가 이미 인류학적 테마를 많이 포함하고 있기도 하다. 레비스트로스는 <<친족관계의 기본구조(1949)>> (The elementary structures of kinship)에서 근친상간의 금지가 모든 사회의 기본구조라고 주장했다. 즉 어떤 상황에서도 친족관계(혈연관계)와 동맹관계(결혼관계)가 일치하는 것만은 반드시 금지된다는 것이다. 가족구조는 동물의 난혼과 같은 자연의 구조와는 다른 상징적 구조이다. 주체는 이름을 통해 가족 내에서의 자신의 위치를 부여받음으로써 한 사회의 일원으로 편입된다. 따라서 금지는 문화나 상징 질서를 확립하는 가장 큰 힘이다. 라캉은 프로이트와 레비스트로스를 따라 오이디푸스 컴플렉스를 인류와 문화의 보편적인 조건으로 파악한다. 라캉에게 오이디푸스화는 상상적인 동일시에서 벗어나서 대타자로서의 아버지의 이름을 신체에 각인시키는 일이다. 엄마와의 이자관계는 아버지와의 삼자관계로 바뀌고 주체는 상상계에서 상징계의 질서 속으로 진입하게 된다.

2) 상상계(the Imaginary), 상징계(the Symbolic), 실재계 (the Real)

라캉 정신분석의 가장 큰 공헌이면서 핵심을 이루고 있는 것은 아마도 상상계, 상징계, 실재계의 구분일 것이다. 상상계는 주체 형성 모델로서의 거울단계에서 보여지는 것처럼, 주체가 상징계의 질서 속으로 편입되기 이전의 대상과의 동일시 단계를 말하며, 라캉에게는 주로 엄마와의 이자관계를 가리키는 것으로 사용된다. 라캉의 용어인 '작은 대상 a(objet petit a)'는 상상계에 기입되는 것으로 자아의 반영과 투사로서의 유사자를 의미한다. 라캉의 거울상이 바로 이 '작은 대상 a'라고 할 수 있으며, 유아기 때 다른 아이가 넘어지는 것을 보고 우는 아이의 모습도 이런 상상적인 동일시를 예증하는 것이다. 상상계는 오이디푸스 컴플렉스를 중심으로 보면 전오이디푸스단계에 해당한다. 그러나 한 주체는 상상적인 동일시의 단계에서만 머물러 있어서는 안 된다. 주체는 엄마와의 이자관계를 청산하고 언어를 통해 아버지와 법률로 대표되는 상징계로 진입해야만 한 사회의 구성원으로 살아갈 수 있다. 언어 습득을 통한 상징계로의 편입은 또한 주체의 소외와 사물의 죽음을 의미하기도 한다. 발화의 주체와 발화된 언표 속의 주체는 분리되며, 언표화된 기표는 실제의 사물을 지시하지 못한다. 상징이란 실제 사물이 희생되는 것이며 주체가 이름을 부여받는 순간 실제 주체는 사라지게 된다. 하지만 주체는 오이디푸스화의 길을 따라야만 한다. 주체가 오이디푸스화되지 못하고 상상적인 동일시에 갇혀 버리는 경우를 라캉은 <배제>(foreclosure)[6]라고 부른다. 프로이트가 오이디푸스 컴플렉스를 정식화한 것은 실제적인 남근이나 실제적인 아버지와의 관계 속에서였는데 라캉에게는 그것이 이제 상징적인 남근이나 상징적인 아버지의 기능으로 대체된다. 라캉은 실제적인 남근(penis)과 상징적인 남근(phallus)의 사용을 엄격히 구분한다. 라캉에게 있어 주체를 상징계로 진입하게 하는 것은 남근의 의미작용인데, 이 지점에서 남근은 하나의 특권화된 기표(privileged signifier)로 상승한다.[7]

---

6) J. Laplanche & J. B. Pontalis, <<The Language of Psychoanalysis>>, Horgarth Press, London, 1973, p.p. 166-68.

7) 데리다는 라캉에게 남근이 의미의 이상적 보증의 역할을 하는 선험적 요소로 작용한다고 주장한다. 모든 기표가 다른 기표들과의 차이에 의해 정의된다면 어떻게 '초월적 기표'같은 것이 존재할 수 있느냐고 데리다는 묻는다. 다시 말해 남근은 데리다가 로고스중심주의라고 명명한 현존의 형이상학을 다시 소개하게 되고, 따라서 라캉이 남근중심주의로 말함으로써 남근중심적 사고체계를 만들어냈다고 결론짓는다. (딜런 에반스,

　라캉에 의하면 실재계는 우리가 '알 수 없는 것'이 아니라, 우리에게 '알려질 수 없는 것'이다. 실재계는 단순히 상상계에 반대되는 것이 아니라 상징계를 넘어서 위치한다. 현존과 부재 사이에서와 같은 대립에 의해 구성되는 상징계와는 달리 "실재계에는 부재가 없다"(Seminar2, p. 313.) 상징계는 기표라고 부르는 일군의 분화되고 분리된 요소들인데, 실재계 그 자체는 분화되지 않는다. "실재계는 절대적으로 틈이 없다."(Seminar2, p. 97.) 의미화 과정에서 '실재계에 갈라진 틈'을 끼워넣는 것은 상징계이다. 실재계는 언어 밖에 있고 상징화에 동화되지 않는 것이다. 이는 '상징화에 절대적으로 저항하는 것'(Seminar1. p. 66.)이고 다시 말해 '상징화 밖에 존재하는 그것이 무엇이든 그의 영역'이다. 실재계에 대한 이런 규정은 라캉으로 하여금 실재계를 불가능성의 개념에 연결시키도록 만든다. 실재계는 '불가능한 것'이다(Seminar 11, p. 167.). 왜냐하면 그것은 상상할 수 없고, 상징계에 통합될 수 없으며, 어떤 방법으로도 얻을 수 없기 때문이다.8) 그래서 라깡의 세 가지 계는 프로이트의 자아구조모델과 비교되기도 한다.9)

　라캉의 세 가지 계에 대한 설명은 그 자체로 매우 유용한 것이지만 구조주의의 일반적인 한계인 역사적이고 개별적인 상황들의 편차를 무화시킨다는 단점이 있다. 폴 리쾨르가 구조주의의 맹점을 가리켜서 '선험적 주체가 없는 칸트주의'라고 비판한 것도 이와 같은 맥락이다. 또한 상징계의 질서에 대한 탁월한 설명이면서도 상징계 자체에 대한 질문은 빠져 있는 것으로 보인다. 즉 왜 인간에게 상징계의 질서가 보편

위 책, 93쪽.)
　8) 딜런 에반스, 위 책, 217-18쪽 참고.
　9) 즉 상상계는 에고를, 상징계는 슈퍼에고를, 실재계는 이드를 연상시킨다.(Catherine clément, <<The Lives and Legends of Jacques Lacan>>, Columbia Univ. Press, New York, 1983, p. 119.

적인 조건으로 주어져 있는 것인지, 상징계의 질서에 대한 다른 변화의
가능성은 없는 것인지에 대한 대답 등은 유보되어 있는 것이다.

3) 라캉의 욕망이론

라캉의 정신분석은 욕망의 이론으로 집약될 수 있다. 라캉의 욕망에
대한 설명은 그의 상징계(상상계, 실재계)에 대한 논의와 불가분의 관계
에 있다. 무엇보다도 라캉에게 '욕망은 결여이다.' 욕망(desire)은 욕구
(need)와 요구(demand)와의 상호관계로 정의된다. 욕구는 순수한 생물학
적 본능이며, 유기체의 필요에 따라 나타나게 되는 식욕이며 충족되었
을 때는 (일시적이긴 하지만) 완전하게 사라진다. 인간은 무력한 존재로
태어나서 그 자신의 욕구를 충족시킬 수가 없으며, 따라서 충족을 이루
기 위해서는 대타자에게 의존해야 한다. 대타자의 도움을 받기 위해서
아이는 자신의 욕구를 음성으로 표현해야 한다. 즉 <욕구는 요구로 표
명되어야 한다>. 그리고 대타자의 현전은 그 자체로 중요성을 획득하여
욕구의 충족을 넘어서게 되는데, 그것은 이 현전이 대타자의 사랑을 상
징화하기 때문이다. 따라서 요구는 곧장 이중의 기능을 취하게 되는데,
욕구를 표명하는 기능과 사랑을 위한 요구로서의 기능이다. 그러나 대
타자는 주체가 그 자신의 욕구를 충족시키는 데 필요로 하는 대상을 공
급할 수 있는 반면에 대타자는 주체가 갈구하는 무조건적인 사랑을 공
급해 줄 수는 없다. 그리하여 요구로 표명된 욕구가 충족된 후에도 요
구의 다른 측면인 사랑을 위한 갈구는 충족되지 않은 채로 남게 되고,
이 잔여가 바로 욕망이다. "욕망은 충족을 위한 식욕도 아니고 사랑을
위한 요구도 아니며 요구로부터 욕구를 뺀 차이인 것이다"(Ecrits, p.
287.)10) 따라서 욕망은 요구로 욕구를 표명함으로써 산출된 잉여이다.

---

10) Jacques Lacan, <<Ecrits: A Selection>>, trans. by Alan Sheridan, Tavistock

이를 수학적으로 도식화한다면 <요구-욕구=욕망>으로 표현할 수 있다. 충족될 수 있으며 다른 욕구가 일어날 때까지는 주체에게 동기를 부여하지 않는 그런 욕구와는 달리 욕망은 결코 충족될 수 없다. 욕망의 실현은 '채워지는' 것이 아니라 그 같은 욕망을 재생해내는 데에 있다. 따라서 욕망은 대상에 대한 관계가 아니라 결여에 대한 관계이다.11) 자기 욕망의 주인이 될 수 없는 주체는 소외된 채로 끝이 없는 '욕망의 환유연쇄'에 사로잡히게 된다. 최초로 주체가 욕망하는 것은 대타자로서의 어머니인데 아버지의 이름이 지배하는 상징계로 편입된 주체는 욕망의 환유연쇄 속에서 최초의 욕망의 대상으로부터 갈수록 멀어지게 된다. 따라서 욕망은 충족될 수 없고 언제나 결여로 남게 된다.

2. 분석의 사례- 최명익의 〈心紋〉

정신분석의 통찰들은 손쉬운 낙관이 거짓임을 우리에게 알려준다. 희망을 갖는다는 것이 어려운 일임을 직시하고 희망을 가능하게 하는 조건들을 살펴보는 일은 희망으로의 초월적 비행과는 엄연히 다른 일이다. 그것은 삶의 절망적 조건들과 정직하게 대면함으로써만 가능한 일이다. 1939년 6월, <文章>에 발표된 최명익의 <心紋>은 제목처럼 인물들의 마음의 무늬를 추적하는 소설이다. 여기에는 김명일, 여옥이, 현일영(현혁)이라는 세 인물이 등장한다. 그들은 소위 삼각관계에 놓인 인물들이다. 기본적으로 이 소설은 사랑에 관한 연애소설로 읽힐 수 있다. 그리고 그들의 마음의 무늬는 다른 두 인물들과의 관계속에서만 읽힐

Publications, 1977.
11) 이상 라캉의 욕망이론에 대한 논의는 딜런 에반스, 위 책, 278-287쪽 참고.

수 있다. 따라서 이 작품은 나를 구성하는 수많은 타자성에 관한 이야기이기도 하다. 나는 홀로 실존할 수 없고 타자와의 관계 속에서만 존재한다는 것은 이 소설의 기본적인 입장이기도 하다. 동시에 여기에는 30년대 후반 카프조직의 해산이후 轉形期[12]라는 역사적 맥락이 중첩되어 있다. <심문>을 읽는 방법에는 여러 가지가 있을 수 있으나 여기에서 필자는 이 작품을 라캉의 욕망이론을 중심으로 살펴보고자 한다.

1) 김명일의 心紋

김명일은 삼년 전에 아내 혜숙이를 상처하고 딸 경옥이와 함께 살아가는 홀아비이다. 그는 '일정한 직업과 주소도 없는 지금의 생활이 주체스러워 견딜 수가 없는' 사람이다. 그에게 죽은 아내 혜숙은 절대적인 존재로, 첩 살림이라도 차리면 '십여년 혜숙이의 손때로 길든 옛 집에 새 처나 첩이 어색할 것 같고 그 집에서는 내가 무심히 '여보'라고 부르는 것이 자연 혜숙일밖에 없을 것이나 '네'하고 나타나는 것이 딴 여자라면 나의 그 우울은 어찌할 도리가 없을 것이다'라고 생각하는 사람이며, '팔리지 않는 혜숙이의 초상으로 경옥이의 방을 치장하는 것으로 그 애를 위로하는 보람을 삼아 온' 사람이다. 그러던 어느 날 간혹 출입하던 다방의 새 마담인 여옥이를 알게 된다. 그에게 여옥이는 건강한 육체미의 모델이라기보다는, 좀처럼 마스터하지 못하는 여자이다. 그에게 여옥이가 마스터되지 못하는 이유는 분명해 보인다. 그것은 두 사람사이의 관계가 '너무도 散文的'이기 때문이다.

---

12) 전형기라는 용어는 카프해산 이후의 미묘하고도 복잡한 문학계의 변화를 단순화시킬 위험이 있기 때문에 부적절한 용어이지만, 이를 대신할 만한 용어를 아직 발견하지 못했기 때문에 사용하기로 한다. 그러나 그것은 어디까지나 잠정적인 용어일뿐이다.

　아마 뚜렷하게 통일된 인상을 주기에는 나와의 관계가 너무도 산문적이었던 탓일 것이다. 이 산문적이라는 말은 그때 우리 사이의 권태를 의미하는 말은 아니다. (중 략) 권태라기에는 오히려 그때 여옥이를 보는 내 눈이 때로는 너무도 주관적으로 도취되었고 때로는 객관적으로 여옥이의 정열을 관찰하게 되는 것이었으므로 그림이 되기에는 여옥이의 인상이 너무 산란하였다는 말이다.(77)[13]

　강렬한 사랑은 본질적으로 詩的일 수밖에 없지만 명일과 여옥의 관계는 '散文的'이다. 그들의 사랑이 산문적인 이유는 무엇일까. '침실의 여옥이는 전신 불덩어리의 정열과 그러면서도 난숙한 기교를 갖춘 창부였고, 낮에는 교양인인 듯 영롱한 그 눈이 차게 빛나고 현숙한 주부인 양 단정한 입술은 늘 침묵하는' 여자이다. 그러는 여옥이를 바라보는 나 역시도 '밤과 낮으로 다른 두 여옥이와 두 '나'로 분열하고 무너져 가는 마음의 풍경을 바라볼 수밖에는 별도리가' 없다고 생각한다. 그들의 사랑이 산문적일 수밖에 없는 이유는 '이중노출' 때문이다.

　낮과 밤이 다른 여옥이는 여옥이가 그런 것이 아니라, 맹목적이어야 할 사랑과 순정을 못 가지는 나의 태도에 여옥이도 할 수 없이 그런 것이 아닐까? 여옥이와 나는 열정과 순정이 없다면 피차의 인격과 자존심을 서로 모욕하고 마는 관계가 아닐까? 그런 관계이므로 낮에 냉랭한 여옥이의 태도는 밤의 정열의 육체적 반동이 아니라 여옥이의 열정을 순정으로 받아 주지 않는 나에게 대한 반항일 것이다. 그러므로 나는 그 히스테릭한 여옥이의 열정을 순정으로 존중하여야 할 것이요, <u>낮에 보는 여옥이의 인당(印堂)과 귀에 혜숙이의 그것을 이중노출로 보는 환상을 버리고 여옥이 그대로 사랑해야 할 것이다.</u>(81)

　그러나 나의 캔버스위에 나타나는 것은 '여옥이라기보다, 내 머릿 속

---

13) 인용은 동아출판사판, <<한국소설문학대계 24 - 최명익 외, <심문>외>>로 하고 이후로 쪽수만 밝히기로 함.

의 혜숙이에 가까워지므로' 나는 화필을 던질 수밖에 없는 것이다. 나는 여옥이에게 단지 사랑을 <욕구>할 뿐이지만, 여옥이는 나에게 사랑을 <요구>한다. <욕구>와 <요구>사이의 불일치는 그들의 관계를 필연적으로 산문적이게 한다. 여옥이가 손목시계의 소리나 사내의 심장 고동소리에 귀를 기울이는 상징적 행동은 따라서 의미심장한 것이 아닐 수 없다. 밤새도록 사내의 심장소리를 듣는 것은 그 소리의 신비에 취하는 것이 아니라, '사내의 가슴 속이나 머릿 속을 들여다보고 싶은 요망스러운 잔인성'에 기인하는 것이다. 나에게 여옥은 언제나 '이중노출'로서만 존재한다. 여옥은 죽은 아내의 대체물로서 성적 욕구의 대상일 뿐이다. 그러나 여옥에게 나는 상상적 대체물이 아니라 사랑을 요구하려는 대상이다. 사랑에 빠진 주체는 성적인 욕구 충족을 넘어서, 상대방의 모든 것이 되고 싶어하고 상대방의 모든 것을 소유하려 든다.14) 타자와의 근원적인 이질성(radical heteronomy)을 극복하고 조화로운 인간성을 구축하려는 어떠한 시도도 자신의 부정직함만을 드러낼 뿐이다. 근본적인 어긋남을 엿 본 인간에게는 죽음을 제외하면 두 가지의 선택이 주어질 수 있다. 하나는 어긋남을 외면하고 상상적 동일시의 환상 속에 사는 길이고 다른 하나는 현실 속에서 자신의 욕망을 억압하면서 어긋남과 타협하는 길이다. 또한 여옥의 사랑에 대한 요구는 주체의 욕

---

14) 성적인 관계(sexual relation)는 어떻게 욕망이라는 순환계 속에 자리를 잡게 되는가? (중 략) 그것은 성적인 욕구충족을 목표로 하는 주체에게 사랑을 요구하게 되고, 욕구를 넘어 요구 속에서 상대방의 사랑의 증거를 구하려 함으로써 애매모호함을 발생시킨다. 상대방으로부터 성적 만족과 사랑을 구하려는 상호관계 속에서 발생하는 균열은 주체나 타자가 욕구 주체나 요구를 불러일으키는 사랑의 대상에 그쳐서는 안된다는 것을 보여준다. 서로에게 인정받고 싶어하는 사랑의 요구는 완전히 채워주기는 커녕 오히려 주체를 욕망의 회로 속으로 밀어넣는다.(자끄 라캉, <남근의 의미작용>, 민승기역,문예출판사, 267쪽)

망이 사실은 타자의 욕망을 욕망하는 것에 불과하다는 것을 여실히 보여준다. 나에게 여옥은 초월적 기표인 완전한 남근이 되기를 욕망하는 것이다. 따라서 명일과 여옥의 관계 속에는 인정투쟁의 논리가 숨어있다. 명일과 여옥의 욕구와 요구의 변증법은 주인과 노예의 변증법과 동일한 구조를 지닌다. 여기에서 명일은 주인의 자리에 여옥은 노예의 자리에 위치한다. 인정투쟁에서 실패한 노예는 자신의 공격성을 드러낸다. 낮에 보이는 여옥의 싸늘함과 저항은 명일에 대한 공격성을 드러내는 것이라고 할 수 있다. 타자와의 인정투쟁에서 실패한 주체는 죽음에의 욕동(death drive)으로 내몰린다. 결말에서의 여옥의 자살은 이러한 인정투쟁의 논리와 무관하지 않다. 여옥은 사랑의 요구를 사랑의 욕구로 환치시키는 김명일을 떠나서 하얼빈에 있는 옛 애인 현혁에게로 간다. 여옥이 떠난 후 명일은 하얼빈에 있는 친구 이군으로부터 여옥의 소식을 듣게 된다. 명일의 하얼빈으로의 여행은 겉으로는 친구를 만나기 위한 것으로 언표되어 있지만 그 속에는 명일의 애욕이 감추어져 있다. 의식적인 차원으로 언표된 진술의 틈새에는 명일의 무의식적인 욕망이 숨겨져 있는 것이다. 명일의 하얼빈행은 신체에 각인된 희열(jouissance)의 주체에 대한 강력한 지배력을 보여준다.15) 그래서 하얼빈으로 향하는 명일의 내면은 의식의 진술과 무의식적 욕망 사이의 분열을 드러내는 것이다. 명일의 진술이 무의식적 진실과 배치된다는 것은 다음 인용의 '결코 ~ 아니다'라는 문장 속에서 명백해진다. 의미론적으로 강한 부정

---

15) 어머니의 부드러운 손길이 아기의 목덜미에 있는 움푹하게 패인 섬세한 부위를 무심하게 만져주면 아이의 얼굴이 미소로 환해지는 것을 상상해 보자. 사랑스런 애무를 통해 손가락으로 이 움푹한 부위에 표시가 각인되고 <희열의 분화구>가 열리며 즉시 빛을 발산하는 문자가 각인된다.(Leclaire, <A propos d'un fantasme de Freud: note sur la trangression>, 1967, p. 72. 아니카 르메르, <<자크 라캉>>(문예출판사), 이미선역, 220쪽에서 재인용.)

은 긍정을 내포한다. (a), (b)의 진술의 대립은 명일의 내면의 분열을 보여준다.

> (a) 그러나 이번 내 여행이 결코 여옥이를 만나러 가는 길은 아니다. 연래로 이군이 편지마다 오라는 것이요 나 역 가고 싶던 하얼빈이라 가는 것이지만, 일부러 여옥이를 만날 욕심도 흥미도 없는 것이다. (b) 그러나 우연히 만나게 된다면 애써 피하지도 않을 것이다. (a) 나는 이렇게 담담히 생각하기는 하면서도, (b)그러나 담담히 생각하려는 노력같이도 느껴지는 것이었다. 그렇다고 여옥이에 대한 내 생각이 담담하지 못하여 그런 것은 아닐 것이다. 단순히 나를 반겨 맞아줄 이군만이 기다리는 '하얼빈'이 아니라- 애욕 때문이랄까!(82)

2) 현혁의 心紋

하얼빈에 도착한 나는 마약중독자가 되어 있는 여옥을 만난다. 그리고 여옥의 옛 애인 현혁과도 조우한다. 현혁은 '한때 좌익이론의 헤게모니를 잡았던 유명한' 인물로 지금은 자포자기에 빠져 마약중독자가 되어 버린 인물이다. 지난 시절 현혁의 주변에는 그를 숭배하는 청년들이 언제나 따라다녔고 문학소녀이던 여옥은 그들 중의 한 사람이었다. 그때 여옥은 현의 애인이었지만, 현은 감옥으로, 출옥 후에는 정처없는 방랑으로 오륙 년간 소식을 몰랐다. 그동안 원래 고아였던 여옥은 여급으로, 티룸 마담으로 전전하다가 평양까지 와서 나를 알게 된 것이다. 여옥은 나를 떠난 후 하얼빈으로 와서 지금은 댄서생활을 하면서 현혁의 생계를 도맡아 주고 있다.

현혁은 철저히 과거의 시간 속에 사로잡혀 있는 인물이다. 그는 지금 '모르핀 연기와 추억의 꿈을 먹고 사는 사람'이며, 그럴수록 '과거의 기억은 더 찬란해지고 꿈의 양식은 더 풍부해진다고' 믿는 사람이다.

그에게 현재는 아무런 의미도 없으며 오로지 과거만이 의미를 지닌다. 그는 자신의 부재를 통해서 현존을 입증하는 사람이다. 그의 기억은 순수하게 지속되는 것으로 현혁에게 미래적 비전은 거세되어 있다. 그리고 그에게 과거의 투사(鬪士)로서의 기억은 본질적으로 사회적인 기억이 아니라 개인적인 기억이다. 그가 기억을 역사화하는 방식은 사회적인 차원으로 승화시키는 2차적인 역사화의 과정이 아니라 개인적인 차원의 욕망과 결부시키는 1차적인 역사화의 과정이다. 따라서 엄밀하게 말한다면 그것은 기억의 명암과 밀도와 관계되는 것인지 기억의 차원과 관련되는 것이 아니다. 그가 과거에 집착하는 것은 그가 투사(鬪士)였었기 때문이 아니라 자신의 욕망을 수행할 수 있는 능력이 있었기 때문이다. 그는 개인적인 경험을 사회적인 차원으로 승화시키지 못하고 투사(投射)한다. 다음 인용은 이와 같은 현혁의 심리작용을 보여준다.

> 그것은 역사적 결론의 예측이나 이상은 언제나 역사적으로 그 오류가 증명되어 왔고, 진리는 오직 과거로만 입증되는 것이므로, 현재나 더욱이 미래에는 있을 수 없다는 것이다. 그러므로 사람의 생활은 그런 이상을 목표로 한다거나, 그런 진리라는 관념의 율제를 받아야 할 의무도 없을 것이요, 따라서 엄숙하달 것도 없다는 것이다. 그뿐 아니라 사람은 허무한 미래로 사색적 모험을 하기보다는 거짓 없는 과거로 향하는 것이 현명하다는 것이다. 그러기에는 아편 연기 속에서 지난 꿈을 전망하는 것이 얼마나 황홀하고 행복스러운지 모른다고 하며 현은 여옥이에게도 마약을 권하였다는 것이다.(104)

하지만 위 인용에는 객관적 사실이라고 할 수 있는, 카프해산 이후의 급격하게 변화된 사회적 여건과 문학내부의 복잡한 사정들 역시 투영되어 있다. 통상적으로 전형기라 불리는 30년대 후반의 문학적 변화는 80년대 후반에서 90년대 초에 이르는 우리 세대의 그것과도 맞먹는다. 카프해산 이후 식민지배의 정치적 압력은 심화되고 파시즘의 공동전선은 더욱 공고히 구축된다. 이른바 카프작가들의 전향소설들이 쏟아져 나오게 되는 것도 이 시기이고 문학의 중심은 비정치적인 것으로 옮겨간다. 생활로 복귀하는 과정의 어려움들을 보여주는 전향소설과 <심문>이 다른 이유는, 이 작품은 맑스주의를 어디까지나 관념으로 다루고 있기 때문이다. 카프작가들에게도 맑스주의는 관념이었지만 그들에게는 생활이기도 했다. 관념으로서만 존재했던 작가와 생활이기도 했던 작가가 접근하는 방식은 다를 수밖에 없다. 이는 물론 가치판단을 함축하고 있는 것은 아니다. 카프의 계급투쟁의 논리가 경험적 사실들을 무시한 외재적 초월의 형식이었음을 위 인용은 우회적으로 비판하고 있다. 그리고 개별성을 무시한 경직된 집단화의 논리가 개인의 욕망을 억압하는 가짜 윤리가 될 수도 있음을 경고하고 있다. 현혁의 이와 같은 통찰은 전적으로 타당하다고 할 수 있다. 그러나 그의 '거짓없는 과거로의 향함'은 '허무한 미래로의 사색적 모험'만큼이나 위험한 것이다. 관념 속에 존재하는 과거에의 사로잡힘 역시 역시 현재의 구체적 조건들을 고려하지 않는 외재적 초월의 형식이기 때문이다. 현재의 번뇌를 깨달음의 씨앗으로 삼지 못하고 삶의 절망적 확신 속에서 희망의 조건들을 인식하지 못하는 사람은 손쉽게 낙관하거나 무기력하게 절망한다. 현혁은 '지난 꿈을 전망'하는 '현명'함을 지녔지만, 지난 꿈을 <현재 속에서> 전망할 줄 아는 지혜를 지니지는 못한다. 그는 '호수같은 시간 위에 떠도는' 인물인 것이다.

이와 같은 현혁에게 여옥은 어떤 존재인가? 여옥은 현혁에게 순수한 욕구의 대상도 아니고, 완전한 요구의 대상은 더더욱 아니다. 여옥은 단지 현혁의 욕망의 대상일 뿐이다. 그녀는 그에게 사물화된 영혼일 뿐이다. 현혁의 여옥에 대한 욕망은 지배에의 욕망에 다름 아니다. 타자를 나와는 또다른 주체로서 인정할 때 상호주관성의 지평이 생겨난다. 타자를 또다른 나로 인식하지 않고 하나의 대상으로만 간주할 때 타자는 사라지고 그 자리에는 죽은 사물만이 살아남는다. 그것은 나의 시선으로 남을 살인하는 일이다. 노예를 노예로조차 여기지 않는 주인과 노예 사이에는 인정투쟁의 논리가 개입될 여지가 없다. 현혁에게 여옥은 현혁의 욕망의 지평 위에서만 존재한다. 현혁에게 여옥은 정치와 권력의 다른 이름이고 또다른 지배의 대상이다. 현혁은 여옥을 사랑하기 때문에 지배하는 것이 아니라 지배하기 때문에 사랑하는 것이다.

> 여옥이도 그렇게 유명한 현혁이를 숭배하던 학생 중의 하나였답니다. 그때 패기 만만한 현혁이는 연애에도 패자였지요. 연애도 정치입니다. 정치는 투쟁, 극복입니다. 여자란 남자의 투쟁력과 극복력이 강하면 강할수록 숭배하고 열복하는 것입니다.(94) / 그러는 내게도, 여옥이가 김선생을 버리고 내 품속으로 돌아온 것입니다. 여옥이로서는 제 첫사랑의 추억으로 그랬겠지만, 나는 옛날의 혁혁하고 유명하던 현혁이, 즉 나의 패기와 극복력에 이끌린 것이라고 생각하지요.(96)

현혁은 타자의 욕망을 포획해 버리는 권력의 중심이다. 이는 생성적 능력을 포함하는 역능에의 의지(puissance)가 아니라 사물을 정지된 상태로 붙잡아두려는 열망과도 같은 권력(pouvoir)을 구하려는 의지이다. 타자의 욕망 속에서 자신의 욕망을 되비추어보는 일은 나의 실존에 개입하고 있는 타인의 현존을 바라보는 일이다. 그러나 자신의 욕망을 타자의 욕망 속에 투사시키는 것은 타자의 욕망을 자신의 욕망 속으로 투사시키는 것과 다르다. 그것은 타자의 영혼을 사물화시키는 일이고 여옥의 욕망을 대상화시키는 일이다. 여옥은 현혁에게 사랑을 요구하지만 현혁은 여옥을 죽은 사물로 만들어 버린다. 여옥은 단지 지배의 대상일 뿐이며 자신의 욕망의 지평 속에서만 존재하는 사람이다. 따라서 현혁에게는 '연애도 정치'일 뿐이며 권력게임이며 놀이이다. 여옥은 '첫사랑의 추억'으로 그에게 돌아왔지만, 현혁은 자신의 '패기와 극복력에 이끌려' 온 것이라고 생각한다. 소설의 결말에서 현혁이 나에게서 순순히 물러가는 것도 자신의 자존심과 욕망 때문이지 '여옥이의 행복을 위한다거나, 나의 연애를 축복하자는 것' 때문이 결코 아니다. 나의 모욕을 모욕으로 갚을 수 없는 현혁은 '나 자신을 철저히 모욕하는 것으로 받은 모욕감을 씻어볼' 도리밖에 없는 것이고, 그러자면 나에게 '자진하여 여옥이를 내주는 것'이 자존심의 상처를 줄일 수 있는 방법이 된다. 현혁에게 여옥은 단지 대상에 불과한 것이었기 때문에 현혁은 오랫동안 망설일 필요가 없었고, 그것은 '폐인의 자굴'로서 상처받은 자존심을 회복하고 위로하는 길이 된다. 이미 여옥을 사랑하기를 잊은 현혁은 '기회만 있으면 누구에게나 '열쇠'를 팔' 수 있는 인물인 것이다. 현혁의 사랑의 본질을 간파해버린 여옥에게는 어떤 선택이 있을 수 있을까? 그것은 여옥의 심문을 마저 읽고 나서야 알 수 있는 일이며, 이 작품의 가장 중요한 의미를 내포하고 있는 부분이기도 하다.

3) 여옥의 心紋

삼각관계의 중심축에 놓여있는 여옥은 현혁의 태도를 대하고 '파멸의 공포'를 느낀다. 여기에서 여옥은 재생을 꿈꾼다. 나에게 자신을 사랑한다고 현혁에게 말해주고 조선으로 데려다 달라고 여옥은 부탁한다. 내가 현혁에게 아직도 여옥을 사랑한다고 언명하기만 하면 현혁은 여옥을 순순히 놓아주기로 했다는 것이다. 여옥은 자신의 몸값으로 돈을 뜯어내려는 현혁의 의도를 간파하고 의심하지만 현혁은 부인한다. 여옥의 갱생에 대한 열정과 동경을 접하고 나는 그녀를 도와주기로 마음먹는다. 그러나 여전히 나는 '잠시 내밀어 달라는 손을 어떻게, 얼마나 잠시 내밀어야 하는 것인지'를 속으로 따져본다. 나는 여옥과 함께 현혁을 만나고 현혁은 여옥과 함께 쓰는 방의 열쇠를 나에게 내주며 돈을 요구한다. 나는 여옥이가 반지를 판 돈을 현혁에게 여옥의 몸값으로 지불하고 현혁은 도망이나 하듯이 사라진다. 나는 여관으로 돌아와서 여옥과 자신의 미래를 걱정하며 잠이 들었다가 다음날 아침 여옥을 찾아 간다. 그러나 여옥은 이미 죽어 있었고 여옥의 편지만이 나를 기다리고 있다. 나에게 남겨진 편지에는 여옥의 죽음에 대한 단서가 들어 있었다. 그 내용은 다음과 같다.

> 그것이 현의 본심이라기보다 병(고칠 수 없는)인 줄 아옵는 고로, 현에게 버림받은 것이 분해서 죽는 것은 아니외다. <u>그저 외롭습니다.</u> 지금 제가 다시 현을 따라간대도, 이미 저를 사랑하기를 잊은 현은 기회만 있으면 누구에게나 '열쇠'를 팔 것이외다. (중 략) 요사한 말씀이오나 저는 선생님의 심정을 완전히 붙잡을 수 없음을 슬퍼하면서도 선생님을 잊으려고 노력할 밖에 없습니다.(118)

여옥은 왜 자살을 결심했을까? 한마디로 한다면, 인용에도 있듯이 '그저 외롭기' 때문이다. 단지(그저) 외롭다는 것이 여옥의 죽음을 온전히 설명해 준다는 사실에 여옥의 죽음이 지니는 의미심장함이 있다. 나에게 여옥은 죽은 처 혜숙과의 '이중노출'로서만 존재하며 성적 <욕구>의 대상일 뿐이다. 현혁에게 여옥은 성적 <욕구>의 대상도 아니고 사랑의 <요구>의 대상도 아니다. 그에게 여옥은 단지 자신의 <욕망>의 대상이며 사물화된 대상이며 지배의 대상이다. 그러나 여옥은 나와 현혁에게 모두 사랑을 <요구>한다. 이 분열과 불일치의 긴장이 이 작품의 의미를 결정하고 있는 것이다. 여옥은 나와의 인정투쟁의 논리에서는 실패했으며 현혁은 인정투쟁의 논리에서 여옥을 배제시킨다. 주인과의 인정투쟁에서 실패하고 자존심을 건 인정투쟁의 게임에서 추방된 노예

는 자신의 공격성을 드러낸다. 그 공격성의 기저에는 죽음에의 본능이
도사리고 있다. 인정투쟁에서 실패한 노예는 상상적 동일시의 환상 속
에서 살거나 상징계 속에서 현실원칙과 타협하면서 살아가야 한다. 그
러나 여옥은 항상 사랑을 <요구>하고 삶의 절망적 확신 속에서 타협할
줄 몰랐기 때문에 죽음외에는 다른 선택의 여지가 없는 것이다. 죽음의
본능(death drive)은 주체가 선택하는 '적극적인 결여'이다. 죽음의 본능
은 주체가 끌리는 매력적인 '영'(zero)이다.[16] 다음은 탐미적이랄 수밖에
없는 소설의 결말부이다.

> 한 점의 티나 가는 한 줄기 주름살도 없는 여옥이의 인당을 들여다
> 보면서 죽은 내 처 혜숙이의 그것을 다시 보는 듯이 반갑기도 하였다.
> 그 영롱한 인당에 그들의 아름다운 심문(心紋)이 비치어 보이는 것이다.
> 여옥이는 그러한 제 심정을 바칠 곳이 없어 죽었거니! 나는 그러한 여
> 옥이의 심정을 받아들일 수 없었거니! 하는 생각에 자연 복받쳐 오르는
> 설움을 참을 수 없었다. 나는 그 싸늘한 여옥이의 손을 이불 속에 넣어
> 주면서 갱생을 위하여 따라 나서기보다, 이렇게 죽어 가는 것이 <u>여옥이
> 의 여옥이다운 운명</u>이라고도 생각하였다.(118-119)

나는 여옥의 시신에서도 여전히 혜숙이의 인당을 발견하고 반갑기도
하다. 그 영롱한 인당에서 '그들의 아름다운 심문(心紋)'을 엿보는 것이
다. 그렇다면 마지막 문장, <여옥이의 여옥이다운 운명>이란 도대체 무
엇인가. 내가 보기에 '갱생을 위하여 따라 나서기보다, 이렇게 죽어가는
것이' 여옥이의 역설적인 운명이다. 그것은 죽음 속에서만이 여옥이의
진실이 발견될 수 있다는 뜻이다. 인간의 근원적인 이질성과 삶의 심연

---

16) 죽음의 본능은 주체가 즐겁게 혹은 고통스럽게 접하는 황홀한 결여이다.
   주체는 오로지 문자에 의해서만 이 황홀한 결여로부터 보호받을 수 있
   다. 이때 문자는 주체의 신체적, 정신적 총체성을 지지하기 위해 나타난
   다.(아니카 르메르, 위 책, 245쪽)

을 보아버린 여옥이는 자신의 죽음을 통해 영원히 사는 방법을 택했다. 조화로운 인간성을 진정으로 구현할 수 있는 장소란 가능하지도 존재하지도 않는다는 것은 여옥이의 죽음이 가져다 주는 진실이다.[17] 조화로운 총체성을 사유하는 것보다는 분열된 총체성과 정직하게 대면하라는 것이 정신분석이 우리에게 가르쳐주는 교훈이다. 따라서 헤겔이 '진리는 전체이다'라고 말한 것에 대해 아도르노가 '전체는 거짓이다'라고 대답한 이유를 우리는 충분히 짐작할 수 있다. 하지만 우리는 이 더러운 땅에서 깨달음의 씨앗을 일구어 낼 도리 밖에는 없는 것이다.

3. 결론

라캉의 욕망이론과 그의 상상계, 상징계, 실재계에 대한 구분은 문학연구에서 유용한 척도로 활용될 수 있을 것이다. 라캉은 실제로 <<에끄리>>를 비롯한 그의 저서에서 포우의 <도둑맞은 편지>, 셰익스피어의 <햄릿>등을 분석하면서 자신의 욕망이론을 확장해 나갔다. 문학연구가 결국은 인간에 대한 물음과 대답의 과정이라는 점에서 라캉의 인간 존재와 욕망에 대한 고찰들은 삶의 미세한 결들을 살펴보는 데 도움을 줄 수 있다. 그러나 정신분석은 어디까지나 문학연구를 위한 보조자료로만 쓰일 수 있다. 중요한 것은 한 작품을 설명하는데 가장 유효한 참조틀이 무엇이냐는 것이지 정신분석이 모든 작품을 효과적으로 해명해낼 수

---

17) 모든 위대한 리얼리즘 작품은 환유로 인해 그 가치를 인정받을 수 있다. 다시 말해 진리는 현장부재증명(alibi)의 차원애서 도출되는 효과에 불과하다.(자끄 라캉, <무의식에 있어 문자가 갖는 권위 또는 프로이트 이후의 이성>, 민승기역, 문예출판사, 80쪽)

있는 것은 아니다. 또한 라캉의 이론적인 견해들은 그 타당성에도 불구하고 문학 텍스트에 조심스럽게 적용되어야 한다. 이는 앞서 지적한 구조주의의 일반적인 한계와도 관련되는데, 개별 작품에 나타난 삶의 구체적인 현실간의 미세한 차이들이 무시되어서는 안된다는 것이다. 보편적인 인간의 선험적 조건들에만 주의를 기울이다 보면 구체적인 역사적인 사실들과 편차들은 간과되기 쉽다. 사실 라캉의 이론은 임상적 실체로서의 실제 환자의 치료를 위한 정신분석이라기보다는 인간의 보편적 조건에 대한 근원적인 물음을 던지고 있는 존재론적 철학에 가깝다. 라캉의 이론이 난해하면서도 비장한 여운을 남기는 것은 그의 텍스트가 상징계의 질서 속에 편입되어 살아갈 수밖에 없는 인간의 숙명에 대한 비관적인 통찰을 담고 있기 때문이다. 결국 문학연구에서 정신분석에 대한 논의는 다시금 인간에 대한 질문으로 되돌아가야 하는 것이다.

〔고려대학교 국문학과 강사〕

이상과 윤동주 시에 나타나는
주체 형성의 양상

이 혜 원

1. 문제 제기

　이상과 윤동주는 당시로서는 드물게 강한 자의식과 존재에 대한 근본적인 성찰을 드러내는 시인들이다. 두 시인이 공통적으로 심취했던 '거울'의 이미지는 내면의 진실과 자아의 성찰에 각별히 이끌렸던 이들의 성향을 반영하는 것이다. 자의식 과잉과 내면 표출의 시가 일시적 유행 이상으로 주요 경향이 되어 가는 오늘날의 관점에서, 이들의 시가 보여주는 치열하고 진지한 자세는 현재적 의미를 갖는 긴요한 탐구 대상이라 할 만하다.

　두 시인 모두 많지 않은 작품을 남기고 짧은 생애를 마감하였지만, 사후 자신들의 작품 수를 훨씬 상회하는 많은 수의 연구 논문이 쓰여질 만큼 주목을 받아왔다. 내면의 표현에 치중했던 시인들이어서 그런지 이들에 대한 연구는 정치한 내재분석을 바탕으로 한 내면의식의 탐구가 주류를 이룬다. 특히 시의식과 표현방법에서 개성이 강한 이상의 시에 대해서는 심리학의 전문지식을 바탕으로 하는 새로운 분석 방법이 지속적으로 적용되어 왔다. 이상 시에 대한 심리학적 접근은 크게 프로이드

의 정신분석학을 적용한 연구와 라캉이나 크리스테바의 이론을 적용한
연구로 나누어 볼 수 있다. 프로이드의 정신분석학을 적용한 연구[1]는
1970년대에 주로 전문적인 심리학자들에 의해 행해졌다. 이런 연구는
이상문학에 대한 새로운 접근의 가능성을 시사했으며 이상 개인의 정신
사를 이해하는 데 일조하였다. 그러나 이는 본격적인 작품 연구라고 하
기 힘들고 오히려 작품을 통해 작가의 삶을 규명하는 작가 연구에 가깝
다. 또한 자살충동이나 오이디푸스 콤플렉스, 우울편집 콤플렉스 등 주
로 이상 심리에 초점이 맞추어져 있어 문학의 특수성을 도외시한 병리
학적인 분석이라는 한계를 내포하였다. 1990년대에는 문학 연구자들 중
심으로 라캉이나 크리스테바의 정신분석 이론을 적용한 연구[2]가 성행
하였다. 라캉이나 크리스테바의 이론은 문학 작품의 생성과정과 양상을
설명하는데 유리하기 때문에 이들의 연구는 정신분석을 이용한 텍스트
분석의 가능성을 대폭 확대시켰다. 이 중에서도 본고의 논의와 관련해
서는 이상의 '시'에 대한 집중적인 분석을 행하고 있는 김승희의 연구

---

1) 정귀영, "이상문학의 초의식심리학", 『현대문학』, 1973.7-9.
   김종은, "이상의 理想과 異常", 『문학사상』, 1973.9.
   조두영, "이상초기작품의 정신분석", 『신경정신의학』, 1977.2.
   정귀영, "이상의 <날개>", 『현대문학』, 1979.7.
   이규동, "이상의 정신세계와 작품", 『월간조선』, 1981.6.
2) 김승희, "이상시 연구", 서강대 박사논문, 1991.
   문홍술, "이상문학에 나타난 주체분열과 반담론에 관한 연구". 서울대
   석사논문, 1991.
   우정권, "이상의 글쓰기 양상", 서울대 석사논문, 1996.
   이강수, "이상 텍스트 생산과정 연구", 서울대 석사논문, 1996.
   문홍술, "1930년대 한국 모더니즘 소설에 나타난 언술 주체의 분열 양태
   연구", 서울대 박사논문, 1998.
   이정호, "<오감도>에 나타난 기호의 질주 - 라캉의 정신분석을 원용한<
   오감도>읽기", 『이상문학연구 60년』, 문학사상사, 1998.

를 주목할 필요가 있다. 김승희의 논문은 이 분야의 선구적인 업적일 뿐 아니라 가장 정치한 분석의 틀을 제시하고 있기 때문이다. 그런데 이 논문이 보여주는 라캉과 크리스테바의 이론에 대한 꼼꼼한 독해와 놀라울 정도로 치밀한 적용방식은 역으로 이론의 적용을 위해 도구화된 문학의 모습을 반증한다. 이 논문에서 이상의 시는 라캉과 크리스테바의 정신분석학 이론을 입증하는 흥미로운 사례로 등장하는 듯하다. 정신분석학은 문학의 독법을 확정하려는 방식으로 수행되어서는 안된다.[3] 그것은 문학의 다양성과 특수성을 보다 포괄적으로 설명할 수 있는 방향으로 개방되어야 할 것이다. 이와 함께 심리학적 분석의 문제로 꾸준히 지적되어온 지나치게 내재적인 연구경향의 몰사회적 성격[4]도 제고되어야 할 것이다. 심리학적 분석에서 라캉과 크리스테바의 이론을 적용한 연구들은 문학 텍스트의 심층적 탐구에 기여한 바 크지만 여전히 그 사회적 관계에 대한 고려는 배제하고 있다. 심리학적 연구의 협소성은 한정된 대상 작가를 통해서도 쉽게 드러난다. 심리학적 연구는 이상에게 과도하게 집중되어 있고 일반화의 가능성이 별로 검토되지 않은 상태이다.[5] 이러한 현상은 이상 문학에 대한 근거 없는 신화와 오해를 증폭시키는 반면 심리학적 연구의 가능성을 축소시킨다.

　이러한 문제의식을 바탕으로 본고에서는 이상과 윤동주의 시를 심리학적인 방법으로 분석·비교함으로써 일반화의 가능성을 탐색해보고자

---

3) 졸고, "한용운·김소월 시의 비유구조와 욕망의 존재방식", 『현대시의 욕망과 이미지』 (시와시학사,1998), 22면.

4) 신범순, "이상문학에 있어서의 분열증적 욕망과 우화", 『국어국문학』 (103호, 1990), 164면.

5) 심리학적인 접근이 요구되는 윤동주 시의 경우도 형식주의적 분석과 별 다를 바 없는 수준의 심리 분석이 행해질 뿐 본격적인 연구는 찾아보기 힘들다. 김승희의 "1/0의 존재론과 무의식의 의미작용" (『윤동주 연구』, 문학사상, 1995)에서 유일하게 라캉과 크리스테바의 이론을 적용하고 있다.

한다. 비교의 방법은 한 시인에게만 집중할 때 분명히 드러나지 않는 차이와 개성을 보다 확연하게 보여줄 수 있을 것이다. 이상과 윤동주의 시에 유난히 자아에 대한 분석적 태도가 강하게 드러나고 자아 동일성을 향한 욕망과 좌절이 첨예하게 드러난다는 사실에 착안하여, 본고에서는 주체 형성과 관련된 라캉의 이론을 적용시켜 이들의 시에 나타나는 주체 형성의 양상을 비교해 보고자 한다. 본격적인 논의에 앞서 주체 형성 이론과 관계되는 '거울 단계', '상상세계', '상징세계', '실재세계' 등 라캉 특유의 용어에 대해 간략히 설명하도록 한다.

라캉은 무의식의 탐구자라는 측면에서 프로이트를 계승하면서 무의식이 언어와 같이 구조화되어 있다는 주장으로 새로운 패러다임을 제시했다. 그는 정신분석의 임상 실험을 통해 무의식과 언어의 연관성을 강하게 확신했고 현대 언어학에 대한 이해를 바탕으로 그것을 증명해 나갔다. "언어 외에는 아무것도 없고 모든 것이 언어로 환원된다"6)고 확언할 정도로 라캉은 자신의 이론에서 언어에 결정적인 역할을 부여한다. 그가 제시하는 주체형성의 과정에서도 언어는 절대적인 준거가 된다.

라캉은 주체 형성의 단계를 상상세계, 상징세계, 실재세계라는 개념으로 이론화한다. 상상세계(the imaginary)는 주체가 형성되는 첫 번째 단계로서 주체와 타자가 구분되지 않는 상태이다. '거울 단계(mirror stage)'는 상상세계의 자기동일성을 설명하는 유용한 모델이다. 거울 단계는 자신의 신체를 단편적으로 느끼던 어린아이에게 총체적인 주체성이 출현하는 단계를 의미한다. 그러나 거울단계는 동시에 주체를 소외시키는 자기애적 동일시의 단계이다. 주체는 자기 자신이라기보다 자신과 유사한 존재일 뿐이다. 이중관계의 모든 드라마가 여기에서 펼쳐진

---

6) Jacques Lacan, Ecrits: A Selection, trans. Alan Sheridan(New York: Norton, 1977), p.212.

다.7) 거울단계에서의 '나'는 타자와의 변증법적 동일시에 의해 객관화되기 이전의 주체이며 언어가 그 보편구조 속에서 주체기능을 부여하기 이전의 주체이다.8) 상징세계로의 진입에 앞서 거울단계는 주체형성의 과정을 결정짓는 과도기적인 중요성을 갖는다.

상징세계(the symbolic)로의 진입은 언어의 습득과 불가분의 관계에 있다. 언어를 통해 주체는 상징세계의 질서를 받아들이는 동시에 자신의 본질로부터 소외된다. 상징세계의 질서에 적응한다는 것은 곧 사회화를 의미하는 것인데, 이는 또한 언어 속에서 욕망을 소외시키는 과정과 일치하는 것이다. 사회의 구성원이 되기 위해 주체는 상징적 질서가 지배하는 억압의 과정에 맞추어 자신을 억제해야 한다. 이 단계에서 주체가 최초로 접하게 되는 것은 금지, 또는 아버지의 법이다. 이 만남으로 인해 주체는 혼란과 동요를 겪게 되는데, 이 단계를 거쳐 아버지와의 동일시를 이루게 되면서 사회 속에서 자기 정립을 하게 된다.

실재세계(the real)는 상상세계와 상징세계에 연결되어 있으며, 상상세계도 상징세계도 아닌 것을 나타낸다. 상징세계는 분석할 수 없는, 즉 말로 설명할 수 없는 것이다.9) 실재세계는 이름과 달리 '실제' 현실과는 다른 것이다. 이것은 주체로 하여금 자신을 능가하는 세계에서 상상세계나 상징세계와 같은 구성이 생겨남을 상기시켜 주는 구실을 한다.

라캉의 이론은 상상세계와 상징세계의 개념을 통해 주체형성의 과정을 구조적으로 설명한 것으로서 인간화 과정에 대한 보편적인 적용에 용이하다. 주체형성 과정에서 드러나는 주체성과 자기 소외의 변증법은 인간 내면의 존재론적 드라마라 할 수 있다. 언어를 경계로 한 주체 형

---

7) 아니카 르메르, 『자크 라캉』 (문예출판사, 1994), 134면.
8) 자크 라캉, 『욕망이론』 (문예출판사, 1994), 40면.
9) Jacques Lacan, The Four Fundamental Concepts of Psycho-analysis, Trans. by Alan Sheridan(Penguin books, 1977), p.280.

성의 과정은 상징세계의 진입에 따른 자아의 소외양상을 반영한다. 자기 동일성을 향한 주체의 욕망은 상상세계의 카오스로 위험스럽게 이끌리거나 욕망의 충족불가능성에 절망하게 된다.

이상과 윤동주는 자기동일성의 욕망이 강하고 자아의 분리에 유난히 민감한 반응을 보이는 시인들로 흥미로운 주체형성의 양상을 드러낸다. 거울단계에서의 자아의 반응과 상징세계의 질서를 수용하는 방식의 차이를 고찰함으로써 이들의 시의식과 개성을 입증할 수 있을 것이다. 이상은 상징세계로 진입해가는 주체형성의 일반적인 양상에 부단히 저항하면서 주체 소외의 문제에 예리하고 집중적인 의문을 제기했던 것에 비해 윤동주는 자기를 억제하며 상징세계의 질서를 수용해갔다. 이들이 보여주는 태도의 차이는 상징세계와 주체의 관련양상을 대변하는 것이기도 하다. 주체가 상징세계의 구성원이 되기 위해서는 상징세계에 맞추어 자기를 억제하거나 병드는 길밖에 없다.[10] 윤동주 시의 주체는 자기를 억제하며 상징세계를 수용해가는 반면 이상 시의 주체는 상징세계의 질서에서 끊임없이 일탈해간다. 중요한 것은 상징세계의 수용이나 부정같은 결과론적 양상보다는 거기에 이르기까지 주체가 보여준 존재론적 탐색의 과정일 것이다. 그것이야말로 상징세계의 막강한 질서를 의심하고 동요시킬 수 있는 욕망의 작용이다. 두 시인 모두 존재의 진실에 도달하려는 욕망과 상징세계의 충돌을 정직하게 바라보고 그리려 했다는 점에서 각별한 내면의 성실성을 보여준다. 이제 두 시인이 거울단계에서 출발하여 진정한 자기를 찾아가는 욕망의 흐름을 따라가보도록 하자.

---

10) 김인환, "문학과 정신분석", 고려대 『인문논집』(제 39집, 1994), 3면.

2. 이상 시의 주체와 상징세계의 부정

이상은 「詩第十五號」, 「거울」, 「明鏡」, 「烏瞰圖詩第四號」 등 거울 이미지가 직접 나타나는 시들을 많이 썼다. 그 중에서도 「詩第十五號」는 자아의 본질에 대한 가장 집요하고 근원적인 문제의식을 보여주는 시이다. 그런만큼 이 시는 주체형성과 과정과 관련되는 시인의 의식과 태도를 함축적으로 드러낸다. 먼저 이 시의 분석을 통해 자아와 세계에 대한 주체의 반응을 살펴보도록 하자.

1

나는거울업는室內에잇다. 거울속의나는역시外出中이다. 나는至今거울속의나를무서워하며떨고잇다. 거울속의나는어디가서나를어떠케하려는陰謀를하는中일가.

2

罪를품고식은寢床에서잣다.　確實한내꿈에나는缺席하얏고義足을담은軍用長靴가내꿈의　白紙를더럽혀노앗다.

3

나는거울잇는室內로몰래들어간다. 나를거울에서解放하려고. 그러나거울속의나는沈鬱한얼골로同時에꼭들어온다. 거울속의나는내게未安한뜻을傳한다. 내가그때문에囹圄되여잇듯키그도나때문에囹圄되어떨고잇다.

4

내가缺席한나의꿈. 내僞造가登場하지안는내거울. 無能이라도조흔나의 孤獨의　渴望者다. 나는드듸여거울속의나에게自殺을勸誘하기로決心하얏다. 나는그에게　視野도업는들窓을가르치엇다. · 그들窓은自殺만을爲한들窓이다. 그러나내가自殺하지아니하면그가自殺할수업슴을그는내게가르친다. 거울속의나는不死鳥에갓갑다.

5

　내왼편가슴心臟의位置를防彈金屬으로掩蔽하고나는거울속의내왼편가
슴을겨우어拳銃을發射하얏다.　彈丸은그의왼편가슴을貫通하얏스나　그의
心臟은바른편에잇다.

6

　模型心臟에서붉은잉크가업즐러젓다.　　내가遲刻한내꿈에서나는極刑을
바닷다.　내꿈을支配하는者는내가아니다.　握手할수조차업는두사람을封鎖
한巨大한罪가잇다.

「詩第十五號」　전문11)

　이 시는 흥미롭게도 '거울 없는 실내'에서부터 시작된다. 이는 이후 주체형성의 극적인 드라마를 준비하는 무대와도 같다. 외출했던 주체가 등장하면서 본격적인 막이 오른다. '거울 속의 나'가 나타나는 다음 상태는 '거울 단계'와 흡사한 자아인식의 과정을 보여준다. 거울로 인하여 주체는 '나'라는 의식을 갖게 되지만 다른 한편으로는 거울을 경계로 분리된 '거울 속의 나'로 인해 심각한 분열의 조짐을 발견한다. "거울 속의 나는 어디가서 나를 어떻게 하라는 음모를 하는 중일까"라는 진술은 '나'와 '거울 속의 나'의 단절로 인한 분리감과 불안감을 드러낸다.

　'나'와 '거울 속의 나'가 필연적으로 분리될 수밖에 없는 주체 형성의 과정에서는 '거울 속의 나'의 존재를 무서워하고 회피하며 '나를 해방'하려는 동일성의 욕망을 갖는 것 자체가 이미 '죄'라고 할 수 있다. 2연에서는 '거울 속의 나'를 피해 '꿈'이라는 무의식으로 도피한 '나'의 불안감과 순수한 동일성의 욕망이 충족 불가능함을 보여준다. '확실한 내꿈'에서조차 주체와 타자가 분리되기 이전의 '나'는 찾아볼 수 없고 '의

---

11) 이상 시 인용은 김승희 편저, 『이상』 (문학세계사, 1996)에 의거한다.

족을 담은 군용장화'의 무시무시한 이미지만 출현한다. '의족을 담은 군용장화'는 일반적으로는 폭력성의 상징으로 이해되며, 프로이트의 정신분석을 도입한 경우에는 남근의 상징으로 해석된다.[12] 이 구절을 남근 상징으로 본다면 상징적 질서가 주체에게 가하는 거세공포를 표현한 것으로 읽을 수 있다. 이를 라캉의 이론과 결부시켜 본다면 '의족'은 자연이나 생물학적 욕구, 현상적 세계와 반대되는 인공적인 것으로 읽히고, 그런 의족이 담긴 군용장화의 세계는 상징적 질서를 의미하고 "꿈의 백지를 더럽혀 놓았다"는 것은 상징적 질서의 구조를 반영하는 언어세계로 진입하였다는 뜻이 된다.[13] 상징세계에 대한 주체의 강한 거부감은 '의족을 담은 군용장화'의 삭막하고 강압적인 이미지로 표출된다. 주체의 소외를 피해 동일성의 자아를 찾아 상상세계로의 소극적인 도피를 꾀했던 주체는 결국 주체를 압도하는 상징세계의 폭력성을 확인했을 뿐이다.

2연에서의 소극적 도피의 방식이 실패하자 주체는 보다 적극적인 대응을 도모하기 시작한다. '나'는 '거울 속의 나'를 없애버리겠다는 과감하고 무모한 음모를 꾸민다. '거울'을 사이에 둔 이 작전에서는 '타살'이 '자살'이 되는 존재의 희비극이 펼쳐진다. 소외된 자아에 대한 주체의 반격이 시작되는 3연에서부터 '거울 속의 나'는 '그'로서 분명하게 타자화되어 나타난다.

가장 길게 쓰여진 4연에서는 주체의 소외에 직면한 '나'의 실상과 억압된 욕망, 그리고 상징세계에 대한 반동의 기획이 총체적으로 그려진다. 이는 마치 '자살'이나 '살인' 직전에 사건에 이르기까지의 동기가 주마등처럼 스쳐지나가는 것과 같다. '내가 결석한 나의 꿈'이나 '내 위

---

12) 이규동, 앞의 글, 215면.
13) 김승희, 앞의 논문, 38면 참조.

조가 등장하지 않는 내 거울'은 모두 소외 이전의 단계와는 거리가 멀어진 상태로 상징세계의 통제를 받고 있다. 상징세계로 떠밀려들어간 주체는 그러나 여전히 소외 이전의 동일성을 확보한 자아를 갈망한다. 비록 그것이 상징세계에서 본다면 무능하기 그지없는 존재일지라도. 자아의 분리와 동일성의 욕망 사이에서 불안감에 떨던 '나'는 드디어 '자살'이라는 극단적이고 과격한 공격을 도모한다. 주체는 '나'가 자살하지 않고서는 '그'가 자살할 수 없다는 이 존재의 아이러니를 절감한다.

5연에서는 드디어 '그'를 '자살'시키는 작전을 감행한다. '나'를 보호하기 위해 내 왼편가슴은 철저히 엄폐하고 '그'의 왼편 가슴을 향해 권총을 발사한다. 그런데 '그'의 심장은 바른편에 있다. '그'의 자살은 실패하고 만다.

6연에서는 이 자살의 의미와 자아의 관계를 종합적으로 조명한다. "모형심장에서 붉은 잉크가 엎질러졌다"는 것은 이 자살이 '모형'이고 '위조'일 뿐 사실이 아님을 뜻한다. 상징세계의 질서에 쉽사리 편입하지 못하고 반란까지 도모한 나는 상징세계의 강력한 법에 의해 극형을 받는다. 이제 '나'의 꿈을 지배하는 자는 '나'가 아니라 상징세계의 '대타자(Other)'[14]이다. '악수조차 할 수 없는 두 사람'의 차이를 무화시키고 동일성의 욕망에 사로잡혔던 '나'에게는 상징세계의 질서를 교란했다는 '거대한 죄'가 가로놓여 있다.

이상에서 살펴본 바와 같이 이 시는 주체 형성의 전 과정을 흥미롭게 압축해 놓고 있다. '거울 단계'를 계기로 자아의 분리와 소외에 직면

---

14) 대타자는 근본적 타자성, 즉 상상세계의 착각적인 타자성을 초월하는 그런 타자성을 가리키는데, 왜냐하면 그것은 동일시를 통해 동화될 수 없기 때문이다. 라깡은 이러한 근본적 타자성을 언어와 법에 등치시키므로 대타자는 상징세계에 기입된다.
　(딜런 에반스, 『라깡 정신분석 사전』(인간사랑, 1998), 201-2면.)

한 주체가 행하는 동일성의 추구와 좌절, 그리고 상징세계의 위력과 억압이 절묘하게 그려진다. 이상 시의 특이성은 소외에 직면한 주체가 보여주는 강한 거부과 반작용에 있다. 이 시의 2연에서 상상세계로의 소극적인 도피에 실패한 주체는 3, 4, 5연에서 자기 파괴라는 극단적인 '해방'의 방식을 도모한다. 소외로부터의 일탈을 꿈꾸는 주체의 욕망은 집요하고 과감하기 그지없다. 이 시에 붙여진 특이한 연 번호는 "시의 통합적(syntagma) 구성을 약화시킬 뿐만 아니라 통사론적 결합고리를 약화시키는 작용을 한다"15)기보다는 주체형성의 과정과 소외에 대한 위반의 전략을 극적으로 표출하는 구성의 묘미를 보여준다. 즉 1연에서는 거울 단계에서 야기되는 자아의 분리와 불안감을 언급하며 2연에서는 분리감에서 벗어나려는 소극적인 도피와 실패를 표현한다. 3, 4, 5연에서는 집중적으로 '자살'을 통한 자기 해방이라는 과격한 모험을 시행하는데 이 부분 역시 '자살'의 계획, 결심, 실행의 순으로 점진적인 진행의 방식을 보인다. 6연은 결말로서 '자살'의 실패와 그 결과가 제시된다. 이 시는 이처럼 주체형성 과정에서 주체가 겪는 갈등과 위반, 그리고 실패의 극적인 드라마를 보여준다.

　「詩第十五號」를 통해 확인한 바와 같이 이상의 시는 자아의 소외를 직시하면서도 상징세계의 질서를 거부하고 일탈하려는 강한 반발력을 드러낸다. 주체형성 과정에서 상징세계로 진입하면서 주체가 겪게되는 불안감과 압박감에 유난히 민감하기 때문이다. 이상 시의 주체에게 그토록 부정적으로 각인되어 있는 상징세계의 존재는 어떤 것일까?

---

15) 김승희, 앞의 논문, 44면. 김승희는 이상 시의 독특한 언술 체계를 대부분 상징세계의 억압과 질서를 위반하려는 혼돈과 쾌락의 전략인 것으로 설명한다. 이상의 시에 그러한 일면이 있는 것은 사실이나 다른 한편으로는 매우 합리적이고 치밀한 상징적 전략도 다양하게 나타나기 때문에 그 양자를 구분할 필요가 있다.

　　　　나의아버지가나의겨테서조을적에나는나의아버지가되고또나는나의아
버지의아버지가되고그런데도나의아버지는나의아버지대로나의아버지인
데어쩌자고나느작고나의아버지의아버지의아버지의……아버지가되니나
는웨나의아버지를껑충뛰어넘어야하는지나는웨드듸어나와나의아버지와
나의아버지의아버지와나의아버지의아버지의아버지노릇을한꺼번에하면
서살아야하는것이냐

「詩第二號」 전문

이 시는, 법과 함께 욕망의 구조를 유지시키며 상징세계의 질서를 대
표하는 '아버지의 이름(Name-of-the-Father)'[16]에 대한 주체의 거부감을
독특한 진술로 드러내고 있다. "나의아버지의아버지의아버지……"로 중
첩된 아버지의 이미지는 동양문화 특유의 가부장적 질서를 완강한 사슬
의 구조로 보여준다. 이상이 유난히 가부장적 제도에 강한 거부감을 보
인 데에는 그의 개인사적 사정이 뿌리 깊게 작용한다.[17] 프로이트의 이
론을 도입해서 이상의 정신세계를 해명했던 연구자들이 주목했던 바와
같이 순탄치 못했던 성장과정은 그에게 부정적인 아버지상과 가계의 중
압을 부여한 것으로 보인다. 위의 시는 부계의 상징적 질서를 대변하는
존재로 규정되는 주체에 대한 회의와 가계 계승의 책무에 대한 막중한
부담을 표출하고 있다.[18]

---

16) Jacques Lacan, The Four Fundamental Concepts of Psycho-analysis,p.34.

17) 이상(본명 김해경)은 태어나자마자 장자 계승을 위해 친부모의 곁을 떠
　　나 자식이 없는 백부의 집으로 옮겨졌다. 그의 조부는 아이의 이름을 '바
　　다와 같은 넓은 곳을 다스리는 큰 벼슬을 하라'는 뜻으로 海卿이라 지었
　　다. 김승희, "이상 평전", 『이상』, 김승희 편, 앞의 책, 18-24면 참조.

18) "이 시의 가장 큰 의미는 '나'가 '아버지'를 타도한다는 사실에 있다. 이
　　는 이 시에서 '나'가 열여덟 번, '아버지'가 열일곱 번 나옴으로써 '나'가
　　'아버지'를 수적으로 그리고 상징적으로 압도한다는 측면에서 그러하다."
　　(이정호, 앞의 글, 327면)는 견해도 있으나, 이 시의 혼란스럽고 연속적인
　　서술방식은 '나'와 '아버지'의 수적인 차이보다는 긴밀한 결합관계를 강
　　조한다. 또한 '나'와 '아버지'의 동어반복 속에서 두드러진 것은 '되고',

"墳塚에게신白骨까지가내게血淸의原價償還을强請하고잇다"(「門閥」)
는 강박적인 채무의식에서 엿볼 수 있듯이 '아버지의 이름'은 그에게
지배와 억압의 표상으로 인식될 뿐이었다. '가정'은 '아버지의 이름'이
그에게 제시한 상징세계의 원초적이고 현실적인 이름이다. 그런데 사회
적 인간으로서 주체를 정립시키는 이 첫 번째 관문에서부터 그는 고전
을 면치 못한다. '가정'이라는 상징세계의 현실을 앞에 두고 그는 "門을
암만잡아단여도않열리는것은것은生活이모자라는까닭이다. 밤이사나운꾸
즈람으로나를졸른다. 나는우리집내門牌앞에서여간성가신게아니다. 나는
밤속에들어서서제웅처럼작구만滅해간다"(「家庭」)고 고백한다. 그는 자신
이 '가정'이라는 상징세계에 완전히 흡수되지 못하고 '門' 밖에 위치해
있다고 인식한다. 그가 살아가는 '밤'시간 역시 '생활'이라는 '낮'의 시
간과는 거리가 멀다. 가정에 대한 책무와 가부장적 질서에 대한 거부감
사이에서 방황하는 그에게 '門牌'라는 상징세계의 표상은 부담스럽기만
한 존재이다. 그는 좀처럼 '낮'의 생활세계로 들어서지 못하고 사회적
주체로서의 자신의 존재가 자꾸만 소멸해가는 것을 느낀다. 상징세계로
의 진입을 끝없이 부정하고 지연시키면서 그는 마침내 세상에서 가장
무기력한 존재로서의 자신에게 도달하게 된다.

> 가장 無力한 사내가 되기 위해 나는 얼금뱅이였다
> 세상에 한 女性조차 나를 돌아보지는 않는다
> 나의 倦怠는 安心이다
>
> 양팔을 자르고 나의 職務를 회피한다
> 이제는 나에게 일을 하라는 자는 없다
> 내가 무서워하는 支配는 어디서도 찾아볼 수 없다

'되느냐', '살아야 하는 것이냐' 등 용언의 변화이다. 이를 통해 주체는
'아버지'와의 강한 연관성과 가계 계승의 부담감을 드러내게 된다.

> 歷史는 무거운 짐이다.
> 세상에 대한 辭表 쓰기란 더욱 무거운 짐이다
> 나는 나의 문자들을 가둬 버렸다
> 圖書館에서 온 召喚狀을 이제 난 읽지 못한다
>
> 나는 이젠 세상에 맞지 않는 옷이다.
> 封墳보다도 나의 의무는 적다
> 나에겐 그 무엇을 理解해야 하는 苦痛은 완전히 사라져 버렸다
> 나는 아무 때문도 보지는 않는다.
> 그렇기 때문에 나는 아무것에게도 또한 보이지 않을 것이다.
> 처음으로 나는 완전히 卑怯해지기에 성공한 셈이다
> 「悔恨의 章」 전문

유고시인 이 시는 상징세계와의 싸움에서 시인이 도달한 최후의 장을 보여준다. "가장 무력한 사내가 되기 위해 나는 얼금뱅이였다"라는 문장을 통해 상징세계에 대한 위반과 부정에 이르게 된 내적, 외적 동기를 모두 살필 수 있다. '되기 위해'라는 구절만으로는 '무기력한 사내'가 되는 것이 스스로의 선택이었던 듯하다. 그런데 "나는 얼금뱅이였다"라는 구절은, 시인이 몹시 안타까워했던 친아버지의 육체적 결함19)과 그에 대한 동일시의 작용, 즉 '혈청의 원가상환'에 부응하는 의식을 살필 수 있다. 자신을 규정짓는 뿌리깊은 '아버지'의 존재와 그에 대한 부담감과 거부감 역시 상징세계에 대한 부정의 절대적인 동기라 할 수 있는 것이다. 자의적으로 또는 숙명적으로 상징세계에서 추방당한 그는 '권태'를 '安心'으로 즐기는 반사회적 존재가 된다. '양팔을 자르고' 직무에서 도피한 그는 지배와 억압으로 유지되는 노동의 세계로부터도 자유로워진다. 그는 역사와 현실과 언어라는 상징세계의 무거운

---

19) 이상, "슬픈 이야기", 『이상』, 앞의 책, 255면 참조.

짐을 벗어버린 것이다. 그와 함께 상징세계의 질서와 법을 지키기 위해 '무엇을 이해해야 하는 고통'으로부터도 놓여난다. 사회적 존재로서 제로의 상태에 도달하였으므로 '완전히 비겁해지기에 성공한 셈이다'. 그는 상징세계의 기준으로 보자면 '비겁'하고 그로부터의 '해방'을 위한 부정의 방식으로는 '성공'한 생을 살았던 것이다. 상징세계의 무거운 짐을 누구보다도 명백하게 의식하고 '세상에 맞지 않는 옷'이라는 무서운 낙인조차 달게 감수했던 그는 '무력'과 '권태'를 상징세계의 압력에 저항하는 문학의 새로운 에너지로 실험하고 개척해 나간 선구자이다.

3. 윤동주 시의 주체와 상징세계의 수용

윤동주는 이상처럼 과격하고 극단적인 부정의 방식을 취하지는 않았지만 상징세계의 명령과 질서에 예민하게 반응하며 회의했던 내성의 시인이다. 윤동주 역시 자신의 정신세계를 압축한 듯한 '거울'이미지의 시들을 많이 남겼다. 「自畵像」은 창작시기에서도 앞서고 자의식의 표출도 섬세하게 드러나고 있어 윤동주 시의 주체형성 과정을 살펴보기에 좋은 시이다.

> 산모퉁이를 돌아 논가 외딴우물을 홀로
> 찾아가선 가만히 드려다 봅니다.
>
> 우물속에는 달이 밝고 구름이 흐르고
> 하늘이 펼치고 파아란 바람이 불고 가
> 을이 있습니다.

그리고 한 사나이가 있습니다.
어쩐지 그 사나이가 미워저 돌아갑니다.

돌아가다 생각하니 그사나이가 가엽서집
니다. 도로가 드려다 보니 사나이는 그
대로 있습니다.

다시 그사나이가 미워저 돌아갑니다.
돌아가다 생각하니 그사나이가 그리워집
니다.

우물속에는 달이 밝고 구름이 흐르고 하
늘이펼치고 파아란 바람이 불고 가을이 있고 追憶처
럼 사나이가 있습니다.

「自畵像」 전문20)

   윤동주의 거울은 이상의 거울처럼 위태롭고 예리한 문명화된 거울이
아니다. 이 시에는 '우물'이라는 자연에 가까운 거울이 등장하고 있다.
이 시의 주체는 이미 상징세계의 질서 속에 놓여있는 자로서 동일성의
욕망으로 본질적 자아를 찾아나선다. 그는 산모퉁이를 돌아 논가 '외딴
우물'을 '홀로' 찾아가선 '가만히 들여다보는', 지극히 은밀하고 소극적
인 방식을 통해서 또다른 자아를 만나게 된다. '달이 밝고 구름이 흐르
고 하늘이 펼치고 파아란 바람이 불고 가을이 있'는 아름답고 적요한
우물 속 풍경은 자아 분리 이전의 완전한 동일성의 세계를 연상시킨다.
그런데 거기에 등장하는 '한 사나이'는 자아가 분리되어 '타자'로서 자
신을 인식하게 되는 거울 단계의 전형적인 현상을 보여준다. 행복한 동
일성의 환상을 깨고 나타난 그 사나이에 대한 주체의 반응에는 애증이

---

20) 왕신영 외 편, 『윤동주 자필 시고전집』(민음사, 1999), 314면. 이후 시
   인용은 이 책에 의거함.

뒤섞여 있다. 그 사나이는 자아의 동일성을 훼손했기에 미우면서도 자신의 분신이기에 가여운 것이다. 그 사나이를 향해 들여다보기와 돌아서기를 반복하는 주체의 행위는 마치 어린아이가 행하는 '포르트-다' 놀이와 같다.[21] 그것은 동일성의 환상과 분리 불안에 처해있는 주체의 자기 확인이다. 거울 속의 자아를 향해 애증을 반복해 보이던 주체의 감정은 '그리움'으로 변하고 다시 '추억'이 된다. 상상세계로의 복귀가 불가능함을 거듭 확인하면서 차이와 분리라는 상징세계의 원리를 받아들인 주체는 본질적 자아로부터 점점 멀어지게 되는 것이다. 이 시의 마지막 장면에서 본질적 자아는 순수 자연과 함께 상상세계의 환영 속으로 사라져 버린다. 거울 속의 또다른 자아와의 만남을 통해 주체는 자아 분리의 필연성과 영원한 결별을 확인할 뿐이다.

거울 속 자아와의 대결에서 훨씬 치열하고 역동적인 이상 시의 주체에 비해 윤동주 시의 주체는 수동적이고 정적인 태도를 취한다. 그는 상상세계에서 벗어나 상징세계를 수용해야 하는 주체형성의 존재론적 과정을 숙명으로 받아들였던 것이다. 상징세계를 수용하는 주체의 상이한 태도는, 비슷한 시기를 살았지만 서로 달랐던 개인사와 환경의 차이와 무관하지 않을 것이다. 이상이 부정적이고 왜곡된 아버지 상으로 인해 그 이름이 지배하는 상징세계로의 진입을 극도로 회피한 것에 비해 윤동주는 상당히 모범적이고 이상적인 아버지 상을 가졌을 것으로 추측된다.[22] 또한 윤동주 가계의 뿌리깊은 기독교 정신은 매우 관념적이고

---

21) 프로이트는 면화 실타래의 한 가닥을 잡고 내던졌다 잡아당기기를 반복하면서 '포르트-다(Fort-da)'놀이를 하는 18개월 된 손자를 보고 이 놀이가 어머니의 소실과 출현에 관련되어 있다고 하였다. 이같은 현존과 부재의 놀이를 반복함으로써 아이는 자기 어머니의 귀가와 외출을 극복하는 것 같다고, 그리하여 스스로를 어머니와 '떼어놓으려'한다고 주장했다. 라캉은 이것이 상징세계로의 초기 편입을 예시하는 것으로 본다.
　마단 사럽, 김혜수 역, 『알기 쉬운 자끄라깡』(백의, 1994), 134면 참조.

절대적인 상징세계의 표상으로 작용했을 것이다. '기독'을 부정하고 우롱하기까지 한 이상의 자유로운 정신에 비해 윤동주에게는 거부하기 힘든 부권이 많이 작용했던 것이다. 또한 식민지의 수도 경성에 살았던 이상에게 지배권력의 법과 질서란 근본적으로 거짓이고 위선이었던 것[23]에 비해 완벽한 자치가 실현되었던 간도에서 조국 해방의 당위적 목표를 의식하며 살았던 윤동주는 지배적 이념에 대한 태도가 다를 수밖에 없다. 이밖에도 기성문인으로 활동하며 구인회의 당당한 지지를 받고 사회적 무능을 지고한 예술혼의 표현과 상치시켰던 이상[24]과, 평생 학생과 문학청년의 처지를 벗어나보지 못한 윤동주의 입지를 비교해 볼 수 있다. 윤동주에게는 이상적이고 절대적인 상징세계의 표상이 확고하게 자리잡고 있었고 그의 예술혼과 삶의 방향은 배타적이기보다 일치하는 것이었다.

자아의 분리와 본래적 자아와의 결별을 필연적인 것으로서 승인하고 윤동주 시의 주체는 상징세계로 미끄러져 들어간다. 윤동주의 시에는 현실의 '아버지'가 거의 등장하지 않는다. 이는 그가 주체형성 과정에서

---

22) 윤동주의 조부 윤하현은 '관후장자의 풍모를 지닌 도량이 큰 인물'로서 사람들의 깊은 존경을 받았으며, 아버지 윤영석은 신학문을 배운 지식인으로 '詩的 기질이 있는 인물'이었다 한다. 또한 외삼촌 김약연은 북간도 명동학교의 교장으로 '동만의 대통령'이란 별호까지 들었던 유명한 학자이며 지도자였다. 윤동주가 가까이서 접했던 집안의 남자어른들은 존경받는 지도자들로서 부권의 강한 표상을 이루었을 것으로 짐작할 수 있다. 송우혜, 『윤동주 평전』 개정판(세계사, 1988), 23-86면 참조.

23) "당근정책이 무엇인지 잘 알고 있었던 이 식민지 청년은 하지 않아야 할 일을 하지 않았다. 이 점에서 이상의 메마른 언어는 모든 위로의 함정을 철저하게 제거하는 방식이었으며, 비타협의 결의에 대한 표현이자 그 실천이었다." 황현산, "『오감도』 평범하게 읽기", 『창작과비평』 (1998, 가을호), 354면.

24) 차혜영, "이상 소설의 창작원리와 미적 전망", 『근대문학과 구인회』 (깊은샘, 1996), 221-5면.

상징세계 최초의 표상이라 할 수 있는 '아버지'에 대한 별다른 부정이
나 저항 없이 현실을 수용하기 시작했음을 의미한다. 또한 현실적 아버
지보다는 일찍부터 그의 정신세계에 자리잡은 종교적 표상으로서의 아
버지가 그에게는 훨씬 강하고 이상적인 규범으로 작용하였다고 볼 수
있다. '기독'이야말로 상징세계에 그를 오려붙이기 시작한 강력한 규범
이다. 그의 시에서 기독교 정신의 영향력은 막강하고 전면적이다. 기독
교 정신은 그의 시 의식의 근원을 이루고 있으며 종교적 표상이 직접
등장하는 시도 적지 않다. '기독'은 상징세계의 주체로서 그가 의식했던
가장 분명한 '아버지의 이름'이다. "괴로왓든 사나이,/幸福한 예수 · 그리
스도에게/처럼/十字架가 許諾된다면//목아지를 드리우고/꽃처럼 피여나는
피를/어두어가는 하늘밑에/조용이 흘리겠습니다"(「十字架」)라는 결의
처럼 그는 기독교 정신이 부여하는 숭고한 희생을 자신이 지향해야 할
삶의 목표와 책무로서 받아들였던 것이다.
  그런데 흥미로운 것은 이처럼 기독교 정신이 투철했던 그의 시에서
은밀한 배교의 의식을 엿볼 수 있다는 것이다.

        봄날 아츰도 아니고
        여름, 가을, 겨을,
        그런날 아츰도 아닌 아츰에

        빨-간 꽃이 피여낫네,
        해ㅅ빛이 푸른데,

        그前날밤에
        그前날밤에
        모든 것이 마련되엿네,

        사랑은 뱀과 함께

        毒은 어린 꽃과 함게
                                「太初의아츰」 전문

   이 시의 첫 부분은 어떤 시간보다도 앞서는 태초의 시간, 즉 하나님
의 시간을 묘사하고 있다. 그리고 "빨-간 꽃이 피어났네/햇빛이 푸른데"
라는 강렬한 어감과 색감의 대비를 통해 심상치 않은 존재의 출현을 표
현한다. "독은 어린 꽃과 함께"라는 마지막 구절로 보아 이는 '독'을 품
은 꽃이라는 암시이다. 그런데 주목할 것은 "사랑은 뱀과 함께/독은 어
린 꽃과 함께"라는 탄생의 비밀은 이미 '그 전날 밤', 즉 '태초의 아침'
이 시작되기 전에 이미 마련되었다는 사실이다. 이는 선악과를 따먹은
인간의 배반으로부터 원죄가 시작되었다고 보는 기독교의 교리에 위배
되는 생각이다. 이 시에서 강조하려는 것은 '사랑의 악마성'[25]이라기보
다 기독교 원리에 대한 회의와 부정이다. 기독교적 하나님이 표상하는
강력한 율법과 권위에 대한 이러한 문제의식은 주체 형성과정에서 그가
지녔을 상징세계의 제도와 억압에 대한 반발을 보여준다. "빨리/봄이 오
면/罪를 짓고/눈이/밝어//이브가 解産하는 수고를 다하면//無花果 잎사귀
로 부끄런데를 가리고//나는 이마에 땀을 흘려야겟다"(「또太初의아
츰」)는 다짐에서도 하나님의 계시와 율법에 반하여 독자적인 지혜의
눈을 갖고자 하는 주체의 의지가 그려지고 있다. 「肝」에서도 그는 제

---

25) 김승희, "1/0의 존재론과 무의식의 의미작용", 『윤동주 연구』(문학사상
    사, 1995), 78면.
    김승희는 이 시가 "기독교적 상상력에서 악의 상징으로 터부가 되어 온
    뱀을 사랑과 연관시키고 있는 데서 그(윤동주:필자)가 청교도적 결벽주의
    를 위반해야 할 억압으로 받아들이기도 했었음을 엿보게 된다. 상징계(상
    징세계:필자)의 검열로 악마적 사랑에 빠지지는 못한다 할지라도 시적 화
    자는 뱀에 대한 유혹과 그 사악한 열정에 의해 흔들리는 주체의 교란을
    보여 주는 것이다"라고 한다.

우스라는 최고의 신을 배반하고 인간을 위해 '불 도적한 죄'를 지게 된 프로메테우스의 고행을 인상깊게 그리고 있다. 그는 종교의 절대적 권위나 율법에 대해 무조건적으로 승인하지 않고 비판과 회의를 보여주었다. 성경에 대한 의문이 드러나는 또다른 시 「八福」에서는 "슬퍼하는 자는 복이 있나니"를 여덟 번이나 반복한 후에 "저희가 永遠히 슬플것이오"라는 전혀 다른 구절로 끝을 맺고 있다. 이는 성경의 약속이 현실에서는 지켜지지 않는다는 회의와 절망의 표현이라 할 수 있다.26) 그는 상징세계의 준거가 되는 기독교 정신에 대해 무조건적인 복종의 자세를 취하지 않았다. 박애와 희생의 가치에 대해서는 충분히 인정하고 실천한 반면 권위적이고 절대적인 율법에 대해서는 회의와 부정을 보이기도 했던 것이다.

현실에 대한 그의 번민과 좌절은 더욱 컸다. 그는 처음에 시집의 제목을 「병원」으로 하려고 했다는데, 이 때의 병원이 '세상'의 은유임은 말할 것도 없다. 표제시인 「병원」에는 "나도 모를 아픔을 오래 참다 처음으로 이곳에 찾아왔다. 그러나 나의 늙은 의사는 젊은이의 病을 모른다. 나안테는 病이 없다고 한다. 이 지나친 試鍊, 이 지나친 疲勞, 나는 성내서는 않된다"라 하여 상징세계에서 병들어 있음을 느끼며 몹시 고통스러워하는 주체가 나타난다. 윤동주 시의 주체는 본질적 자아에 대한 동경과 상징세계에서 살아가야 한다는 당위 사이에서 부단히 번민하고 갈등한 것으로 나타난다. 그 역시 이상 시의 주체와 마찬가지로 자신이 상징세계에 잘 맞지 않고 병들어 있다고까지 느낀 것으로 보인다. 그러나 이상 시의 주체가 상징세계를 부정하고 반발하는 데 더 열중한 것에 비해 윤동주 시의 주체는 자신을 억누르며 어떻게든 상징세

---

26) 윤동주의 자필 원고를 확인해 보면, 끝 구절이 "저히가 위로함을 받을 것이오"에서 "저히가 永遠히 슬플것이오"로 바뀌어 있어 종교적 회의의 과정을 엿볼 수 있다. 『윤동주 자필 시고전집』, 170면 참조.

계의 질서에 맞춰 나가려 했다.

> 죽는 날까지 하늘을 우르러
> 한점 부끄럼이 없기를,
> 잎새에 이는 바람에도
> 나는 괴로워했다.
> 별을 노래하는 마음으로
> 모든 죽어가는것을 사랑해야지
> 그리고 나안테 주어진 길을
> 거러가야겠다.
>
> 오늘밤에도 별이 바람에 스치운다.
>
> 「序詩」 전문

　윤동주가 보여주었던 특유의 '부끄러움'은 상징세계의 주체로서 느꼈던 강한 책임과 도덕성의 증표이다. 그에게 상징세계의 궁극적인 표상은 '하늘'과 같이 절대적이고 이상적인 것이었다. 이 하늘은 그를 강하게 이끌었던 이상적인 기독교의 최고 정신과도 상통한다. '한 점 부끄럼 없이' 하늘이라는 영원한 상징적 질서를 실천하려는 자아와 '잎새에 이는 바람' 같이 늘 흔들리는 예민한 자아 사이에서 그는 '괴로워했다'. 하늘의 높이에 이르는 이상을 지상에서 실천해나가려는 결의를 거듭 다지면서 그는 자신을 상징세계에 강하게 오려붙이려 한다. 그리하여 마침내 '별'과 같은 숭고한 이상과 '바람'같은 동요가 공존할 수밖에 없는 현실의 조건을 담담하게 수용하는 지점에 이른다. 윤동주의 시에는 이와 같이 심각한 내면의 갈등이나 결연한 의지의 확인 끝에 평정한 즉물적 묘사에 도달하는 경우가 많다.27)

---

27) 졸고, "<거울>과 <참회록>의 구조와 어조", 『새로운 국어교육을 위하여』(고려대 사범대학 국어교육과, 1998), 159면.

파란 녹이 낀 구리 거울속에
내얼골이 남어있는것은
어느 王朝의遺物이기에
이다지도 욕될까.

나는 나의懺悔의글을 한줄에 줄이자.
── 滿二十四年一個月을
  무슨깁븜을바라살아왔든가

내일이나 모레나 그어느 즐거운날에
나는 또 한줄의 懺悔錄을 써야한다.
── 그때그 젊은나이에
  웨그런 부끄런 告白을 했든가.

밤이면 밤마다 나의거울을
손바닥으로 발바닥으로닦어보자

그러면 어느 隕石밑우로 흘로거러가는
슬픈사람의 뒷모양이
거울속에 나타나온다.

「懺悔錄」 전문

이 시는 유고시이면서 '거울'이미지가 등장하여 주체형성의 드라마에서 최종 단계를 살피기에 적합하다. 이 시에 나타나는 '거울'은 「자화상」의 '우물'과도 다르고 이상의 '유리 거울'과도 다른 '구리 거울'이다. 따라서 본질적 자아와 만나게 하는 원형적 거울도 아니고, 자아 분리의 양상을 명징하게 확인하고 부정하게 하는 위태롭고 문명화된 거울과도 다르게 '역사' 속에서 자신을 인지하게 하는 거울이다. 구리 거울속의 자아를 들여다보는 주체는 그 거울의 존재가 입증하는 누대의 혈통을 자각하지 않을 수 없다. 구리 거울 속의 얼굴은 역사적 연속성 속에 놓여 있는 존재로서의 자아를 만나게 한다. 윤동주 시의 주체는 '역사'라는 '아버지의 이름'에 부착된 자신의 존재를 발견한다. 그것은 '병원'같은 현실과 '하늘'같은 이상을 공유하는 상징세계의 역동적 실체라 할 만하다. 그것은 주체의 과거와 현재와 미래까지도 결정하는 동력이다. 두 개의 참회록은 욕된 역사의 유물로서 늘 동요하고 번민하던 자아를 청산하고 확고하고 절대적인 신념에 이르게 되는 주체의 지향점을 암시한다. "밤이면 밤마다 나의 거울을/손바닥으로 발바닥으로 닦아보자"에서는 상징세계의 주체로서의 자아를 더 명료하게 인식하려는 태도를 보여준다. 마지막 연에 나오는 '슬픈 사람'은 자아의 분리와 결별을 분명하게 드러낸다. 상징세계의 주체로서 적지 않은 회의와 동요를 겪었던 그는 역사적 주체로서의 자신의 마지막 자리가 '별'과 같은 숭고한 이상과 일치되기를 바랐던 것이다. 그리고 그러한 희망을 현재형으로 고정시켜 영속화시키고 있다. '역사'와 '하늘'마저도 철저히 부정했던 이상[28]과 달리 윤동주는 그것을 주체가 지향하고 실천해야 할 궁극의 세계로 받아들였던 것이다.

4. 결론

이상과 윤동주의 시는 섬세한 자의식을 드러내기 때문에 심리주의적인 문학 분석방법의 각별한 조명을 받아왔다. 본고에서는 라캉의 주체형성 이론을 참조하여 이들의 시가 보여주는 심리의 양상과 그 차이점

---

28) 김승희, "이상 시 연구", 앞의 논문, '역사와 기독교적 상징계', '易의 법칙으로서의 상징계'라는 항목 참조.

을 살펴보았다.

주체형성 과정에서 결정적인 계기가 되는 '거울 단계'의 분석이 논의의 출발점이 되어 주었다. 이상의 '거울' 시편들, 그 중에서도 「詩第十五號」는 주체형성 과정에서 주체가 직면하는 자아의 분리에 대한 예민한 통찰과 부정의 정신을 보여준다. 이상 시의 주체는 자아 소외의 현상을 직시하면서 동일성 확보를 위해 상징세계의 질서를 거부하고 일탈하려는 적극적이고 공격적인 태도를 보여준다. 상징세계의 주체가 드러내는 갈등과 위반, 실패의 극적인 과정은 상징적 질서에 대한 강한 부정과 반발의 정신을 보여주는 것이다. 윤동주 시에서 자아동일성의 욕망을 투사하는 거울은 이상의 거울처럼 날카롭고 위태롭지는 않다. 윤동주 시의 주체는 순수 자연에 가까운 거울을 들여다보며 은밀하고 소극적인 방식으로 자기 동일성의 욕망을 투사시켜 본다. 그러나 상징세계의 주체는 필연적으로 본질적 자아로부터 점점 멀어지고 영원히 결별할 수밖에 없음을 확인하게 된다.

이상이 상징세계로의 진입에 강한 거부감과 부정의 태도를 보이는 것은 가부장제의 억압과 모순이 극심하게 작용했던 그의 성장배경이 중요한 배경을 이룬다. 부정적으로 각인된 '아버지의 이름'과 가계나 문벌이 부여하는 부당한 중압감으로 인해 그는 상징세계의 질서에 대해 강한 거부감을 표출하게 된다. 이에 비해 윤동주는 이상적이고 절대적인 부권의 표상에 많은 영향을 받았다. 그 역시 상징세계의 위계 속에 자신을 고정시키기까지 많은 갈등과 동요를 겪었지만 궁극적으로 그것을 자신의 운명과 의지로서 수용해 나갔다.

이상은 우리 시에서 유례없이 집요하게 자아의 소외에 대해 강력히 반발하고 상징세계의 질서를 부정해나갔던 시인이다. 그는 부당하게 자신을 억압하는 상징세계의 가치와 규범에 억지로 자신을 오려붙이기보다는 끊임없이 분리된 자아와 마주하며 존재의 진실을 되묻게 하는 거울과 같은 자기성찰의 공간에 자신을 유폐시켰다. 그는 현실적으로 병들어가는 대신 독자적인 정신과 예술의 세계에 도달하는 것을 일생의 목표로 삼았다. 상상세계와 상징세계, 또는 의식과 무의식의 경계를 전례 없이 치밀하게 탐사하기 위해 그는 부단히 새로운 언어와 형식을 실천하였다. 내면의 성찰에 치중하는 오늘날의 많은 시인들은 무의식의 탐구라는 미명을 앞세우고 해독 불능의 개인적 언어를 남발해서는 안된다. 이상의 시에서 주의 깊게 보아야 할 것은 자유로운 위반의 언어뿐 아니라 치밀하고 합리적인 언어 구성의 방식이다. 언어의 해체와 조합, 무질서와 질서의 교차 변성에 능란했던 이상 시의 형식은 이 방면의 시들이 지속적으로 의식해야 할 사례이다. 윤동주는 본질적 자아에 대한 동일성의 욕망이 강하면서도 현실에서 그것이 불가능함을 인식하고 상징세계의 질서를 받아들였다. 그는 상징세계의 많은 율법과 가치를 비판적으로 수용하면서 이상적인 지향점을 찾아나갔다. 무거운 도덕적 책무와 끊임없이 회의하고 동요하는 내면적 자아 사이에서 갈등하면서도 그는 궁극적으로 상징세계의 가치와 이상을 실천하려 했다. 윤동주의 시는 삶과 예술이 배리되지 않으면서 지고한 도덕적 실천과 연결될 수 있음을 보여준다. 이 또한 지나치게 자폐적이고 동어반복적인 오늘날의 젊은 시인들이 참조할 만한 시의 방향을 보여준다 할 수 있다. 이상과 윤동주 시에 나타나는 주체형성 과정의 면면들은 인간의 존재론적 구조와 사회적 관계에 대한 문제의식의 출발점을 제시하며 여전히 현재적 의미를 갖는다.

〔과학기술대 강사〕

참 고 문 헌

김승희 편저. 『이상』. 문학세계사. 1996.

왕신영 외 편. 『윤동주 자필 시고전집』. 민음사. 1999.

권택영. 『영화와 소설 속의 욕망이론』. 민음사. 1995.

마단 사럽. 김혜수 역. 『알기 쉬운 자끄라깡』. 백의. 1994.

맥락과비평 현대문학연구회 편저. 『라깡과 문학』. 예림기획. 1998.

송우혜. 『윤동주 평전』 개정판. 세계사. 1988.

아니카 르메르. 『쟈크라캉』. 이미선 역. 문예출판사. 1994.

딜런 에반스. 『라깡 정신분석 사전』. 인간사랑. 1998.

이승훈. 『이상시연구』. 고려원. 1987.

자크 라캉. 『욕망이론』. 민승기·이미선·권택영 역. 문예출판사. 1994.

Jacques Lacan. Ecrits: A Selection. trans. Alan Sheridan. New York: Norton, 1977.

Jacques Lacan. The Four Fundamental Concepts of Psycho-analysis. Trans. by Alan Sheridan. Penguin books. 1977.

김승희. "이상시 연구". 서강대 박사논문. 1991.

김승희. "1/0의 존재론과 무의식의 의미작용". 『윤동주 연구』. 문학사상. 1995.

김인환. "문학과 정신분석". 고려대 『인문논집』. 제 39집. 1994.

김인환. "언어학과 정신분석". 『현대비평과 이론』. 1994.봄·여름.

김종은. "이상의 理想과 異常". 『문학사상』. 12호. 1973.9.

문흥술. "이상문학에 나타난 주체분열과 반담론에 관한 연구". 서울대 석사 논문. 1991.

문흥술. "1930년대 한국 모더니즘 소설에 나타난 언술 주체의 분열 양태 연구". 서울대 박사논문.1998.

신범순, "이상문학에 있어서의 분열증적 욕망과 우화". 『국어국문학』. 103 호. 1990.

우정권. "이상의 글쓰기 양상". 서울대 석사논문. 1996.

원형갑. "鏡像段階와 쟈크라캉의 포스트모던". 『민족지성』. 1990.9.

이강수. "이상 텍스트 생산과정 연구". 서울대 석사논문. 1996.

이규동. "이상의 정신세계와 작품". 『월간조선』. 1981.6.
이상. "슬픈 이야기". 『이상』. 김승희 편저. 문학세계사. 1996.
이정호. "<오감도>에 나타난 기호의 질주 - 라캉의 정신분석을 원용한 <오감도 읽기". 권영민 편저 『이상문학연구 60년』. 문학사상사. 1998.
이준섭. "쟈끄 라깡과 문학". 『문학과비평』. 1987.겨울호.
이혜원. "한용운·김소월 시의 비유구조와 욕망의 존재방식". 『현대시의 욕망과 이미지』. 시와시학사. 1998.
이혜원. "<거울>과 <참회록>의 구조와 어조". 『새로운 국어교육을 위하여』(고려대 사범대학 국어교육과). 1998.
정귀영. "이상문학의 초의식심리학". 『현대문학』. 1973.7-9.
정귀영. "이상의 <날개>". 『현대문학』. 1979.7.
조두영. "이상초기작품의 정신분석". 『신경정신의학』. 1977.2.
조해옥. "이상 시의 근대성 연구". 고려대 박사논문. 1999.
차혜영. "이상 소설의 창작원리와 미적 전망". 『근대문학과 구인회』. 깊은 샘. 1996.
한경희. "시적 자아의 형성과정으로서 <거울단계> 분석". 『국어국문학』. 126호. 2000.
황현산. "『오감도』 평범하게 읽기". 『창작과비평』. 1998. 가을호.

서정주 초기시의 구성 원리

이경수

1. 라캉과 시

자크 라캉은 소쉬르의 언어학적 방법론을 빌려 프로이트의 정신 분석 이론을 재해석한 정신 분석학자이다.[1] 난해하다는 혐의를 안고 있으면서도 그의 정신분석학 이론이 문학 방법론으로 적잖이 활용되어 온 데는 언어학과 정신분석학의 접목을 통해 형식주의 비평의 한계를 극복할 수 있으리라는 기대가 작용하고 있었다.[2] 라캉의 이론을 문학에 적용하는 것이 유용한지에 대해서는 이미 많은 연구 성과를 통해 어느 정도 검증되었다고 할 수 있다.[3] 이제 우리의 관심은 검증 자체에보다는

---

1) 사실 그를 정신 분석학자라는 틀에 가둘 수는 없다. 이론의 광범위함으로 말미암아 라캉은 때로는 구조주의자로, 때로는 포스트구조주의자로 묶이기도 했으며, 정신 분석학자로서뿐만 아니라 현대 철학자로서 해석되기도 했다.

2) 김인환은 『한국문학이론의 연구』(을유문화사, 1986, p.254)에서 정신 분석으로 언어학을 수정하고 언어학으로 정신 분석을 수정하여 이루어지는 정신 분석의 언어학이 있다면 그러한 이론 체계는 문학 연구의 기초 과학이 될 수 있으리라는 가정 하에 라캉의 이론을 다루었다.

3) 라캉의 이론을 문학 작품 분석에 적용한 연구는 이미 많이 축적되어 있다. 이혜원의 「한용운·김소월 시의 비유구조와 욕망의 존재방식」(고려대학교 대학원 박사학위 논문, 1996. 7), 문흥술의 「1930년대 한국 모더

라캉의 이론을 문학에 '어떻게' 적용할 것인가에 모아져야 한다. 라캉의 이론을 문학에 적용할 때 범하기 쉬운 위험은 이론의 타당성을 검증하기 위한 도구로 문학작품을 이용한다는 인상을 떨치기 어렵다는 점이다. 라캉의 결론이 문학 논문의 결론으로 대체되는 경우가 적지 않았다. 우리가 지향해야 하는 것은 문학 논의를 풍부하게 하기 위해 라캉의 이론을 들여와야 한다는 점이다. 라캉의 방법론을 적용하여 서정주 초기시4)의 구성 원리를 밝히고 서정주 시에 지속적으로 드러나는 운명에 대한 태도를 해명하고자 하는 이 글은, 라캉의 이론을 우리 문학에 적용하는 방법론을 모색해 보는 시론적인 성격의 글이다.

라캉의 정신분석 이론은 치료자와 환자 사이의 대화적 관계를 중요시한다. 치료하는 힘은 의사에게 있는 것이 아니라 의사와 환자와 문화가 서로 도와 형성한 空間 안에 있다.5) 치료자와 환자 사이의 상호 주체적 관계는 독자와 작가/작품, 혹은 비평가와 작가/작품, 작가와 작품/

니즘 소설에 나타난 언술 주체의 분열 양태 연구」(서울대학교 대학원 박사학위 논문, 1998) 등은 라깡의 방법론을 활용한 박사 학위 논문들이며, 그밖에도 라깡의 방법론을 서술 이론에 적용해 본 연구서로 『라깡과 문학』(맥락과 비평 현대문학 연구회 편저, 예림기획, 1998) 등이 출간되었다.

4) 서정주의 초기시는 일반적으로 『화사집』(1941)과 『귀촉도』(1948)로 분류되어 왔다. 『귀촉도』는 1948년에 발간되었지만, 해방 이전에 씌어진 시가 대부분인 데다 『화사집』의 세계와 이후 변모된 세계의 중간 다리 역할을 하는 시집이므로 초기시에 포괄해도 무리는 없다. 하지만, 이 글에서는 분석의 대상을 대립적 성격이 좀더 두드러지는 『화사집』에 한정하기로 한다. 서정주의 시에서 대립 구도가 약화되면서 은유와 환유의 조직 원리에도 변화가 생기는 것으로 보이기 때문이다. 이후의 변모에 대해서는 다른 지면을 기약키로 한다. 서정주의 설화시들을 대상으로 은유와 환유의 원리를 분석한 글로 김현자의 「서정주 시의 은유와 환유」(한국기호학회 편, 『은유와 환유』, 문학과지성사, 1999)가 있다.

5) 김인환, 앞의 책, p.256.

서술자의 관계를 환기한다. 하지만 그렇다고 해서 치료의 과정을 작품 분석의 과정과 동일시할 수는 없다. 작가의 전기적 연구를 통해 작가를 정신분석한 연구들이 범한 오류는 치료와 문학 작품의 해석을 동일시한 데 있었다. 라캉의 방법론을 문학에 적용하는 것이 어려운 이유가 바로 여기에 있다.

라캉의 정신 분석 이론을 시 분석에 적용해 볼 수 있는 가능성을 이 글은 두 가지 측면에서 찾고자 한다. 은유와 환유, 시선과 응시의 개념이 그것인데 이 두 가지 방법론에서 정신분석학과 언어학의 접점을 찾을 수 있다는 판단 때문이다. 라캉의 은유와 환유 개념은 소쉬르의 기의와 기표, 야콥슨의 은유와 환유, 프로이트의 압축과 전치 개념을 포괄하는 자리에서 탄생한다.[6] 일반적으로 야콥슨의 은유와는 달리 라캉의 은유에는 유사성이 약화되거나 무시되어 있다[7]고 하지만, 엄밀히 구분하기는 어렵다. 수사학이나 언어학에서 은유와 환유는 선택 관계와 결합 관계, 유사성과 인접성으로 구별되지만 이분법적인 대립 관계라기보다는 대립적인 요소를 통해 의미를 구축해 가는 통합적인 관계라고 할 수 있다. 증상은 은유이고 욕망은 환유[8]라는 라캉의 말은 은유와 환유

---

6) 프로이트의 압축과 전치, 야콥슨의 은유와 환유는 라캉의 은유·환유와 공유하거나 어긋나는 지점을 가진 유사한 개념들이다. 아니카 르메르에 따르면 라캉은 압축/은유/대체/공시성과 전치/환유/결합/통시성을 각각 같은 개념으로 간주했다. (아니카 르메르, 『자크 라캉』, 이미선 역, 문예 출판사, 1994, p.287 참조.) 반면에 소쉬르의 기의와 기표는 층위를 달리하는 개념이지만, 라캉은 소쉬르의 기호를 나타내는 도형에서 기의와 기표 사이의 연합(union)을 나타냈던 가로줄(—)에 저항선의 의미를 부여해 기의와 기표 개념을 새롭게 해석하였다. 라캉에 의해 새롭게 해석된, 기의와 기표 사이의 관계는 바로 라캉의 은유와 환유의 관계를 환기한다는 점에서 주목된다.

7) 김인환, 『비평의 원리』, 나남, 1994, p.270.

8) "For the symptom is a metaphor whether one likes it or not, as desire is a metonymy, however funny people may find the idea."(Jacques Lacan, Écrits:

의 미끄러지는 관계를 상징적으로 보여 주지만, 의미화를 지향하는 시 해석에서는 라캉의 은유·환유 개념을 그대로 적용하기 어렵다는 난점이 있다. 고정점[9])과 미끄러짐[10])을 동시에 사유한 라캉의 은유와 환유 개념에는 의미화에 대한 거부가 작동하고 있었기 때문이다. 라캉이 무의식은 언어처럼 구조화되어 있다[11])고 할 때, 이는 욕망의 구조가 은유와 환유로 조직되어 있다는 뜻이다. 이 글은 이러한 라캉의 기본적인 명제를 받아들이면서 실제 작품 분석에서는 야콥슨의 은유·환유 개념을 복합적으로 적용하여 서정주 초기시를 조직하는 은유와 환유의 원리를 살펴볼 것이다. 라캉의 은유와 환유 사이의 관계는 서정주 시의 구성 원리와 본질적으로 상동 관계에 놓인다.[12]) 이 글에서 라캉의 은유와 환유 개념을 끌어들이는 이유는 여기에 있다.

이 글에서 주목하는 또 하나의 개념은 시선(eye)과 응시(gaze)[13])이다.

A Selection, trans. A. Sheridan, New York: Norton, 1977, p.175.)

9) 고정점(point de capiton(프), quilting point, anchoring point(영))은 기의와 기표를 한데 묶은 지점을 가리킨다. 기표 밑에서 기의의 끊임없는 미끄러짐에도 불구하고 정상적인(신경증적) 주체에겐 기의와 기표 사이에 미끄러짐이 잠정적으로 멈추는 기본적인 부착점이 있다. 고정점은 기표가 의미 작용의 끝없는 움직임을 멈추게 하는 의미화 연쇄 위의 점이고, 고정된 의미라는 환상을 만들어낸다. (딜런 에반스, 『라깡 정신분석 사전』, 김종주 외 역, 인간사랑, 1998, p.p.53~54.)

10) 미끄러짐(slip)은 기표와 기의 사이의 불안정한 관계를 묘사할 때 라캉이 사용한 개념이다.

11) 맬컴 보위, 『라캉』, 이종인 역, 시공사, 1999, p.16.
   마이클 페인, 『읽기이론/이론읽기』, 장경렬 외 역, 한신문화사, 1999, p.73.

12) 라캉의 "거울 단계에서는 끊임없이 대립물의 상호전환이 발생한다. 격렬한 환희가 격렬한 공격성과 뒤바뀌고 자기와 타자의 위치가 뒤섞인다." (김인환, 앞의 책, p.287.) 대립물이 상호 전환되는 이러한 속성은 서정주 초기시에 나타나는 성애적 공격성의 양가적 속성을 해명하는 데 시사하는 바가 있다.

라캉이 시각예술이론에서 그림을 분석하는 데 활용한 시선과 응시라는 개념은 '발화 주체/발화된 것의 주체'[14] 개념과 관련지어 언어 분석에 활용할 수 있다. 이는 결국 라캉의 상호 주체성[15] 개념으로 이어진다. 라캉이 실제 작품 분석에 적용한 사례를 찾기는 어렵지만, '발화 주체/발화된 것의 주체' 개념은 화자/주체(발화된 문장의 주어) 개념으로 변용해서 시 분석에 적용하는 것이 가능하다. 시인/화자, 화자/대상, 화자/청자, 시인/독자 간에 작용하는 상호 관계를 해명하는 데도 이러한 방법론이 유효할 것으로 보인다.

　이 글은 라캉의 은유와 환유, 발화 주체와 발화된 것의 주체, 시선과 응시 등의 개념을 활용하여 서정주 초기시의 구성 원리를 살펴보고 서정주 초기시에 집중적으로 나타나는 운명 의식의 성격을 해명하는 것을 목적으로 한다. 그밖에도 부분적으로 자아, 분열, 공격성 등의 개념을 사용할 것이다.

---

13) 권택영 편, 『자크 라캉 욕망이론』, 민승기 외 역, 문예출판사, 1994, p.p.186～202.

14) 같은 개념을 번역하면서 김인환은 '발화(énonciation, enunciation)의 주체/언표(énoncé, utterance)의 주체'라는 용어를 사용하였다. (『비평의 원리』, 나남, 1994, p.285.) 두 개념 모두 타당하나, '언표'라는 용어는 『지식의 고고학』(미셸 푸코, 이정우 역, 민음사, 1992, p.p.117～129)에서 푸코가 '기능'을 뜻하는 독특한 맥락으로 사용했으므로 오해의 소지를 없애기 위해 여기서는 '발화 주체/발화된 것의 주체'(아니카 르메르, 『자크 라캉』, 이미선 역, 문예출판사, 1994, p.118.)라는 용어를 선택하였다.

15) 상호 주체성(intersubjectivity)은 말하는 주체와 그것을 들어주는 주체 사이에 성립되는 관계이다. 정신분석은 주체 내에 적용되는 기준이라기보다는 상호 주체적으로 적용되는 기준이 된다. (맬컴 보위, 앞의 책, p.348.) 이 글에서는 작가와 독자, 화자와 청자, 주체와 대상 사이에 성립되는 관계로 상호 주체성이라는 개념을 확대해서 사용할 것이다.

2. 대립과 통합의 갈등 구조

『화사집』으로 대표되는 서정주의 초기시는 강한 대립 구조를 특징으로 한다. 생명과 죽음[16], 과거와 현재[17], 영원성과 현실성[18], 남성성과 여성성[19], 어머니와 여인[20] 등으로 다양하게 불리기는 했지만, 대부분의 논자들이 서정주 초기시가 갖는 대립적 성격에는 합의했다고 할 수 있다. 여기서는 서정주 초기시를 조직하는 은유와 환유의 원리를 살펴봄으로써 대립 구조가 서정주 초기시의 원천으로 작동하고 있음을 밝히고자 한다.

> 애비는 종이었다. 밤이기퍼도 오지않았다.
> 파뿌리같이 늙은 할머니와 대추꽃이 한주 서 있을뿐이었다.
> 어매는 달을두고 풋살구가 꼭하나만 먹고 싶다하였으나…… 흙으로
> 바람벽한 호롱불밑에
> 손톱이 깜한 에미의아들.
> 甲午年이라든가 바다에 나가서는 도라오지 않는다하는 外할아버지의
> 숱많은 머리털과
> 그 크다란눈이 나는 닮었다한다.
> 스믈세햇동안 나를 키운건 八割이 바람이다.

---

16) 정한숙, 『現代韓國文學史』, 고려대학교출판부, 1982, p.221.
17) 이승훈, 「서정주 초기시에 나타난 미적 특성」, 『미당 연구』, 민음사, 1994, p.p.467~468.
   심재휘, 「1930年代 後半期 詩 硏究」, 고려대학교 대학원 박사학위논문, 1997. 7, p.p.142~145.
18) 이성우, 「서정주 시의 영원성과 현실성 연구」, 고려대학교 대학원 석사학위 논문, 2000. 12, p.p.11~12.
19) 남진우, 「남녀 양성의 신화」, 『미당 연구』, 민음사, 1994, p.213.
20) 김행숙, 「서정주와 유치환의 초기시 비교 연구」, 고려대학교 대학원 석사학위 논문, 1995. 12, p.43.

세상은 가도가도 부끄럽기만하드라
어떤이는 내눈에서 罪人을 읽고가고
어떤이는 내입에서 天痴를 읽고가나
나는 아무것도 뉘우치진 않을란다.

찰란히 티워오는 어느아침에도
이마우에 언친 詩의 이슬에는
몇방울의 피가 언제나 서꺼있어
볕이거나 그늘이거나 혓바닥 느러트린
병든 숫개만양 헐덕어리며 나는 왔다.
— 「自畵像」

　이 시는 과거의 나와 현재의 나의 대립으로 이루어져 있다. 과거의
나는 家系로 구성되는 반면, 현재의 나는 시인으로서의 나의 모습으로
구성되어 있다. 과거의 나를 이루는 요소는 부재하는 아버지와 늙은 할
머니, 가난한 어머니, 집 나가 행방불명된 외할아버지 등이다. 아버지는
부재하는 아버지이면서 동시에 否定의 대상으로서의 아버지이다. 나의
과거는 가난과 방랑으로 점철되어 있으며, 과거의 나를 구성하는 요소
들은 나와 환유적 관계로 맺어져 있다. 현재의 나는 시인으로서의 정체
성에 대한 고민으로 가득하다. 시인으로서의 나는 죄인, 천치, ‘병든 숫
개’로 표상된다. 죄와 병은 격리 수용된다는 점에서 한 몸이다. ‘나죄인
-천치-병든 숫개’는 유사관계와 선택 관계로 이루어져 있으므로 은유로
조직되어 있다고 할 수 있다. 과거의 나와 현재의 나는 분열되어 있으
면서 동시에 통합되어 있는 나이다. 라캉의 은유와 환유 개념이 함께
무의식을 구성하는 것처럼 이 시에서도 은유와 환유의 관계는 나를 구
성하는 두 축이 되고 있다.
　이 시의 1연은 환유적 발상과 은유적 발상의 또 다른 조직을 보여
준다. 문장과 문장 간의 관계는 대개 환유로 이루어져 있고, 문장 안의

단어 선택은 주로 은유로 이루어져 있다. 이 시의 첫 문장인 ‘애비는 종이었다’는 다음 문장인 ‘밤이기퍼도 오지않었다’와 인과 관계로 결합되어 있으므로 환유적이다. 나머지 문장들도 크게는 아비의 천한 신분과 부재로 인한 결과라는 점에서 환유적 발상으로 이루어져 있다고 할 수 있다. 그런가 하면 문장 안에는 ‘파뿌리-할머니(의 흰 머리)’, ‘할머니-대추나무’, ‘달-풋살구’21), ‘詩의 이슬-몇방울의 피’와 같은 은유가 쓰인다. 모든 무의식의 의미 작용이 환유와 은유를 함께 포함하고 있22)는 것처럼 서정주의 「自畵像」도 상호 작용하는 은유와 환유의 유기적인 조직으로 이루어져 있다. 시에 대한 시인 자신의 생각을 보여 주는 이 시에서, 시인으로서의 ‘나’의 탄생은 ‘스믈세햇동안 나를 키운건 八割이 바람이다’라는 도발적인 선언으로 가족을 부정함으로써 이루어진다. 서정주의 초기시에서 일상적 자아와 시적 자아는 분열을 일으킨다.

> 麝香 薄荷의 뒤안길이다.
> 아름다운 베암……
> 을마나 크다란 슬픔으로 태여났기에, 저리도 징그라운 몸둥아리냐
>
> 꽃다님 같다.
> 너의할아버지가 이브를 꼬여내든 達辯의 혓바닥이
> 소리잃은채 낼룽그리는 붉은 아가리로
> 푸른 하눌이다. ……물어뜯어라. 원통히무러뜯어,
>
> 다라나거라. 저 놈의 대가리!

---

21) ‘달을 두고’의 해석은 다양하지만, 임신한 상태의 어머니를 가리키는 의미로 대개 해석되어 왔다. 이러한 해석의 타당성을 충분히 인정하면서도 해석의 다양성을 열어 둔다는 차원에서 ‘달-풋살구’로 이어지는 연상, 즉 은유적 관계로 보는 해석도 가능함을 덧붙인다.

22) 김인환, 앞의 책, p.p.272-273.

돌 팔매를 쏘면서, 쏘면서, 麝香 芳草ㅅ길
저놈의 뒤를 따르는 것은
우리 할아버지의안해가 이브라서 그러는게 아니라
石油 먹은듯……石油 먹은듯……가쁜 숨결이야

바눌에 꼬여 두를까부다. 꽃다님보단도 아름다운 빛……

크레오파투라의 피먹은양 붉게 타오르는 고흔 입설이다……슴여라!
베암.

우리순네는 스믈난 색시, 고양이같이 고흔 입설……슴여라! 베암.
— 「花蛇」

'花蛇'라는 제목에서부터 '美-醜'의 대립 구도를 보여 주고 있는 이
시에는 전체적으로 '아름다움-징그러움', 혹은 '축복받은 운명-저주받은
운명'의 대립 구도가 작동하고 있다. 이 시는 '아름다움-징그러움'의 자
리바꿈으로 이루어져 있다. 라캉의 용어를 빌려 말하면, 시 전체에 욕망
의 자리바꿈이라는 환유적 발상이 작동하고 있다. 그런가 하면, '베암-
꽃다님-혓바닥-붉은 아가리'라든가 '할아버지의 안해-이브-크레오파투라
우리 순네'[23]가 선택 관계이자 계열 관계로 이어진다는 점에서는 은유
적인 발상이 작동하고 있다. '美-醜'의 대립은 '麝香 薄荷-뒤안길'에서는
'향기로움/아름다움/귀함-음침함/어둠/천함'으로, '達辯의 혓바닥-소리잃

---

23) 김행숙은 서정주의 초기시에 등장하는 여성을 크게 어머니와 성적인 대
    상인 다른 여인들로 구분하고, 이 시에 나타난 여인들을 어머니의 결여
    를 메우기 위한 환유의 길로 보았다. (김행숙, 앞의 글, p.p.51~52.) '할아
    버지의 안해'로부터 시작해 '우리 순네'에 이르는 연상의 방식은 선택 관
    계로 이루어진 은유의 길을 따르고 있지만, 욕망의 작동 방식은 환유적
    이라고 할 수 있다. 서정주 시에서 은유와 환유가 독특하게 맞물리는 특
    성을 이 시가 잘 보여 주고 있다.

은채 낼룽그리는 붉은 아가리'에서는 '달변-벙어리', 즉 '축복받은 운명-저주받은 운명'으로 변주된다. 그런데 이러한 대립 구도는 사실은 벗어날 수 없는 한 몸으로 이루어져 있다. '花蛇'에 아름다움과 징그러움 혹은 추함이 공존하는 것처럼, 달변의 혓바닥은 소리 잃은 채 낼름거리는 붉은 아가리의 기원이며, 뒤안길은 사향 박하의 속성을 지니고 있다. 화자가 "돌팔매"를 쏘면서도 "저 놈의 뒤를 따르는" 모순된 행동을 할 수밖에 없는 것은 대립된 요소들이 하나를 이루는 모순된 운명 때문이다. 화자의 공격성은 양가성을 지닌다는 점에서 라캉의 공격성을 연상시킨다. 라캉은 공격성이 난폭한 행위에서와 마찬가지로 사랑하는 행위에도 분명히 존재한다고 주장했으며[24], 거울 단계에서의 자아의 동일시를 벗어나 자아의 분열을 체험할 때 공격성이 나타난다고 하였다. 이때 '성애적 공격'은 미래에 일어날 동일시의 모든 형태의 기반을 이루는 근본적인 양가성으로 지속되고 자기애(narcissism)의 본질적인 특성이 된다.[25] '麝香 薄荷-석유-숨결'이 휘발성이라는 의미망을 형성해 성애적이고 몽환적인 분위기를 자극하는가 하면, 명령형("다라나거라", "숨여라!")과 명사형의 단호한 끝맺음("저 놈의 대가리!", "베암.")은 공격적인 분위기를 조성한다. "石油 먹은듯…… 石油 먹은듯…… 가쁜 숨결"과 "붉게 타오르는 고흔 입설", "고양이같이 고흔 입설"이 연상시키는 성애적인 분위기와 푸른 하늘을 원통히 물어뜯는 행위라든가 "바눌에 꼬여 두를까부다", "숨여라! 베암"에 나타나는 공격성은 라캉이 말한 성애적 공격성에 가깝다. 서정주의 초기시에 나타나는 공격성이 양가적이라는 사실은 그의 시가 대립적 구도의 분열과 통합 사이에서 갈등하고 있음과 관련지어 볼 때 흥미롭다.

---

24) 딜런 에반스, 앞의 책, p.54.
25) 딜런 에반스, 같은 책, p.55.

黃土 담 넘어 돌개울이 타
罪 있을듯 보리 누른 더위—
날카론 왜낫(鎌) 시렁우에 거러노코
오매는 몰래 어듸로 갔나

바윗속 山되야지 식 식 어리며
피 흘리고 간 두럭길 두럭길에
붉은옷 닙은 문둥이가 우러

땅에 누어서 배암같은 게집은
땀흘려 땀흘려
어지러운 나—ㄹ 업드리었다.
—「麥夏」

한여름의 찌는 듯한 더위는 고요함과 들끓음이라는 대립적인 속성을
함께 지니고 있다. 부재하는 어머니라는 결핍감은 상처 입은 "山되야
지"와 "문둥이"로 이어지는 계열을 형성한다. 한편 부재하는 어머니로
인한 자아의 분리 체험은 성애적인 공격성을 유발한다.26) 성애적인 공
격의 대상은 아름다움과 추함이라는 양가성을 지닌 "배암같은 게집"이
다. 마지막 연의 "어지러운 나—ㄹ 업드리었다"에서 "—ㄹ"은 땅에 누
운 게집의 모습과 게집을 향해 엎드린 화자의 모습을 형용하고 있어서
흥미롭다. 공격은 화자가 배암같은 게집을 향해 일방적으로 하는 것처
럼 보이지만, 사실 나를 엎드리게 한 것은 배암같은 게집이다. 성애와
공격의 양가성뿐만 아니라, 공격이라는 적극적 행위와 공격을 당하는
수동적인 행위가 상호 주체적으로 작동하는 양가성 역시 서정주 초기시

---

26) 심재휘도 앞의 논문에서 서정주 초기시의 공격성이 자아의 분리 체험과
   관련된 것임을 지적하였다. (심재휘, 앞의 글, p.97.)

의 중요한 특징이라고 할 수 있다. 상처 입은 산돼지와 문둥이는 결핍을 체험한 존재라는 점에서 '나'와 연결된다. 나의 성애적인 공격성은 문둥이의 울음처럼 저주 받은 운명을 벗어나기 위한 몸부림이라고 볼 수 있다.

해와 하늘 빛이
문둥이는 서러워

보리밭에 달 뜨면
애기 하나 먹고

꽃처럼 붉은 우름을 밤새 우렀다

— 「문둥이」

저주받은 운명-축복받은 생명, 어둠-밝음의 대립 구조는 시에서 구체적으로 '달-해', '문둥이-애기'의 계열 관계로 나타난다. '애기'가 해/낮/밝음의 세계에 소속되어 있는 데 비해 문둥이는 달/밤/어둠의 세계에 속해 있다. 저주 받은 운명을 견디기 위해 문둥이가 선택한 방식은 "보리밭에 달 뜨면 / 애기 하나 먹"는 공격적인 방식이다. 여기서도 공격성은 일면적이지 않다. 아기를 먹고 나서 문둥이가 밤새도록 우는 울음은 "꽃처럼 붉"다. 울음이 지닌 서러움과 한스러움의 부정적인 이미지는 꽃의 아름다움과 공존한다. 양가적인 공격성은 자아의 분열을 견디고 언어의 세계, 즉 상징계로 진입하기 위한 시인 나름의 선택이었다. 서정주 초기시의 강렬함은 대립과 통합의 이질적인 구조 사이에서 오는 갈등에 기인한다.

가시내두 가시내두 가시내두 가시내두
콩밭 속으로만 작구 다라나고
울타리는 막우 자빠트려 노코
오라고 오라고 오라고만 그러면

사랑 사랑의 **石榴**꽃 낭기 낭기
하누바람 이랑 별이 모다 웃습네요
풋풋한 **山**노루떼 언덕마다 한마릿식
개고리는 개고리와 머구리는 머구리와

구비 **江**물은 **西天**으로 흘러 나려……

땅에 긴 긴 입마춤은 오오 몸서리친
쑥니풀 지근지근 니빨이 히허여케
즘생스런 우슴은 달드라 달드라 우름가치
달드라.

— 「입마춤」

입맞춤은 사랑의 아름다운 소통 방식이다. 이 시에서도 입맞춤은 나와 '가시내'의 사랑을 확인시켜 주는 소통의 형식으로 제시되어 있다. "가시내두 가시내두 가시내두 가시내두"의 반복은 입맞춤 전의 무수한 망설임과 입맞춤에 대한 기대와 안타까움, 그리고 가시내에 대한 '나'의 욕망을 그려내는 데 효과적이다. '가시내'의 반복은 이 시에 중요한 은유의 축을 형성한다. 반복으로 인한 많음은 "콩밭"의 다수성으로, 다시 '콩-석류'로 이어지는 모양의 유사성을 거쳐 "석류꽃"으로 이어지는 계열 관계를 형성한다. '이랑별-山노루떼-개고리-머구리-강물'은 집단성이라는 유사적 관계에 의해 선택된 은유들이다. 나와 가시내를 제외하고는 모두 끼리끼리의 사랑을 성취한다. 하다 못해 "구비 江물"도 "西天으로 흘러"내린다. 나를 둘러싼 것들이 모두 집단성을 이루고 있다는 점에서 세계를 표상한다고 볼 수도 있을 것이다. 그렇다면 이 시는 주체의 소외를 노래한 시로도 읽을 수 있다. 마지막 연에서는 환유가 이중적으로 작동하고 있다. '땅-쑥니풀-달다'는 인접성에 기초한 결합 관계로 이루어져 있다. '입마춤-니빨-웃음/울음' 역시 같은 의미에서 환유적이다. 그런가 하면, '땅-입마춤', '쑥니풀-니빨', '달다-웃음/울음'에도 역시 결합 관계로 이루어진 환유 방식이 작동하고 있다. 가시내를 향한 욕망은 대상을 바꿔 땅에 입맞춤하는 것으로 대체된다. 성애적 공격성은 어떤 대상이든 필요로 한다. 화자가 지닌 양가적 감정은 웃음과 울음의 관계에서도 드러난다. '즘생스럽다'와 '우슴', '즘생스런 우슴'과 '달다', 그리고 '우름'과 '달다'가 이루는 부조화는 대립적인 속성의 공존이 이루는 부조화인 셈이다. 이는 '나'를 구성하는 세계와 분열된 자아에 대한 공격으로서, 시인이 운명을 견디는 방식을 시사한다.

3. 시선과 응시의 불일치

라캉은 말이 본질적으로 상호 주체적인 과정이라고 했다. 말하는 주체와 그것을 들어주는 주체 사이에 인정의 문제를 놓고 상호 주체성이 성립된다고 본 것이다. 상호 주체성이라는 말은 정신분석에서의 말의 중요성을 강조하고, 또 무의식이 대개인적[27]이라는 사실을 강조한다.[28] 시각예술이론에서 라캉이 말한 시선과 응시[29]의 개념은 다른 자리에서

---

27) '對個人的'은 맬컴 보위의 앞의 책에서 'transindividual'을 번역하여사용한 개념이다. 무의식은 타자의 개입으로 인한다는 뜻이다.
28) 맬컴 보위, 앞의 책, p.348.
29) 시선(eye)은 바라보는 것, 즉 주체의 시선이며, 응시(gaze)는 보여지는 것, 즉 타자에게 있는 것이라고 라캉은 말한다. 대상을 바라보는 눈은 주체

말한 '발화 주체'와 '발화된 것의 주체'라는 개념은 물론이고 상호 주체성 개념과도 관련되는 것으로 보인다.[30] 라캉이 이들 사이의 관계를 직접 명시하지는 않았지만, 이들 개념은 시 분석에 유용하게 적용될 수 있다.

> 스믈세햇동안 나를 키운건 八割이 바람이다.
> 세상은 가도가도 부끄럽기만하드라
> 어떤이는 내눈에서 罪人을 읽고가고
> 어떤이는 내입에서 天痴를 읽고가나
> 나는 아무것도 뉘우치진 않을란다.
>
> ― 「自畵像」 부분

세계가 나에게 요구해 오는 것과 내가 세계를 대하는 태도 사이의 대립이 이 시의 대립 구조에서 중요한 줄기 하나를 형성한다. 세상은 나에게 부끄러움을 요구하고, 내 눈과 입에서 罪人과 天痴를 읽는다. '눈'과 '입'은 '감각 기관-언어-시'의 연상을 통해 시인으로서의 화자의 모습을 환유한다. 시는 화자인 내가 세상을 해석하고 표현하는 내밀한 방식이다. 다시 말하면 세상을 바라보는 주체의 시선이라고 할 수 있다. 하지만 주체의 시선, 즉 화자/시인의 세계 해석에 대해 세상은 죄의식을 요구해 온다. 세상에 화자는 죄인으로 보여지거나 천치로 보여진다. 주체의 시선과 대상이 주체에게 보내오는 응시는 일치하지 않는다. 시선과 응시의 분열은, 시각의 분야에서 나타나는 주체의 분열을 의미한다.[31] 화자는 세상의 요구를 받아들여 화해를 시도하지 않는다. 죄의식

의 것이지만, 응시는 그 대상에게 있다는 것이다. 따라서 주체의 눈(시선)과 응시는 일치하지 않는다. (맬컴 보위, 같은 책, p.356.)

30) 발화 주체와 발화된 것의 주체 사이의 시선과 응시의 불일치가 한 편의 시 안에 공존하는 구조가 서정주의 시에서는 시적 자아와 일상적 자아가 대립의 공존을 통해 존재하는 방식과 관련되어 있다.

대신에 화자가 보여 주는 태도는 "나는 아무것도 뉘우치진 않을란다"라
는 식으로 세상의 요구를 거부하는 공격의 태도이다. 자아의 분리 체험
이 유발하는 공격성이 여기서도 나타난다. 시선과 응시의 불일치는 서
정주 초기시의 공격성을 이해하는 또 하나의 통로를 마련해 준다.

> 덧없이 바래보든 壁에 지치어
> 불과 時計를 나란이 죽이고
>
> 어제도 내일도 오늘도 아닌
> 여긔도 저긔도 거긔도 아닌
>
> 꺼저드는 어둠속 반딧불처럼 까물거려
> 靜止한 <나>의
> <나>의 서름은 벙어리처럼…….
>
> 이제 진달래꽃 벼랑 햇볕에 타오르는 봄날이 오면
> 壁차고 나가 목매어 울리라! 벙어리처럼,
> 오— 壁아.

— 「壁」

인용한 시는, 자신의 저서에서 라캉에 대해 직접 언급하기도 했던 것
으로 알려진 살바도르 달리의 그림 <기억의 고집The Persistence of
Memory>(1931)을 연상시킨다.[32] 화자는 덧없이 바라보던 벽에 지치어
마침내 불과 시계를 나란히 죽인다. 壁은 주체가 대면하고 있는 세계의
단절감을 상징적으로 보여 주는 공간이다. 세계를 향한 화자의 시선에
세계는 화해로운 응답을 해주지 않는다. 주체의 시선과 불일치하는 타

---

31) 맬컴 보위, 앞의 책, 같은 면.
32) 라캉과 살바도르 달리의 관계에 대해서는 맬컴 보위, 앞의 책, p.p.66~68
    을 참조하였다.

자의 응시는 나를 지치게 만든다. 자신을 가로막은 벽 앞에 선 절망감에 화자는 마침내 불과 시계를 죽이고 시간이 멈춘 어둠 속에 스스로를 가둔다. 불과 時計를 나란히 죽이는 행동은 세계에 대한 화자의 공격성을 나타낸다. 시간도 없고 공간도 없는 어떤 곳을 화자는 "어제도 내일도 오늘도 아닌 / 여기도 저기도 거기도 아닌" 곳으로 표현한다.[33] 시간과 공간을 벗어난 곳에서 '나'도 마침내 정지한다. 욕망의 정지는 곧 죽음을 표상한다. 언어를 잃어 벙어리가 된 '나'는 세계와의 소통이 차단된 주체의 소외를 표상하는 존재이다. 죽음과도 같은 암담한 상황을 화자는 욕망의 흐름이 정지한 것으로 표현한다. 벽 앞에 선 절망의 순간에서 이 시가 멎어 버렸다면 아마도 강렬함은 반감되었을 것이다. 이 시의 매력은 절망을 견디는 방식에 있다.

단절감과 폐쇄성을 표상한다는 점에서 '벽'과 '벙어리'는 은유적 관계로 맺어진다. 주체의 시선과 세계의 응시는 비록 불일치하지만, 상호 작용하는 관계이므로 벽에 맞서 화자는 벙어리가 된다. 세계를 향한 화자의 공격성은 불과 시계를 죽이는 행위로 나타나기도 하고, 스스로 벙어리가 되는 행위로 나타나기도 한다. 그런데 공격성이 지닌 양가적 속성은 '꺼져드는 어둠 속 반딧불'처럼 까물거리는 불빛에 에너지를 불어넣는다. 이제 화자의 공격성은 좀더 적극적으로 발현된다. '벽-벙어리'의 은유적 관계는 바로 '벽 차고 나가는 것'과 '벙어리처럼 목 메어 우는 것'을 환유한다. '벽 차고 나가는 행위-벙어리처럼 목 메어 우는 행위'는 주체를 소외시키는 세계에 대한 도전이라고 할 수 있다. 도전적 행위가 가능한 시간과 공간으로 화자는 "진달래꽃 벼랑 햇빛에 타오르는 봄날"을 상정하고 있다. 이러한 시간과 공간은 갑자기 튀어나온 것이

---

33) 심재휘는 서정주 초기시의 시간과 공간의 성격을 미결정성으로 파악하였다.(심재휘, 앞의 글, p.93.)

아니라 은유와 환유의 구성 원리에 의해 선택된 것이다. 진달래꽃은 어둠 속에서 반딧불처럼 까물거리던 불빛과 유사한 계열을 형성하고, 벼랑은 높고 길이 끊겨 있다는 점에서 벽과 유사한 단절의 공간이다. 진달래꽃이 다시 봄날을 환유함으로써 단절을 꾀하던 공격성은 단절을 뚫고 나오는 공격성으로 자리를 바꾼다. 언어를 잃은 벙어리가 목 메어 우는 장면의 기괴함은 서정주가 인식한 운명에 대한 태도를 짐작케 한다. 자신의 설움을 말이 되어 나오지 않는 울음소리로 드러내려는 행위는 언어를 앗아간 세계에 대한 정면 도전이라고 할 수 있다. 천형처럼 짊어진 운명의 무게 앞에 주저앉지도 순응하지도 않으면서 세계를 향한 공격의 태도를 늦추지 않는 서정주 시의 태도는 근원을 간파한 시인이 자신의 운명에 맞서 나가는 실존적 태도[34]라고 할 수 있다.

> 저놈은 대체 무슨심술로 한밤중만되면
> 차저와서는 꿍꿍앓고 있는것일까
> 우리 아버지와 어머니에게 또 나와 나의 안해될사람에게도
> 분명히 저놈은 무슨불평을 품고있는것이다.
> 무엇보단도 나의詩를, 그다음에는 나의表情을, 흐터진머리털 한가닥
> 까지, ……낮에도 저놈은 엿보고있었기에
> 멀리 멀리 幽暗의 그늘, 외임은 다만 수상한 呪符.
> 피빛 저승의 무거운물결이 그의쭉지를 다적시어도
> 감지못하는 눈은 하눌로, 부흥……부흥…… 부흥아 너는
> 오래전부터 내 머릿속暗夜에 둥그란집을 짓고 사렀다.
>
> — 「부흥이」

「自畫像」과 함께 「부흥이」는 서정주의 초기시에서 '시로 쓰는 詩論'의 성격을 지니는 시라 할 만하다. '나부흥이'의 대립이 시의 중

---

34) 여기서 실존적 태도라는 용어는 인간을 현실·역사·사회로부터 분리시킨다는 의미에서 소박하게 사용한 개념임을 밝힌다.

심 구조를 이루고 있는 이 시에서 '부흥이'는 '저놈'이나 '너'로 불리기도 한다. '부흥이'가 '우리 아버지와 어머니', '나와 나의 안해될사람'에게 불평을 품고 있는 것처럼, 화자 역시 '부흥이'를 보는 시선이 곱지만은 않다. 화자에게도 '부흥이'의 태도는 어딘지 불편하고 못마땅하게 여겨지고, 그런 느낌을 화자는 몹시 의식하고 있는 것처럼 보인다. 그런데 화자와 '부흥이'는 대립하고 있으면서도 한편으로는 한 몸을 이루고 있다. '부흥이'는 "오래전부터" 화자의 "머릿속暗夜에 둥그란집을 짓고" 살았다. 그렇다면 이 시는 일상적 자아와 이상적 자아의 분열을 다룬 시로 읽을 수 있다. '부흥이'는 가족에 둘러싸인 나에게 불평을 품고 있다. 일상적 자아의 시선과 이상적 자아의 응시는 일치하지 않고 균열의 틈을 만들어 낸다. 일상적 자아가 머무는 공간이 밝음의 공간이라면, 이상적 자아인 '부흥이'가 머무는 공간은 어두운 暗夜이다. "피빛 저승의 무거운 물결이 그의 쭉지를 다 적시어도" '부흥이'는 차마 눈을 감지 못하고 하늘을 향한다. 죽음에 발을 담근 채 이상을 지향하는 태도야말로 시적인 태도임을 시인은 암시한다. 시인에게 시는 일상적 자아의 공간을 벗어난 어둠의 세계에 자리잡은 것으로 인식되고 있다. 발화 주체인 '나'와 발화된 것의 주체, 즉 詩的인 주체인 '부흥이'는 화합하지 못하고 대립하여 갈등하고 있다. 서정주 시의 시간이나 공간이 일상적인 時空으로부터 거리를 두고 있는 까닭은 시라는 것을 일상적인 자아와 분열된 이상적 자아의 몫으로 본 시인의 인식이 작용했기 때문일 것이다. 그러나 서정주 초기시의 화자는 어느 한쪽을 부정하고 다른 한쪽을 선택한다기보다는 둘 사이의 대립 사이에서 갈등하고 있다. 이 갈등이 서정주 초기시를 지탱하는 중요한 의식이라고 할 수 있다.

> 밤에 홀로 눈뜨는건 무서운일이다
> 밤에 홀로 눈뜨는건 괴로운일이다

밤에 홀로 눈뜨는건 위태한일이다

아름다운 일이다. 아름다운일이다. 汪茫한 廢墟에 꽃이 되거라!
屍體우에 불써 이러나야할, 머리털이 흔들흔들 흔들리우는, 오— 이
時間. 아까운 時間.

피와 빛으로 海溢한 神位에
肺와 발톱만 남겨 노코는
옷과 신발을 버서 던지자.
집과 이웃을 離別해 버리자.

오— 少女와같은 눈瞳子를 그득이 뜨고
뉘우치지 않는사람, 뉘우치지않는사람아!

가슴속에 匕首감춘 서릿길에 타며 타며
오느라, 여긔 知慧의 뒤안깊이
秘藏한 네 荊棘의 門이 운다.

— 「門」

세계와 주체의 소통과 단절이라는 문제를 다루고 있는 이 시의 제목
은 의미심장하게도 '門'35)이다. '門'은 주체와 세계의 소통을 가능케 하
는 공간을 상징한다. 따라서 화자가 마음의 窓인 눈을 뜨는 행위는 세
계와의 소통의 의지를 드러내는 것이라고 볼 수 있다. 그런데 "밤에 홀
로" 눈 뜨는 것은 무섭고 괴롭고 위태한 일이라고 한다. 이는 세계와의
소통의 의지가 좌절되고 주체와 세계가 단절됨을 의미한다. 「門」에서
시인이 그리고자 한 것은 소통이 아니라 주체의 소외36)이다. 주체의 시

---

35) 문은 일반적으로 "어떤 정황이나 세계로부터 구별되는 정황이나 세계로
이르는 통로, 이니시에이션", 또는 "의사소통, 新生을 시작함, 두 세계의
교류" 등을 뜻한다. (진 쿠퍼, 『그림으로 보는 세계문화 상징사전』, 이
윤기 역, 까치, 1994, p.106, p.146.)

선에 대해 화해로운 응시를 보내 주지 않는 세계와 소통하려는 일은 무섭고 괴롭고 위태로운 일이기는 하나, 늘 그렇기만 한 것은 아니다. 소통을 꿈꾸는 일은 외로운 일이지만 동시에 아름다운 일이기도 하다. 이러한 이율배반은 '폐허-꽃'의 대비로 은유된다. 폐허에 핀 꽃처럼, 소통의 단절로 인해 소외된 주체의 상황은 폐허와 같지만, 그럼에도 소통의 꿈은 주체에게 꽃과 같은 생명력을 불어넣어 주는 것이기도 하다. "屍體우에 불써 이러나야 할, 머리털이 흔들흔들 흔들리우는" 시간은 밤에 홀로 눈 뜨는 무서운 시간을 구체적으로 표현한 것이다. 신령이 의지하는 자리인 神位는 죽음을 표상하는 동시에 가계, 혹은 역사를 표상하는 사물이다. 그러한 神位가 "피와 빛으로 海溢"했다는 것은 고난과 광명이 함께 했던 가계의 역사를 의미하는 동시에 죽음과 삶을 나란히 놓는 대립 구도를 구성한다. 죽음과 삶이 가로놓인 이 세계의 근원적인 문제 앞에서 화자는 "폐와 발톱"이라는 육신만 남겨 놓고 '옷과 신발'을 벗어 던지고, '집과 이웃'을 이별해 버리고자 한다. '옷-신발-집-이웃'은 화자의 육신을 둘러싸고 있거나 화자를 구속하고 있는 것들이다. 화자, 즉 주체는 이 세계에 가로놓인 죽음과 삶이라는 근원적인 문제 앞에 벌거벗은 채로 서서 정면 승부를 건다. 시인 서정주에게 시라는 것은 역사적 현실, 혹은 일상과는 거리를 둔 것이었고 죽음과 삶이라는 이 세계의 근원으로 직접 들어서는 것이었던 듯하다. 이러한 태도는 다음 연에

------

36) 라캉의 '소외(alienation)'는 헤겔과 마르크스 철학에서 통상적으로 사용되는 개념과 다르게 쓰인다. 라캉에게 있어서 소외는 주체에게서 일어나고 초월할 수 있는 우연의 사건이 아니라 주체를 구성하는 필수적인 특질이다. 주체는 근본적으로 분열되어 있고 자신으로부터 소외되어 있어서 그러한 분할로부터 벗어날 수 없으며 통일성 혹은 통합의 가능성이 없다. (딜런 에반스, 앞의 책, p.200.) 여기서 사용된 '소외'의 개념은 라캉적인 의미와는 거리를 두고 있다. 하지만 단절이 주체의 분열을 일으킨다는 점에서는 라캉의 소외를 연상시키는 면이 있다.

서 다시 "少女와같은 눈瞳子를 그득이 뜨고 / 뉘우치지 않는사람"으로 변주된다. 소녀의 순수함과 뉘우치지 않는 태도의 공격성을 동시에 지닌 채로 화자는 세계에 맞서고자 한다. 서정주의 초기시가 강렬한 밀도로 우리를 전율케 하는 힘은 운명에 맞서는 이러한 태도에서 온 것이다. 세계와의 갈등이 근원적인 것임을 아는 화자는 "秘藏한" "荊棘의 門이 우"는 소리를 듣는다. 그 울음소리는 화자의 것이기도 하다.

4. 서정주 초기시의 운명 의식

이 글은 '은유와 환유', '시선과 응시'라는 라캉의 개념을 적용해 서정주의 초기시를 조직하는 원리를 해명하고자 하였다. 대립적인 성격은 서정주의 초기시에서 쉽게 발견되는 것이지만, 이분법적으로 작용하지는 않았다. 라캉의 방법론은 대립성 자체를 드러내는 데도 어느 정도 유효했지만, 대립성이 작동하는 방식을 드러내는 데 더욱 적절했던 것으로 보인다. 은유와 환유가 유기적으로 결합하여 의미 작용을 하는 서정주 초기시는 대립과 통합의 공존을 특징으로 한다. 이질적인 것의 공존은 늘 갈등을 유발하고, 그것은 세계에 대한 공격성으로 나타난다. 성애적인 공격성이라는 양가적 특성은 서정주의 초기시를 해명하는 중요한 단서가 된다. 시선과 응시의 불일치와 그로 인한 균열은 서정주의 초기시에 나타난 주체와 세계의 관계를 해명하는 데 유효한 틀이었다. 시각예술이론에 사용된 개념을 문학에 도입하는 데는 약간의 무리가 따랐지만, 주체와 세계 혹은 대상, '발화 주체'와 '발화된 것의 주체'라는 라캉의 다른 개념과 시의 화자 이론에서 사용되어 온 개념들의 도움을 받아 시선과 응시를 하나의 방법론으로 활용할 수 있었다. 시선과 응시에 주목하는 방법은 세계에 대한 주체의 태도와 주체가 느끼는 세계의 단절감 등을 읽어내는 데 비교적 유효했던 것으로 보인다. 따라서 범박하게나마 라캉의 방법론을 빌려 서정주 초기시의 구성 원리와 운명에 대한 태도를 해명할 수 있었다.

서정주 초기시의 운명 의식은 주체와 세계의 행복한 동일시가 깨져 버린 자아 분열의 상태에서 발생하는, 세계에 대한 하나의 태도라고 할 수 있다. 라캉의 이론 틀이 서정주 시의 운명 의식을 해명하는 데 어느 정도 주효했던 원인을 운명 의식이 지닌 이러한 속성에서 찾을 수 있을 것이다. 주체와 세계의 어긋남은 서정주에게는 선험적인 것처럼 보인다. 소통이 차단된 세계를 언어로 표현하며 소통을 도모하는 시인의 행위는 모순과 분열을 안고 있을 수밖에 없었다. 그것을 시인은 저주 받은 운명인 '문둥이'로 표상한다. 소통이 단절된 세계 앞에 분열된 자아가 선택한 길은 '성애적 공격성'으로 부조리한 세계에 맞서는 것이었다. 시인 서정주가 선택한 길은 주어진 운명에 순응하는 길도 아니었고, 적극적으로 극복하는 길도 아니었다. 그는 한편으로는 온몸을 던져 사랑하고 한편으로는 대상을 부수어 버릴 듯이 공격하면서 저주 받은 운명을 견뎌 나간다. 그 견딤의 방식은 주어진 운명에 맞서 운명을 견디는 실존적 태도에 가깝다.

서정주가 『화사집』에 실린 시들을 쓰고 발표했던 1930년대 후반기는 '운명'이 중요한 문학적 화두로 떠오르던 시기였다. 1930년대 후반기에 내면지향적인 시를 썼던 시인들의 시에는 대개 운명에 대한 의식이 나타나고 있었다. 임화37), 백석, 서정주, 유치환 등이 대표적인 경우인

---

37) 임화는 1930년대 후반기에 자신의 시에 운명 의식을 가장 노골적으로 드러낸 시인이었다. 20년대의 임화 시가 낭만적 격정으로 가득했던 데 비해, 이 시기의 임화 시는 비교적 차분히 가라앉은 어조로써 내면 지향적인 성향을 강하게 드러낸다. 임화의 경우 운명 의식은 비극적인 현실 극

데 이들은 각기 다른 방식으로 운명 의식을 개성적으로 드러낸 시인들이다. 운명 의식은 네 시인의 시에서 세계에 대면하는 하나의 태도로서 기능하고 있다. 이들 시에 나타난 각기 이질적인 운명 의식을 중심으로 1930년대 후반기 시의 지형도를 다시 그려 볼 수 있을 것이라 전망한다. 이들 시에 나타난 운명 의식은 이질적이기는 하지만, 체념적인 운명관으로부터 어느 정도 거리를 두고 있었다는 점에서는 공통된다. 네 시인을 비교함으로써 서로간의 자리를 좀더 분명히 드러낼 수 있을 것으로 기대해 보며, 이는 추후의 과제로 남겨 둔다.

〔한경대 강사〕

복 의지로서 드러난다. 서정주의 운명 의식에서도 비극성을 읽을 수는 있으나, 임화의 운명 의식이 역사적 현실에 대해 배타적으로 작동하는 것이었던 데 비해 서정주의 경우는 역사적 현실과는 거리를 둔 삶의 근원적인 문제 의식 앞에 서 있었다는 점에서 분명히 이질적이다.

참 고 문 헌

1. 기본 자료

서정주. 『화사집』. 남만서고, 1941. 영인본 『한국현대시사자료집성』 11권.
　　　태학사, 1982.
서정주. 『미당 서정주 시전집 1』. 민음사, 1994.

2. 단행본

권택영 편. 『자크 라캉 욕망이론』. 민승기 외 역. 문예출판사, 1994.
김우창 외. 『미당 연구』. 민음사, 1994.
김인환. 『한국문학이론의 연구』. 을유문화사, 1986.
김인환. 『비평의 원리』. 나남, 1994.
마이클 페인. 『읽기이론/이론읽기』. 장경렬 외 역. 한신문화사, 1999.
맥락과 비평 현대문학연구회 편. 『라깡과 문학』. 예림기획, 1998.
정한숙. 『現代韓國文學史』. 고려대학교출판부, 1982.
한국기호학회 편. 『은유와 환유』. 문학과지성사, 1999.
Bowie, Malcolm. 『라캉』. 이종인 역. 시공사, 1999.
Cooper, J. C. 『그림으로 보는 세계문화 상징사전』. 이윤기 역. 까치, 1994.
Evans, Dylan. 『라캉 정신분석 사전』. 김종주 외 역. 인간사랑, 1998.
Foucault, Michel. 『지식의 고고학』. 이정우 역. 민음사, 1992.
Lacan, Jacques. Écrits: A Selection. Translated by A. Sheridan. New York:
　　　Norton, 1977.
Lemaire, Anika. 『자크 라캉』. 이미선 역. 문예출판사, 1994.

3. 논문

김행숙. 「서정주와 유치환의 초기시 비교 연구」. 문학석사 학위논문, 고려
　　　대학교, 1995. 12.
문흥술. 「1930년대 한국모더니즘 소설에 나타난 언술 주체의 분열 양태 연
　　　구」. 문학박사 학위논문, 서울대학교, 1998.

심재휘. 「1930年代 後半期 詩 硏究」. 문학박사 학위논문, 고려대학교, 1997. 7.
유지현. 「서정주 시의 공간 상상력 연구」. 문학박사 학위논문, 고려대학교, 1997. 12.
이성우. 「서정주 시의 영원성과 현실성 연구」. 문학석사 학위논문, 고려대학교, 2000. 12.
이혜원. 「한용운·김소월 시의 비유구조와 욕망의 존재방식」. 문학박사 학위논문, 고려대학교, 1996. 7.

백석 시의 '타자'1) 연구*
-백석 시집 『사슴』(1930~1936)을 중심으로-

윤한태 · 한명환

1. 서론

* 본 연구과제는 2000년도 순천향대학교 학술연구조성비 자유 공모과제로 지원을 받아 수행하였음.

1) '타자'는 자크 라캉에 의하면 '큰타자'(L'Aurte)와 '작은 타자'(l'autre)로 나뉜다. 큰타자는 무의식의 담론으로 최초 어머니는 어린아이의 큰타자가 된다. 작은 타자는 실제적인 타자가 아니라 자아의 반영과 투사를 가리킨다. 이를 단순화하여 설명하면 다음과 같다. 빛깔이 영롱한 이구아나는 찬란한 색채로 보는 사람들을 유혹한다. 그 색채를 탐낸 사람들이 이구아나에 화살을 꽂는 순간 영롱함은 사라지고 이구아나는 칙칙하고 무딘 색깔로 변한다. 영롱함으로 보는 이를 매혹하는 이구아나는 라캉의 용어로 큰타자요 빛을 잃고 손 안에 남은 칙칙함은 작은 타자이다. 큰타자에서 작은타자로 옮겨가는 과정이 욕망의 공식 $\$\diamondsuit a$ ($\$는 타자 개입으로 거세된 주체이며 $\diamondsuit$는 남겨진 차액)이요, 욕망은 충족을 모르기에 삶은 계속된다. 홀바인의 '대사들'이라는 그림 속에서도 신세계의 책과 과학 물건들을 비웃듯 기묘하게 보이는 거울 속의 해골 모습은 바로 '작은 타자'이다. 그러나 임마누엘 레비나스에 있어서 타자는 말 그대로 나 아닌 존재 즉 타인, 세계를 뜻한다는 점에서 의식적이다. 이 둘은 좀 다른 것같지만 결국 타자란 나의 진정한 '주체'가 아닌 '낯선 존재'라는 공통점을 지닌다. 그런 점에서 '타자'의 개념은 라캉에 대체로 의존하면서도 타자의 구분을 반드시 라캉에 일치시키고자 하지는 않는다. (아니카 르메르, 이미선 옮김, 『자크 라캉』, 문예출판사,1994./ 권택영, 『영화와 소설 속의 욕망 이론』, 민음사, 1997./ 맬컴 보위, 이종인 역,『라캉』,시공사, 1999. 참조)

혼히 한 시인의 작품 세계가 당대 실천적 관심과 깊이 얽혀 있을 때, 문학이 추구하는 정신적 깊이를 표현하지 못하게 될 것처럼 이야기되기도 한다. 즉 시 세계가 당대의 현실과 깊이 맞물려 있을 경우, 그 상황적 진실성의 표현이 그 현실 인식적 한계를 넘어서서 울림과 호소력으로 범세계적 진실로확산되어가기는 어렵다는 것이다. 특수한 자국의 문화·사회적 여건이 보편적 문화로 확대되어가기 어렵다는 이러한 사정은 일제 식민지 시대의 몇몇 시인들, 즉 한용운, 윤동주, 이육사 등에게서 발견할 수 있음을 보게된다. 그들의 문학이 은밀하게 내장하고 있는 장점들은 곧 식민지 시대 지식인이 갖고 있는 자기 한계의 극복으로서의 타자 의식에 놓여있다고 볼 수 있다. 우리는 이러한 타자의식, 타자성을 정신분석 및 언어 구조분석, 타자성의 철학적 비전에 의해 밝혀냄으로써 문학의 보편적 특성에 대한 일말의 해답을 얻을 수 있으리라 기대한다. 특수한 현실 상황을 보편적 상황으로 승화시켜 나간 이들의 문학 정신사적 계보에 백석을 거론하여 백석시의 타자성을 알고자 하는 것도 이러한 정신사적 계보의 구축을 의도한 배경이 깔려있다.

현대철학에서 가장 첨예한 쟁점이 된 주체의 해체와 탈중심화는 서양문화 전반에 깔려 있는 자아중심적 사고를 반성하게 하는 데 크게 기여했다. 해체철학과 탈중심화에 대한 문화철학적 진단은 세기말적 세태를 적절하게 보여주었고 그에 대한 반성을 촉구하기도 했지만 대안이 없는 것 또한 사실이다.작품 분석에 있어서 구조주의 시학이 남긴 것도 그와 같은 맥락에서 비판될 수 있다. 이에 임마누엘 레비나스의 철학은 해체적 문학 연구에 적절한 반성적 방향을 제시해 준다. 즉 그는 인간의 존재 의미, 특히 자아와 타자의 관계를 해명하는 일에 몰두한다. 그는 개인의 인격적 가치와 타자에 대한 책임을 보여주는 '타자성의 철학', 또는 '평화의 철학'을 구축하고자 한다.

　구조주의 시학을 통해 문학작품의 소통구조를 밝힐 수 있지만 그러한 소통이 지향하는 세계 인식이 좀더 명쾌하게 밝혀지기 위해서는 언어 내면의 정신 세계에 대해 관심을 갖지 않을 수 없다. 레비나스의 철학은 그런 점에서 유익하다. 그는 일상적 개인의 삶의 구원을 타자에게서 구하고자 한다. 사르트르는 타인과의 결별, 단절성을 전제로 '타인의 시선은 지옥이다'라고 하였지만 레비나스는 타자를 어떻게 이해하고 받아들여야 할 것인가에 대해 새로운 각도로 통찰한다. 그에 따르면 타자의 시선이 나의 구원이라는 것, 타자의 시선 속에 숨은 고독과 두려움을 읽고 그를 감싸안음으로써 오히려 자아는 풀리지 않은 우주적 고독과 불안에서 벗어날 수 있다는 것이다. 이러한 타자의식은 데카르트의 이성적 인간을 거부한다. 곧 인간이 아닌 존재, 모든 물질성을 겸허하게 바라본다. 이를테면 환경과 같은 물질성을 나와 대등하게 바라볼 줄 아는 생각은 어떤 점에선 동양철학, 즉 노장사상과 통한다. 또한 나아가 공즉시색, 색즉시공이라고 하는 불교철학과도 통하는 일면이 있다.

　이러한 타자성은 단순히 삶을 세계와의 대립구조에서 파악되는 것이 아니라 인간의 내면 자아에 대한 보다 면밀한 분석을 전제로 파악되어야한다. 정신분석학에서 라캉은 프로이트 이론을 계승하여 타자를 큰타자(무의식)와 작은타자(의식)로 나눈다. 프로이트의 정신의학은 라캉에 와서 언어구조적 분석과 통합되어 새로운 문학연구방법론으로 등장하기에 이른다. 라캉의 욕망이론, 즉 타자에 대한 연구는 언어를 통합적, 계열적인 이원 구조로 분석함에서 더욱 구체화된다. 라캉은 츠베탕 토도로프나 롤랑 바르트와 같은 구조주의 시학의 이론을 프로이트의 정신분석학적 관점에서 수용한다. 그러나 라캉의 타자 이론은 보다 유연한 철학적 사고와 방법에 의해 부연 설명되어야 한다. 그것은 한 발 더 로고스 중심주의에서 벗어나는 길이며 프로이트적 도식성을 극복하는 길이며 자칫 악순환에 **빠**지기 쉬운 인간에 대한 해체적 분석론으로부터 벗어나기 위함이다.

근대 이후 데카르트적 사유와 인식론이 모든 근대철학, 현대문명을 발전시켰다지만 최근의 서구지성으로부터 가장 많은 비난과 공격을 받고 있는 철학이 되어버렸다. 데카르트의 '나는 생각한다. 고로 존재한다'는 근대적 자아중심적 사고야말로 지구의 환경 파괴와 전쟁의 근원이라고 보는 것이다. 라캉은 이를 원용하여 "나는 내가 생각하지 않은 곳에 존재한다"고 말을 바꾸어 무의식의 큰타자야말로 현대인간의 실존처라고 주장하였지만 데카르트적 방법적 틀에서 크게 벗어나지 못한다. 오히려 연역적인 데리나나 장자, 불교적 윤회설에 비해 라캉은 경험 분석적이다. 라캉은 무의식의 언어화 과정을 잘 설명하였고 분석하였지만 그러한 언어표현의 비전, 전망에 대해서는 침묵한다. 결국 시를 설명하고 이해하기 위해 우리는 언어 표현의 발상지인 욕망을 분석하는 것도 중요하지만 그 욕망의 근원지로서의 죽음, 허무, 불안, 고독과 같은 존재 인식과 함께 이해되지 않으면 안된다. 문학작품이란 언어이면서 삶이기 때문에 그 삶은 충분히 보충 설명되고 이해됨으로써 다시금 작품으로 보편적 생명을 유지할 수 있기 때문이다.

그동안 백석 시의 연구가 충분히 이루어졌다고 볼 수 없는 것은 지금까지의 연구들이 연구방법 상 백석문학을 종합 지양해 내는 수준에 이르지 못했다는 생각이 들기 때문이다. 이에 백석 시 연구는 기존의 연구 실적에 백석 문학의 타자성 분석이 덧보태짐으로써 그 진가를 더욱 드러낼 수 있을 것으로 사료된다.

2. 연구사

백석 시에 대한 고찰 및 연구 논의는 당대적 논의와 7,80년대 이후, 90년대 이후의 연구사적 논의로 나눌 수 있다. 우선 백석 시에 대한 당대적 논의는 1930년대 후반에서 1940년대 초에 이르는 단평정도의 수준에 머물러 있다.30년대 김기림은 백석시의 향토의식, 모더니즘적 속성에 대해 언급한 바 있고 박용철도 그와 비슷한 관점에서 논의한 바 있다. 특히 동 시대의 오장환은 백석 시에 대해 "자기의 감정이나 의견을 이야기하지 않는다"고 언급하면서 "갖은 사투리와 옛 이야기, 년중 행사의 묵은 기억 등을 그것도 질서도 없이 그저 곳간에 볏섬을 쌓듯이 구겨 넣은"2)것임을 지적함으로써 백석시의 타자 지향성을 토속적 관습에 비유하고 있다.

분단 이후 백석은 재북작가로 분류되어 문학사적으로 언급되지 않다가 백철의 신문학사, 김현·김윤식의 한국문학사에서 간략하게 소개3)되고 유종호에 의해 시 한 편이 분석4)된다. 이후 정한숙, 조동일 등의 문학사에 토속적이면서 전통 지향적 시인으로 부각5)되었고 고형진, 김명인, 최두석, 이동순, 이숭원, 김학동 등에 의해 작품의 전모가 본격 연구6)된다. 80년대 백석 시의 연구는 작품론 중심, 작가론 중심으로 실증

---

2) 오장환, "백석론", 《풍림》,통권 5호, 1937.4.
3) 김현·김윤식, 『한국문학사』, 민음사, 1973. p.p. 217-220.
4) 유종호, 『문학이란 무엇인가』, 민음사, 1989. p.p. 91-93.
5) 정한숙, 『현대한국문학사』, 고려대 출판부, 1982. p.p.195-198.
　조동일, 『한국문학통사』, 지식산업사, 1988. p. 482
　김용직, "서정, 실험, 제 목소리담기", 『한국 현대 문학사』1989. p.p. 158-159
6) 김명인, 「백석 시고」, (『우보 전병두 박사화갑기념 논문집』, 1983. p.p. 107-129) / 『1930년대 시의 구조 연구』, 고려대 박사논문, 1985.

적 차원에서 이루어지면서 여타 시인과의 관계 속에서 본격적인 문학사
적 편입을 시도하는 차원에서 머물렀다. 80년대 백석 시의 연구 동향은
백석 시 전모에 대한 소개와 백석시의 특징적 고찰, 그리고 동시대 다
른 시인과의 비교, 혹은 시적 영향관계 가운데 현대시인과의 비교 연구
등이 많았다. 이러한 연구 동향은 그동안 한국현대시사에 누락되어 왔
던 재북시인 백석이 시사상 자리를 차지하지 못한 데 대한 반대 급부적
바람에 연구적 성급함이 없지 않았으나 비교적 빠른 시간에 해방 이전
백석의 많은 작품이 발굴되었고 관련서적의 출판 붐을 일게 하는 등 백
석을 출판가에 잘 읽히는 시인으로 자리잡게 한 공로가 크다하지 않을
수 없다.

　90년대 이후 백석 시 연구에서 돋보이는 사실은 30여편의 석박사 논
문으로 분량이 넘쳐났다는 사실이다. 이들 논문들의 연구 양상은 기존
의 연구업적을 토대로 타 시인, 즉 서정주, 윤동주와의 비교라든가 시
어, 공간, 이미지, 인물을 중심으로 이루어지거나 시적 특성을 밝히는데
주력하였다. 시의 인물, 화자 연구가 많은 것도 백석시 연구가 갖는 특
징 중의 하나일 것이나 이러한 연구적 양에 비해 백석시의 새로운 이해
를 돕는 새로운 방법적 탐구가 진행되지 못한 것이 사실이다. 80년대의
고형진, 최두석의 기초적 고찰 위에 김명인[7)]의 백석시의 구조 연구는
90년대에 공간 구조, 시간 구조 연구로 나아갔고 이후 이은봉의 「1930
년대 후기시의 현실인식연구」(숭실대 박사논문, 1992), 정효구의 「백

고형진, 「백석 시 연구」, 고려대 석사논문, 1983.
이숭원, 「30년대 후기시의 한 고찰-백석의 경우」, 국어국문학 제 90호,
1983.
최두석, 「백석의 시세계와 창작방법」, 『우리세대의 문학』 6집, 문학과
지성사,1987. p.p.259-263.
7) 김명인, 「1930년대 시의 구조연구」, 고려대 박사논문, 1987.

석시의 정신과 방법」(월간 현대시, 1990. 1.), 김윤식의 「백석론-허무의 늪 건너기」, (『우리소설을 위한 변명』, 고려원, 1990), 김기중의 「해체된 세계와 회복의 의지」(『전통과 현대』,열화당, 1997) 등은 백석 시 이해의 새로운 차원을 모색, 시도한 의의를 지닌다. 이은봉의 백석 시에 대한 꼼꼼한 이해와 정리를 바탕으로 한 시작의 인식론적 접근과 김기중의 백석 시세계의 의미론적 탐색은 자칫 관례적이고 타성에 머물게 될 뻔한 백석 시 연구에 구체적인 해석을 통해 타자 연구의 가능성을 제시하였다고 할 수 있다.

가장 최근에는 백석문학에 대한 통시적이고 종합적인 연구가 이루어지기 시작하였는데 괄목할 만한 연구로 박주택8), 곽봉재9)의 논문을 들 수 있다. 박주택은 해방 이전의 백석 시를 대상으로 창작방법과 구조적 특징, 주제, 문체, 어조, 거리 등을 전통적 형식이론으로 분석한다. 곽봉재는 지금까지의 연구들을 종합 정리하면서 백석문학을 총체적인 입장에서 통시적으로 흐르는 방법적 특질을 일관되게 주체와 시간 개념을 중심으로 모색하고자 하였다. 그러나 그가 "30년대 후반의 백석 시가 30년대 후반 타자에 예속된 자신을 부정하는 가운데 성립된 것"10)으로 이해한 것은 백석문학의 존재 의식을 지속과 단절로 성급하게 이분화한 결과로 보인다.11)

---

8) 박주택, <백석 시 연구>, 경희대 박사논문, 1999.
9) 곽봉재, <백석문학 연구>, 경희대 박사논문, 1999.
10) 곽봉재, 앞의 논문. p 195
11) 곽봉재는 시간의 지속성과 변화 개념으로 논문의 이론적 틀을 구축하는 과정에서 '단절'을 현실주체의 부재와 관련시켜가면서 주체의 부재를 곧 현실 부정과 관련시킨 듯 하다. 여기서 필자는 의견을 달리한다. '단절'이 주체의 부재 곧 '타자'의 지배나 우위를 뜻하지만 그러한 타자의 우위가 반드시 현실 부정과 관련되는 것은 아니다. 즉 초기시의 유년지향의 시들이 현재와 단절된 주체의식을 갖고 형상화되었다 하더라도 그러한 타자성이 자아의 존재론적 부정을 의미하지는 않는다. 억압되었던 큰타자

이상과 같이 백석문학 연구는 최근 들어 매우 활발하게 전개되고 있음에도 대개는 시인 백석으로서의 연구 입장을 고수함으로써 백석 문학의 서사문학성에 대해 소홀히 한 감이 있다. 백석은 여느 시인과 달라 그 시적 '서사성'이 갖는 산문과의 연계성을 소홀히 할 수 없는 문인인 만큼 그의 시만이 아닌 소설이나 번역·비평·아동문학 전반과 관련한 연구적 관심이 앞으로 필요하리라 본다.

3. 백석 초기 문학의 성격과 '타자성'

백석의 공식적인 문단 활동은 1930년 1월 조선일보 신춘문예에 소설 <그 모와 아들>이 공동 당선되면서 시작했고 그 뒤로도 <마을의 유화>(조선일보 1935.7.6.-7.20), <닭을 채인 이야기>(조선일보,1935. 8.11-8.25)를 발표하였다. 그러나 1935년 8월 30일 <정주성>을 조선일보에 발표하고 1936년 1월 한정판 시집 『사슴』을 발간함으로써 시인으로 알려지게 된다. 백석은 초기에 소설가로 데뷔하여 소설을 썼지만 독특한 시세계를 구축한 시집을 상재함으로써 장안의 화제가 되었고 소설보다는 시 쪽으로 기울게 된 것이다. 백석이 시를 발표한 시점은 세 번째 소설을 탈고한 며칠 후인 1935년 8월 30일 <정주성>부터였지만 문단에 인정을 받기 시작한 것은 『사슴』 평으로부터였다. 따라서 시집『사슴』에 대한 비평의 입장도 시적 완성도보다 시적 개성이나 가능성을 지적하는데 치중된 듯하다. 즉 "기억 속에 쭈그리고 있는 동화나 전설의 나라"[12]

의 우위에 의해 오히려 자아는 강화될 수 있으며 또 다른 가능성을 내포하며 현실 속에서 변화되어 갈 수 있기 때문이다. 자세한 내용은 5장 "시의 타자들"에서 논의하기로 한다.

(김기림)라거나 "수정없는 방언에 의하여 표출된 향토생활의 시편들은 탁마를 經한 보옥류의 예술에 속하는 것이 아니라, 서슬이 선 돌 생명의 본원과 접근해 있는 예술"13)(박용철)이라고 평한 발문은 당대의 시에 대한 칭찬으로 보기 어렵다. 오장환은 앞서 인용했듯『사슴』의 서사성을 "사투리와 옛이야기, 연중행사의 묵은 기억 등을 그것도 질서도 없이 그저 곳간에 볏섬 쌓듯이 구겨 넣은"것이라고 노골적으로 비판하였다. 『사슴』은 백석의 초기시를 대표하는 시집임에도 정지용이나 김영랑처럼 절차탁마된 시어의 이미지 구축도 카프의 시처럼 객관적 현실에 대한 맹렬한 시적 추구도 이루어지지 못한 탓에 백석의 초기들은 당대 비평가들에게 다소 미흡하게 비쳐졌던 것 같다. 즉 기존의 장르의식을 가지고 판단하건대 백석 초기시는 나름대로의 독특한 시 장르를 개척해나가는 독창성과 기백은 엿보이지만 그것이 다소 실험적인 수준에서 모색되고 있는 중이라고 본 것 같다.

　백석 초기시가 다소 폄하된 듯한 평가의 원인에는 백석의 시가 소설의 서사성으로부터 완전히 탈피하지 못한 데 있다. 백석의 소설이 제대로 자리잡지 못하고 판단된 데다 그의 시에 서사의 구성물인 인물, 행위(사건), 시간, 의미의 네 가지 요소가 드러나고 있는 경우가 많은 것도 '寶玉'같은 시가 되지 못한 원인이라고 할 수 있다. 대개의 경우 시를 쓰던 시인이 소설로 전향하여 독특한 소설세계를 구축14) 해 갈 수 있지만 소설을 쓰다가 시로 대성한 경우란 거의 없다. 그것은 문학 생산자에 있어서 장르의 선택은 나름대로의 세계 인식의 차이를 드러낸

---

12) 김기림, "『사슴』을 안고", 조선일보, 1936. 1. 29.
13) 박용철, "백석 시집 '사슴' 평", 『박용철 전집 2』 (동광당서점, 1940.) p.p. 121-124.
14) 한국 근대문학에서 이광수, 김동리, 황순원 같은 대가급 작가들이 모두 초기에는 시를 썼다는 사실이 주목된다.

것으로 곧 세계관과 관련된 창작의식을 반영한 것이 된다. 곧 서정 양식은 순간적 성찰에 의해 객관 세계를 자아화하는 주관적인 세계 인식에 기초하여 자아를 확대하는 양식임에 비해 서사 양식은 객관적 경험의 다양한 수용으로부터 사물과의 거리를 인식함에서 주체가 자아를 세계화함에서 비롯되는 내면의식에서 발생된다. 즉 서정정신은 자아의 세계화를 지향하지만 서사정신은 세계의 자아화를 지향한다고 볼 수 있다. 백석의 초기시들에 대한 평판이 엇갈리는 것은 바로 초기소설과의 관련되고 있는 방법적 일관성 때문이다. 세 편의 소설작이 지나치게 난해하거나 비사실적이어서 관심을 끌지 못한 가운데 백석은 시집 『사슴』을 패기있게 출간하였지만 평자들은 여전히 그러한 새로운 시도에 대해서마저 떨떠름하게 그저 특이한 자질을 가진 시인으로 바라 본 것이다.

백석의 글을 1930년에서 1960년대까지 전체목록을 놓고 살펴보면 백석이 시인으로서만이 아닌 번역가로서 아동문학가로서 평론가로서 활발하였음을 알 수 있다. 소설가로서 백석은 매우 미미하지만 이후 시보다 많은 분량의 장편소설, 단편소설과 아동문학, 수필, 논문 등을 번역하거나 발표한 데에서 그가 문학 전반에 대한 관심을 버리지 않고 있었음을 알 수 있다. 백석의 이러한 다양한 시도는 백석문학을 시에 국한하여 논하는 경향에 대해 이의를 제기하게 한다. 즉 그의 시가 대부분 ‘서사’의 관점에서 이해되고 있는 데서도 알 수 있듯이 백석 시는 그의 초기소설이나 번역, 아동문학활동과 무관할 수 없으리라는 판단을 할 수 있다. 특히 최근 백석작품에 대한 새로운 발굴이 진행되면서 해방 전부터 1950년에 이르기까지 수필가로서 동화, 동시작가로서, 아동문학평론가로서 손색없는 활동을 하였음이 밝혀짐으로써 백석문학을 시에 국한할 수만은 없으리라는 연구방법적 의문이 제기된다. 곧, 백석의 글쓰기 과정을 30년대 시문학사에 국한하여 논의할 수 없는 좀더 종합적이고 포괄적인 백석문학에 대한 연구방법을 상정해 볼 수 있게 된다. 문학을 작가의 전체적 삶과 대응시켜 작가의 글쓰기를 하나의 삶의 궤도로 바라볼 때 우리는 자연인으로서의 삶보다 창조적 상상력의 주체인 작가로서의 삶을 떠올리게 된다. 이때 글쓰기란 곧 작가의 내면의식의 지속과 그 변화와 굴절의식을 드러내는 과정이라고 볼 수 있을 것이다. 백석은 재북작가라는 이유로 그 작품 활동에 대한 전체적 조감이 어려워 그 동안 주로 30년대 시인으로서 국한하여 논의하여 온 것이 사실이다.

그러나 백석의 작품활동은 해방전과 해방이후의 작품활동으로 나누어 볼 때, 해방이후 백석의 아동문학 특히 동화시 등에서 타자지향과 서사성이 잘 조화를 이루고 있는 양상을 주목하여 보면 해방 후 작품에서도 민담으로서의 서사성과 동요로서의 음악성이 함께 어우러져 있어 유년기적 정신 세계와 서사적 형식성이 어울리고 있음을 알 수 있다.

백석의 초기 시와 소설은 다양하게 시도되어 동화시에 이르기까지의 백석문학의 결실에 있어 이미 그 가능성을 싹 틔우고 있었던 지점에 놓인다. 즉 백석의 초기 소설과 시에서 이미 해방 이후 노골화된 타자지향 의식이 배태되고 있었다고 볼 수 있다. 해방 이후 백석은 재북문인으로서 사상적 단련을 겪은 까닭도 있겠지만 1950년대 이후 그의 문학은 공동체적인 타자를 의식·지향[15]하면서 북한의 아동문학의 토대를 이루게 된다. 즉 해방 이후 백석의 아동 서사물의 저변에는 시와 소설이 '서사성'을 매개로 자유롭게 만나 이루어진 바 있었던 1930년대 초

---

15) 최근 발간된 백석 동화시집 『집게네 네 형제』(시와 사회사, 1997.)에는 오징어와 검복, 귀머거리 너구리, 어리석은 메기 등 민속적 유래담들이 계층간의 대립 갈등적 사건으로 시적 리듬감과 함께 흥미롭게 변용되고 있다. 이는 아이들에게 전통적 이야기가 갖는 재미에 민중 항쟁적 주제를 자연스럽게 가미한 것으로 보인다.

기의 문학적 성향, 민담에 가까운 풍속적인 타자성이 깔려있음을 알 수
있다. 백석 동화시에는 어른들이 사용하는 상투적인 선동적인 언어들이
배제된 가운데 '쫓기달래', '오징어와 검복' '가재미와 넙치'에서 보이듯
내용상 피지배자로서의 민중적 저항의식이 흥미롭게 재현되고 있다.
1956년에 발표된 백석의 동화문학평론은 그의 동화시의 지향의식을 알
수있게 해주는데, 특히 아래 글은 1930년대 백석 초기 문학의 궁극적
지향점을 이해하는데 중요한 단서를 제공한다.

> 사람들에게 특히 아동들에게 무엇이 좋으며 무엇이 나쁜가를, 무엇
> 이 아름다우며 무엇이 아름답지 아니한가를, 무엇이 참되며 무엇이 참
> 되지 아니한가를 판별하는 총명을 가르쳐 주기 위하여, 세계를 인식하
> 며 신비를 규명하며 사람의 창조적 의지를 환기시키기 위하여, 그 시대
> 의 꿈, 리상, 념원을 표현하기 위하여, 인간의 실재적인 그리고 부단히
> 성장하는 위력에 대한 동경과 리상을 표현하기 위하여, 인민 대중 속에
> 있는 긍정적 자질들을 한 주인공에게 부여함으로써 영웅을 형상하기
> 위하여, 모든 자연과 동물(바람, 해, 달, 물, 추위, 더위, 꽃, 열매, 범, 승
> 냥이, 토끼 등) 그리고 인간의 손으로 창조된 모든 사물을 인격화하여
> 그것들을 실재물처럼 생존하게 하면서, 환상적인 형상 속에 사고하고
> 행동하게 하는 문학의 한 장르가 곧 동화이다.16)

백석의 초기문학작품에는 영웅적인 주인공이 등장하지 않는다. 시뿐
만 아니라 소설에서도 '모든 자연과 동물 그리고 인간의 손으로 창조된
모든 사물'들이 나란히 서로 대등하게 이야기된다. 사물들이 대등하게
이야기 되기 위해서는 불가피하게 사물이 등장인물이 되어야하기 때문
에 위에 언급되듯 사물이 주격이 되는 환상성을 띠게 된다. 즉 초기소
설들은 동화처럼 환상적인 형상 속에 사고하고 행동하게 하는 동화적

---

16) 백석, "동화문학의 발전을 위하여", 《조선문학》 , 105호, 1956. 5.

기법을 차용한다. 동화의 세계는 근본적으로 리얼리즘 세계관으로부터 벗어나 있는 환상적인 세계이다. 동화의 세계는 명확한 현실 인식으로부터 출발점을 삼지 않는다. 동화의 세계는 서정과 서사의 장르를 넘나들며 현실과 환상 사이에서 머물고자 한다. 백석 문학에 대해 흔히 리얼리즘과 모더니즘으로 대별하여 규정하기 어려운 가장 근본적인 이유가 바로 이 점에 있다.

츠베탕 토도로프는 환상성이 시나 우화에서 발견되기 어려움을 지적한 바 있다. 그에 따르면 환상성이란 독서를 통한 기이한 간접체험은 경이와 괴기의 사이에서 현실과 허구와의 경계가 모호해지는 순간 독자가 경험하게 되는 이른바 "망설임"에서 발생된다는 것이다.17)

그런데 서정시란 처음부터 허구(fiction)를 거부한다. 시의 포에지란 자아의 맹렬한 현실 삶의 구체적 체험과 인식을 드러내는 것이다. 서정시는 주어진 현실로부터 유추되는 시적 전망이 느껴질 때 자신의 내면을 언어로 형상화하게된다. 이러한 형상화가 지극히 개인적인 문체에 의해 응집되어 상징적으로 드러나게 되는 것은 물론이다. 그러므로 서정시라는 서정적 자아의 주관적 표현에서 감추어진 현실의 진실을 인식하고자 한 장르로서 환상은 개입될 틈이 없다.이러한 사정은 알레고리를 함의한 우화에 있어서도 마찬가지이다. 이솝우화는 계몽적 알레고리

---

17) 츠베탕 토도로프는 환상(fantasy)이란 경이(merveilleux)와 괴기(étrange) 사이에서 경험되는 "망설임"이라고 본다. 즉 하나의 텍스트를 읽음에서 일체의 표상작용을 거부하고, 문장 하나 하나를 순수히 의미론적인 조합으로 간주해 간다면, 거기에서는 환상같은 것은 나타나지 않는다. 환상이란 표현된 세계에서 일어나고 있는 사건에 대해 일정한 반응을 요구하는 것이므로 허구(fiction)에서 존재하는 것이다. 그러므로 시는 환상적일 수 없다. 허구성보다도 계몽적이거나 교훈적인 우의(allegory)에서도 본질적으로 그러한 환상을 발견하기가 어려운 것은 마찬가지이다. (츠베탕 토도로프, 이기우 역, 『환상문학서설 (토도로프 저작집5)』, 한국문화사, 1996., p.167)

를 통해 당대의 세태를 풍자함으로써 현실적 삶을 지향한다. 여우와 호
랑이 등 동물들은 얄팍한 인간이나 힘을 과시하는 인간의 캐릭터로서
응용되고 있을 뿐 현실적 교훈을 위해 이야기되므로 현실과 허구를 간
혹 혼동하는 아동에게 그러한 비유의 내포적 의미는 오히려 어렵게 느
껴질 수 있다. 백석 초기시에 대해 정효구는 '객관주의', 혹은 '서술적
언어와 체험', '어린이 시점의 서사문체', '열거식 병렬'의 특징으로 논
의 한 바 있는데 이러한 점은 백석문학의 서사적 허구성에 닿아있다.
백석 문학이 출발점인 소설에서는 동화적 기법으로 말미암아 일부 환상
을 허용하게 되는데 그러한 비현실적인 허구적 서사성이 시에도 계속
이어지게 됨으로써 위에 언급한 네 가지 비시적 약점을 갖게 되는 것이
라고 볼 수 있다. 백석의 시들은 결국 백석 소설들이 안고 있는 허구적
체질로 인하여 시의 타자가 서사적 환상성에서 벗어나지 못하는 순환고
리로 파악되어야 할 필요성이 있다.

4. 시의 타자들

백석의 시집 『사슴』 33편의 시들은 "얼럭소새끼의 영각", "돌절구의
물", "노루", "국수당 넘어"의 네 부분으로 나뉘어져 있는데, 2,3,4장에
는 대체로 간결한 시형의 정경묘사의 시들이 주로 모아져 있다.
각 장은 시적 공간이나 시적 대상의 유사성에 따라 구분되며 이것은
다시 외부 세계의 감각적 인상이나 내면에 창조된 인상에 따라 서경적
이미지가 주가 되는 것과 내면적 이미지가 주가 되는 것으로 나뉜다.
곽봉재는 『사슴』의 시들을 장별로 공간, 시간, 소재별로 면밀히 분석
하여 도표를 제시[18]하였는데, 여기서 첫 장의 시들은 고향집을, 2장의

시들은 고향마을을, 3, 4장의 시들은 타향, 자연 공간으로 변화하고 있음을 알 수 있다. 백석의 초기시를 대표하는 시집 『사슴』에서의 시의 구성이 이처럼 명백한 공간 이동을 보이는 것은 백석의 타자의식이 내면적인 데서 외면적인 곳으로 이동하였음을 암시한다. 즉 '얼룩소 새끼의 영각'에 실린 6편의 시는 대개 친족 공동체 마을, 가족, 친인척과 관련된 유년기의 내면적 체험을 지향하고 있는 반면에 나머지 시들에서는 고향 마을의 외부풍경을 묘사하거나 바깥 세상의 제재를 다양하게 관찰한 서경적 시들이 주조를 이룬다. 즉 백석 시의 상상적 공간이 '유년의 집'에서 '길'의 공간으로 이동함에서 시적 주체의 타자가 분명한 변화를 겪고 있음을 알 수 있다.

즉 "얼럭소새끼의 영각"(1부) 시 여섯 편들은 주로 내적 자아의 정체성에 집착하는 대자적 지향의식을 보여준 것이라면 "돌절구의 물"(2부)과 "노루"(3부), "국수당 넘어"(4부)는 공간적 이동에 따른 공시적 관찰이 내면적으로는 즉자적이면서도 외적으로 폭넓은 현실적 시세계를 포용하고자 한 외적 타자의 관점에서 논의될 수 있는 작품들이라고 판단된다.

대체로 1부의 시들에는 긴 호흡으로 화자의 어린 시절을 회상하는 내용이 많이 나타난다. 이들 유년 회상의 시들에는 먹고 놀고 배설하고 보채는 외에 아무 것도 의식하지 않는 큰타자가 머물고 있음을 알 수 있다. 반면에 2, 3, 4부의 시들에는 대체로 타자가 확산되어 드러난다. 가난한 이웃에서 무너진 성터에 이르기까지 타자의 모습들이 시적 자아에 의해 여실히 관찰되고 있다.

---

18) 곽봉재, 「백석문학 연구」, 경희대 박사논문, 1999. p. 33.

1) "얼룩소 새끼의 영각"의 '큰 타자'

인간 삶의 공통된 본질적 특성인 허무와 고독으로부터 헤어날 길 없는 인간은 자신의 부조리한 모습인 물질성으로 해서 오히려 순수해 질 수 있다. 물질적 삶이야말로 익명적 존재를 역설적으로 증거할 존재자이기 때문이다. 인간은 노동이나 먹거리와 같은 물질의 수용을 경유하여야만 삶을 향유할 수 있다. 구체적 삶은 이러한 현재적 물질의 존재와 관련되어 있다. 물질성을 떠나 존재하지 못하는 인간은 우주와 일체할 수 없다. 인간의 비극성은 시간적 물질성이 자신의 의식과 주체를 이루고 있다는 데서 빚어지며 아이러니하게도 그러한 비극성은 인간 실존의 중요한 근거가 된다. 곧 자아를 둘러싸고 있는 대상들에 투영되고 있는 자아의 마음에 의해 인간은 사물과의 심미적 일체감을 얻게 되는 존재자 없는 존재이다. 인간의 주체는 불가피하게 대상들과의 관계에서 소외당한다.

시에서 자아는 주체가 아니라 하나의 역할, 하나의 가면이다. 자아는 주체의 상상적 동일시들의 자리이다. 자아의 상상적 기능은 주체의 상징적 기능과 반대된다. 자아는 주체가 붙여 놓은, 어울리지 않는 거푸집, 존재의 진실을 배반하는 자기의 타자이기 때문이다. 즉 자아는 작은 타자로서 대상과 합일을 꿈꾸지만 이른바 무의식의 주체는 근원적으로 물질적 삶에서 채워지기 어렵다. 근원적으로 채워지지 않는 주체는 자아 속에 소외되어 있다. 곧 라캉이 말하는 '상상계'에서 주체는 드러나지 못한다. 거울 단계의 유아들은 자기 신체를 전체적으로 자각하지 못하여 자신의 신체의 일부분을 독립적으로 타자와 대등하게 인식하며 타자를 자신과 동일시하기도 한다. 상상계의 유아들이 주체적이지 못한 것은 그들의 주체가 상상의 덫에 걸려 타자의 심상과 융합되어 있기 때문이다. 서로 얼굴을 마주 보고 있는 유아들의 행동은 상상적 관계에

갇혀있으므로 주체적일 수 없다.[19]

　백석의 초기 시집 『사슴』 중 "얼룩소 새끼의 영각"에 실린여섯 편의 시들은 유년의 구체적 삶의 공간과 느낌을 재구해 낸 시들이다. <여우난 곬족>, <고야>, <고방>, <가즈랑 집>, <모닥불>, <오리 망아지 토끼>에는 시적 화자의 무의식이 드러난다. 초자아는 현실의 암담함으로부터 자아를 현실에 머물게 해주면서도 충동과 본능의 원시적 욕망을 억압한다. 위 시편들에 반영된 유년이 머무는 방식은 시간과 공간을 초월한다는 점에서 신화적이며 어머니의 자궁에 달라붙은 태아와 같다는 점에서 충동적이다.

　　　나는 벌써 달디단 물구지우림 동굴네우림을 생각하고
　　　아직 멀은 도토리묵 도토리 범벅까지도 그리워한다.
　　　　　　　　　　　　　　　　　　　　　　　<가즈랑 집>

　　　이그득히들 할머니 할아버지가 있는 안간에들 모여서 방안에서는 새
　　옷의 내음새가 나고
　　　　또 인절미 송구떡 콩가루 떡의 내음새도 나고 끼때의 두부와 콩나
　　물과 볶은 잔디와 고사리와 도야지 비게는 모두 선득선득하니 찬 것들
　　이다　　　　　　　　　　　　　　　　　　　　　<여우난 곬족>

　　　낡은 질동이에는 갈 줄 모르는 집난이같이 송구떡이 오래도록 남어
　　있었다.
　　　　오지 항아리에는 삼촌 이 밥보다 좋아하는 찹쌀탁주가 있어서 삼촌
　　의 임내를 내어가며나와 사춘은 시큼털털한 술을 잘도 채어 먹었다
　　　　제삿날이면 귀먹어리 할아버지가에서 왕밤을 밝고 싸리꼬치에 두부
　　산적을 깨었다.　　　　　　　　　　　　　　　　　　<고방>

19) 김인환, "언어와 욕망", 『한국문학이론의 연구』,을유문화사,1986. p.p.
　　285 - 286 참조

백석에 있어 유년은 현실에 유폐된 나의 이드(Id)이다. 인간의 의식은 시간을 초월하여 순수 지속의 직관으로 회상을 통해 무의식을 실현하지만 그 회상된 타자는 언어로 기표화되는 순간 주체의 또 다른 결핍을 남긴다. 순수지속의 내적 직관에 의한 현상의 이면에는 빈 자리가 갈망하는, 즉 채워지고자 하는 무의식의 타자가 존재한다. 시인은 자신의 의식적인 언어로 드러나지 않는 곳에 존재한다.즉 자신이 생각하지 않는 곳에 존재한다. 백석의 경우 어린 시절의 먹거리는 생각의 대상이라기보다는 욕망의 대상이 되고 있다. 이들 먹거리는 "달디 단", 혹은 "선득 선득하니 찬" 혹은 "시큼털털한" 감각과 함께 구체적으로 기의에 닿고자 하지만 그것들은 '얼룩'인 은유가 되지 못하고 '구멍'인 환유가 되고 만다. "벌써 -그리워"하는 현실의 주체가 유년의 주체로 대체될 수 없기 때문이다. 유년에 즐겼던 먹거리와 놀이와 친족들 이웃들은 오히려 주체의 더 큰 결핍을 낳는다. 기억은 확인할 길 없는 '무'의 상태를 더 증폭시켜 줄 뿐이다. 주체는 타자의 자리에 자신의 분신에 대한 강박에 시달린다. 유년의 공간은 분명히 있었지만 지금은 분명히 없다. 삶의 일회성으로 말미암아 채워질 수 없는 타자의 빈자리는 메꾸어지지 않고 더 큰 결핍을 낳을 뿐이다.

먹거리들은 먹거리 자체의 이미지로 시에 등장되는 것이 아니라 동네 무당집 할머니, 친족들, 이야기 속의 도둑떼, 동물들 그리고 숱한 놀이 공간 속에 함께(mit) 존재한다.

나는 돌나물 김치에 백설기를 먹으며
옛말의 구신집에 있는 듯이
가즈랑집 할머니
내가 날 때 죽은 누이도 날 때
무명필에 이름을 써서 - 중략-
신장님 달련이라고 하는 가즈랑할머니

　　구신의 딸이라고 생각하면 슬퍼졌다

　　토끼도 살이 오르는 때 아르대즘퍼리에서 제비꼬리 마타라 쇠조지
가지취 고비 고사리 두릅순 회순 산나물을 하는 가즈랑집 할머니를 따
르며
　　나는 벌써 달디단 물구지우림 둥굴네우림을 생각하고 아직 멀은 도
토리묵 도토리 범벅까지도 그리워한다

<가즈랑집>

　먹거리는 주체의 욕망이다. 욕망은 요구와 다른 개념이다. 누구도 그
많은 먹거리들을 동시에 다 먹을 수 없지만 끊임없이 많은 먹거리들은
생성되고 기표화된다. 라면 한 그릇에 만족하였던 아이는 산더미같이
쌓인 대형 할인점의 먹거리를 보고 불만스러워진다. 실현될 수 없는 바
람, 욕망은 정당한 수요가 될 수없다. 어린 시절의 음식맛은 하나의 기
억이자 기표로 남아있을 뿐이다. 어떤 시인이 어린 시절 먹었던 개똥참
외를 못잊는다면 그것은 현실에서 아무리 달고 맛있는 참외를 맛보더라
도 실현될 수 없는 욕망의 대상이 되어버린다. 위의 시인의 무의식에는
그러한 주체의 결핍이 남아있다. 위의 시에서 돌나물 김치에 백설기, 물
구지우림, 둥굴네 우림, 도토리묵은 이미 죽고 없는 누나나 신장집 할머
니를 떠나 존재할 수 없는 먹거리이기 때문이다.
　백석의 유년 체험의 시들의 타자성은 타동사적인 무의식에 의해 추
구되는 세계이며 주체로 하여금 끝없는 결핍을 낳게 한다. 내적 타자의
무의식적 되새김질은 백석의 다른 시들- '작은 타자'들의 세계와 함께
백석의 문학과 삶을 변증법적 변화를 일으키는 추동적 원인이 되고 있
었음을 알 수 있다.
　어린 시절의 '나'가 주체의 이드라면 현실 속의 타자들은 시적 자아
의 대상들이며 주체의 의식화된 외적 타자들이라는 점에서 후기의 백석

이 동화시나 동화의 문학으로 나아가면서 주관과 객관을 조화해나갈 수 있었다고 판단된다.

화자가 기억해내는 어린 시절의 주인공은 태아처럼 한 없이 게으르다. 먹고 놂으로써 생을 향유한다. 어른들은 어른들대로 아이들은 아이들대로 먹고 놀고 잠든다 "장지문 틈으로 무이징게국을 끓이는 맛있는 내음새가 올라오도록 잔다".

> 저녁 술을 놓은 아이들은 외양간 섶 밭마당에 달린 배나무 동산에서 쥐잡이를 하고 숨굴막질을 하고 꼬리잡이를 하고 가마타고 시집가는 노름 말타고 장가가는 노름을 하고 이렇게 밤이 어둡도록 북적하니 논다
> 밤이 깊어가는 집안엔 엄매는 엄매들끼리 아르간에서들 웃고 이야기하고 아이들은 아이들끼리 제비손이구손이하고 이렇게 화디의 사기방등에 심지를 몇번이나 돋구고 홍게닭이 몇번이나 울어서 조름이 오면 아릇목싸움 자리싸움을 하며 히드득거리다 잠이든다 그래서는 문창에 텅납새의 그림자가 치는 아츰 시누이동세들이 욱적하니 흥성거리는 부엌으론 샛문틈으로 장지문틈으로 무이징게국을 끓이는 맛있는 내음새가 올라오도록 잔다
>
> <여우난 곬족>

'엄매는 엄매들끼리 아릇간에서 웃고 이야기하는' 정겨운 분위기 안에서 새옷, 인절미, 송구떡, 콩가루차떡의 내음새, 두부와 콩나물과 볶은 잔디와 고사리, 도야지 비계들은 그것들이 목구멍에 넘어가는 '선득선득하고 찬' 감각과 함께 정확하게 기억된다. 인간은 관념이나 의지에 사는 존재가 아니라 먹고 놀고(아이들에게 놂과 노동은 구별되지 않는다) 잠들며 살아가는 존재이다. 잠자고 노는 것은 휴식인 동시에 존재론적 알리바이로서의 가치가 있다.[20] 시적 주체는 존재론적 알리바이에

---

20) 의식을 가지고 있다는 것은 단순히 존재한다는 사실에 의식을 부여하는 것처럼 보일 수도 있다. 그러나 깨어 있음이 의식을 규정하지 않는지, 잠

더 무게를 둔다. 그러므로 시적 주체는 먹거리와 먹거리, 놀이와 놀이 사이, 여백에 머물고 싶어한다. 시적 욕망은 태중의 아기처럼 아무런 현실적 당위성도 생각할 수도 없다. 이러한 모습들은 '차곡차곡 곳간에 쌓이듯'21) 행간 속의 수많은 작은 자아들이 무의식의 큰타자 틈바구니에서 미끄러지며 아우성치고 있는 모습과도 같다.

유년기 자기 幻視 현상은 식민지 현실의 억압과 고통이 커질수록 잦아진다. 자기 환시는 현실과의 단절과 불화로 인한 정체성에 대한 강박이 주체를 억압하면서 타자화되는 현상이라고 할 수 있다. 순수 지속의 내면 지향은 의도되는 것이 아니라 무의식의 자리가 만들어 놓은 현상에 불과하다.

시집 『사슴』 에는 유년기 공간이 지배하는 시가 7편 등장한다. 백석 초기시의 유년기 공간에 드러난 경험적 자아는 내면적 타자의 모습이며 이 시들에는 화자의 주체는 감추어져 있으면서 내적 타자인 자아의 모습이 유년기 공간의 모든 사물들과 함께 스크린처럼 투영된다. 상심한

들지 않고 깨어 있음을 떨쳐 버릴 수 없는 가능성이 곧 의식이 아닌지 우리는 물어보아야한다. 의식의 고유의 의미는 숙면에 들 수 있는 가능성에 기대 있는 깨어 있음에 있지 않는지, '나'라는 사실은 비인격적인 깨어 있음의 상황을 벗어날수 있는 능력이 아닌지 물어보아야 한다. 의식은 이미 깨어있음에 참여한다. 하지만 의식을 의식으로서 규정하는 것은 잠자기 위해서 '뒤로' 물러날 수 있는 가능성을 늘 보유하는 것이다. 의식은 잠잘 수 있는 능력이다. 충만 안으로의 도피는 의식의 역설과 같은 것이다. 이처럼 레비나스에 따르면 주체의 의식 작용, 세계와의 관련성, 또는 의미부여는 잠을 통해 실현된다. (임마누엘 레비나스, 앞의 책, p.45.)

21) 오장환이 이러한 시의 특징을 일찍이 "사투리와 옛니야기, 년중행사의 묵은 기억 등을, 그것도 질서도 업시 그저 곳간에 볏섬을 쌓듯이 구겨 넣은"이라고 표현한 것(오장환, "백석론", 《풍림》, 통권 5호, 1937.4.)은 시적 주체의 무의식에 쌓인 욕망의 기표들이 주체적 결핍을 채우지 못한 채 미끄러짐을 반복하는 소모적 환유성과 관련이 깊다고 볼 수 있다.

주체(어른)는 그 스크린(어린이)을 자꾸 되돌려보며 기다린다. 시간이 흐르면서 내적 타자에 의해 주체는 조금씩 회복되어간다. 그림 속의 유년은 원형적 공간 안에서 반추되지만 온전한 타자로서 삶의 균형감각을 일깨워줌으로써 현실적 억압에 짓눌려 온 작은 자아들의 주체는 회복된다. 과거 회상이 현실적 삶과 동떨어져 있는 경우 그러한 환상이나 몽상이라고 할 수 있지만 백석의 유년기 공간에는 모든 생명이 약동적으로 드러난다. 유년기 화자의 생활은 물론이고 작은 벌레까지도 살아 움직이는 가운데 오히려 삶은 비극적 억압에서 벗어나 흥성거리게 된다. 삶은 인간에 의해 주도되는 것이 아니다. 인간이 모든 사유의 중심이 될 때 과학은 발전하겠지만 생의 내면적 즐거움은 감소된다. 백석시 의 타자지향은 사물과 어울림으로써만이 살아 움직일 수 있는 인간 본연의 모습을 직관적으로 재구함으로써 드러난다.

　주체로 하여금 유년의 타자를 지향하게하는 것은 지성의 힘이 아니라 직관의 힘이다. 삶의 시간은 기계적 시간으로 흘러가는 것이 아니라 순수 내적 지속의 시간에 의해 흘러간다. 유년기 체험의 회고는 의식이 이루어놓은 언어에 의해서 드러나지만 언어 자체에는 내적 타자가 보이지 않는다. 유년의 순간이란 지성에 대항하는 직관의 타자가 순수 지속의 힘에 의해 가능한 정신적 공간이기 때문이다. 직관에 의한 주체의 직접적 응시는 뒷전에 물러나 앉아 지성에 저항하는 무의식의 언저리를 압박하게 한다.22) 무의식의 타자가 구현하는 순수 지속의 순간들은 독자의 눈에 언어로 비쳐지지만 그 언어들은 주체가 드러내고자 한 순수 지속의 환영일 뿐이다. 누구든 지성화된 시간 속에서 드러나는 언어의 분석만으로 행간의 무의식(타자가 머무는 곳)을 파악할 수는 없을 것이다. 그러므로 우리는 백석의 언어와 언어 사이의 틈을 읽어내야 한다.

---

22) 앙리 베르그송, 이광래 역, 『思惟와 運動』, 종로서적, 1981. p.p.25-30 참조

틈을 읽지 않고 주체의 타자를 알 수 없다.

백석시의 타자는 잘 먹고 잘 놀며 배설을 즐기며 밤을 무서워하고 자연신에 의존23)하는 가운데 살아 움직인다. 생을 향유하는 즐거움들은 자의식이 배제된 가운데 천연스럽게 향유된다.사실 진정한 기쁨은 유년기의 자아 충족적 행위에 의해 가능한 것이지 성찰이나 반성적 투영에서 얻어지는 것은 아니다. 주체는 타자의 놀이, 감각으로부터 부당한 현실에서 빼앗긴 즐거움을 보상받음으로써 현실 삶에 부조리하게 존재할 수 있기 때문이다.

『사슴』 이외의 다른 시에서도 유년의 공간을 지향하는 시들이 있다. <夏畓>, <酒幕>, <오리 망아지 토끼>에서도 먹거리와 놀이의 행위 안에서 '큰 타자'를 지향하는 무의식을 추론할 수 있는 근거를 어렵지 않게 발견할 수 있다. <하답>에서는 '개구리 뒷다리'며 '날버들치'를 잡아 먹고 '돌다리에 앉어 몸을 말리'며 노는 아이들이 관찰되고 <주막>에서는 '장고기를 잘 잡는 앞니 뻐드러진 나와 동갑'인 '범이라는 아이'가 이야기되면서 주체적 경험이 타자화 되어가는 경향이 나타난다. 이러한 경향은 점차 시의 큰타자가 작은 타자화 되어가거나 작은 타자들이 다양하게 등장하게 되는 돌절구의 물, 노루 편의 시들 경향과 일치한다. 백석 초기 시의 타자가 이처럼 외부화되어가는 변화의 길목에 <나의 지렝이>가 머문다.

---

23) 유년 체험의 백석시의 이러한 본능 충족적 '큰타자'는흔히 신화적인 시간, 축제의 시간에의 회귀라는 인류학적 관점에서 논의되기도 한다. (박주택, 『백석 시 연구』, 경희대 박사, 1999. p. 45.) 그러나 이러한 신화학적 관점은 '먹거리'와 '놀이'가 갖는 삶의 개인적 욕망을 간과하여 사회집단적 관점에서 모든 인간이 통과제의적 질서를 지향하는 것처럼 보일 수 있다는 점에서 본고의 방향과 다르다.

<나와 지렁이>는 앞의 <여우난 곬족>과 함께 1935년 11월에 《조광》지에 실렸다는 점에서 초기시의 내면적 지향성을 밝혀주는 시로서 시인의 주체의 근원적 부조리와 결여성을 상징적으로 보여준다. <나와 지렁이>는 특히 욕망이 지향하는 유년의 상상계와 식민지 현실의 법이 지배하는 상징계의 사이에서 백석시의 무의식적 타자의 존재를 일깨워주는 중요한 징검다리 역할을 하는 시이다.

> 내 지렁이는
> 커서 구렁이가 되었습니다
> 천 년 동안만 밤마다 물을 주면 그 흙이 지렁이가 되었습니다
> 장마지면 비와 같이 하늘에서 날어왔습니다
> 뒤에 붕어와 농다리의 미끼가 되었습니다
> 내 리과책에는 암컷과 수컷이 있어서 새끼를 낳았습니다
> 지렁이의 눈이 보고싶습니다
> 지렁이의 밥과 집이 부럽습니다
>
> <나와 지렁이>24)

'나와 지렁이'는 지금까지 설화나 민간 신앙적인 서사적 배경의 관점에서 이해되어왔다.25) 하지만 위의 시에서 '지렁이'는 객관적 서사성을 떠나 시인의 주체의식과 깊이 관련되어 있음을 알 수 있다. 즉 세상에 존재하지 않는 '지렁이의 눈'을 보고 싶어하는 욕망은 '지렁이의 밥과 집이 부럽습니다'라고 고백하는 자아의 진정한 주체가 되고 있다. 지렁이는 '하늘에서 날어온' 환상 속의 주체로서 '흙'이 '지렁이'가 되고 지

---

24) 백석, <나와 지렁이>, 《朝光》 1권 1호, 1935.11.
25) 백석의 초기 시의 많은 부분이 민속학적 배경을 깔고 서술되고 있는 것이 사실이다. 그러나 그러한 시적 배경을 파악함은 방언을 해독하는 것처럼 어디까지나 시의 내면을 이해하기 위한 초보적 이해에 도움을 줄 뿐이다.

렁이가 '구렁이'가 되는 것을 용인하지만 지렁이는 자아가 도달할 수 없는 주체의 실재계이다[26]. 오히려 현실 삶 속에서 자아에게 늘 욕망의 '미끼'가 되어 주체의 결핍을 남기게 된다. '붕어'나 '농다리'의 미끼가 된 '지렁이'(주체)는 '리과책에는 암컷과 수컷이 있어서 새끼를 낳았습니다'라는 상반된 표현에서 보이듯 상징계에 접근함으로써 더 큰 결핍을 남기고 있음을 알 수 있다. 결국 '나와 지렁이'는 시인의 주체가 상상계의 주체가 상징계에 진입하지 못하는 역설적 상황에서 '붕어'나 '농다리'의 '미끼'로 전락한 내면의 불임성 혹은 불구성(Impotence)을 토로한 시임을 알 수 있다.

2) 바깥 세상의 '작은 타자들'

시집 『사슴』에 실려있는 백석 초기시의 외적 타자 지향의 작품들은 식민지 시대 타자에 대한 배려와 관심을 보인 작품들이 많다. 이들 타자들은 자잘한 먹거리로부터 연인, 자연물, 동식물, 노인, 과부에 이르기까지 다양하게 드러나고 있다. 시집 『사슴』에 실려있는 내적 타자의 시들은 대부분 유년의 경험을 형상화함으로써 내면의 결핍된 주체로서의 환유적 욕망으로 미끄러지고 있다면 외적 타자의 시들은 고통스런 삶의 현실 속에서 소외되고 상실된 자아의 원형을 회복하기 위한 현실 지향적 노력[27]으로 이해될 수 있다. 내적 타자 지향의 시들이 게으르고 이기적인 타자로서 태아와 같은 이드적 특성을 지니는 반면 외적 타자의 시들은 소설에서처럼 자아의 혼을 타자의 삶의 너비로 확대시켜 나

---

26) '지렁이'가 진정한 주체의 실재계의 모습이라고 보는 또 다른 이유는 정신분석학에서 뱀장어나 뱀, 지렁이는 흔히 '남근'(phallic)과도 같은 에너지의 원천으로 볼 수 있기 때문이다. 백석 시의 지렁이 욕망은 즉 '임포텐스'로부터 유발된 주체 결핍을 의미하는 것이라고 볼 수 있다.

27) 김기중, 앞의 논문, p.192

가고자 한다는 점에서 현실적이거나 수퍼에고적이다. 이러한 외적 타자의 시들은 시선을 유년기 '아이'로부터 아이 주변의 사람들, 정주성과 같은 고향마을의 풍정, 자연물의 순서대로 이동하다가 마침내 타자의 삶 쪽으로 확대된다.

> 산원두막은 비었나 불빛이 외롭다
> 헝겊심지에 아주까리 기름의 쪼는 소리가 들리는 듯하다
>
> 잠자리 조을든 무너진 성터
> 반딧불이 난다 파란 혼들 같다
> 어디서 말 있는 듯이 크다란 산 새 한 마리 어두운 골짜기로난다
>
> 헐리다 남은 성문이
> 하늘빛 같이 횐하다
> 날이 밝으면 또 메기수염의 늙은이가 청배를 팔러올 것이다.
>
> <定州城>

정주성은 시인의 유년기 체험 공간이었지만 객관적 시점에서 정갈스럽게 단장된 시형을 갖추고 낯설게 드러난다. 곳간에 쌓듯 어린 시절의 충동을 쌓아나갔던 1부의 시형들과 달리 '정주성'은 '큰타자'의 공간으로서가 아니라 객관적으로 정제된 한시의 풍격과 전통 속에 되살아난다. 이러한 정형화된 시형 속에 모든 사물들은 대상화되면서 작아진다. '빈 원두막'의 공간은 '불빛'으로 '허물어진 성'은 '반딧불'로 '허물어진 성문'은 '메기수염의 늙은이의 청배'로 외재화되고 실재화된다.[28] 대상화된 정주성은 욕망의 작은 타자로서 현실적 기표가 되지만 결국 욕망의 찌거기인 차액을 남기고 주체를 외롭게 한다.

---

28) <정주성>의 구도에 대해서는 곽봉재(1999) 논문 p.p.83-84 참조.

흙담벽에 볕이 따사하니
아이들은 물코를 흘리며 무감자를 먹었다

돌절구에 天上水가 차게
복숭아나무에 시래리타래가 말러갔다.
<初冬日>

'돌절구의 물'로 묶인 <초동일>에서 화자는 초겨울 살풍경한 가운데 물코를 흘리며 무감자를 먹는 아이들과 돌절구의 물을 바라보고 있지만 유년의 충동이었던 '무감자'에 집착하지 않는다. 화자는 겨울 햇살과 아이들의 식욕에 문득 공감하면서 자연과 인사의 조화를 생각한다.

'돌절구의 물'편의 <寂境>, <酒幕>, <未明界>, <城 外>, <秋日山朝>, <曠原>, <흰 밤> 등과 '노루'편의 <靑柿>, <산 비>, <쓸쓸한 길>, <柘榴>, <머루밤>, <노루> 등에서는 산까마귀, 산 뽕잎, 푸른 감, 밤, 자류 등과 같은 식물들이 주로 산수화의 대상처럼 경물화되고 있다. 그러나 <흰 밤>에서처럼 수절과부의 죽음, <寂境>에서 홀아비의 산모 수발처럼 풍경과 인사가 함께 어울리고 있음이 주목된다.

'국수당 넘어' 편에서는 <절간의 소이야기>, <통영1>, <오금덩이라는 곳>, <柿崎의 바다>, <彰義門外>, <旌門村>, <여우난 곬>, <三防(<山地>로 개작)>에서는 일부의 고향 이미지와 관련된 사물들이 유년의 분위기와 함께 타자화된다. 그러나 대부분의 외부화되고 대상화된 기표들은 이미 거세된 주체에 작은 타자에 대한 차액을 남김으로써 주체가 상징계로 들어서는 일을 방해한다. 현재로부터 거슬러 회상된 허구적 구성물로의 이동은 은유로서 섬광을 발하지 못하고 환유적 구성물이 되고만다. 이러한 증상은 계속 환유의 연결고리를 낳게 되고 밑빠진 독처럼 심하게는 '유랑', '방랑'의 여행시로 나아가게 한다[29].

사슴의 제 2부 '노루'편의 <女僧>과 <修羅>에는 동시대의 소외된 타자의 삶의 내력이 소상히 드러나 있다. <여승>과 <수라> 두 편의 시에서는 '지아비는 돌아오지 않고 어린 딸은 도라지 꽃이 좋아 돌무덤으로 갔'던 한 '여승'의 내력과 어미거미를 찾아 헤매는 새끼거미의 참경을 보고 '가슴이 메이는 듯'한 애절한 마음이 담겨있다. <여승>은 한 여인의 참담한 인생 유전을 담담하게 요약제시하는 기법을 통해 서사적 진실성을 담지한 시다.

> 여승은 합장하고 절을 했다
> 가지취의 내음새가 났다
> 쓸쓸한 낯이 옛날같이 늙었다
> 나는 불경처럼 서러워졌다
>
> 평안도의 어느 산 깊은 금점판
> 나는 파리한 여인에게서 옥수수를 땄다
> 여인은 나어린 아이를 따리며 가을밤같이 차게 울었다
>
> 섭벌같이 나아간 지아비 기다려 십년이었다
> 지아비는 돌아오지 않고
> 어린 딸은 도라지 꽃이 좋아 돌무덤으로 갔다
>
> 산꿩도 설게 울은 슬픈 날이 있었다
> 산절의 마당귀에 여인의 머리 오리가 눈물방울과 같이 떨어진 날이
> 있었다
>
> <女僧>

---

29) 백석 초기시의 작은 타자의 지향의 고리는 1937년 이후의 작품에서 낭만적으로 보이는 '남행시초', '서행시초' 등 일련의 기행 시편으로 나아가는 축이 된다.

한 여인이 옥수수 장사를 하며 돈 벌러 간 지아비를 기다렸으나 10년이 지나도 지아비가 돌아오지 않은데다 어린 딸마저 '돌무덤'으로 가버리자 마침내 머리 깎고 여승이 된 기구한 사연을 위의 시는 장면 장면을 축약하여 요약 제시한다. 2연-3연-4연-1연의 시간적 순서로 요약 제시되고 있는 응축의 미학이 서사적 구체성과 함께 어울려 삶의 내밀한 신비와 비밀을 깨닫게 해준다. 위의 시가 넌지시 전해주는 삶의 신비와 구원의 빛은 식민지 치하에서 민중들이 겪어야 했던 상실감과 비애로부터 오고 있다. 한 가족이 가난 때문에 지아비는 금점판으로 여인은 옥수수 장사로 연명하는 와중에 남편과 어린 딸을 잃고 어쩔 수 없이 속세를 등져야 했다. 이러한 고통스럽고 불행한 타인의 얼굴은 백석의 소설에서부터 '과부'(<그 모와 아들>)나 '덕항영감과 저척 노파'(<마을의 유화>)로 드러난 바 있었다. 백석 문학의 이러한 소외된 타자의 얼굴은 백석 후기 문학의 실마리이기도 하다. 가난하고 소외받은 작은 타자에의 욕망은 세계로부터 소외되어 떠도는 결핍된 주체의 구원의 힘이 되고 있다.

사실 궁핍 속에 있는 인간은 자신의 궁핍을 통해 우리에게 호소한다. 이러한 호소는 하나의 명령으로 우리에게 주어져 '계시'(종교적 의미)처럼 들리기도 한다. 스스로 방어할 수 없는 타자의 눈길은 '너는 살인하지 말라'는 요구를 담기도 한다. 타자의 무력함 자체가 곧 도움에 대한 명령이다. 그래서 레비나스는 말한다. "얼굴은 직설법이 아니라 명령법으로, 한 존재가 우리와 접촉하는 방식이다. 그것을 통해 얼굴은 모든 범주를 벗어나 있다." 얼굴은 타인의 무력함과 주인됨을 동시에 계시한다. 타자는 나에게 거리를 두고 있고 나에게 낯선 이로, 나의 삶에 완전히 포섭될 수 없는 자(Mistery)로 남아있다. 그러므로 친밀성으로 환원할 수 없는 측면을 보여준다. 타자는 나에 대해 완전한 초월과 외재성이다. 가까이 있는 타자는 다른 모든 사람과 결속되어 있기 때문에 타자는 나와 마주한 너가 아니라 제3자, 즉 '그'이다. 그러나 '낯선 이'로서 '고아'와 '과부'로서의 타자의 얼굴은 보편적인 인간성을 열어주는 길이다.30)

고통스러운 '너'의 모습은 '그'라는 제3자의 타자성에 의해 오히려 '나'의 구원이 된다. 초기소설에서처럼 백석의 초기 시 일부에는 <여승>에서처럼 가난하고 소외된 계층, 작은 짐승, 자질구레한 살림살이, 자연물에까지 확산된 제3의 타자가 존재한다. 무너진 성터(정주성), 새끼 거미(修羅), 千姬(통영), 오지 항아리 독(창의문외), 정문집 가난이(정문촌), 애기무당(삼방), 엄지 젖 빼는 망아지(주막), 미역국을 끓이는 시아버지(寂境), 새벽에 선장 대어가는 장꾼들(미명계), 성밖에 도야지 몰고 가는 사람(城外), 등으로 삶의 고통의 공감대는 확산되어 간다. 시적 주체는 타자의 고독과 무상을 매개로 현실적 자아의 고통과 고독으로부터 벗어나고자 한다.

외적 타자의 시들은 주로 병렬식으로 서술되어있으며 한시의 절구 형식에 따라 연이 나뉘어지기도 한다. 차곡차곡 쌓이듯 즉물적으로 객관화된 타자의 모습들은 외재적 존재에서 구원을 발견하고자 하는 자아의 공감대가 걸쳐져 드러난다. 연민, 동정심, 안타까움의 심정이 직접 드러나지 않지만 구태여 이러한 현실적 타자를 발견하고 수용하고자 하는 자아의 의지가 잠재되어있는 듯 하다.

이들 시의 언어구조는 계열적이라기보다는 통합적이어서 사물대상이 그려지고 관찰되고 있을 뿐 시적 대상이 은유의 섬광을 발휘하거나 심오한 의미적 자질이나 깊이를 탐색하지 않는다. 그것들은 여행객의 우

---

30) 임마누엘 레비나스, 강영안 역, 『시간과 타자』,문예출판사,1996. p.p. 136-140 참조.

연한 눈길에 잠깐 빛난 것처럼 보일 뿐 주체의 인식 수단으로 나아가지 못하는 한계를 지닌다.

나열되고 통합되어가는 타자들은 각 행과 행, 연과 연들이 때로는 의미 회로가 단절된 듯 보인다. 타인과 사물들은 그냥 그렇게 놓여있을 뿐이라는 배치 효과 외에 달리 뛰어난 완결미를 갖추지 못한다. 기의보다는 기표의 방식에 의존한 이러한 타자지향에서 주체가 소외되고 있는 현실 가운에 고독하고 고통스러운 자아의 지나치게 성급한 팽창의식이 감지되기도 한다. 이러한 외적 타자 지향의 물질성을 지닌 백석 초기시의 통합적 언어 조직은 섬광과 같이 빛나는 은유로 나아가지 못하고 환유로 미끄러지고 만다. 기표는 기의에 도달하지 못해 주체의 결핍을 낳고 주체의 결핍은 또 다른 기표를 찾아 떠돌게 한다. 언어는 욕망의 기표일 뿐 해소되지 못한 욕망은 수평으로 미끄러지면서 새로운 타자의 얼굴을 들여다 보게 한다. 주어는 생략되어 소외되고 서술어가 괄호로 묶여 있는 타자 중심의 욕망 구조는 오히려 자아가 현실세계에 머물도록 도와준다. 물질적 외부만으로 드러나는 세계는 자아의 주체적 개입을 용납하지 않지만 자아는 물질적 동질감을 확인함으로써 잠시나마 위안을 받을 수 있기 때문이다. 외적 타자의 확산력은 시적 자아로 하여금 팽창된 자의식을 갖도록 도와주지만 그 자아는 여행 답사가의 운명처럼 떠돎으로써만 삶을 유지하게 한다. 타자의 삶에서 타자의 삶으로 전전하는 환유적 욕망은 자아의 구원 방식임과 동시에 자아의 실현을 약속하는 탈속과 구도의 과정이기도 하다. 죽음, 불안, 공포로부터 자신의 운명에 발목이 잡힌 시인의 자의식이 팽창일로에 놓임으로서 새로운 자각과 창조로 나아갈 조짐을 외적 타자 시들은 배태하고 있다.31)

---

31) 백석의 해방 이후의 시와 평론들은 타자를 얼굴을 맞댄 존재로 보기보다는 단지 자신과 나란히 있는 자로서 인식한다. 이는 집단성이다."서로 함께 있음 (mit-einandersein)"의 공동체 의식은 주체를 타자와의 관계에서

6. 맺는 말

80년대 중반 이후 활발해 진 백석 시 연구는 최근 들어 거의 완성에 이르렀다는 느낌이다. 그러나 백석 시에 대한 연구업적들이 쌓여감에도 불구하고 대체로 이들이 시 중심으로 논의되어온 결과라는 점, 그리고 그것이 초기 백석의 소설이나 번역물 후기 동화문학에 흐르는 서사적 일관성을 간과하여 온 점 등을 연구의 취약점으로 들 수 있다. 백석 시가 '서사성'을 근간으로 하여 진행되고 있음에도 '서정 시인 백석'에만 집착하는 것은 백석 시에 대한 이해의 균형을 자칫 상실하게 할 수 있다. 백석 문학을 해방전과 해방후 문학으로 대별하여 거칠게 이해하려는 현상이 지배적인 것도 그러한 균형점의 상실이 낳은 결과가 아닌가 생각한다. 시의식이나 세계관의 관점에서 볼 때 백석 시는 30년대부터 50년대에 이르기까지 일관성있게 진행, 발전되어왔다. 이러한 백석 시 내면의 종합 지양적 특성은 백석의 초기문학을 분석 검토함으로써 더 잘 드러난다. 이는 여느 30년대의 다른 시인이나 작가와 다른 점이어서 주목되는 부분이기도 하다.

본고에서는 이러한 기존의 백석문학 연구의 취약점을 인식하여 백석 문학의 특성을 초기문학에 응숭거리고 있는 '타자성'을 중심으로 파악하고자 하였다. 그리하여 이러한 타자성이 지속과 변화의 인프라로서 백석 문학 초기 소설에서 이미 방향지워지고 있음을 알수 있었다. 백석의 문학은 데뷔소설부터 '일인칭 쓰기'를 거부하면서 시작되었듯 그의 시들도 타자지향의식에 준거한다. 비극적 현실 속에서도 자아와 세계와의 조화를 추구하면서도 때로는 참담한 현실을 그대로 드러내고자 한

타자를 자신으로 동일시하는 경향이 있고 집단적 표상이나 공동의 이상을 갖게 한다. 임마누엘 레비나스 앞의책 p. 116

다. 시집 사슴의 2장, 3장의 사물지향 시들은 주체의 욕망이 바깥세계에 머무는 초기 소설들처럼 외부적으로 드러나고 있음을 알 수 있다.

그러나 시집 사슴에서 1장 “얼럭소 새끼들의 영각”은 유년의 재구이며 그것은 “큰타자”의 본능충족의 내면의 세계로 드러난다. 유년에 몰입한 주체의 욕망의 자리는 자기환시적 비극을 뒤집어 보는 데 있다. 즉 “얼럭소 새끼의 영각”의 큰타자가 외면상 해학적 언어로 드러나고 있는 것은 사실 도착된 현실이며 비극의 ‘무의식’이다. 반면 사슴의 2, 3 장의 시들에서 주체는 쓸쓸하고 외로운 비극적 언어로 드러나고 있음을 알 수 있다. 비극적인 태도의 주체는 일인칭이지만 그가 바라보고 있는 것들은 자아가 아닌 작은 타자들이다.

백석 초기 문학의 크고 작은 타자의 모습들은 중기문학의 일인칭 화자시, 후기 문학의 동화시, 동화문학의 공동체성으로 변화, 발전되어가고 있다.

초기 백석 시에서 시적 주체의 내부로의 웅크림과 외부로의 확장은 중기시나 후기시에서 더욱 현실과의 대립 갈등을 통해 변증법적으로 발전하는 양상을 보인다. 특히 후기시의 집단 지향은 초기 시의 <女僧>, <修羅>, <정문촌>, <통영1> 등에서 드러나는 자기 구원으로서의 타자에 대한 연민, 동질적 유대감으로부터 출발하고 있었음을 알 수 있다.

백석 초기 문학의 정신분석학적 욕망의 관계를 타자성의 관점에서 일관성있게 파악함에서 우리는 백석 문학의 삶을 긍정하고자 하는 타자 수용의 새로운 측면을 발견할 수 있다. 백석 시는 시대적 아픔을 견뎌내는 성실한 내면인 동시에 내면의 무의식적인 타자의 언어로 파악된다. 거친 세파에 찌들면 흔히 언어가 거칠고 단순하게 되기 마련인데 백석 문학은 그러한 현실과 이상 사이에서 결코 좌절하지 않은 자세를 견지하면서 언어적 성과를 이룩하고 있다.

한국현대시사를 정신사적으로 한용운-이육사-윤동주-김수영-신동엽 등으로 이어지는 계열과 김소월-김영랑-정지용-박목월-조지훈 등으로 이어지는 계열로 나눈다면, 백석 시는 정신적으로 전자에 속하면서도 방법적으로 후자의 영향을 받는새로운 시 계열에 속할 것이다. 이러한 백석 시의 특성은 백석-박용래 등으로 이어지는 또 다른 시사적 계보를 가능하게 할 수도 있을지 모른다.

30년대 백석 시의 또 한 가지 특성은 그의 시적 의미가 소설적 상상력과 동화문학과의 연계성에서 파악된다는 점이다. 백석은 평안도의 언어 문화 공간에서 배태된 시의식을 동화적 기법으로 서사화함으로써 30년대 김유정의 토속적 해학적인 측면이 또다른 시쓰기 양식으로 드러나는 개성적인 시험을 하고자 하였다. 이와 같은 백석의 독특한 시도는 후에 민담의 동시화라는 새로운 장르를 개척해나감으로써 백석문학에 통일성을 부여하게 되었다.

본고에서는 일제하의 창작을 모더니즘, 리얼리즘 혹은 현실저항의 유무로 판단하는 분류법에서 벗어나고자 타자성과 관련된 창작 밀도를 레비나스의 타자의 철학, 자크 라깡의 정신분석학적 이론에 입장에서 규명함에서 백석 문학의 이해의 차원을 넓히고자 하였다. 이러한 결과 어느 평자의 말대로 "당대적 진정성과 초시대적 호소력을 함께 갖춘 시인들의 반열에 이제 백석이란 이름을 행복한 마음으로 올려 놓을 수 있"[32]기에 손색없음을 증명할 수 있게 되었다.

(순천향대 국어국문학 전공 교수 · 순천향대 국어국문학 전공 강사)

---

32) 김기중, 앞의 논문, p. 212.

참 고 문 헌

고형진, 『한국 현대시의 서사지향성 연구』, 시와 시학사, 1995.

______, 『백석』, 새미, 1997. /

______, "백석 시와 엮음의 미학", 박노준·이창민 외,『전통과 현대』(이기 서교수회갑기념 논문집), 열화당, 1997.

곽봉재, <백석 문학 연구>, 경희대 박사 논문, 1999.8.

권택영, 『영화와 소설 속의 욕망이론』, 민음사, 1996.

김기중, "해체된 세계와 회복의 의지",『전통과 현대』열화당, 1997.

김명인, 『한국근대시의 구조연구』, 한샘, 1988.

김미경, <백석 시 연구>, 서울대 석사, 1993.

김승구, <백석 시의 낭만성 연구>, 서울대 석사,1997.

김인환, 『한국문학이론의 연구』, 을유문화사, 1987.

김형효, 『구조주의 사유체계와 사상』, 인간사랑, 1992.

남기택, <백석 문학 연구>, 충남대 대학원 석사, 1997.

박주택, <백석 시 연구>, 경희대 박사, 1999.2.

백 석, 『나와 나타샤와 흰당나귀』, 시와 사회, 1997.

백 석,『집게네 네 형제- 백석 동화시집-』, 시와 사회, 1997.

신범순, "백석의 공동체적 신화와 유랑의 의미", (윤여탁 오성호, 『한국리 얼리즘 시인론』, 태학사, 1990.)

이은봉, <1930년대 후기시의 현실인식 연구>, 숭실대 박사논문, 1992.

이재용, 『백석 전집』, 실천문학사, 2000.

이동순, 『백석시 전집』, 창작사, 1987.

정효구, 『백석』, 문학세계사, 1996.

최두석, <1930년대 시의 표현에 관한 고찰>, 서울대 석사논문, 1982

임마누엘 레비나스, 강영안 역, 『시간과 타자』, 문예출판사, 1996.

아니카 르메르, 이미선 역, 『자크 라캉』, 문예출판사, 1994.

맬컴 보위, 이종인 역,『라캉』, 시공사, 1999.

요한 호이징하, 권영빈 옮김, 『놀이하는 인간』, 기린원, 1991.

로제 카이와, 이상률 옮김, 『놀이와 인간』, 문예출판사,1996.

줄리아 크리스테바, 김인환·이수미 옮김, 『언어 그 미지의 것』,민음 사,1997.

츠베탕 토도로프, 이기우 역, 『환상문학 서설』, 한국문화사, 1995.
《조선일보》 축쇄 영인본, 1930. 1. 8~ 1934. 9.12.

정지용 시의 죽음의식 연구

김종태

1. 서론

삶은 죽음을 해석하며 죽음 역시 삶을 지배하는 것은 삶이 죽음과 함께 함으로써 그 완전한 형상성을 얻기 때문이다. 죽음은 삶이라는 형이상학에 붙어 다니면서 삶의 복잡다양한 국면들을 더욱 입체화시키기도 하는 것이다. 그러므로 인간은 죽음을 바라보는 안목과 관점 없이 삶의 본질을 간파하는 철학을 소유할 수 없다. 인간의 삶은 한 순간이라도 죽음으로부터 완전히 자유로운 경지에 이를 수 없다. 오히려 인간 삶의 모든 순간들은 죽음과 철저하게 연결되어 있으며 인간은 그러한 죽음에 동전의 양면처럼 조응하고 있는 삶을 살아가고 있다고 해야 할 것이다. 인간이 죽음의 양식에서 삶을 이해할 수 있는 것은 이 때문이다.

인간이 만들어 놓은 형이상학 중에 종교만큼 죽음의 문제를 깊이 있게 다루고 있는 분야는 없다. 예컨대 불교에서 '생사일여(生死一如)'의 진리를 구가하며 삶과 죽음은 영원히 순환하는 것이라고 하는 것이나 기독교에서 믿는 자의 죽음은 신과의 영원한 합일의 형상이라고 하면서 죽음을 신성시 여기는 것은 그들 종교 나름대로 죽음을 이해하는 방식이라 하겠다. 어떠한 종교이든 간에 죽음관을 그들 교리의 매우 중요한 국면으로 상정해 놓은 것은 종교적 입장에서 보더라도 그만큼 삶과 죽음이 밀접하게 관련되어 있기 때문이다.

예술이 형상화하는 세계는 인간의 문제를 떠나서 존립할 수 없는 것이다. 그러므로 삶의 이면이며 삶의 심층적 형상이라 할 만한 죽음의 문제로부터 자유로운 예술은 존재할 수 없다. 많은 시인이나 작가들도 죽음의 형이상학에 진지한 통찰을 하고 있는 작품들을 창작하였으며 또 여러 평자들이 죽음과 관계되는 작품을 연구하였다. 죽음 의식(儀式)을 주제로 하여 한국문학을 연구한 성과로는 이인복[1], 배영기[2], 박태상[3] 등의 논의를 꼽을 수 있다. 이인복은 한국 문학에 나타난 죽음 의식을 통시적 관점에서 분석하고 있다. 그는 '3장 1절. 현대시에 나타난 죽음'에서는 김소월, 한용운, 윤동주, 서정주 등을 중심으로 논의를 전개하는 있으며 이 저서의 궁극적인 목표는 죽음의 형이상학이 한민족의 정서와 의식들과 관련되는 양상을 규명하는 것이라 하겠다. 배영기는 이 저서의 '제 3장. 문학과 예술을 통해 본 죽음의식'에서 향가, 구비문학, 김동리의 <무녀도>를 중심으로 논의를 전개하고 있다. 박태상은 신라 향가와 『삼국사기』, 『삼국유사』를 거쳐 중세의 소설과 전통극 그리고 현대의 시인 작가들이 창작한 작품들에서 죽음의 문제가 어떤 주제 의식을 지니면서 형상화되고 있는지를 소상히 밝히고 있다.

본고는 정지용 시의 중요한 시의식 중의 하나가 죽음 의식이라고 전제하고 죽음 의식을 중심으로 정지용 시를 연구해 보고자 한다. 죽음 의식이라는 분석틀만을 가지고서 정지용 시를 분석한 논문은 아직까지는 드문 형편이다. 몇몇 논문들은 정지용 시 전반을 논의하면서 부분적으로만 죽음의 문제를 서술하고 있는데 주로 『백록담』에 수록되어 있는

---

1) 이인복, 『한국문학에 나타난 죽음의식의 사적 전개』, 열화당, 1979.
2) 배영기, 『죽음학의 이해』, 교문사, 1992.
3) 박태상, 『한국 문학과 죽음』, 문학과지성사, 1993.

<예장>과 <호랑나븨> 두 작품에 논의의 초점이 한정되고 있다.4) 본고는 더욱 다양한 작품들을 분석하는 작업을 통하여 정지용 시 전반에 나타나고 있는 죽음 의식을 '생의 비극성을 제고시키는 생사 단절로서의 죽음', '생의 우주적 열락을 향한 생사 초월로서의 죽음'이라는 두 맥락으로 나누어 논의를 전개하고자 한다. 정지용 시에 나타난 죽음 의식을 규명하는 작업은 정지용 시의 역동적인 입체성을 올바로 이해해 나가는 매우 중요한 과정이라는 사실을 강조하고자 한다.

2. 생의 비극성을 제고시키는 생사 단절로서의 죽음

여기서는 『정지용시집』에 실린 작품들을 중심으로 정지용 시의 죽음의식의 한 국면을 규명하고자 한다. 이 무렵 나타나는 죽음을 소재로 한 시들에서 정지용은 죽음이라는 삶의 한 국면을 포용하고 수용한다기보다는 그것에 대하여 비애와 허무 의식으로써 대응하는 양상을 보여주고 있다. 물론 시각적 이미지를 중심으로 한 모더니즘의 기법을 동원하여 그 비애와 허무를 일정 정도 무화해 보려는 시도를 하긴 했지만 감상주의(感傷主義)적 요소가 완전히 희석되지는 않는다. 이러한 주제 의식을 나타내는 대표적인 작품으로 <유리창>을 살펴보자.

> 琉璃에 차고 슬픈 것이 어린거린다.
> 열없이 붙어서서 입김을 흐리우니
> 길들은양 언날개를 파다거린다.

---

4) 대부분의 연구 논문들은 <예장>과 <호랑나븨>를 연이어 분석하고 있다. 또한 작품 해석도 한결같이 죽음의 문제를 중심으로 전개되고 있는데 그 죽음의 의미를 바라보는 관점은 다소간의 차이가 있다.

> 지우고 보고 지우고 보아도
> 새까만 밤이 밀려나가고 밀려와 부디치고,
> 물먹은 별이, 반짝, 寶石처럼 백힌다.
> 밤에 홀로 琉璃를 닥는것은
> 외로운 황홀한 심사 이어니,
> 고흔 肺血管이 찢어진 채로
> 아아, 늬는 山ㅅ새처럼 날러 갔구나!
> <琉璃窓 1> 전문(1930)[5]

정지용은 두 아들과 딸 하나를 먼저 보내는 가족사적인 비극을 경험한 적이 있다. 정지용은 1927년에 장남인 정구관의 여동생이자 장녀인 정구원의 언니인 딸 아이를 낳자마자 잃은 바 있으며 1929년 12월에는 정구익의 형인 이남을 잃기도 하였으며 1937년에는 8개월된 오남 구상을 잃었다.[6] 종합하면 정지용은 아들 둘과 딸 하나를 잃었던 것인데 위에 인용된 시는 이남을 잃은 슬픔을 형상화한 작품이다.

이 작품을 연구한 대부분의 논객들은 이 시를 '감정의 절제', '차가운 객관주의' 등의 용어로서 분석하고 있는데 오늘날의 탈감정적인 시들과 비교하여 보면 <유리창 1>이 지니고 있는 정서는 그리 차가운 것만은 아닌 듯하다. 선행 연구자들의 태도가 위와 같이 고착화된 것은 김춘수가 이 시를 "그 묘사 속에도 감정은 완전히 배제되고 있다. (중략) 이러한 엄격한 지적 훈련은 비정할 만큼 차가운 객관주의에 이르고 있다."[7]라고 한 주장에 많은 영향을 받고 있기 때문인 듯하다. 그러나 이 시의

---

5) 본고에 인용된 시는 1935년 시문학사에서 발간한 『정지용시집』과 1941년 동명출판사에서 발간한 『백록담』의 표기를 따랐으며 후자의 경우 인쇄 상태가 좋지 않아 판독이 불가능할 경우에는 1946년 백양당에서 발간한 『백록담』과 대조하였다.
6) 정지용의 가계에 대한 정보는 이숭원의 『정지용 시의 심층적 탐구』(태학사, 1999, p.p. 34-36) 및 이숭원 교수와의 전화 통화를 통하여 얻었다.
7) 김춘수, 『김춘수 전집』 2권 시론, 문장사, 1982, p. 283.

화자가 취하고 있는 상황에 대한 대응은 완전한 객관주의에 이르고 있지 못하다는 것이 필자의 생각이다. 시각적 이미지를 통한 감정의 제어를 시도하고 있음에도 불구하고 어찌할 수 없는 감상성이 개입되고 있다. 정지용은 자식의 죽음을 소재로 하여 감상성의 노출이 있는 작품들을 쓸 수밖에 없었던 것이다. 1행의 '차고 슬픈 것'이라든가 8행의 '외로운 황홀한 심사'와 같은 표현 등은 이 시의 정서 형성에 많은 영향을 미쳐서 죽음에 대한 화자의 감정적 대응을 강화시키고 있다. 또한 향가의 낙구나 시조의 종장에 자주 등장하는 영탄법을 사용하고 있는 마지막 행 '아아, 늬는 山ㅅ 새처럼 날러 갔구나!' 역시 차가운 객관주의라는 평가를 무색하게 만들고 있다.

이 시의 주요한 소재인 '유리창'은 화자와 그의 죽은 아들의 심정적 거리를 끊임없이 단절시키는 기능을 하는 동시에 화자가 죽은 아들을 떠올리게 하는 매개체로서의 기능을 동시에 하고 있다. 또 오탁번의 지적8)처럼 유리창은 '시간적 의미'를 지니기도 한다. 화자는 지금 유리창을 닦으면서 거기에 자꾸만 달라붙는 차고 슬픈 실체를 목도하게 된다. 그것은 자꾸만 떠오르는 아들의 영상이면서 나아가 완전히 지워지지 않는 아들에 대한 애도의 마음일 것이다. 화자가 간절히 그리워하고 있는 죽은 아이의 모습은 '언 날개', '물 먹은 별', '보석', '산새' 등의 시어로써 객관적으로 형상화되지만 그렇다고 하여 감정의 절제가 완전히 이루어지고 있는 것은 아니다. 화자가 자식의 죽음에 대하여 이와 같은 감정적 대응을 하고 있는 것은 죽음이 삶의 연장선에 있다라기보다는 생과 사의 단절 형상으로서 기능하며 죽음은 삶의 가장 중요한 '비극'이라고 생각했기 때문이다. 이는 『백록담』 시편들에 나타나는 동양적인 죽음관과는 판이한 세계 대응 양상이라 하겠다.

---

8) 오탁번, 『한국현대시사의 대위적 구조』, 고려대학교 민족문화연구소, 1988, p. 93.

정지용이 죽음에 대한 태도를 조금씩 바꾸기 시작한 것은 그가 카톨릭에 심취하면서부터이다. 종교시라고 칭할 만한 <다른 한울>, <임종> 같은 작품들에서 육신의 삶은 고뇌와 고통으로 가득 차 있다고 생각하는 화자는 삶의 고통을 극복하는 한 방식으로 죽음을 수용하는 자세를 보이기도 한다. 그러나 그의 종교시에 나타난 죽음관 역시『백록담』에 나타난 동양적 죽음과는 확연히 구분된다. 죽음 앞에서 주저하는 화자의 태도와 죽음 의식(儀式)은 생과 사를 가르는 형식일 뿐이라는 화자의 생각은 <유리창>에 나타난 죽음관과 거의 차이를 보이지 않는다. 하지만 <유리창 1>에는 신앙의 힘이 개입되지 않았다면 <다른 한울>, <임종> 등의 시에는 카톨릭에 바탕한 세계 인식이 자리잡는다. 물론 신앙심 그 자체가 작품의 완성도를 제고시키는 기능을 하고 있는 것은 아니다.

> 靈魂은 불과 사랑으로! 육신은 한낮 괴로움.
> 보이는 한울은 나의 무덤을 덮을뿐.
>
> 그의 옷자락이 나의 五官에 사모치지 안었으나
> 그의 그늘로 나의 다른 한울을 삼으리라.
>
> <다른 한울> 부분(1934)

정의홍은 이 시에 관하여 정지용이 카톨릭을 인생의 근본적인 통찰과 고뇌의 과정으로 파악하였다기보다는 다만 시적인 멋으로 수용하였다고 평한 김윤식의 견해9)를 비판하는 입장에서 "신앙생활에 대한 기쁨을 찬미한 동시에 물과 聖神으로 세속적인 오염을 털어버리고 카톨릭에 완전히 귀의한 만족감을 노래하고 있다."10)라고 하였다. 정의홍의

---

9) 김윤식,『한국근대작가론고』, 일지사, 1978, p. 111-118
10) 정의홍,『정지용의 시 연구』, 형설출판사, 1995, p. 212.

지적처럼 이 시는 카톨릭 신앙에 기초한 세계 인식을 보임으로써 '불과 사랑'으로 가득찬 영혼의 힘으로 '한낮 괴로움'으로 가득 차 있는 육신의 영역을 극복해 보고자 하는 의지를 담고 있는 것이 사실이다. 그러나 영혼과 육신, 삶과 죽음이라는 복잡다단한 문제에 대하여 인간적인 갈등과 모순을 전혀 보여주지 않음으로써 이러한 세계 대응이 하나의 포즈로 읽히게 하는 약점 또한 지니고 있다. 카톨릭 신앙에 대한 맹목적인 수용은 다음 시에서도 그대로 나타난다.

나의 림종하는 밤은
귀또리 하나도 울지 말라.

나종 죄를 들으신 神父는
거룩한 産婆처럼 나의靈魂을 갈르시라.

聖母就潔體 미사때 쓰고남은 黃燭불!

담머리에 숙인 해바라기꽃과 함께
다른 세상의 太陽을 사모하며 돌으라.

永遠한 나그내ㅅ길 路資로 오시는
聖主 예수의 쓰신 圓光!
나의 령혼에 七色의 무지개를 심으시라.

나의 평생이오 나종인 괴롬!
사랑의 白金도가니에 불이 되라.

달고 달으신 聖母의 일홈 불으기에
나의 입술을 타게하라.

<臨終> 전문(1933)

<유리창 1>과 <비극> 등이 자식의 죽음을 대상으로 한 작품인 것에 비하여 이 작품은 시인 자신의 죽음에 관한 단상을 형상화하고 있다. "인간이란 정상적으로는 죽음을 예감하고 있는 존재였던 것이다."[11]라는 필리프 아리에스의 말처럼 인간은 항상 죽음과 직면하거나 죽음을 인식하면서 살아가기 마련이다. 병든 육체를 소유하고 살아가든 건강한 육체를 지녔던 간에 모든 인간은 살아 있는 동안 자신에게도 언젠가 찾아올 죽음을 생각하고 거기에 대한 나름대로의 의식적 대응을 하는 것이다.

이 시는 자신의 죽음이라는 미래적 상황을 상정해 놓고 그것에 대응하는 시인의 태도와 정서를 형상화하고 있는 작품이다. 화자는 1연에서 '귀또리 하나도 울지 말라.'라는 굳센 어조를 통하여 자신의 죽음을 결연히 받아들이려는 비장함을 보인다. 죽은 몸에서 신부는 '나의 영혼'을 분리시킨다. 몸에서 나온 영혼은 이제까지 살아온 이승의 삶을 마감하고 새로운 영적 삶을 시작하게 된다. 그러므로 육체와 영혼을 가르는 신부의 행위는 '성모취결체 미사'처럼 엄숙하다. '다른 세상의 태양'은 영혼이 안주하는 신의 나라에서만 볼 수 있는 태양이다. 여기의 삶을 살기 위해서는 예수에 대한 깊은 믿음과 예수의 사랑이 필요하다. 이외에 세속적인 명리는 이곳에서 아무 소용이 없다. '담머리에 숙인 해바라기꽃'과 같은 소박한 사물과 함께 '다른 태양'을 우러르며 살고자 하는 것은 이 때문이다.

5연에서는 성주 예수에 대한 신앙심이 강조된다. 화자는 신앙의 힘을 통하여 죽음이 주는 비극성을 무화하고자 한다. 즉 화자는 죽음 자체는 '영원한 나그내ㅅ 길'로 접어드는 비극이지만 이 비극이 주는 슬픔은 예수에 대한 귀의를 통하여 극복될 수 있다고 인식한다. 이 시 전체적으

---

11) 필리프 아리에스, 『죽음의 역사』, 이종민 역, 동문선, 1998, p. 20.

로 쓰이고 있는 명령형의 강한 어조는 신에 대한 믿음을 제고시키는 기능을 한다. 하지만 이러한 의도적이고 도식적인 장치가 주제의 진정성을 감소시키기도 하는 것이다. "아직 카톨릭은 그의 사고와 감성 속에서 이질적으로 작용하고 있었던 것이다."[12]라는 평가는 이와 같은 맥락에서 가능해진다.

이 시는 처음부터 끝까지 삶과 죽음을 이항 대립적인 관계로 파악하고 있는데 이러한 이원적 세계 인식은 마지막 두 연에서 더욱 고조된다. 화자는 이승에서의 자신의 삶은 '괴롬'으로 가득 차 있었다고 진술한다. 그리고 자신의 죽음으로 인하여 '사랑의 백금도가니'에 불이 지펴지고 이승의 고통이 그 도가니를 더욱 뜨겁게 하는 연료가 된다는 인식은 전형적인 기독교적 세계관이라 할 만하다. 그러므로 화자는 마지막 연에서 신앙의 대상인 성모에 대한 신앙심을 더욱 고조시킨다. 성모에 대한 간절한 갈구를 통하여 화자의 육신은 소멸되고 그의 영혼은 종교적으로 승화할 수 있다는 인식이 이 시를 지배하는 주제 의식인 것이다. 자신의 죽음에 대한 두려움과 주저함이 개입할 틈이 보이지 않는다.

요컨대 이 시에는 죽음과 삶, 육신과 영혼의 분열을 바라보는 인간적인 갈등이 전혀 나타나 있지 않다. 갈등과 고뇌가 없이 종교적이고 도덕적인 확신만을 강조하는 작품은 성공하기 어렵다. 정지용에게 카톨리시즘이 그의 문학적 발전을 위해 크게 기여하지 못했다는 지적도 이와 같은 맥락에서 제기될 수 있다. <다른 한울>, <임종> 등의 작품에 비하여 <비극>에는 신앙과 실제적 삶 사이에 존재하는 어찌할 수 없는 모순으로 인하여 갈등하는 화자의 모습이 잘 나타나 있다.[13]

---

12) 장도준, 『정지용의 시세계』, 태학사, 1994, p. 117.
13) 장도준은 『정지용의 시세계』(태학사, 1994, p. 115)에서 <임종>을 분석하면서 "정지용에게 있어 죽음에 대한 심각한 사색은 자녀의 잇따른 죽음에서부터인 듯하고 죽음의 체험은 <유리창 1>, <발열>, <비극> 등의 시

<비극>의 흰얼골을 뵈인적이 있느냐?
그손님의 얼골은 실로 美하니라.
검은 옷에 가리워 오는 이 高貴한 尋訪에 사람들은 부질없이 唐慌한다.
실상 그가 남기고 간 자최가 얼마나 香그럽기에
오랜 後日에야 平和와 슬픔과 사랑의 선물을 두고 간줄을 알었다.
그의 발옴김이 또한 표범의 뒤를 따르듯 조심스럽기에
가리어 듣는 귀가 오직 그의 노크를 안다.
墨이 말러 詩가 써지지 아니하는 이 밤에도
나는 맞이할 예비가 있다.
일즉이 나의 딸하나와 아들하나를 드린일이 있기에
혹은 이밤에 그가 禮儀를 가추지 않고 오량이면
문밖에서 가벼이 사양하겠다!

<悲劇> 전문(1935)

이 시에서 말하는 '비극'은 자식들의 때이른 죽음과 관계되고 있다. 죽음을 비극성과 연관 짓는 것은 <유리창 1>의 죽음관과 상통하지만 이 시의 주제 의식이 <유리창 1>과 구별되는 점은 시간의 흐름을 거친 다음에 그 죽음을 미화하거나 인정하여 수용하려는 태도에 있겠다. 화자는 죽음의 얼굴을 하얗고 아름답다고 진술한다. 그런데 그 아름답고 하얀 얼굴은 있는 그대로의 모습을 보이면서 나타나는 것이 아니라 우선은 검은 옷으로 그 모습을 가린 채 나타나기 때문에 사람들은 당황한다. 화자는 그 당황함이 '부질없는' 것이라고 말한다. 왜냐하면 죽음이

적 체험을 거친 후, 신앙시를 통해 영원성과 죽음 뒤의 구원이라는 문제로 나아가게 된다."라고 설명하고 있는데 작품 발표 시기로 보아서는 <비극>이 <임종>보다 뒤의 작품이다. 정지용은 카톨릭 신앙시를 통하여 죽음을 달관하는 자세를 보이기도 하였지만 <비극>에서 알 수 있듯 개인적 삶의 범주에 있어서 가족의 죽음이 안겨준 인간적 번뇌와 갈등을 완전히 극복하지 못했던 것이다. 또한 작품성만을 놓고 보더라도 신앙심이 충만한 작품보다는 인간적 갈등이 녹아 있는 작품들이 한 수 위라고 할 수 있다.

란 인간의 선택 영역이 아니라 신의 영역이며 운명의 영역이기 때문이다. 이 때 인간은 그 죽음을 받아들이면서 순응할 수밖에 없으며 또한 죽음이 주는 의미를 되새겨야 한다. 화자는 자식의 죽음이라는 비극이 있은 지 오랜 후에야 그 죽음이 선사하는 향기와 평화와 슬픔과 사랑을 인식할 줄 알게 되었다. 죽음의 다가섬은 너무나도 조용하고 표나지 않기 때문에 '가리어 듣는 귀'만이 그 흔적이나마 짐작할 수 있다.

　화자는 이미 딸 하나와 아들 하나의 죽음을 경험한 바 있다.[14] 화자는 가족의 죽음으로 인한 슬픔을 충분히 경험했던 것이다. 그러므로 묵이 말라서 시가 써지지 않는 침묵과 갈증의 밤에도 그는 이 비극을 견딜 만한 '예비'가 되어 있다. 그런데 화자는 그 죽음은 '예의'를 갖추어 와야 한다고 생각한다. 화자가 생각하는 '예의를 갖춘 죽음'이란 '인정할 수 있는 죽음'을 의미한다. 화자는 그 죽음이 비극만을 초래하는 느닷없는 것이라면 그것을 수용하지 않겠다고 말한다. 그렇다면 화자는 지금 죽음에 대한 이중적인 대응을 하는 것이다. 즉 그는 죽음 자체가 지닐 수 있는 '美함', '고귀함', '평화와 사랑'을 짐작하고 있으면서도 그 죽음 자체가 어린 자식의 느닷없는 죽음과 같이 용인할 수 없는 것이라면 인정하지 않겠다는 것이다. 이 시는 기독교적 신앙심에 충만하여 생과 사를 이분법적으로만 인식하고 있는 앞서의 시들보다 진지하고

---

14) 정지용이 먼저 떠나보낸 자식은 딸 하나와 아들 둘이다. 세 번째로 잃은 구상은 1936년 12월에 태어나 1937년 8월에 죽었다. 이 시는 1935년 3월에 발표되었기 때문에 '딸하나와 아들하나'라고 표현한 것이다. 여러 논객들이 이 시의 발표 시기를 고려하지 않은 채 정지용의 가족사에 대하여 혼동을 거듭하고 있다. 필자 역시 졸저, 『한국현대시와 전통성』(하늘연못, 2001, p. 88)에서 "정지용은 두 아들의 죽음(1929년, 1937년)으로 인한 정신적 충격과 비애의 정서를 시로 형상화하기도 하였는데"라고 설명하였는데 정확히 말하자면 정지용은 아들 둘과 딸 하나(구원의 언니, 1927년 사망)를 잃었던 것이다.

설득력 있는 주제 의식을 보여주고 있다.

3. 생의 우주적 열락을 향한 생사 초월로서의 죽음

정지용 시에 나타나는 죽음 의식은 『백록담』 시기에 이르러 이전 시기와 변별되는 형상을 지니게 된다. 정지용의 『백록담』이 궁극적으로 지향한 것은 자연과의 합일이며 이는 자연 속에서의 죽음이라는 상징적 형태로 구체화한다. 동양인들은 인간 또한 자연의 일부로 보았으며 인간은 자연에서 태어나 자연으로 돌아간다고 생각하였다. 인간의 삶이란 자연을 떠난 유랑의 삶을 거쳐 자연으로 회귀하는 이중적인 구조를 지닌다고 할 때, 정지용이 초기에 도시적 감수성이 짙은 시들을 쓰기도 하다가 후기에 와서 동양적 자연과의 궁극적 합일을 동양적 죽음 의식을 통하여 완성하고 있는 것은 자연스럽기까지 하다. 『백록담』에 나타난 자연 공간에서의 죽음은 자연과 일체화하는 상징적 죽음의 형태이다. 『백록담』에 나타난 산 속에서의 죽음은 자연과학적 죽음이라기보다는 도교적인 죽음이며 영생불멸(永生不滅)하는 죽음이다.15) 이는 그가 지향한 정신 세계를 궁극적으로 완성하기 위한 의도가 있는 소재적 장치라 하겠다. 『백록담』 시집에서 이와 같은 죽음 의식이 연대순으로 하여 처음으로 보이는 작품이 <백록담>이다.

> 絶頂에 가까울수록 뻑국채 꽃키가 점점 消耗된다. 한마루 오르면 허리가 슬어지고 다시 한마루 우에서 목아지가 없고 나중에는 얼골만 갸옷 내다본다. 花紋처럼 版박힌다. 바람이 차기가 咸鏡道끝과 맞서는 데

---

15) 『백록담』에 나타난 죽음 의식이 장자적 죽음관과 상통한다는 필자의 판단은 『죽음 앞에서 곡한 공자와 노래한 장자』(何顯明 저, 현채현 · 리길산 공역, 예문서원, 1999, p.p. 164-179)의 논의를 참조하였다.

서 뻭국채 아조 없어지고도 八月한철엔 흩어진 星辰처럼 爛漫하다. 山
그림자 어둑어둑하면 그러지 않아도 뻭국채 꽃밭에서 별들이 켜든다.
제자리에서 별이 옮긴다. 나는 여긔서 기진했다.

<백록담> 부분(1939)

<백록담>의 화자는 산정을 향해 나아가는 고단한 과정에 있다. 이는
놀이로서의 등산의 과정인 동시에 존재의 우주적 상승을 위한 통과 제
의적 과정이다. 산정에 가까울수록 '뻭국채'의 생명력은 점점 소실한다.
바람이 함경도 끝과 같이 차갑고 센 지점에서 뻭국채의 모습은 더욱 작
아지는데 이는 뻭국채의 완전한 죽음을 의미한다기보다는 팔월의 성진
(星辰)과도 같은 우주적 생명력의 흡입을 의미한다. 이때 화자는 기진한
다. 화자의 기절은 삶과 죽음의 경계를 넘나드는 경험이면서 화자가 정
신적으로 부활할 수 가능성을 시사한다. 그러므로 화자의 기진은 죽음
가까이 가는 체험을 통하여 새로운 삶의 원기를 역설적으로 회복하는
것이다.

<백록담>이 발표된 지 두 해 뒤인 1941년 발표된 <예장>과 <호랑나
븨>, <진달래> 역시 자연 공간에서의 죽음을 시화하고 있다. <예장>은
신사복을 잘 차려 입고 산 속에 들어간 장년신사의 죽음을, <호랑나븨>
는 어느 화가와 산장 여주인이 행한 목숨을 건 연애 행위를, <진달래>
는 죽음이 상존(尙存)하는 산 속 공간에서의 은유적 죽음을 형상화하고
있다. 이 세 편의 시에 나타나는 죽음의 형상은 등장 인물의 삶을 미화
(美化)시키는 기능을 한다. 그들은 죽음이라는 특권을 누리고 있으므로
이 때의 죽음은 전혀 비극적이지 않다.

모오닝코오트에 禮裝을 가추고 (1) 大萬物相에 들어간 한 壯年紳士가
있었다 (2) 舊萬物 우에서 알로 나려뛰었다 (3) 웃저고리는 나려 가다가
중간 솔가지에 걸리여 벗겨진채 (4) 와이샤쓰 바람에 넥타이가 다칠세

라 납족이 업드렸다 (5) 한겨울 내- 흰손바닥 같은 눈이 나려와 덮어
주곤 주곤 하였다 (6) 壯年이 생각하기를 <숨도아이에 쉬지 않어야 춥
지 않으리라>고 (7) 주검다운 儀式을 가추어 三冬내- 俯伏하였다 (8) 눈
도 희기가 겹겹히 禮裝같이 봄이 짙어서 사라지다.

<禮裝> 전문(1941)[16]

　이 시는 막연한 상황에 대한 불연속적인 서사의 나열로써 몽롱한 분
위기를 연출하고 있다. 이 시의 주인공인 중년 신사가 왜 이 깊은 산
속으로 들어오게 되었는지 왜 정장을 갖추고 있었는지 왜 자살을 선택
했는지에 대한 구체적인 이유가 나타나 있지는 않다. 하지만 그의 죽음
에 무슨 특별한 생의 번민과 갈등이 개입하고 있다고 보이지는 않는
다.[17] 이 시의 죽음은 자연과의 합일이라는 정신적 지향점을 의도적으
로 확인하기 위해서 상징적으로 이루어졌다. 그러므로 방법적인 측면이
강하다. 이 시의 자살은 아주 편안하고 아름다워서 그 당사자에게 충일
한 행복감을 줄 것 같다. 신사는 죽어서도 넥타이가 손상될까봐 납작하
게 엎드려서 자신의 '예장'을 손상시키지 않으려고 노력한다. 이런 주인
공의 태도는 죽음 자체를 하나의 놀이 행위로 수용하고 있기 때문에 가
능해진 것이다. 죽음이 놀이가 될 때 인간은 그 죽음 앞에서 어떠한 주
저함과 슬픔을 가질 필요가 없다. 그것을 즐기면 될 뿐이다.
　'흰손바닥 같은 눈'은 순결하고 따뜻한 모성적 존재이다. 신사는 그
눈에 잠겨서 그가 그동안 떠나온 모성적 세계로 환원되어 간다. 그는
지금 새로운 탄생을 위하여 죽어가고 있는 것이다. 그러므로 그 신사의

---

16) 작품 속의 번호는 인용자가 표시한 것이다. 원전에는 번호표가 있는 자
　리만큼의 여백이 있다. 이하 본고에 인용된 다른 시에서의 번호표도 같
　은 의미를 지닌다.
17) 한편 최동호는 「산수시의 세계와 은일의 정신」(『불확정시대의 문학』, 문
　학과지성사, 1987, p. 37)에서 "투신 자살한 장년 신사에게서 우리는 현실
　을 탈출하고자 하는 지용의 정신적 갈등을 느낄 수 있다."고 하였다.

온몸을 겨우내 덮어주면서 영원히 녹지 않을 것 같은 흰 눈의 형상은 장엄하면서도 숭고하기까지 하다. 생리적으로 보면 죽으면 당연히 숨이 끊어진다. 그런데도 이 시의 주인공인 장년 신사는 절벽에서 뛰어내려 죽은 후에도 '숨도 아이에 쉬지 않'겠다고 생각하고 있다는 사실에서 그는 지금 모성적 공간에서 영원한 삶을 살고 있다는 사실을 짐작할 수 있다. 죽어서도 의도적으로 숨을 쉬지 않는다는 것은 신선만이 할 수 있는 일이다. 그의 육체는 죽었지만 그의 정신은 살아 있다. 그는 지금 신선의 경지에 이르러 있다. 그는 육체가 생명을 멈추는 시간에도 살아 있는 정신의 힘을 통하여 그의 삶이 자연과 온전히 합일할 것을 갈망한다. 이 시에서 장자적 세계 인식을 읽을 수 있는 것은 이 때문이다.

  신사는 육체가 그 생명력을 상실할 때 역설적으로 정신의 해방은 제고될 수 있을 것이라고 생각했을 것이다. 예장을 갖추어 삼동(三冬)내 산 속에서 엎드려 있음으로 인하여 죽은 자의 정신 세계는 우주적으로 고양된다. 이 시의 죽음은 정신의 해방을 전제한 죽음이다. 그는 죽음이라는 정신 해방의 서사를 통하여 자연과 궁극적으로 합일됨으로써 세속적 고뇌와 갈등을 초극하게 된다. 봄이 되어 신사의 몸을 덮었던 눈이 사라질 때 신사의 죽음 의식(儀式)은 완성될 테지만 이 눈은 좀처럼 사라질 것 같지 않다. 그러므로 '눈도 희기가 겹겹히 禮裝같이 봄이 짙어서 사라지다.'라는 구절은 실제 봄이 된 상황의 묘사라기보다는 겨울과 봄의 시간적 연속성으로써 이 시의 시간적 비약을 강조하여 이 시의 분위기를 더욱 신비롭게 하는 기능을 한다. 쌓인 눈은 그 육체와 영원히 함께 할 것이다. 신사도 그 눈 속에서 정신의 영생(永生)을 누릴 것이다. <호랑나븨>는 <예장>과 비슷한 형식과 비슷한 주제를 가지고 있기 때문에 대부분의 평자들이 <예장>과 연이어 분석하고 있는 작품이다.

畫具를 메고 山을 **疊疊** 들어간 후 (1) 이내 **踪跡**이 **杳然**하다 **丹楓**이 이울고 (2) **峯**바다 찡그리고 눈이 날고 **嶺**우에 **賣店**은 덧문 속문이 닫히고 (3) 三冬내- 열리지 않았다 (4) 해를 넘어 봄이 짙도록 (5) 눈이 처마와 키가 같었다 (6) **大幅** 캔바스 우에는 **木花**송이 같은 한떨기 지난 해 흰 구름이 새로 미끄러지고 (7) **瀑布**소리 차즘 불고 푸른 하눌 되돌아서 오건만 (8) 구두와 안스신이 나란히 노힌채 **戀愛**가 비린내를 풍기기 시작했다 (9) 그날 밤 집집 들창마다 **夕刊**에 비린내가 끼치였다 (10) **博多 胎生** 수수한 **寡婦** 흰얼골 이사 (11) **淮陽 高城**사람들 끼리에도 익었건만 (12) **賣店** 바깥 **主人** 된 **畫家**는 이름조차 없고 **松花**가루 노랗고 (13) 뻑 뻑국 고비 고사리 고부라지고 (14) 호랑나비 쌍을 지여 훨 훨 **靑山**을 넘고.

<호랑나븨> 전문(1941)

인간의 삶 속에서 빼놓을 수 없이 중요한 문제들 안에 사랑과 죽음의 문제는 반드시 포함될 것이다. 또한 사랑 행위를 통한 오르가즘에 대한 갈구가 죽음을 향한 충동과도 통한다고 할 때 완전한 사랑을 추구하는 인간 행위는 죽음과의 교접을 감내해야 한다. 이 시는 성교와 사랑의 절정이 안겨주는 죽음의 서사를 형상화하는데 한 가지 더 주목해야 할 문제는 여기에 예술 작품의 근원적인 의미에 대한 통찰이 들어 있다는 사실이다. 물론 죽음과 예술의 문제를 진전시키고 있는 기본 범주가 사랑의 서사이다. 비슷한 주제와 비슷한 형식을 가지고 있음에도 불구하고 <호랑나븨>가 앞에 인용된 <예장>보다 훨씬 더 수준 높은 작품성을 보이는 이유 중의 하나는 이 시가 지닌 사랑과 죽음과 예술의 역동적 교직 현상에 있겠다. 이 시는 죽음의 문제와 사랑의 문제가 긴밀히 교접하는 양상을 시화하고 있다. 이 시의 두 주인공인 화가와 과부는 뜨거운 열애 속에서 행복하고 아름다운 죽음을 맞이한다. 과부는 산 속 매점의 주인이었으며 화가는 화구를 메고 산 속으로 들어온 이방인이었다. 그는 산수를 배경으로 한 그림을 그리기 위하여 이곳으로 들

어와 과부인 매점 주인을 만났다. 그들은 매점 운영마저 내팽개치고 열렬한 사랑의 시간을 보낸다. 생활인으로서의 구속을 뛰어넘고 생사를 오고가는 사랑을 펼친다는 점에서 이들은 둘 다 낭만적인 인물이라 하겠다.

매점 주인이 가게를 운영하는 일보다 뜨거운 사랑이 중요하다고 생각하는 것처럼 화가는 자신이 그림을 그리는 행위가 뜨거운 사랑을 나누는 행위와 같은 의미를 지닌다고 생각한다. 이 시는 화가가 세속 공간에서 어떤 삶을 살았던 인물인지에 대한 불투명한 언급과, 아무도 찾지 않는 닫힌 공간에서 이루어지고 있는 비밀스러운 주인공들의 성교와 죽음이라는 낭만적 행적, 그 죽음을 보도하는 석간 신문 기사의 오묘한 부정확성으로 인하여 '부정(不定)의 순수성'18)을 획득한다. 날 때부터 죽음의 시간이 정해져 있는 삶은 없으며 또한 자신의 죽음을 정확하게 예측할 수 있는 인간도 없다. 삶의 모든 국면은 예측 불가능하게 펼쳐지지만 어느 한 순간이라도 그러한 삶의 진행은 멈추지 않는다. 죽음은 언제나 불확정적이면서도 운명이라는 명명으로 인간 삶을 덮칠 때가 많다. 죽음은 인간 삶의 가장 근원적인 과정의 일부이므로 인간은 궁극에는 그 죽음에 순응할 수밖에 없는 일이다. 이 점에서 이 시의 익명성과 모호성과 불확정성과 환상성은 주제 의식을 형성하는 데 적절하게 기능한다.

이 시 안에는 또 하나의 극적인 풍경이 숨어 있는데 이 풍경은 자세히 들여다보지 않으면 파악하기 어려운 지극히 절묘한 것이다. 그것은 화가가 그리고 있는 화폭이 제시하는 특이한 풍경으로 화가의 도화지 위에서 역동적으로 나타난다. 죽음의 성교를 즐기고 있는 화가는 지금 그림을 그리고 있지 않다. 그러나 그림은 남녀간의 정사가 극에 달할수

---

18) 김용희, 『현대시의 어법과 이미지 연구』, 하문사, p. 152.

록 조금씩 스스로 완성되어 마침내 아름다운 한 폭의 산수화가 될 것이다. 캔퍼스의 지면 위에 ‘木花송이 같은 한 떨기 지난 해 흰 구름이 새로 미끄러지고 瀑布소리 차츰 불고 푸른 하눌 되돌아’오면서 그림이 완성되고 있는 것은 두 남녀의 사랑이 ‘비린내’를 풍기며 죽음에 닿아 가는 극한 상황에까지 다다르고 있기 때문이다. 두 남녀의 성교는 자연 공간 속에서 이루어지고 있는 한편 그림 속에서도 이루어지고 있다. 이는 시인의 정치한 의도에 의한 상징적 구도이다. 정지용이 이러한 장치를 의도적으로 마련해 놓은 것은 삶에서의 예술과 사랑의 의미를 역설하기 위해서이다. 위대한 예술가가 되기 위해서는 삶에 대한 뜨거운 사랑이 필요하며 삶에 대한 뜨거운 사랑은 이성을 포함한 인간에 대한 사랑에 다름 아니라는 점을 시인은 강조하고 있다. 그러므로 이들 남녀가 사랑 행위를 통하여 만들어내는 ‘비린내’는 역겨운 냄새가 아니다. 이 비린내는 세속의 우울과 권태를 무화시키는 신성한 향기이다. 그들은 이러한 열애를 통하여 죽음의 시간으로 점점 가까이 가고 있음에도 불구하고 그 죽음을 두려워하지 않는 것은 이 비린내가 내포하고 있는 강력한 힘이 작용하고 있기 때문이다.

남녀가 죽은 날 저녁에 이 소식이 집집 들창마다 전해진다. 들창은 ‘벽의 위쪽에 자그맣게 만든 창’으로 마을 사람들에게 세상의 소식을 전해 주는 작지만 열린 통로이다. 이 곳으로 희한한 사건 하나가 보도된다. 남녀의 죽음이 당일 저녁 신문(석간)에 곧바로 보도된다는 것은 정보통신 기술이나 교통 수단의 기동력이 그다지 발달하지 않은 그 시대의 상황을 생각해 볼 때 매우 과장된 진술이다. 이러한 과장 역시 시인의 의도이며 자연과학적 시간성을 초월하려는 정지용 후기시의 기본 전략으로 수렴된다. 시인은 이들 죽음이 주는 파급 효과를 이처럼 과장된 시간성을 통하여 독자들에게 전달시킨다. 이 신문 기사를 접한 독자들의 반응은 어떠하였을까? 사람들은 죽음의 비극성을 생각하지 않았을 것이다. 예술과 사랑과 죽음의 형이상학을 멀리한 채 현실의 원리에 안주하면서 살 수 밖에 없었던 사람들에게 이 낭만적 보도는 놀라고 흥분할 만한 사건이다. 그들은 인간의 사랑 행위가 가져올 수 있는 극대화된 행복과 초월적 이상을 생각했을 것이다. 그런데 이들은 이 죽은 두 남녀와 '들창'이라는 공간을 사이에 둔 채 좁힐 수 없는 거리를 두고 있다. 왜냐하면 이 소식을 듣는 이들은 세속의 난잡한 공간에 자리 잡고 있으며 이 두 남녀는 산수 자연 속에 있었기 때문이다. 그러므로 세속의 민간인들은 이러한 낭만적 전율을 도저히 경험할 수가 없다. 다만 '들창'이라는 매개물을 통하여 지켜볼 수 있을 따름이다. 치양 고성 사람들에게 보도된 이 특이한 죽음의 사랑은 그들의 우울한 현실적 삶에 새로운 낭만적 가능성을 불어넣는 신성한 사건으로 작용하였을 것이다. 하지만 현실 원칙이 지배하는 세속 공간에서 황홀한 낭만과 함께 하는 예술적 사랑은 불가능하다. 화가가 세속 도시를 떠나 산 속으로 들어온 이유 또한 여기에 있을 것이다.

이 시의 말미에 나오는 '松花가루 노랗고 빽 빽국 고비 고사리 고부라지고 호랑나비 쌍을 지여 훨 훨 靑山을 넘고'에 나타나는 자연의 형상은 노장적 세계 묘사이다. 이 구절은 남녀의 죽음에 우주의 순환론적 질서를 부여함으로써 그 죽음을 역동화시키거나 미화시키는 기능을 하는 동시에 '송화가루' 노랗게 날리며 '빽 빽국 고비 고사리' 꼬부라지고 '호랑나비'가 청산을 넘는 풍경이 있는 화폭이 장엄하고 흥겨운 산수화로 완성되는 미세한 과정을 의미한다. 그리고 작품 완성의 과정을 따라 남녀의 죽음이 천천히 전개된다. 죽음이 예술을 탄생시킨다면 그리고 예술이 인간 삶보다 더욱 영속적인 것이라면 여기 죽음은 더욱 영원한 삶으로의 순환론적인 재생일 따름이다. 이 때 죽음은 인간이 취할 수

있는 가장 숭고한 삶의 한 국면이 될 것이다. 이 시가 삶과 죽음, 존재
와 초월의 끝없는 변주를 이야기하고 있다고 판단할 수 있는 것은 이와
같은 의미 구조 때문이다.

죽음의 숭고함과 예술성을 인정할 때, 남자가 지니고 있는 호적상의
이름은 덧없는 세속적 명예이거나 혹은 거추장스러운 굴레일 뿐이다.
이름은 삶의 방편일 뿐이기 때문이다. 초월을 위해서는 모든 세속적인
것들에 대한 집착을 버려야 한다. 집착은 죄와 허무를 낳기 때문이다.
남자의 이름이 사라지는 것은 신문으로 상징화된 인간의 세속적 삶의
형식으로부터의 초월을 의미하는 동시에 자연에 귀의하는 영생(永生)으
로서의 재탄생이 된다. 이것은 또한 그의 낙관이 찍힌 그림이 스스로
완성되는 최고의 미적 경지에 도달하였기 때문이기도 하다. 이름이 주
인공의 황홀한 삶의 완성에 방해가 되었던 것에 비해 낙관은 예술 작품
을 완성하는 화룡점정(畫龍點睛)으로 기능한다. 이 때 빚어지는 예술성
의 경지는 무위자연의 아름다움이라 할 만하다. 무위자연의 아름다움은
동양적 여백의 미와도 상통한다. 동양인들은 시공간의 여백과 예술 작
품의 여백, 나아가 인간 심성의 허정(虛靜)을 즐기면서 근원적인 도(道)
의 세계를 구현하였다. 이 시의 형식에도 수많은 여백이 존재해 있다.
이 시의 주제는 이 시의 독특한 형식과 잘 맞물려 오묘하게 드러난다.
구절과 구절 사이에 놓여 있는 독특한 여백은 죽음이 삶으로, 삶이 죽
음으로 끊임없이 스스로의 자리를 바꾸면서 연속적으로 진행되는 과정
들을 형상화한다. 이 시에서 삶과 죽음의 형상은 우주와 자연의 순환론
적 질서 속에서 연속적으로 움직이고 있다. 그 연속성은 인간과 자연과
우주가 존속하는 한 영원해야 할 가치로운 것이다.

위에서 살펴본 것처럼 『백록담』에 나타난 산의 공간 속에서의 죽음
은 비극적이지도 않으며 추하지도 않다. 오히려 이 죽음은 자연의 원리

를 체득한 위대한 예술 작품과도 같은 미화의 과정을 거침으로써 무위
자연하는 자연의 근원적 섭리에 합일한다. 이는 동양적 자연에 합일하
는 동양적이면서 방법적인 죽음이다. 동양적 자연은 끊임없는 순환을
통하여 삶과 죽음을 동시에 포용한다. 그러므로『백록담』에 나타난 죽
음은 새로운 삶의 형식을 획득하기 위한 죽음이다. 죽음을 받아들이는
자아의 태도가 초월적 긍정성을 내포하는 것도 이 때문이다. 구절과 구
절 사이에 놓인 긴 여백이 삶과 죽음의 영원한 순환의 가능성을 확대시
키며 이 시의 의미망을 더욱 역동적으로 만들어 놓는다. 이러한 순환론
적 죽음 의식은 <진달래> 등에서도 다소간 나타난다.

> 한골에서 비를 보고 (1) 한골에서 바람을 보다 (2) 한골에 그늘 딴골
> 에 양지 (3) 따로 따로 갈어 밟다 (3) 무지개 해ㅅ살에 빗걸린 골山벌떼
> 두룸박 지어 (4) 위잉 위잉 두르는 골 (5) 雜木수풀 누릇 붉웃 어우러진
> 속에 감초혀 낮잠 듭신 칙범 냄새 가장 자리를 돌아 (6) 어마 어마 기
> 어 살어 나온 골 (7) 上峯에 올라 별보다 깨끗한 돌을 드니 (8) 白樺가
> 지 위에 하도 푸른 하늘…… 포르르 풀매…… 온 산중 紅葉이 수런 수
> 런 거린다 (9) 아래ㅅ절 불켜지 않은 장방에 들어 목침을 달쿠어 발바
> 닥 꼬아리를 슴슴 지지며 (10) 그제사 범의 욕을 그놈 저놈 하고 이내
> 누었다 (11) 바로 머리 맡에 물소리 흘리며 어늬 한곬으로 빠져 나가다
> 가 (12) 난데없는 철아닌 진달래 꽃 사태를 만나 나는 萬身을 붉히고
> 있다.
>
> <진달래>(1941) 전문

이 시에는 앞의 시들과 같은 구체적인 죽음 행위가 나타나는 것은
아니지만 그 속을 자세히 들여다보면 죽음의 은유적 양태를 찾아볼 수
있다. 한쪽에서는 비가 내리고, 한쪽에서는 바람이 부는 산은 변화무쌍
한 기후를 가지고 있다. 이러한 기후는 간혹 천재지변을 일으켜 살아
있는 생명체들의 예측할 수 없는 죽음을 야기하기도 한다. 그 곳에는

늘 느닷없는 생명의 소멸과 탄생이 있기 마련이다. 여기 산은 순환하는 상징적 죽음이 상존(常存)하는 공간이다. '그늘'과 '양지'가 교차하고 있다는 진술에서 이 사실을 다시 확인할 수 있다. 이 곳은 산벌이 떼를 지어 날아다니거나 칙범이 '어마 어마' 기어다니는 곳으로 묘사되고 있다. '위잉 위잉'이라는 산벌떼의 움직이는 소리를 형용한 의성어와 잡풀 숲의 '누릇 붉웃'한 형상은 삶과 죽음이 공존하는 산의 형상을 더욱 역동적으로 만들어 놓는다. 이 시의 분위기를 지배하고 있는 두 요소인 산벌과 범은 인간에게 생명의 위협을 안겨 줄 수 있는 존재들임에도 불구하고 화자는 이 산의 공간을 '白樺가지 위에 하도 푸른 하늘…… 포르르 풀매…… 온 산중 紅葉이 수런 수런 거린다'라고 아름답게 묘사하고 있다. 장방에 누워 '그놈 저놈 하고' 범을 욕하는 화자의 행위에는 죽음에 대한 공포심이 배어 있는 동시에 산 속에서의 죽음에 결연히 맞서는 탈속한 자아의 초월적 심성이 녹아 있다. 또 나아가 공포와 죽음의 세계를 포용하는 '산(山) 사람'의 호연지기가 들어 있다.

이 시의 말미에 나오는 '난데없는 철아닌 진달래 꽃사태'의 상징적 의미에 주목해야겠다. 화자가 꽃사태를 만날 수 있었던 것은 그가 물소리를 따라 어느 골짜기로 빠져나갈 수 있었기 때문이다. 물소리를 따라 간다는 것은 자연 세계와의 몸 섞기를 의미한다. 그런데 (11)을 전후로 하여 과도한 시간의 경과가 나타난다. 이러한 시간적 불연속은 독자들로 하여금 (11) 이하 부분에 나타날 서사에 대하여 더욱 궁금하게 만들어 놓는다. 이와 같은 시간적 배치의 특징은 물소리를 따라가서 진달래 꽃사태 속에 묻히는 행위를 더욱 낯설게 하여 그 행위 속에 숨겨져 있는 상징적 의미를 강화시키는 기능을 한다. '진달래 꽃사태'에 묻혀서 만신(萬身)을 붉히는 행위는 '칙범'을 만나서 만신창이가 되는 행위와도 은유적으로 연결되면서 고통스런 죽음 행위가 황홀한 자연 합일의 경지로 이어지고 있음을 짐작케 한다.

이 시에는 한 두 가지 의문스러운 표현이 있다. '雜木수풀 누릇 붉웃 어우러진 속'이라는 표현과 '온 산중 紅葉이 수런 수런 거린다'라는 표현이 그것이다. 이 시는 진달래가 만발해 있는 봄을 시간적 배경으로 하고 있음에도 불구하고 앞에 인용된 두 구절의 묘사는 가을 산의 풍경을 표현한 듯한 느낌을 준다. 그러므로 이 시의 묘사와 서사 역시 자연과학적인 측면에서 이해해서는 안 되며 이 시의 배경은 자연과 하나되는 죽음이라는 시인의 의도를 용이하게 전달하기 위하여 고안된 하나의 장치라는 사실이라는 점을 알아야 한다. 그렇다면 (11)을 기준으로 하여 나타나고 있는 시간적 흐름의 비약도 이러한 의미에서 이해될 만하다. 현실의 과학적 원리를 초월한 시공에서 이루어지는 죽음은 생사를 초월하여 존재하는 죽음이 될 것이다. 이 시에 나타난 죽음의 상징도 이런 맥락에서 이해할 수 있다.

한편 다음 시는 산을 배경으로 하고 있는 위의 시들과는 달리 바다를 배경으로 한 죽음과의 대면을 서술하고 있지만 그 죽음을 대하는 태도는 위의 시들과 크게 다르지 않다.

> 海峽이 일어서기로만 하니깐
> 배가 한사코 긔여오르다 미끄러지곤 한다.
>
> 괴롬이란 참지 않어도 겪어지는것이
> 주검이란 죽을수 있는것 같이.
>
> 腦髓가 튀어나올랴고 지긋지긋 견딘다.
> 꼬꼬댁 소리도 할수 없이
>
> 얼빠진 장닭처럼 건들거리며 나가니
> 甲板은 거복등처럼 뚫고나가는데 海峽이 업히랴고만 한다.

젊은 船員이 숫제 하-모니카를 불고 섰다.
바다의 森林에서 颱風이나 만나야 感傷할수 있다는 듯이
<船醉 2> 부분(1941)

이 시의 화자는 항해 중 풍랑을 만나서 위급한 상황에 처해 있다. 그러나 이러한 일촉즉발(一觸卽發)의 급박함 속에서도 화자는 술에 취한 채 이 역동적 상황을 관망하는 여유로운 태도를 보인다. 이는 죽음과 공포가 지배하는 세속 원칙을 달관한 태도이다. 갑판에 '해협이 업히'면 배는 전복할 것임에도 불구하고 화자는 '괴롬이란 참지 않어도 겪어지는 것이 / 주검이란 죽을수 있는것 같이.'에서 보여지는 의연한 태도를 통하여 생사의 기로를 초월적으로 견디고 있다. 태풍을 기다리는 듯한 태도를 보이고 있는 젊은 '船員'의 태도 역시 이와 비슷한 맥락에서 이해할 수 있다. 그는 태풍과의 조우를 통하여 감성적 정서에 젖어들어 더 애절한 하모니카 연주를 할 수 있다고 생각한다. 그는 낭만과 예술의 성취를 위하여 죽음의 경계에까지 나아가고자 한다. <호랑나븨>와 마찬가지로 낭만적 서사가 죽음의 전율을 제어하고 있는 것이다. 주인공들의 행동은 죽음을 두려워하지 않으며 나아가 죽음의 공포를 즐기려 하는 태도이다. 이 시에 나타난 주인공들의 죽음에 대한 대응 양상 역시 자연과학적인 죽음관과는 다르다. 이 때 역시 죽음은 생사를 초월하여 존재한다.

위에서 살펴본 것처럼 『백록담』에 나오는 죽음의 세계는 『정지용시집』에 나타난 죽음 의식과는 대별된다. 『정지용시집』의 죽음은 부정해야 하거나 극복해야 할 죽음이었다면 『백록담』의 죽음은 그 속에서 인간의 영육(靈肉)을 환원시켜 나가는 행복한 죽음이며 방법적이고 상징적인 죽음이다. 이 죽음이 구체적이지 않고 시간의 비약을 앞세운 관념적이고 의식적인 죽음이 되는 것은 이 때문이다. 정지용은 관념의 형상 속에서 죽음의 양식을 통하여 자연과 완전히 합일했던 것이다. 그의 후기시에 나타나는 이러한 비현실성과 관념성은 한 번도 자연 속에 묻혀 은거 혹은 은일의 삶을 산 적이 없는 그의 개인사에서도 그 논거를 얻을 수 있겠다.

4. 결론

이상으로 정지용 시에 나타나는 죽음 의식의 두 가지 국면을 작품 분석을 통하여 규명해 보았다. 2장 '생의 비극성을 제고시키는 생사 단절로서의 죽음'에서는 『정지용시집』에 실린 작품들을 중심으로 논의를 전개하였다. <유리창 1>, <다른 한울>, <임종>, <비극> 등의 작품 분석에서 알 수 있듯이, 이 무렵의 정지용 시에 나타난 죽음은 개인사적인 질곡과 많은 관련성을 지니고 있었다. 자식의 죽음은 정지용에게 커다란 아픔으로 작용하였으며 정지용은 주지주의에 바탕하여 그 죽음을 미학화시키려는 의도를 보이기는 하였지만 감정을 완전히 절제하지 못하였다. 한편 카톨릭 신앙에 바탕한 <임종>, <다른 한울> 같은 시들에서는 죽음을 신앙의 힘으로 극복하려는 의지를 드러내기도 하였다. 그러나 죽음을 생사의 단절 형태로 파악했다는 평가는 이 4편의 시에 공히 적용될 것이다.

3장 '생의 우주적 열락을 향한 생사 초월로서의 죽음'에서는 『백록담』에 실린 작품들을 중심으로 논의를 전개하였다. <백록담>, <예장>, <호랑나븨>, <진달래>, <선취 2> 등의 분석에서 알 수 있는 이 무렵 정지용은 죽음을 심미적으로 수용하여 그것에 근거하여 열락을 거듭하는 양상을 보였다. 이는 생과 사에 얽매이지 않는 장자적 세계관과 연결되는 동시에 자연과 궁극적으로 합일되려는 의도를 성취한다. 주로 산을 배경으로 펼쳐지고 있는 이와 같은 죽음의 형상화는 개인사적인 서사를 동반하기보다는 의도적인 장치 속에서 이루어지고 있음을 알 수 있다.

삶을 모르는데 어찌 죽음을 알겠는가(未知生 焉知死)라고 한 공자의 말이나 낮과 밤은 죽음과 삶의 도이니 삶의 도를 알게 되면 죽음의 도를 알 것(晝夜者 死生之道也 知生之道 則知死之道)이라고 한 정자의 말19)은 삶과 죽음의 불가분한 관련성을 간결히 일러준다. 시인이 죽음을 형상화하는 방식은 그가 삶을 인식하는 태도와 밀접히 연결된다. 정지용 시에 나타나는 죽음 의식을 규명하는 작업은 그가 삶을 바라보는 태도의 변화와 세계를 형상화하는 미학적 전략을 우회적으로 가늠하는 과정일 수밖에 없다. 정지용은 그가 간행한 두 권의 시집(『정지용시집』, 『백록담』)에서 서로 대별되는 죽음 의식을 보여줌으로써 그의 총체적인 세계 이해 역시 죽음 의식의 변모에 상응하여 변화하였다는 점을 상징적으로 일러주었다.

〔호서대 겸임교수〕

---

19) 이 두 구절은 논어 선진(先進)편에 나오는 말이다.

辛夕汀의 精神世界

김 태 진

1. 머리말

예술(藝術)로서의 문학은 하나의 보상(補償compansation)받고자 하는 소망적 표현이라고 할 수 있다. 그러기에 문학작품 속에는 작가의 보상 심리가 내재되어 표출되고 있고 이 표출은 때로 유토피아(理想鄕)를 그 려내게 된다. 이 유토피아는 병적이리만치 시인의 내면세계를 차지하고 있는데, 이러한 현상을 우리는 승화기제(sublimation)가 충만한 상태라고 말한다. 승화기제란 리비도(libido)가 예술이나 문화같은 인간생활에 유 용한 형태로 변형되는 현상을 일컫는 말이다. 그러기에 예술에 심취한 문학가는 일반적인 정신병자와는 아주 다르다. 그것은 예술은 현실사회 에 기여하는 바가 분명히 있으며, 또 잭 스펙터(Jack Specter)가 말했듯 이, 예술자체는 정신병으로 인해 인격이 말살되는 위기적 현상을 방어 하는 실체가 되기 때문이다.[1] 그러기에 문학가는 작품 속에서 하나의 유토피아를 자연스럽게 가져도 무난할 듯 하다. 그래서 문학가의 본령 이라고 할 수 있는 감수성과 이 유토피아가 결합하게끔 그 심리적 기제

---

1) Jack J,Specter, 『The Aesthetics of Freud』 (Mc-Graw-Hill Book Company, 1974), p.139

를 사용해 볼 일이다.

여기 하나의 유토피아를 꿈꾸며 끊임없이 '어머니'를 부르고 있는 시인이 있다. 바로 신석정이 그인데, 그는 작품 속에서 하나의 고즈넉한 세계를 이상향으로 설정해 놓고 꿈을 노래하고 있다. 이 글은 바로 그러한 그의 시세계를 의식적으로 추적해 보는 작업이 될 것이다.

인간이 이상(理想)을 가지게 되면 꿈이 생기게 되며, 이 꿈을 실현하려는 욕망 때문에 헤아릴 수 없는 갈등과 마주 서게 된다. 이 갈등의 순간들을 어떻게하면 지혜롭게 극복할 수 있느냐 하는 문제는 지극히 개인적인 것이 될 수밖에 없겠지만, 적어도 불변의 사실, 즉 대처의 방법이 존재한다는 사실만은 부인할 수 없는 것이다. 이 대처의 방법에는 여러가지가 존재한다. 물론 부딪친 문제의 성격에 따라 그 대처 방법이 다르겠지만, 대체적으로 참여(參與), 체념(諦念), 도피(逃避), 승화(昇華), 중도(中道) 정도로 그 대처 방법을 나누어 볼 수 있을 것이다.

그런데 이 중에서 가장 이상적인 방법은 어떤 것일까?이같은 물음은 문제가 발생한 상황을 고려치 않은 것이기에, 그 해답을 말하기는 매우 어렵다. 그러나 그 마주친 문제의 성격이 어떤 것이든, 대체적으로 통할 수 있는 것이 있으니, 그것은 승화이다.이 승화란 문제의 상황을 순화(醇化)시켜 받아들이는 것이다. 즉 놓여진 문제 상황을 어떤 다른 형태로서 전환시켜 받아들이는 것이다. 이 과정에서 예술의 행위가 그 존재 가치를 발휘하게 된다. 즉 문제상황을 넘어서기 위해 작가는 예술적 행위를 하는 것이다. 그리고 거기에서 또 다른 꿈이 현현하게 된다. 말할 필요도 없이 이 꿈은 승화의 산물이다.

이러한 예술행위 중의 하나가 문학이다. 또 그 문학 중에서 시(詩)로써 그 문제를 승화시킨다면, 그것은 참으로 보람된 일일 것이다.이것은 결코 시예찬론(詩禮讚論)이 아니다. 다만, 말하고자 하는 것은 언어의 함축성을 통해 자신의 문제를 승화시킨다면, 그 언어 속에 숨겨진 의미들이 독자들에게는 다양성으로 인식되기 때문에, 그 신비성이 극치에 달한다는 의미이다.그러기에 보람되다는 것이다. 이 언어의 의미적 신비성이야말로 잡히지 않는 안개 속의 형상, 그리고 그 형상의 그림자의 같은 환상적 꿈을 읽는 이들에게 주게 될 것이다.

이같은 예술행위로서의 시를 선택한 이가 신석정이 아닌가 생각한다. 그것은 일제시대에 우리의 잃어버린 모든 것, 즉 현실에 대한 욕구불만(frusstration)을 고고한 언어로써 승화시킨 장본인이라고 생각되기 때문이다. 그러기에 우리는 그를 목가시인(牧歌詩人)이라고 부른다. 여기서 목가시인이라 함은 자연 속에서 파묻혀 자연의 아름다움을 노래한 시인을 말한다. 그러나 신석정에게 있어 이러한 호칭은 현실도피자라는 부정적 의미를 덮어씌우기도 한다. 허나 이는 걸맞지 않는 표현이다. 그것은 침울한 시대의 현실을 시(詩)의 고고함으로 승화시켜 표현했을 뿐이기 때문이다.

그러기에 그의 시는 언제나 보이지 않는 애수의 어조가 깔려 있으면서도 하나의 유토피아를 노래하고 있는 것이다. 그 대표적인 것이 '어머니'라는 시어일 것이다. 이 '어머니'는 우리 인간이 상황적으로 급할 때나, 심정적으로 다급 할 때 나올 수있는 언어이다. 결코 현실을 도피한 곳에서 나올 수 있는 목소리는 아닌 것이다. 그 다급한 목소리가 이상적(理想的)인 세계를 그리는 곳이면 어디에서나 등장하고 있다. 이는 현실에 대한 다급한 시인의 심정을 자애로운 '어머니'로 표현한 것이라 할 수 있다. 그러기에 그의 시를 현실에 관심을 가진 것이라고 보아야 된다.

이제 이 글에서는 그의 시의 한 단면을 쳐다보고자 한다. 그래서 그가 제시한 꿈의 세계, 즉 이상향(理想鄉)의 세계를 심리주의적 방법으로 들여다 보기로 한다.

2. 의식세계 분석

프로이트는 신화(神話)를 '민족전체가 소망하는 幻想'이라고 말했다. 이 신화는 융(C.G.Jung)이 말했던 집단무의식 또는 원형적 무의식(collective unconscious or archetypal unconcious)형태로 전수되는데, 그렇다면 그 민족의 신화를 분석한다면, 우리는 그 민족성을 정확히 알 수가 있을 것이다. 그런데 우리가 알아야 할 것이 이 신화 속에는 시적인 상징이 많다는 것이다. 즉 원시시대부터 시인에 의해서 신화가 창조되어 왔다는 것이다. 그러기에 우리는 그 시대의 민족적 소망을 알려면 우선 시인의 시들을 잘 살펴봐야 한다.

오늘날에 있어서도 시인은 신화창조자나 다름없다. 그것은 사회적 소망의 형태를 작품을 통해 구현해내고 있기 때문이다. 그러기에 시인의 시는 언제나 살아있는 시대의 외침인 것이다.

1) '自然'에 대한 의식

독학(獨學)으로 문학을 연마한 석정의 고향은 주위의 산천이 한폭의 그림같은 선은동(仙隱洞)이다.여기서 그림 같다는 것은 그만큼 산수(山水)가 수려(秀麗)하다는 말이다. 이 그림 같은 곳에서 문학 연마를 시작한 그는 고독한 생활 속에서도 시로써 어두운 현실 상황에 대한 승화를 꾀한 것으로 보여진다.

그는 고향인 선은동에 살면서 도연명, 타고르, 쏘로우 등에 심취하였는데, 이 흔적이 잘 드러나는 것이 시집 『촛불』 (대문사, 1960)에서이다.

그는 이 시집에서 자연을 동경하는 맑은 마음과 목가적인 정취를 담아
내고 있다.

> 가을날 노랗게 물들인 은행잎이
> 바람에 흔들려 휘날리듯이
> 그렇게 가오리다
> 임께서 부르시면
>
> <임께서 부르시면> 에서

　자연은 항상 인간의 고뇌를 위안시켜 준다. 그러기에 현실에 좌절한
인간은 항상 자연을 찾게 된다. 또 인간은 죽으면 자연으로 돌아간다.
성경에도 있다시피, 인간은 흙에서 나서 흙으로 돌아간다는 말은 자연
의 원시성을 상징해 주고 있다. 그 원시성은 현실에서 다소 거리감이
있는 본능으로의 회귀를 암시해주고 있다. 인간에게 있어 본능으로의
회귀는 의식적 퇴행현상(regression)이라고 할 수 있다. 따라서 작품 속
에서 '어머니'를 부르는 석정의 유아기적 퇴행현상(regression)은 이미
초창기부터 예견된 것이라고 할 수 있다.

　위의 시는 석정의 초기시이다. 이 시에서 그는 임에 대한 막연한 동
경심을 드러내고 있다. 어쩌면 임에 대한 사춘기적 감정같은 가녀린 호
흡마저 느껴지기도 한다. 그러나 중요한 것은 그러한 막연한 동경심이
자연물, 즉 '은행잎'과 '바람'을 비유하여 묘사된다는 것이다. 즉 노란
은행잎이 가을바람에 떨어져 어디론가 사라져가는 쓸쓸한 모습이 시인
에게는 임을 좇아가는 아련한 모습으로 인식되고 있는 것이다. 여기서
임은 부재하는 임이 아니다. 어딘가 이상적인 세계에 있는 절대적으로
사랑하는 임, 바로 그것인 것이다.

　한편 이 시에서 잘 봐야하는 것은 석정의 자연물에 대한 인식인데,

즉 가을에 쇠락하여 떨어지는 은행잎이나 겨울을 알리는 듯한 바람 등에 대해서 시인의 인식은 임께로 다가가게 하는 조력자라고 인식한다는 점이다. 이는 시인의 자연에 대한 인식이 매우 긍정적인 것임을 알 수 있다. 즉 생명의쇠잔함조차 임을 따라가는, 또 다른 삶의 모습으로 인식되고 있기에, 석정에게 있어 자연은 생명이 지속되는 윤회체로 인식되고 있는 것이다.이러한 인식은 석정의 초기시에서 나타난 것으로 보아서, 일찌감치 석정은 그 이상향을 자연(自然) 속에서 구축한 것이 아니었는가하는 감을 주기도 한다.

자연은 자연의 여신(女神), 조물주를 상징한다. 인간이 자연에서 느끼는 몰아(沒我)의 심리는 아무런 근심 걱정없이 평안감을 가질 수 있는 어머니 품 안에서나 가능하다. 따라서 신석정이 자연을 일찌감치 아늑하게 설정하고 그 안에서 안주하고자 하는 것은 유아적 퇴행현상(regression)의 현현이라고 할 수 있다.

또 다음의 시들을 보기로 하자.

2) '촛불'에 대한 의식

저 재를 넘어가는 저녁해의 엷은 광선들이 섭섭해 합니다.
어머니 아직 촛불을 켜지 말으셔요.

어머니 아직 촛불을 켜지 말으셔요.
인제야 저 숲너머 하늘에 작은 별이 하나 나오지 않았습니까?
　　　　　　　<아직 촛불을 켤 때가 아니다 >에서

잔인한 촛불에게 추방을 당하면서도
나의 침실을 잊지 않는 충실한 어둠이여
　　　　　　　<새벽을 기다리는 마음>에서

> 일림아
> 촛불을 꺼라
> 소박한 정원에 강물처럼 흐르는
> 푸른 달빛을
> 어서 우리 침실로 맞아 와야지
> <푸른 침실>에서

　세상에는 네 종류의 불이 있다고 한다.[2]

　첫째는 모닥불과 같은 자연의 불, 둘째는 전기와 같은 생활의 불, 셋째는 원자로에 의한 과학의 불, 넷째는 눈에 잘 보이지 않는 사랑의 불 등이 있다고 한다. 이들 불들은 인간의 생활에 여러 가지 점에서 원동력이 되고 있다.

　불에 있어서 인간의 은인은 프로메테우스(Prometheus)이다. 그는 동생 에피메테우스와 함께 인간을 창조하고 하늘의 불을 인간세계에 갖다 줌으로서 인간에게 문명권으로 들어서게 했다. 불을 도난 당한 제우스가 크게 노하여 프로메테우스를 코카서스 산꼭대기에 쇠사슬로 묶어 놓고 독수리를 시켜 날마다 쪼아먹게 하였다. 이같은 이야기는 그리스로마신화에 의해서 일반대중들에게 전파된 것이지만, 우리는 여기서 불 때문에 인간의 문화가 시작되었다는 것을 인식하여야 하며, 또 그 기여자는 프로메테우스라는 것을 알아야 한다. 이것을 거꾸로 해석하면, 인간의 문화가 창조되기 위하여는 프로메테우스라는 희생양이 필요했다는 의미가 되기도 한다. 그러나 불의 존재는 확실히 인간세상에 중요한 의미를 갖는다. 짙은 어둠 속에서 하나의 성냥불이 더욱 빛을 발하듯이, 문명의 야만 상태에서 프로메테우스의 불은 그 빛을 더욱 발하였을 것으로 생각된다.

---

2) 김대규, 『무의식의 수사학』 (해냄, 1992),p.69.

일제시대는 일종의 문화적 어둠 상태라고 할 수 있다. 이러한 어둠 속에서 시인들은 문명의 불을 들어야 했다. 그러기에 시인들의 시에 보면 불이나 빛의 상징적 언어들이 대다수 등장한다. 위의 신석정의 시에서도 '촛불'이 등장한다. 촛불은 일반적으로 스스로 자신을 태워서 희생하는 존재로 인식되고 있다. 그러나 석정의 시에서의 촛불의 상징성은 사뭇 다르다.

우리가 위의 시를 읽고 난 후에, 알 수 있는 촛불에 대한 의미는, 일반적으로 우리가 알고 있는 것과 비교해 볼 때에 매우 이채로운 것이다.왜냐하면 석정의 시에 나타난 촛불의 의미는, 자신을 스스로 녹여서 고요하게 타오르는 희생적인 의미로서의 촛불이 아닌, 스스로 빛을 발산하면서도 자연과는 결코 어울릴 수가 없는 것으로의 촛불이기 때문이다.

석정의 '촛불'에 대한 이러한 의미는 순수한 자연을 이상향으로 설정한 그의 시적 태도와 관계가 있는 것으로 보여진다.즉 그는 자연으로써 완전한 세계를 설정하여 그 곳을 우리가 가야만 될 이상적 세계로 제시하였다.그러기에 절대적인 자연에 비해 인공적이고, 나약하기만 한 촛불은, 자신의 이상적 세계 속에서는 켤 수가 없었던 것이다.

> 인제야 저 숲너머 하늘에 작은 별이 하나 나오지 않았습니까?
> <아직 촛불을 켤때가 아닙니다> 에서

여기처럼 인공적인 촛불은 '작은 별'빛으로 인하여 아무런 쓸모가 없이 변하고 만다. 즉, 자연에 있어서 어둠에 필요한 빛은 인공의 빛인 촛불이 아니라 자연의 빛인 작은 별인 것이다. 이 작은 별빛이 있음으로 해서 세계는 평안하고 이상적인 밤을 맞이할 수 있는 것이다. 그러므로, 석정의 작품에서는 촛불의 나약함과 인공적인 측면이 부각되어 거부의 대상으로 나타나고 있는 것이다.

　　　잔인한 촛불에게 추방을 당하면서도 나의 침실을 잊지 않는 충실한
어둠이여

<새벽을 기다리는 마음> 에서

　　위의 시에서, 촛불은 이미 석정에게는 부정의 의미를 지나서 공포의
대상으로 등장하고 있다.'어둠'을 없애려고 침범하는 '잔인한 촛불'과
이를 지키려는 '충실한 어둠', 이 두 구절만 비교해 보아도 '촛불'과
'어둠'은 그 의미가 대립되고 있으며, '촛불'에 대한 인식이 공포적이
란 것을 알 수 있다.

　　그래서 촛불은 석정의 시세계에서는 '어둠의 침입자'로 규정되어 거
부의 대상이 되어 버리고 만다. 이렇게 볼 때 이 '촛불'은 자연과는 대
치되는 말로서, 그 의미가 어둠에 대한 대립체로 나타나기도 한다.

　　바슐라르가 인식한 불의 개념으로 볼 때 그가 『불의 精神分析』에서
말한 '자연에 反하는 불'로 이 석정의 촛불을 인식할 수 있다[3].따라서,
'자연'과 '촛불'은 대조적인 관계로 볼 수 있으며, 자연과 촛불과의 관
계를 '상반(相反)'으로 본다면, 자연적으로 '촛불'은 부정적 의미와 더
불어 배척의 대상으로 쓰였음을 알 수가 있다. 그러기에 그는 순수한
자연의 세계에 자신의 이상향을 설정하고 있다고 볼 수 있다.

　　또 다른 시어에 주목해 보기로 하자.

3) '어머니'에 대한 의식

　　인간이 상황적 위기에 부딪혔을 때, 대개 두 가지 반응이 나타난다
고 볼 수 있다. 하나는 그 상황에 대한 적극적인 저항이요, 다른 하나

---

3) 가스통 바슐라르, 『불의 정신분석』 (민희식 역, 삼성출판사,1976)p.25.

는 그 상황에 대한 속으로의 웅크림인 것이다. 석정의 경우는 후자에 해당된다. 그러나 비록 석정이 자연에 묻혀 현실을 외면했다고 해도 그는 지식인의 양심을 가지고 현실에 대한 저항을 시도했다고 보여진다. 그것은 시 속에 '어머니', '먼 나라' 등 현실을 추상적으로 표현하는, 그러나 울음을 감추고 있는 시어들을 쓴 것으로 보아 알 수 있다.

그의 시에 있어서 '어머니'의 의미는 정신분석학적 측면에서는 의식적 퇴행현상으로 해석되어야하지만 일제적 상황이라는 측면을 고려한다면, 현실저항성으로 파악되어져야 한다. 그것은 새로운 의지대상을 찾아 그것을 부여잡고 현실에 대한 목소리를 높였다고 볼 수 있기 때문이다. 즉 만일 인간이 한계상황을 느끼고, 내면으로 침잠했을 때 그 스스로가 나약한 인간인 것을 인식했다면, 그는 새로운 의지대상을 찾아야 할 것이고, 그래서 그 의지대상을 붙잡고 자신을 지켜 나갔을 것이라고 추측 가능하기 때문이다.

다음의 시를 보자.

> 햇빛이 유달리 맑은 하늘의 푸른길을 밟고,
> 아스라한 산 너머 그 나라에 나를 담쑥 안고 가시겠습니까?
> 어머니가 만일 구름이 된다면,
>
> <나의 꿈을 엿보시겠습니까>에서
>
> 어머니
> 당신은 그 먼나라를 아십니까?
>
> <그 먼나를 아십니까>에서
>
> 어머니
> 만일 나에게 날개가 돋혔다면
>
> <날개가 돋혔다면>에서

시방 어머니의 등에서는 어머니의 콧노래가 섞인
자장가를 듣고 싶어하는 애기의 잠덧이 있습니다.
                    <아직 촛불을 켤 때가 아닙니다>에서

어머니
황혼마저 어느 성좌로 떠나고
밤
밤이 왔습니다.
그 깊고 무서운 밤이 왔습니다.

      - 중 략 -

어머니
옛 이야기 하나 들려 주셔요
이 밤이너무 길지 않습니까?
                    <이 밤이 너무 길지 않습니까>에서

   위의 여러 시에서 보이다시피 석정에 있어서 '어머니'라는 시어는 매
우 중요한 구실을 한다. 그것은 평범한 생모(生母)라기보다는 타고르에
서와 마찬가지로 "대지의 어머니, 우주의 어머니, 그리고 민족이며 자연
으로서 절대자"가 되며 '어머니'라는 매체로써 석정이 가고자 하는 세
계는 명상(瞑想)에 의한 이상향의 세계였던 것이다.
   이러한 어머니는 단순한 호칭이 아닌 자연 속에서 명상으로 설정한
매체로 등장한다. 따라서, 석정은 어머니에 대하여 자장가를 듣고 싶어
하는 아기가 되기도 하고 연인이 되기도 하며 소년이 되기도 하는데,
이로써 석정은 현실에 대한 불만족(frustration)을 어머니에게 토로하여
불만을 해소시키려 하는 것이다. 그렇게 불만이 해소되면 현실적 불안
감을 없앤 이상적인 세계가 그에게는 다가오게 되는 것이다.

시(詩) 「그 먼 나라를 알으십니까?」에서 석정은 이상향에 대한 구체적 제시를 한다. 그 '먼 나라'는 '물새, 노루'가 있고, '들장미 열매'가 있으며, 또 '아무도 살지 않는 나라'이고 '어머니와 단 둘이서만 갈 수 있는 나라'이다. 그리고 그 어머니는 석정을 보살피는 보호자로서 동반자이며 연인이 되는데, 이것은 석정의 유아의식의 표출이다. 현실에 불만족한 석정이 어린 시절로 필연적인 퇴행(regression)을 함으로써 현실의 이루어지지 않은 것을 그 어머니를 통해 찾으려는 행위인 것이다. 이같이 그는 자연속에서 어머니를 등장시킴으로써 이상향을 더욱 의미있게 만들어 가고 있는 것이다.

4) 색채어에 대한 의식

석정 시에 있어서 또 하나 유의할 것은 색채어에 대한 빈번한 사용이다. 본디 색채란 시각적인 인식을 통하여 인간에게 감정을 유발시키는 공통의 언어라고 할 수 있다. 그리고 색채어는 시 속에서 회화성(繪畫性)을 제시해준다. 이러한 회화성은 시의 풍경화적 이미지를 부각시켜 주는데, 정신분석학에서 모든 풍경에 관계된 상징적 의미를 여성의 생식기에 비유하고 있다.4) 따라서 석정이 빈번하게 사용한 색채어들 자체도 '어머니'와 연관된 표현이라고 생각해 볼 수 있다.

이같은 색채어는 원색(原色)일수록 그 이미지가 강하게 부각되는 경향이 있다. 석정도 이러한 생각에서 원색, 즉 '붉은 색'과 '푸른 색'을 많이 사용하고 있는 듯하다. 그러나 전반적으로 보면, 이 원색들은 어린 아이들이 좋아하는 색채이다. 따라서 석정이 이 색채들을 많이 사용했다는 것은 유아기로의 퇴행(regression)을, 즉 '어머니'를 애타게 찾는 유

---

4) Sigmund Freud, 『Introductry Lectures on Phycho-analysis,trans.J.Strachery』 (The Hogarth Press,1963), p.158, 162, 193.

아기적 산물이라고 할 수 있다.
　그러면 우선 붉은 색에 관련된시어가 나타난 시들을 살펴 보기로 한다.

　　　어머니
　　　먼 하늘 붉은 놀에 비낀 숲길에는
　　　돌아가는 사람의
　　　꿈같은 그림자 어지럽고

　　　-중 략-

　　　언덕의 풀잎이 고개를 끄덕입니다.
　　　　　　　　　　　<그 꿈을 깨우면 어떻게 할까요?>에서

　　　저 재를 넘어가는 저녁해의 엷은
　　　광선들이 섭섭해 합니다.

　　　-중 략-

　　　이윽고 하늘이 능금처럼 붉어질 때
　　　그 새새끼들은 어둠과 함께 돌아온다 합니다.
　　　　　　　　　<아직 촛불을 켤 때가 아닙니다>에서

　　　하늘가에 붉은 빛 말없이 퍼지고
　　　-중 략-
　　　초라히 바다를 넘어 갑니다.
　　　　　　　　<선물>에서

　'먼 하늘 붉은 놀에 비낀 숲길', '하늘이 능금처럼 붉어질 때', '하
늘가 붉은 빛 말없이 퍼지고'에 보이는 붉은 색에 관련된 색채어는 자
연의 색채를 그대로 옮긴 것이며, 그리고 애잔하고 고요한 시적(詩的)
이미지를 띠고 있다. 실제로 붉은 색은 강한 정열을 상징하기는 하나,

석정의 시에서는 그저 잔잔한 분위기 형성에만 기여하고 있다고 할 수 있다.

석정은 언제나 이 빛 속에서 이상향을 그려내는 하나의 구도자(求道者)가 된 것이다. 그래서 그가 말하는 붉은 색 속에서는 언제나 구도자의 목소리가 들려오는 듯하다. 그리고 그 구도자의 소리는 이상향을 기원하기에 더욱 강렬하게 나타난다. 그러나 그것은 외적으로는 나타나지 않는다. 다만, 그것은 분위기로 나타난다. 이것은 석정의 시에서만 느낄 수 있는 하나의 아이러니이다. 결코 밖으로 드러나지 않는 열정이 있으며, 그러나 너무나 잘 조화된 자연의 상태에서, 그는 이상향을 꾸미기 위한 꿈을 꾸고 있는 것이다.

이처럼 석정의 시에서 붉은 색은 그 색채적 강렬함보다는 온유한 분위기로 그려져 있으며, 또 작품 속에서 아름다운 자연의 배경으로서 그 역할을 다하고 있다.

다음은 '푸른 색'에 관련된 색채어를 살펴 보기로 한다.

석정의 시에 보면, '푸른 색'에 관련된 색채어가 많이 나오는데, 이것은 현실적인 의지의 표현이며, 이상향에 대한 동경(憧憬)의 표시라고 할 수 있다.

> 파아란 하늘에 백로가 노래하고
> 이른 봄 잔디 밭에 스며드는 햇볕처럼
> 그렇게 가오리다
> 님께서 부르시면-
>> <임께서부르시면>에서
>
> 햇볕이 유달리 맑은 하늘의 푸른 길을 밟고
>
> -중 략-

그 푸른 눈동자로 나의 꿈을 엿보시겠습니까?
<나의 꿈을 엿보시겠습니까>에서

어머니
산새는 저 숲에 살지요

-중 략-

구름도 고요한 밤 하늘의
푸른 길을 밟고 헤매이는데

-하 략-
<그 꿈을 깨우면 어떻게 할까요>에서

어머니
만일 나에게 날개가 돋혔다면

-중 략-

그리하여 푸른 달밤의 피리소리가 들려 오거든
<날개가 돋혔다면>에서

저 재를 넘어가는 저녁해의 엷은 광선들이 섭섭해 합니다.

-중 략-

지금도 저 푸른 하늘에서 날고 있지 않습니까?
<아직 촛불을 켤 때가 아닙니다>에서

'파아란 하늘에 백로가 노래하고', '햇볕이 유달리 맑은 하늘의 푸른
길을 밟고', '푸른 길을 밟고 헤매이는데', '푸른 달밤 피리소리가 들

려오거든', '저 푸른 하늘에서 날고 있지 않습니까?' 등에서 보다시피, 푸른 색은 시의 전체적 배경을 돋보이게 한다. 즉 푸른 색 속에 안겨진 자연의 존재와 추상화처럼 이루어진 자연의 모습을 우리는 인식할 수 있는 것이다. 그곳은 시인이 가고자 하는 이상향이기도 하다.

그런데 이 푸른 색은 색채 이상의 의미가 있다고 보여진다. 왜냐하면 석정의 소원은 어두운 쪽에서 밝은 쪽으로 가기 위함이었는데, 결국 그가 도달한 곳이 푸른 색을 띤 하늘이라면, 이는 그가 공간의 제시와 더불어 나름대로 최고 경지의 색을 이 푸른 색에서 찾았던 것이 아닌가 한다. 따라서 절대적인 평온 속에서 본 푸른 빛은 영원한 이상의 빛이 되는 것이다. 즉 일체의 잡념이 사라진 상태에서 본 푸른 빛이 되는 것이다. 그러기에 그가 묘사한 이 색채는 평온과 영원성을 가르쳐 준다고 할 수 있다. 이것은 새로운 형태의 감정이입이다. 즉 색채를 동원하여 자신의 이상향을 제시하는 방법, 이것은 무의식적인 정신기능의 전위(轉位displacement)라고 할 수 있다.

3. 마무리

시를 정신분석비평으로 대하는 일은 시 자체를 하나의 꿈으로 보는 데서 출발한다. 그것은 꿈이 비현실적인 것을 현실화시키는 무한한 힘이 있기 때문이다. 꿈은 어찌보면 욕구불만(frustration)의 표현이다. 언제나 은유적으로 그 꿈은 표현되며 리비도(libido)적 충동 형태로 나타난다. 그러기에 시는 시인의 무의식적 충동이 언어로써 나타나는 것이라고 할 수 있다.

우리는 시인을 광기(狂氣)어린 눈을 뜨고 꿈꾸는 사람이라고 말할 수 있다. 여기서 광기(狂氣)란 신들림을 의미하며 달리 해석해 보면, 영감 (靈感)이라고 말할 수 있다. 프로이트는 이러한 시인을 '환상을 언어로 표현해내면서도 사회적으로는 인정받는 몽심가(夢想家)'라고 정의한 적 이 있다. 몽상가라는 말에서 알 수 있듯이 시인은 꿈을 꾸는 사람이다. 이 꿈에 대해 프로이트는 소망충족(所望充足wish-fullfillment)라고 간단 히 정의했다. 꿈은 무의식적으로 나타난다. 특히 작품 속에서는 더욱 그 렇다.

　그러나 <탈무드>에서도 나왔듯이 '어느 꿈도 완전하게 해석되지는 않는다.' 여기에 문학평론가들의 한계점이 도사린다. 아무리 분석을 해 도 시인의 의식적 한 구석만을 쳐다볼 뿐, 그 완전한 시적 실체는 드러 낼 수가 없다. 그래도 분석과 감상은 계속되어야 한다. 그것은 꿈꾸는 자들의 꿈을 이 세상에 전파하는 하나의 방법이기 때문이다. 따라서 아 래의 결론적 언어들도 신석정시의 의식적 한 구석을 드러낸 것에 불과 하지만, 그래도 그의 꿈을 드러내는 데에 일조했다는 자괴감으로 말해 보고자 한다.

　그의 시에 나타난 '자연', '어머니'와 '촛불', 그리고 붉은 색과 푸른 색에 관련된 시어들은 그 나름대로 특징을 가지면서 시 속에 존재하고 있다고 볼 수 있다. 이같은 그의 시어들은 상황을 구체적으로 보여 줄 수 있을 뿐만 아니라, 그의 시적 분위기도 보여주고 있다. 즉 '어머니' 라고 외침으로써 아늑한 분위기를, '촛불'을 거부함으로써 자연 그대로 의 세계를, 붉은 색과 푸른 색을 묘사함으로써 온화하고 신비한 이상적 세계의 분위기를 그려내고 있는 것이다.

　그런데 이 모든 시어 사용이 시인의 현실에 대한 욕구불만(frustration) 에서 비롯되었으며, 그 욕구불만은 유아적 퇴행현상(regression)을 기반 으로 하여 하나의 이상향(utopia)설정에 기여한 것이라고 할 수 있다. 즉 여신(女神)을 상징하는 자연을 배경으로 하여 어린 아이처럼 '어머니'를 부르면서, 그 주변의 배경을 어린 아이들이 선명하게 인식하는 붉은 색과 푸른 색으로 연출해낸 그의 시는 일제시대라는 특수한 상황 속에서 현실에 대한 욕구불만을 심리적으로는 유아적 퇴행현상을 일으켜서 우리 독자들에게 현실을 벗어난 다른 세계를 제시해준 경우라고 할 수 있다.

이렇게 보면, 신석정의 시는 현실에서 어느 정도 벗어난 또 다른 세계를 우리에게 보여주려고 노력한 산물이라고 할 수 있다. 그러기에 그의 시를 읽을 때에, 우리는 현실과는 다른, 또 다른 이상의 세계를 눈앞에 떠올리는 것이다. 그 곳은 어머니의 숨결을 평안하게 느낄 수 있는, 순수한 자연의 세계, 혹은 어느 절대자(女神)가 만들어 놓은 이데아의 세계 같은 곳이다. 따라서 우리는 그의 시에서 삶의 치열함보다는 삶의 평안함이나 희열감을 느낄 수가 있다.

그러나 그의 시는 결코 음풍농월이나 일삼는 현실도피적인 시는 아니다. 다만 그의 감성어린 서정적 측면이 '자연(自然)'이라는 공간과 시간에 독특하게 자리잡고 있다 뿐이지, 우리의 서정시와 그 종류가 다른 새롭다거나 이상한 시의 형태는 결코 아니다. 그것은 석정 시에서 드러나는 모든 표현이나 목소리 자체는 일제에 꽁꽁 묶인 우리 민족에 대한 애정이며, 그리고 그 애정의 표현으로서 '자연(女神)'이라는 새로운 공간과 시간을 묘사하고 있기 때문이다. 그러므로 우리는 그의 시의 세계를 전통적인 서정시의 맥락에서 '이상향'을 설정하고 있으며, 그 이상향의 설정 자체가 현실에 대한 저항의 몸짓이었다는 것을 알아채야 할 것이다.

이것이 석정 시의 아이러닉한 측면이기도 한데, 그것은 유아기적 퇴행현상을 이용하여 가장 강력한 현실적 저항을 하고 있다는 측면에서 그렇다. 일제시대의 대표적인 서정시인인 김소월이 그 시적 퍼소나를 여성화 시켜서 부드러운 어조로 우리민족의 한을 위무하고 있다면 석정은 그 시적 퍼소나를 유아로 등장시켜 현실을 비판하고 있다고 볼 수 있다. 이러한 석정의 시적 기법은 결국 유아기적 퇴행현상이라는 독특한 수법으로 보아야 하지만, 그의 대표적인 시어 '어머니'라는 표현에서 볼 수 있듯이, 그 여성에 대한 지향성, 유아로서, 남자로서의 지향성을 그의 시에서 읽을 수 있는데, 이는 활력이 넘치는 본능으로의 복귀를 암시한다고 볼 수 있다. 그러기에 그의 시에서 우리가 일차적으로 보는 것은 고요한 분위기이지만, 결국 인간의 본능적 활동성을 자극함으로서 우리들에게 미지의 힘을 준다고 볼 수 있다.

〔하남문인협회회장〕

참 고 문 헌

1. 자료

辛夕汀, 『촛불』, 大文社, 1960.
신석정, 『슬픈 牧歌』, 浪州文化社, 1947.
신석정, 『氷河』, 正音社, 1956.
신석정, 『대바람소리』, 文苑社, 1970.
신석정, 『山의 서곡』, 嘉林出版社, 1967.

2. 논문

김윤식, 「신석정론」, 『시문학』 97호, 1979.8.
노재찬, 「신석정과 자연」, 『부산사대 논문집』 6집, 1979.
류태수, 「신석정에 있어서 전원의 의미」, 『한국현대시사연구』, 일지사,
     1978.
이기반,「신석정의 자연시에 나타난 서정성」,『김영준 화갑논총』, 1980.
이옥정, 「신석정 연구」, 한양대대학원, 1982.
정태용, 「신석정론」, 『현대문학』 147호, 1967.3.
최승범, 「목가세계의 모성에의 회귀」 『한국현대시평설』, 문학세계사,
     1983.

3. 저서

김기림, 『시론』, 백양당, 1947.
김대규, 『무의식의 수사학』,해냄, 1992
문덕수, 『한국모더니즘시연구』, 시문학사, 1981.
신석상, 『신석정평전』, 동천사, 1984.
이건청, 『한국전원시연구』, 문학세계사, 1986.
조연현, 『한국현대문학사』, 성문각,1969.
홍정운, 『신념의 언어와 예술의 언어』, 오상사, 1985.

4. 번역서 및 외국 논저

G. 바슐라르(민희식역), 『불의 정신분석』, 삼성출판사,1976.

G.바슐라르(이가림역), 『물과 꿈』, 문예출판사, 1980.

Jack J,Specter,『The Aesthetics of Freud』, Mc-Graw-Hill Book Company, 1974.

Sigmund Freud, 『Introductry Lectures on Phycho-analysis』,trans.J.Strachery, The Hogarth Press, 1963.

W.카이저 (김윤섭역), 『언어예술작품론』, 1986.

무진과 서울의 거리; 그 양면성의 세계
- 「무진기행」론

이은애

1. 들어가며

우리의 현대문학상 유례를 찾아보기 힘들 만큼 단시일 내에 그 작가적 재능을 인정받은[1] 김승옥은 1962년 한국일보 신춘문예에 「생명연습」이 당선되어 문단에 데뷔한 후 1980년 절필할 때까지 9편의 중·장편(미완 2편 포함)과 15편의 단편소설을 발표했다.

김승옥에 대한 연구는 주로 단평적인 논의로 일관되어 왔는데 그 이유는 일찍 절필을 했고, 대표작이 작가생활을 시작한 젊은 시절 4년에 한정되어 있다는 그의 소설적 작업의 독특성과도 관련이 있다고 생각된다.

그에 대한 논의는 50년대 문학이 갖는 의미와의 차별성 및 60년대 문학의 새로움을 밝히는 문학사적 작업과 관련을 맺는다. 따라서 그에 대한 평가도 4·19의식과 60년대의 사회적, 역사적 의미망 속에서 이루어지며 소설의 의미를 그와의 관련성 속에서 파악하는 것이 보편적 접근방식이다. 이러한 논의들 가운데 대표적인 것들을 내용과 형식적 측

---

* 본 연구는 2000년도 덕성여자대학교 연구비지원으로 이루어졌음.
1) 유종호, 「감수성의 혁명」, 『비순수의 선언』, 민음사, 1995.

면으로 대별하여 살펴보면 다음과 같다.

김주연은 1960년대의 문학사적 중요성이 '문학에 대한 인식이 비로소 싹틈'이라고 보고 「새 시대 문학의 성립-인식의 출발로서의 60년대-」에서 김승옥 소설의 특질을 개인의 발견과 트리비얼리즘 즉, '사소한 것의 사소하지 않음'에 대한 발견이라고 규정하며[2] 그런 점에서 김승옥을 60년대의 대표적 작가로 평가했다.

김현은 50년대 문학이 외적 상황의 절대적인 압력에 눌려 무의지적이고 수동적인 인간상에 머물렀던데 비해 김승옥의 문학은 그 상황을 비판하고 '자기세계'를 구축하려는 의지를 보였다고 말했다.

김치수는 김승옥이 문학의 관심을 사회 전반의 개조와 역사의 흐름 전체의 파악으로부터 개인의 발견으로 회전시킨 것을 그 업적으로 꼽고 있고,[3] 이후 천이두는 김승옥의 소설이 50년대 문학의 교훈주의에의 집착에서 완전히 벗어나 있으며 인간의 숙명적 조건으로서의 고독을, 추상적 서술이나 직선적 호소의 방식을 통해서가 아니라 존재 그 자체의 생생한 모습으로 포착하고 있다고 평가했다. 즉, 종래의 문학에서 볼 수 있는 호소로서의 고독이 비로소 존재로서의 고독으로 부각되었다는 것이다.[4]

그외에 정과리는 「유혹 그리고 공포」에서 김승옥을 개항 후 한국인의 상황과 그것에 대한 반응을 당대의 시각에서 구조적으로 탁월하게 보여준 작가로 평가하고 있으며[5] 조남현은 김승옥의 소설이 도덕적 상

---

2) 김주연, 「새 시대 문학의 성립 -인식의 출발로서의 60년대-」, 『김주연 평론문학선』, 문학사상사, 1992.
3) 김치수, 「반속주의 문학과 그 전통」, 『한국 소설의 공간』, 열화당, 1976.
4) 천이두, 「존재로서의 고독- 김승옥 '서울 1964년 겨울'」, 『문학과 시대』, 문학과지성사, 1982.
5) 정과리, 「유혹 그리고 공포」, 『문학, 존재의 변증법』, 문학과지성사,

상력이라는 전통적인 발상법에 대해 정면으로 대항하고 있으며 김승옥
소설의 새로운 감수성은 여기에서 기인된다고 보았다.6)

　이상은 김승옥의 문학을 50년대 문학을 극복하는 계기로서 긍정적으
로 평가한 것이다. 그러나 이런 긍정적 평가와 더불어 그 한계도 제시
되고 있는데 우선 김승옥의 소설을 '감수성의 혁명'이라는 용어로 평가
한 유종호는, 모국어의 한 형용사에 대해서는 섬세한 반응을 보일 수
있으면서도 사회구조의 모순에는 전혀 태연할 수 있는 감성이 과연 올
바른 감성일 수 있을까 하는 문제를 지적하며 김승옥 소설의 한계를 제
시하고 있다.7) 류보선도 김승옥 소설이 일관된 창작방법의 원리인 '남
과 다른 자기세계'의 확립으로 전후세대의 문학을 뛰어넘어 독특한 문
학세계를 형성하고 있음을 인정하고 있지만, 개인과 사회에 대한 변증
법적인 인식과 그로부터 파생되는 개인의 주체성, 현실의 객관적 발전
의 과정을 인식하지 못한 점을 분명한 한계로 지적하고, 이는 김승옥
개인의 문제일 뿐 아니라 4·19세대 전체의 한계라고 말하고 있다.8)

　두 번째로 김승옥 소설에 대한 형식론적 접근은 주로 그의 문체적
특성을 중심으로 논의가 이루어졌는데 앞에서 언급했던 김현은 김승옥
이 중문과 복문의 교묘한 배합, 청각적 이미지와 시각적 이미지의 교합
등으로 서구적인 냄새를 풍기면서도 번역투 같지 않은 교묘한 문체를
보이고 있음을 높이 평가하였다.9) 홍정선도 사건의 이미지의 정황을 알
려주는 감각적 언어로 매개시키는 수법은 일찍이 한국의 어떤 소설에서

1985.
6) 조남현, 「미적 세계관에의 입사식」, 『김승옥- 누이를 이해하기 위하
　여』, 청하, 1991.
7) 유종호, 위의 글.
8) 류보선, 「김승옥론- 개인과 사회의 대립적 인식과 그 의미」, 『문학사
　상』, 1990. 5.
9) 김현, 「구원의 문학과 개인주의」, 『김현문학전집』,문학과지성사, 1991

도 볼 수 없던 방법이며, 이러한 언어감각은 천천히 생각하며 한글을
써야하는 세대에게서는 도저히 기대하기 어려운 것으로 김승옥 문체가
한국 현대소설사에서 차지하는 위치를 높이 평가했다.[10]

한편, 김승옥 문체에 대한 비판도 최근 등장했는데 「무진 기행」을
문체론적 관점에서 분석한 장영우의 글이 여기에 속한다. 장영우는 김
승옥 소설의 문체가 서구 문장의 어색한 번역체이며 "한국어 문장 체계
를 교란하고 국적불명의 언어(문장)를 조작한 것에 지나지 않으며, 그것
은 우리말(문장)을 오염시키는 부정적 결과를 초래했을 뿐"이라고 주장
하고, 김승옥 문체에 대한 인식은 다분히 인상주의적이거나 단순한 소
문이 반복 재생산되면서 사실처럼 굳어진 것이라고 주장한다.[11]

위의 논의들은 그것이 내용적 차원의 접근이건, 문체를 통한 접근이
건 간에 모두, 1960년대라는 시대적 상황과의 관련속에서 김승옥의 소
설을 평가한다. 즉, 김승옥을 '60년대 작가'로 평가하고 있는 것이다. 이
런 연구들은 김승옥에 대한 어떤 단면을 부각시켜 논의했다는 점에서
그 나름대로의 의미를 갖는다.

필자는 보다 본격적으로 김승옥의 전작품을 대상으로 그 개별 작품
들을 분석하고 나아가 그가 말하려고 하는 작품세계는 무엇이며 그만이
갖고 있는 독특한 작가세계의 본질은 무엇인가를 살펴보려는 기획을 가

---

10) 홍정선, 「작가와 언어의식」, 『역사적 삶과 비평』, 문학과지성사,
    1986.
    "특히 김승옥의 짤막한 불꽃이야말로 한국소설사에서 길이 기억되어야
    할 하나의 분수령이다. 우리가 70년대 소설가라고 부르는 최인호, 한수산
    등의 섬세하며 여성적인 문체, 혹은 위악적인 행위, 혹은 재치있는 말장
    난- 이 모든 것의 시작은 김승옥의 소설에 있다. 김승옥의 소설 언어는
    젊은 세대의 신선한 언어감각과 그 감각의 상업화 가능성까지도 동시에
    지니고 있었던 것이다."
11) 장영우, 「4·19세대의 문체 의식」, 『작가연구』 6, 새미, 1998.

지고 있었다. 그 첫 번째 시도로서 「생명을 연습하는 사람들—김승옥
론」을 쓴 바 있다.[12] 개별작품에 대한 분석은 계속 이어질 것이며 김
승옥의 작품들을 분석해 나가고 작가론을 집필하는 과정에서 위의 연구
사들이 그 단초를 제공할 것임은 물론이다. 본고는 그 작업의 일환으로
서 「무진기행」에 대한 작품분석을 한 것이다. 따라서 전반적 작가 소
개라든가 60년대적 소설의 의미, 문학사적 의미는 이미 쓰였거나 앞으
로도 여러차례 집필할 자리가 있으므로 본 논문에서는 중복을 피하여
과감히 생략하고 작품 「무진기행」의 분석으로 국한했다.

2. '무진으로 가는 버스' 또는 외롭게 미쳐가는 곳

　김승옥 소설의 발표연대를 보면 작가 자신이 처해 있는 시간적 위치
와 소설 속 주인공의 나이가 거의 일치함을 발견할 수 있고, 소설의 발
표 순서도 그것을 따르고 있다. 그의 초기 대표작이라고 할 수 있는
「생명연습」, 「건(乾)」, 「누이를 이해하기 위하여」, 「환상수첩」,
「역사(力士)」, 「무진기행」, 「서울, 1964년 겨울」이 그것이다.
　필자는 김승옥의 첫소설인 「생명연습」을 분석하여 주인공 '나'가
어린 시절 관계를 맺었던 사람들과 성인이 되어 만났던 사람들이 어떻
게 '자기세계'를 확보해 나가는가를 살펴본 바 있다. 그 소설의 분석을
통하여 얻은 결론은 「생명연습」의 등장인물은 '살아내기' 위하여 끝
없는 '자기기만'을 해야했고, 그 결과 '자기기만'에 성공한 자들은 지하
실과 같은 어두운 세계나마 '자기세계'를 가짐으로써 살아낼 수 있었고,

---

12) 이은애, 「생명을 연습하는 사람들-김승옥론-」, 『덕성어문학』 제10집,
　　덕성여자대학교 국어국문학과, 2000, 참조.

‘자기기만’에 실패한 자들은 하나같이 죽음의 세계로 갈 수밖에 없었다
는 것이다.

그렇다면 살아난 자들은 어떻게 ‘자기기만’을 감행하며 현실의 삶을
견뎌냈고 일상성의 공간 안에 자리잡게 되었는가를 본고는 김승옥 소설
의 정점이자 가장 빛나는 부분이라 할 수 있는 「무진기행」을 통하여
그 살아낸 자의 삶의 도정을 살펴보려 한다.

시골에서 소년기와 청년기를 보낸 ‘나’의 고향은 안개가 명물인 ‘무
진’이다. 언젠가 나는 그 나른하고 축축한 몽환의 세계 ‘무진’에서 탈출
하여 제약회사 사장의 딸인 ‘빽 좋고 돈 많은 과부’와 결혼했고, 곧 대
회생제약회사의 전무가 될 것이다.

이런 ‘나’는 실패로부터 도피할 때나 무엇인가 새로운 시작을 할 때,
현실의 삶에 위기를 느낄 때마다 무진을 찾는다. 이번 제약회사의 전무
승진을 앞두고도 ‘나’의 안색을 걱정하며 며칠동안 무진에서 쉬고 오라
는 아내의 권유를 “가기 싫은 심부름을 억지로 갈 때 아이들이 불평을
하듯이”13) 투덜대면서도 기꺼이 무진행을 감수한다. 이러한 ‘무진’은
‘나’의 동일성이 상실되는 곳이기도 하나 회복되는 곳이기도 하다. 무진
에서 휴식을 취하라는 아내의 제의를 썩 내켜하지 않는 것은 “무진에서
는 항상 자신을 상실하지 않을 수 없었던 과거의 경험에 의한 조건반
사”이고 그러면서도 무의식적으로 무진으로 발길이 가는 것은 그 ‘자기
상실’이라는 의미가 곧 ‘자기찾기’에 다름 아니며 그것이야말로 진정한
해방이기 때문이기도 한 것이다.

그렇다면 새출발이 필요할 때면 가는 무진, 매일 밤 찾아오는 여귀가
뿜어내 놓는 입김과도 같은 안개의 무진, 온갖 어지러운 공상과 불면의

---

13) 김승옥, 「무진기행」, 『김승옥 소설전집』 1, 문학동네, 1995, -이하 『전
집』이라고 명기함- 128면.

밤, 수음, 초조함으로 얼룩진 무진, 더구나 온갖 엉뚱한 생각을 아무런 부끄럼없이, 거침없이 해내게 하는 무진은 '나'에게 어떠한 의미를 갖는 것인가.

그것은 앞에서도 지적한 것처럼 철저한 '자기상실'로 인하여 진정으로 해방되어질 수 있는 '자기찾기'의 공간이며, 일상성을 벗어나 진정으로 자신과 맞대면할 수 있는 유토피아의 공간이기도 한 것이다. 이것은 아이러니컬하게도 '자기상실'의 심연에 닿았을 때, 그곳에 진정한 자신의 모습이 있다는 것이다. 즉 '자기상실'과 '자기찾기'는 이율배반적이나 동전의 표리와 같은 등가인 셈이다. 그 근거를 우리는 「무진기행」에서 얼마든지 찾아볼 수 있다.

'나'에게 있어 무진은 어둠의 기억을 제시하는 공간이다. 나를 돌봐주던 노인들을 향한 신경질, 골방안에서의 공상, 불면을 쫓아보려고 행하던 수음, 편도선을 붓게 하던 그 독한 담배꽁초, 우편배달부를 기다리던 초조함으로 얼룩진 공간이며, 6·25 사변 때 어머니에 의해 골방에 처박혀져 스스로를 모멸하고 오욕을 웃으며 견뎌야 했던 시절, 동거하던 '희'가 달아나 버리고 어머니도 돌아가신 후, 폐병을 안고 한 바닷가 골방에 틀어박혀 '쓸쓸하다'라는 단어가 담긴 편지들을 사방으로 띄웠던 청년시절의 기억이 배어있는 어둠의 공간이기도 하지만 서울 생활속에서 문득 한적이 그리울 때 생각나는 곳이기도 한 것이다.

물론 그것들(어두움에 대한 기억: 인용자)만 연상되었던 것은 아니다. 서울의 어느 거리에서고 나의 청각이 문득 외부로 향하면 무자비하게 쏟아져들어오는 소음에 비틀거릴 때거나, 밤 늦게 신당동 집 앞의 포장된 골목을 자동차로 올라갈 때, 나는 물이 가득한 강물이 흐르고 잔디로 덮인 방죽이 시오리 밖의 바닷가까지 뻗어나가 있고 작은 숲이 있고 다리가 많고 골목이 많고 흙담이 많고 높은 포플러가 에워싼 운동장을 가진 학교들이 있고 바닷가에서 주워온 까만 자갈이 깔린 뜰을 가진 사무소들이 있고 대로 만든 와상(臥床)이 밤거리에 나앉아 있는 시골을 생각했고 그것은 무진이었다. 문득 한적이 그리울 때도 나는 무진을 생각했었다.[14]

이렇듯 무진은 '나'에게 어둡던 청년시절을 연상시키는 공간이기도 하지만, '나'의 내면에 자리잡고 있는 영원한 유토피아이기도 한 것이다. 그러나 '나'는 그러한 무진을 사람들이 살지않는 관념 속의 아늑한 장소로만 생각한다. 왜냐하면 나는 무진에 대한 기억을 어둡던 나의 청년시절로 한정하기 때문이다.

그렇지만 무진은 쓸쓸한 어둠의 공간만이 아닌 진정한 자유의 공간이기도 한 것이다. "햇빛의 신선한 밝음과 살갗에 탄력을 주는 정도의 저온, 그리고 해풍에 섞여 있는 정도의 소금기, 이 세 가지만 합성해서 수면제를 만들어낼 수 있다면……"과 같은 쓴웃음이 나올 정도의 엉뚱한 공상을 무진은 가능하게 하는 것이다. 이 뒤죽박죽 황당한 생각을 아무 부끄럼없이, 당당하게, 그리고 거침없이 해내게 하는 곳, 그곳은 무진이다. 그리고 그곳은 자유의 공간에 다름 아닌 것이다. 나의 의지와는 상관없이 이런 생각들이 '나'의 밖에서 밀고 들어와 쓸데없는 공상을 하게 만드는 곳, 무진. 그곳은 자유의 표징이다. 비록 60년대적 자유의 공간, 즉 인간을 뒤죽박죽으로 만드는 어설픈 자유의 공간이나 질서의 그리움(서울생활)보다는 자신을 아무렇게나 만들 수 있는, 해방의 공간이며 자유의 공간인 것이다. 인간의 이차원적 세계인 일상성의 공간에서 유일하게 휴식할 수 있는 공간으로 존재하는 것이다.

그러나 나는 작위적으로, 기만적으로 의식의 조작을 통해 어둠을 탈출했고, 무진을 탈출했고 나의 청년시절의 상처를 탈출했다. 그리하여 나는 서울행을 감행했고 그곳에서 지금의 부인, 젊은 미망인 '영'을 만

---

14) 김승옥, 「무진기행」, 『전집』, 128~129면.

났고 오늘날의 출세한 '나'를 만들었다. 물론 현실적 공간, 일상적 공간의 삶으로서의 서울의 생활도 '나'의 일부에 해당되는 것이다. 인간의 도시적, 물질적, 현실적 '욕망'의 추구 또한 한 인간의 내면과 분리할 수 없는 어떤 것이기 때문이다. 그래서 '나'의 서울행 역시 내가 상실한 일상적, 현실적, 육체적 '자기찾기'의 한 단면이 되는 것이다. 단지 '나'의 서울행이 무진의 편린에 대한 망각을 통하여서는 안되는 것이며 '자기상실'의 기억에 대한 도피적 자기기만을 행하여서 취해진 것이어서는 안된다는 것이다. 도시적 욕망의 집결지인 '서울'은 항상 '무진'에 대한 인정과 같이 있어야 되는 것이며, '나'의 어두움에 대한 사랑과 함께여야 하는 것이다. 육체가 정신의 연인이듯이 서울과 무진은 뗄 수 없는 '나'의 양면적 모습인 것이다. 그가 어두운 그의 청년시절을 회피하는 한 그의 서울에서의 생활은 아무 의미가 없으며 유토피아의 공간, 그곳은 어느 곳에도 없는 것이 된다. 서울과 무진 그 어느 곳에도 그의 영혼이 쉴 유토피아는 존재하지 않게 되는 것이다.

그는 그랬어야 했다. 무진의 안개를, 어두운 '나'의 청년시절의 기억을 사랑했어야 했다. 그래야 서울에서의 생활이 나를 억압할 때 나의 영혼이 무진의 공간에서 쉴 수 있는 것이며, '무진'의 공간이 단지 사람이 살고 있지 않는 관념의 장소 이상이 되는 것이다. 즉 정신의 유토피아가 되는 것이다. 표리의 관계에 있는 서울, 무진 그 어느 것도 결국은 '나'인 것이다. 그것은 내 속에 존재하는 양면적 모습이지 대립적, 이원적 세계가 아닌 것이다.15) 서울에서의 생활을 인정하지 않는 한 무

---

15) 서울과 시골을 대립적으로 보는 대표적 견해는 정과리의 논문이다.
　　"「무진기행」은 '무진'이라는 외부와 차단된 공간에서 사건이 진행되기 때문에 '서울'이 구체적으로 등장하지 않는다. 그러나 '현실의 나'와 '본래의 나(혹은 과거의 나)'가 각각 도시와 시골의 대립을 표상한다고 볼 수 있다.

진에서의 내가 없고 무진에서의 생활을 회피하는 한 존재로서의 '나'가 없게 되는 것이다. 시간성, 육체성을 가지고 있는 인간의 일상성이 영혼성을 가진 인간의 정신적 유토피아를 어떻게 훼손하며 상처 입히는가, 즉 한 인간 내부에 자리잡고 있는 일상적, 현실적 자아와 존재론적인 본질적 자아가 어떻게 맞부딪히고 격렬한 투쟁을 일으키며 상호 모순된 모습을 내보이는가의 보고서가 「무진기행」인 것이다.

3. '밤에 만난 사람들' 또는 인간의 양면성

한 인간 속에 내재해 있는 '나'의 양면적 속성을 「무진기행」은 '밤에 만난 사람들'을 통해서도 말하고 있다.

'나'는 무진에 돌아와 독특한 유형의 세 사람을 만난다. 물론 광주에서 만난 미친 여자, 자살시체로 발견된 술집 작부등 몇 명의 삽화적 인물들이 등장하나 결국 「무진기행」에 나오는 인물은 '나'인 윤희중, 무진중학 박선생, 중학 동창인 세무서장 조, 무진 중학 음악 선생인 하인숙 네 명으로 집약된다. 이들은 나름대로 각기 독특한 세계를 가지고 있는, 인간의 어떤 성향과 모습을 대표하는 유형적 인물이다. 그러나 내가 밤에 만난 세 인물은 '나'의 다른 모습—내가 의식하고 있던 의식하지 못하고 있던—에 다름 아닌 것이다. 각각의 세 인물은 복잡하고 복합적인 성격의 소유자인 윤희중이라는 인물이 갖고 있는 어떤 속성을 대변하는 인물들이다. 그렇다면 윤희중이 '밤에 만난 사람들'에 대한 보

김승옥 작품에서 서울은 유혹의 세계이며, 경쟁과 싸움의 이기의 세계이다. 그리고 '모든 욕망의 집결지'이며 섞여 있으면서도 혼자 있는 세계이다. 그리고 시골은 부자연스러운 곳이다."
정과리, 「유혹, 그리고 공포」, 『문학, 존재의 변증법』, 문학과지성사, 1985, 참조.

다 구체적인 분석을 통하여 윤희중의 성격에 접근해 보기로 하자.

'나'의 무진중학 몇 년 후배이며, 문학을 좋아하는 '박'은 피츠제럴드의 열광적 독자답지 않게 얌전하고 엄숙한 사람이다. 그는 그가 짝사랑하는 하인숙에게 꽁생원으로 비치기도 하는 내성적인 성격의 소유자이기도 하나 착한 사람이다. 강렬한 개성을 겉으로 드러내 보이지는 못하지만 속물세계의 인간들 속에서 잔잔한 갈등을 겪으며 내심으로 속물들을 경멸하며 일상성을 지탱해 나간다. 그러나 그의 순수성은 때로 편협한 모습을 띠며, 때문에 그는 짝사랑하는 하인숙이 "그 속물들 틈에 앉아서 유행가를 부르고 있는" 것을 딱해하며 분노하기도 하는 것이다.

이에 비해 '나'의 무진중학 동기이며 윤희중과 더불어 해방후 무진중학 출신 중 가장 출세한 조는 고등고시에 패스하여 무진에서 세무서장을 하고 있다. 그는 "옛날에 손금이 나쁘다고 판단받은 소년이 있었다. 그 소년은 자기의 손톱으로 손바닥에 좋은 손금으로 파가며 열심히 일했다. 드디어 그 소년은 성공해서 잘 살았다"[16] 는 애기에 가장 감격하는 인물이다. 키가 작고 살결이 검은 편인 '조'는 키가 크고 살결이 창백한 '나'에게 학창시절부터 열등감을 가지고 있었으나 지금은 출세하여 '나'에게 자신의 모습을 과시하려 한다. '나'는 '조'의 그 천박한 현실적 욕망과 일상성에의 함몰을 때로는 초라하게 느끼고 때로는 가엾게 느끼며 얼핏 서울에서의 '나'를 본다.

> "바쁘지 않나?" 내가 물었다. "나야 뭐 하는 일이 있어야지. 높은 자리라는 건 책임진다는 말만 중얼거리고 있으면 되는 모양이지."[……] "월말에다가 토요일이 되어서 좀 바쁘다" 그는 말했다. 그러나 그의 얼굴은 그 바쁜 것을 자랑스럽게 여기고 있었다. 바쁘다. 자랑스러워할 틈도 없이 바쁘다. 그것은 서울에서의 나였다.[17]

---

16) 김승옥, 「무진기행」, 『전집』 1, 133면.

음악선생인 하인숙과 가깝게 지내며 은근히 그녀를 유혹하는 '조'이지만 배경이 초라한, "성기(性器) 하나를 밑천으로 해서 시집가 보겠다"는 괘씸한 배짱을 가진 하인숙을 결코 결혼 상대자로 생각한 일이 없는 '조'의 훼손된 가치관은 '빽이 좋고 돈 많은 과부'를 만난 것을 반드시 바랐던 것은 아니지만 결과적으로는 잘 되었다고 생각하고 있는 '나'의 한 모습인 것이다. 18)

> "참, 엊저녁, 하선생이란 여자는 네 색시감이냐?" 내가 물었다. "색시감?" 그는 높은 소리로 웃었다. "내 색시감이 그 정도로밖에 안 보이냐?" 그가 말했다. "그 정도가 뭐 어때서?" "야, 이 약아빠진 놈아, 넌 빽 좋고 돈 많은 과부를 물어놓고 기껏 내가 어디서 굴러 온 줄도 모르는 말라빠진 음악선생이나 차지하고 있으면 맘이 시원하겠다는 거냐?" 말하고 나서 그는 유쾌해 죽겠다는 듯이 웃어대었다. "너 만큼만 사는 정도라면 여자가 거지라도 괜찮지 않아?" 내가 말했다. "그래도 그게 아닙니다. 내편에 나를 끌어줄 사람이 없으면 처가편에서라도 누가 있어야 하는 거야." 그가 대답했다. 그의 말투로는 우리는 공범자였다. (밑줄, 인용자)19)

일상에 함몰되어 천박하게 되어가는 '조', 그는 공범자로서의 '나'의 모습인 것이다.

그럼 무진중학의 음악선생인 하인숙은 어떤 인물인가, 결론부터 말하자면 그녀는 윤희중의 분신에 해당되는 다른 어떤 인물들보다도 더 윤희중적이라 할 수 있다.

서울에서 음악대학을 졸업하고 무진중학에 발령을 받은 하인숙. '내

---

17) 위의책, 145~146면.
18) 위의책, 148면.
19) 위의책, 146면.

가 대학 다닐 때'라는 말을 빼놓곤 얘기가 안되는, 그러나 지금은 '속물들' 앞에서 '그냥 심심해서' 유행가를 부르고 있는 하인숙. 서울로 탈출하지 않고는 금방 미쳐 버릴 것 같은 무진을, 그 책임도 무책임도 없는 무진을 밤에는 멋있는 고장이라고 말하는 하인숙. 바보라는 혈액형을 가진 하인숙. 그녀가 무서워서 떠는 듯한 목소리로 내게 바래다 주기를 간청할 때, 내가 그들을 훼손하기도 했지만, 더욱 더 많이 그들이 나를 훼손시켰던 이제는 모른다고 할 수 없는 내 모든 친구들처럼 그녀가 내 생애에 끼어든 것을 감지하게 했던 하인숙. 그리고 마침내 칼을 든 사람에게서 칼자루를 빼앗듯 그녀의 조바심을 빼앗게 한 하인숙. '바다로 뻗은 긴 방죽'에서 자신이 싫어질 때가 있다고 서울로 가고 싶지 않다고, "선생님께서 여기 계시는 일주일 동안만 멋있는 연애를 할 계획"이라고 말하며 「어떤 개인 날」을 불러준 하인숙. 그녀는 그 어떤 누구보다도 불면의 밤을 쫓기 위해 수음을 행하던 '나'의 분신인 것이며 지난날 희중이 겪었던 고통을 현재에 겪고 있는 괴롭고 쓸쓸하던 옛날의 '나'의 한 편린인 것이다.[20]

　　이렇게 윤희중이 이모댁에 머무르며 만난 세명의 인물들을 살펴 보았다. 무진에 사는 세 사람, 즉 하인숙과 박과 조는 각각 윤희중의 어떤 내면을 담당하는 분신이라고 생각해 볼 수 있는 것이다.[21] 동료인 음악선생 하인숙에게 연정을 품고 있는 '박'은 선량한 사람이라는 점에서 과거의 순진했던 '나'의 모습을, 그러나 연적인 세무서장 '조'와 사범대학 출신의 동료교사들에게 열등감을 품고 있는 소외된 자, 뿌리 뽑힌 자라는 점에서 과거의 스스로를 모멸하던 '나'의 모습을, 술자리에서

---

20) 김현, 「구원의 문학과 개인주의」, 『김현문학전집』 7, 문학과지성사, 1991, 387면.
21) 이남호, 「삶의 위기와 내면으로의 여행」, 『문학의 위족』, 민음사, 1990, 257면.

유행가를 부르는 하인숙을 안쓰러워하지만 그렇다고 그녀의 노래를 제
지하지 못하며 하인숙에게 정성스럽게 써 보낸 편지가 세무서장 '조'에
게 웃음거리가 될지라도 '속물들'이라고 경멸하고 있다는 점에서 현실
의 속됨에 대하여 스스로 불편하게 느끼는 '나'의 양심을 대변하는 인
물로 그려지고 있다.

'결코 누추하지 않은' 응접실에 학생시절 검고 왜소했던 모습보다 다
소 윤택하고 희어진 모습으로 앉아 있는, 세무서장이라는 출세한 사회
적 위치가 그의 외양마저 변화시켰다고 보여지는 '조'는, 희중에게 세무
서에 앉아 있는 자신의 모습을 보여주고 싶어하고 하인숙을 결혼 상대
자로 생각하지 않으면서도 농락하려는 대표적 속물로 현실적 편안함에
굴복하는 현재 서울에서의 '나'의 속된 삶을 대변하는 인물로 그려지고
있다.22)

> 어떤 사람을 잘 안다는 것— 잘 아는 체한다는 것이 그 어떤 사람의
> 입장에서 보면 무척 불행한 일이다. 우리가 비난할 수 있고 적어도 평
> 가하려고 드는 것은 우리가 알고 있는 사람에 한하는 것이기 때문이
> 다.23)

물론 작가는 위와 같이 말함으로써 한 인간 안에 은폐되어져 있는
내밀한 부분으로서의 부끄러움과 괴로움이 '조'에게도 숨겨져 있을지도
모른다는 가능성을 제시하고 인간이 얼마나 다면체인가를 시사하며 그
에 대한 최종적 평가를 유보하기도 한다. 그러나 역시 '조'는 나에게 내
재되어 있는 천박한 욕망의 모습인 것이다.

이 두 인물이 윤희중이라는 인물의 어느 한 단면을 형성하는 성격으

---

22) 이남호, 위의 글, 258면.
23) 김승옥, 「무진기행」, 145면.

로 그려지고 있지만, 그러한 작가의 의도는 하인숙을 통해서 보다 치열
하게 나타난다. 하인숙은 그 두 가지 대립항 가운데서 고통스럽게, 그러
나 수동적으로 방황하는 현재 윤희중의 마음 상태를 대변하는 성격으로
그려져 있다. '조'와 놀아나면서도 '박'을 포기하지 않으며, 무진을 탈출
하고 싶어하면서도 머물러 있는 '조'와 '박' 사이를 방황하는 그러나 어
디에도 안주할 수 없는 외롭고 쓸쓸한 무진의 안개처럼 모호한 윤희중
의 내면적 모습을 대변해 주고 있는 것이다.24) 그러면서 그녀는 내가
그런 것처럼 무진의 사람들을 "정말 보잘 것 없는 사람"으로 생각하는
것이다.

　나 이외의 모두가 '속물들'이라고 생각되는 곳, 그곳이 무진인 것이
다. 그 무진에서 내가 만난 이들이 보여주는 삶은 바로 '현기증'과 '살
의', '회오'와 '사랑'이 뒤얽힌 '나'의 과거 바로 그것의 확인인 것이
다.25) 무진에서 내가 만난 인간 군상은 모두 속물들이다. 무진이라는
도시가 그렇게 생각하도록 만든다고 해서 내가 그 속물들과 다른 것은
아니다. 앞에서도 살펴보았듯이 그들이 내 속에 내재되어있는 나의 단
면을 대변한다는 점에서 나도 그들처럼 속물인 것이다. 그들과 나와의
차이가 있다면 나는 내 속에 존재하는 '속물성'을 첨예하게 의식하고
있다는 점이다. 왜 내가 그들을 속물이라고 생각하는지, 왜 내가 그들과
달리 속물이 아닌지는 알 수 없으나 나는 내 존재의 심연, 그 어둠의
근원을 날카롭게 의식하며 들여다 본 적이 있는 자이다. 그리고 그 어
둠의 심연을 들여다 보게 하는 고통, 아니 들여다 보지 않을 수 없게
만드는 곳, 그곳이 무진인 것이다. 그래서 무진은 내 어둠의 상처를 들
여다 보게 하는 고통의 근원지이며 타인을 속물로 생각하게 하는 내 존

---

24) 이남호, 위의 글, 258면.
25) 김치수, 「김승옥론 -작품의 완벽성이 주는 감동-」, 『무진기행』, 범우
　　문고 013, 범우사, 1996, 20면.

재의 원천이나 일상적, 속물적 욕망을 찾아 그곳을 탈출하게 하고픈 존재의 분열지이기도 한 것이다. 이 양면의 세계, 상처 입은 영혼을 한없이 바라봄으로써 자유로워지고 해방되어지고 싶은 본래적 자아의 욕망과 그곳에서 도피하고 싶은 일상적 자아의 격렬한 고투지 그곳이 무진인 것이다. 무진, 그곳은 '나'의 의식과 무의식의 분열을, 그 모순과 갈등을 그것대로 정당화시켜주는 내 영혼의 유토피아인 것이다.

4. '바다로 뻗은 긴 방죽' 또는 '나'의 편린과의 조우

'무진'이라는 공간이 나 이외의 모든 사람을 속물로 생각하게 만들지라도 무진에서 만난 인물들은 '나' 속에 동시에 존재하고 있는 것이다.26) 그러나 그 속물들 틈에서도 좀 더 다른 하인숙이라는 존재와의 관계를 통해서 윤희중은 왜 내가 그 속물들을 사랑하지 않으면 안되는가를 보여 주고 있다. 하인숙은 '나'의 동질성을 확인시켜 주는 존재라는 점에서 다른 인물과는 다르며 무진에서의 나의 행동의 정당성을 제공해 주는 존재이기 때문에 사랑하지 않을 수 없는 '나'의 일부가 되는 것이다.

'조'의 집에서 하인숙을 만났던 날 밤, 헤어지는 갈림길에서 조금 떨

---

26) 내가 증오하고 경멸하는 속물성을 가진 인간군상이 내 속에 존재한다는 것은 얼핏 삶의 모순관계 같이 보이나, 이 모순관계야말로 진정한 인간과 삶의 모습인 것이다. 김치수는 앞의 논문에서 삶의 모순관계는 김승옥이 가장 괴로워하고 극복하고 싶어하는 대상일지도 모르나 동시에 그 모순을 철저히 살고자 하는 삶을 그는 바라고 있을 수도 있다고 말하고 있는데, 이것 또한 한 작가 속에 내재되어 있는 모순이라고 볼 수 있으나 그 관계에 대한 진지한 성찰이야말로 작가의 몫인 것이다.

리는 목소리로 "조금만 바래다 주세요"라고 말하던 날 밤. 그래서 그 여자가 내 생애에, 내 운명에 끼어든 것을 느꼈던 그 밤, '나'는 이모댁에 돌아와 잠 못 이루는 밤을 보낸다. 그것은 가장 '나'다움을 보았기 때문이다. 가장 어둡고 외롭고 쓸쓸했던 청년시절 무진에서의 '나'를 보았던 것이다. 개구리 울음소리를 들으며 밤하늘에 무수히 반짝이는 별을 보고 가슴이 터져버린 것 같이 못 견뎌했던 밤을 떠올리고 "별이 무수히 반짝이는 밤하늘을 보고 있던 옛날 나는 왜 그렇게 분해서 못 견디어 했을까"를 생각한다. 존재의 무의미성에 대해 절규하며 그 존재의 근원을 찾아 헤매었던, 어둡기는 했으나 순수했던 무진에서의 청년시절 '나'는 밤하늘의 별을 보며 헤매어도 헤매어도 찾아지지 않는 존재의 실체에 대하여 절규하며 존재의 무의미성에 대하여 절망했던 것이다. 그리고 못 견뎌하며 분해했던 것이다.

삶의 모순과 '피투성'으로 던져진, 존재의 근원을 알 수 없는 무근거성으로 존재하는 인간의 삶에 대한 마지막 저항으로 '나'는 서울행을 감행했다. 욕망이 들끓는, '꿈틀거리는' 근대화, 산업화로 훼손된 욕망의 도시 서울로 떠났고 마침내 나는 성공했다. 그러나 무진에 와서 미친 여자, 술집 여자의 자살 시체를 본 순간, 더구나 하인숙이 내 운명에 들어온 순간 나는 또 무진의 이모집에서 이상한 우울에 빠져 잠 못 이루는 밤을 보내고 있는 것이다.

얼마 전까지 하인숙과 나누었던 이야기들만이 어지럽게 머리를 맴도는 가운데 '나'는 어디에선가 이어둠 속에서 의미없이 벌어지고 있는 부부들의 교합을 생각한다. '무진으로 가는 버스'에서 보았던 햇볕만이 눈부시게 끓고 있던 광장에서, 그 눈부신 햇살 안에서 정적 속에서 두 마리의 개가 혀를 빼물고 교미를 하고 있던 그 무기력을 상기하는 것이다. 한낮의 정적 속에서 하는 개들의 교미나 새벽 싸이렌 소리를 들으며 하는 부부들의 교미는 등가인 셈이다. 이미 부부의 교합도 진정한 사랑의 나눔이 아닌, 순수하고 정직한 감정의 발산이 아닌 창부와 손님의 상투적이고 훼손된 정욕의 표현인 것이다.

그렇다면 인간이라는 존재의 의미는 무엇이며, 진정한 인간관계란 무엇인가.

'바다로 뻗은 긴 방죽'에서 과거에 더러워진 폐를 씻어내며 '쓸쓸하다'라는 편지를 남발하던 그 방에서 나눈 하인숙과의 정사가 미약하나마 위의 질문에 대한 답을 줄 것이다. 외로운 사람들, 너무 외로워서 세상에서 제일 먼저 편지를 썼을 것 같은 사람들의 정사, 그것은 또 다른 자기를 껴안는 행위였던 것이다. 하인숙이 방황했던 '나'의 내면세계라고 한다면, 그들의 정사야말로 진정한 합일일 수 있는 것이다.27) 그들 서로가 서로에게 자신일 수 있는 동질성의 관계, 어렴풋이나마 사랑하고 있는 옛날의 자신들의 모습과의 재회가 그들의 결합인 것이다.

그러나 아직 서울의 환영이 그를 잡아당긴다. 지금의 부인인 '영'과의 관계가 진정한 관계가 아닌, 훼손된 관계라 할지라도 "나는 내게서 달아나 버렸던 여자에 대한 것과는 다른 사랑을 지금의 내 아내에 대하여 갖고 있다"고, 그리고 동시에 인숙과의 관계는 "일단 무진을 떠나기만 하면 내 심장 위에서 지워버리리라"는 자기기만을 한다.

---

27) 윤희중과 하인숙의 정사에 대하여는 두 가지 시각이 있다. 하나는 그 둘의 성교를 진정한 만남과 동질성의 확인이라고 보고 하인숙과의 성적 관계를 통하여 윤희중이 비로소 진정한 내면의식이 무엇인지 알게 되었다는 해석(이남호, 「삶의 위기와 내면으로의 여행」 참조)과 다른 하나는 그 둘의 정사를 진지함이 결여된 찰나적 유희에 지나지 않는 무책임한 행동으로 보고 그 결합을 결코 사랑의 확인이라고 할 수 없는, 서울로 가기 위한 수단이거나 무진에서의 '심심함'을 달래기 위한 일시적 유희 및 현실적 일탈에서 오는 훼손된 관계로 봄이 그것이다. (조진기, 「불안한 감수성과 퇴폐적 일상」, 『작가연구』 6호, 새미, 1998.)

5. '당신은 무진을 떠나고 있습니다' 또는 부끄러움 속에 갇힌 영혼

이제 자기기만의 정점의 순간과 '나'의 본래적 자아가 패배하는 순간이 다가온다. 하인숙과 정사를 나누고 돌아온 날 밤, '나'는 이유를 알 수 없는 불안에 휩싸이며 잠이 든다. 그리고 다음날 '나'는 그 불안을 아내의 전보 한 장에 날려보내려고 지독한 자기기만을 단행한다.

> 한 번만, 마지막으로 한 번만 이 무진을, 안개를, 외롭게 미쳐가는 것을, 유행가를, 술집 여자의 자살을, 배반을, 무책임을 긍정하기로 하자. 마지막으로 한 번만이다. 꼭 한 번만.

그리고 '나'는 내게 한정된 책임 속에서만 살기로 약속한다. 내 몸의 일부와 같은 아프지만 인정하지 않을 수 없는 무진을, 안개를, 외롭게 미쳐가는 것을, 술집 여자의 자살을, 그리고 무엇보다도 하인숙을 등지고 무진을 떠나며 나는 심한 부끄러움을 느낀다.

그렇다면 부끄러움의 실체는 무엇인가. 그것은 탈속도 철저한 일상성도 확보하지 못한 자에게 남는 회한인 것이다. 그러나 '나'는 지독한 자기기만을 행하며 '부끄러움'을 느낄지언정 이제는 더 이상 자살하지 않는다. 김승옥의 주인공들은 이제는 죽지 않을 만큼 성장한 것이다. 그러나 그 주인공들은 자신의 존재론적 성찰의 미숙한 상태에서 그 성장을 멈춰 버렸다. 그들은 좀더 성숙했어야 했다.

인간의 현실적 삶에서 '자기세계'를 형성한다는 것이 얼마나 무기력한 것인가를 깨닫게 되는 것을 우리는 '허무의식'이라고 부를 수 있거니와 그것이 허위로 가득찬 엄청난 힘을 가진 현실세계(외부세계)에 부

딮쳤을 때 얼마나 초라하게 무너지고 말 보잘 것 없는 세계인가를 우리
는 알고 있다. 그렇기에 윤희중은 무진을 외롭게 미쳐가는 것들을, 무진
의 세계를 정신의 유토피아로 안고 살아갔어야 했던 것이다.

　하이데거에 따르면, 인간은 한갖 눈 앞에 존재하는 사물이 아니다.
사물은 자신의 존재를 문제 삼지 않지만 인간은 자신의 존재를 문제 삼
는다는 점에서 다른 사물과 구별된다. 인간만의 이러한 특징은 자신의
현재의 존재방식에 의문을 품고 끊임없이 새로운 존재방식을 모색함으
로 나타난다. 그러나 인간은 우선 그리고 대개는 (zunächst und zumeist)
비본래적인 방식으로 존재하여 '얄팍하고 산만한 삶'을 살게 되는 것이
다. 그러므로 인간의 삶에 깊이와 전체성은 결여되고 오직 비본래적인
삶의 특성인 '잡담과 호기심과 얄팍함과 산만함'만이 남게 된다. 나와
세계는 깊이 있는 관계를 맺지 못하고 우리의 삶은 부유(浮遊)하는 삶
으로 전락하는 것이다. 통일성과 깊이를 결여한 관계, 애매성과 무책임
만으로 맺어진 관계에서 인간은 자신의 심층으로부터 자신의 삶이 깊이
와 전체성을 갖기를 갈구하며 아울러 비본래적으로 존재하는 현재의 삶
에 공허감과 권태를 느낀다.28) 여기서 인간은 공포와 불안을 느끼고 허
무의식을 느끼는 것이다.

　인간은 의식적으로든 무의식적으로든 인간의 비본래적인 삶과 존재
방식에 회의를 품으면서 진정한 존재방식을 희구한다. 인간에게는 항상
자신의 본래적인 존재 가능성이 문제가 되는 것이다. 따라서 윤희중의
무진으로의 기행도 그러한 인간의 존재방식에 대한 탐구의 여행이었던
것이다. '서울→ 무진→ 서울'로 이어지는 여로는 한 인간 속에 내재되
어 있는 진정한 '자기찾기'인 것이다. 우리는 무진만이 진정한 윤희중의
존재방식이라고 말할 수 없다. 서울에서의 삶도 그에게는 또 다른 그의

---

28) 박찬국, 「마르틴 하이데거」, 『현대 철학의 흐름』, 동녘, 1999, 56~57면.

존재방식인 것이다. 그 양세계는 모순의 방식으로 존재하는 것 같이 보이나 그것이 인간 존재의 숙명인 것이다. 그러므로 삶의 모순을 외면하지 않고 치열하게 사는 것, 그것이야말로 자기존재에 대한 진지한 성찰인 것이다.

　무진을 탈출하고 싶어하면서도 벗어나지 못하는 윤희중. 서울생활이 주는 안락함을 알면서도 기꺼이 무진의 불안감 속에서 헤매이는 윤희중. 그러면서도 끝끝내 무진을 기만하는 윤희중. 그것은 삶의 실체와 존재의 근원에 대한 맹렬한 추구였던 것이다. 음습한 지하실과 같은 세계나마 자기만이 가지고 있는 세계에 대한 추구는 그토록 강렬한 것이다. 그런 의미에서 무진기행은 "무의식적인 상태에서 숨어 버린 삶의 정체감을 은연 중에 물밑 탐색하는 정신의 고뇌와 번민"29)의 쓸쓸한 기록인 것이다. 그러나 김승옥은 고독한 존재로서의 인간에 대해 좀더 깊은 성찰을 했어야 했다. 그의 작품세계가 '자기세계'를 갖기에 실패한 인물이 택한 죽음의 세계에서 가까스로 벗어나 '극기'라는 자기기만을 통하여 살아남은 자가 느끼는 '부끄러움'의 세계에 도달할 만큼 성장했을지라도 단순한 성장이 아닌 성숙의 세계, 극기가 아닌 인내의 세계를 확보했어야 했다. 인간존재의 어둠에 대한 사랑, 그늘에 대한 사랑, 슬픔에 대한 사랑. 이것이야말로 극기가 아닌 인내의 삶, 성숙의 삶인 것이다. 어둠과 슬픔은 왜 사랑할 수 없는 것인가. 자신 속에 내재되어 있는 상처를 사랑하는 것도 용기인 것이다.

　김승옥은 무진을 인간존재의 심연에 놓여있는 어둠의 공간으로 설정했지만 그 세계의 상징적 의미인 '안개'를 1964년 10월 『사상계』에 발표함으로써 그 '안개'를, 허무를 잊지 못하게 해서 슬픔이 빚어내는

---

29) 한상규, 「환멸의 낭만주의- 김승옥론」, 『1960년대 문학연구』, 문학사
　　와 비평연구회편, 예하, 1993, 61면.

아름다움의 극치를 우리에게 경험하게 했지만 그에 대한 깊이 있는 사랑에는 도달하지 못했기 때문에 '부끄러움'의 세계에서 서성거리게 된 것이다. 무진의 공간이 우리를 아무리 허무하게 만들지라도 윤희중은 영혼의 유토피아로서 '무진'을 그의 정신의 휴식처로 삼았어야 했다. 지금은 전보에 굴복하지만 무진을, 안개를, 외롭게 미쳐가는 것을, 유행가를, 술집 여자의 자살을, 배반을, 무책임을 영원히 잊지 말기로 했어야 했다. 그러면 무진은 영원한 유토피아로 그의 존재의 심연에 자리잡게 되는 것이다.

그러나 그 모두를 부정한 지금, 이제 그의 주인공들은 어디로 향할 것인가. 우리는 「서울, 1964년 겨울」의 주인공들처럼 무언가 '두려움'을 가지게 되는 것이다. 그는 「서울, 1964년 겨울」에서 마지막 도박을 단행한다. 그 도박은 '부끄러움'에 대한 정당화였던 것이며 그것은 무관심과 무감각의 세계였던 것이다.

그의 문학이 빛나는 최고의 정점, 그곳은 성년이 되자마자 늙어버린 그의 주인공의 영혼이 유폐된 곳이다.

6. 나오며

이제까지 본고는 「무진기행」의 작품분석을 통하여 김승옥의 문학세계를 살펴보았다. 그것을 정리하면 다음과 같다.

'나'에게 있어 어두운 청년시절로 기억되는 무진은 '자기상실'의 공간처럼 보이나 사실은 '자기찾기'에 해당되는 해방과 자유의 공간이라는 것이다. 그리고 그 진정한 자유와 해방은 서울로의 도피를 통해서가 아닌 무진에서의 상처와 아픔과 어두움을 나의 일부로 받아들일 때만 확보되는 것이다. 그리고 내가 일상적 욕망의 도시 서울로 탈출할지라도 무진의 기억이 '나'의 분신처럼 따라다닌다는 점에서 서울과 무진은 대립적 관계가 아니라 한 인간 속에 내재되어 있는 양면성의 세계로 볼 수 있다는 것이다. 즉 무진에 대한 기억의 부정 뒤에 서울이 놓여 있거나 서울 생활의 포기에서만이 무진의 공간이 복원되는 것이 아니라 이 두 공간으로 상징되는 세계가 한 인간 안에 공존한다는 것이다. 그것은 무진에서의 어두운 과거에 대한 사랑이 항상 내면세계 속에 자리 잡아야만 그곳이 서울의 일상성을 견디어내는 영혼의 유토피아로 남는다는 의미와도 상통한다.

　외면적으로 보면 상호 모순되는 것과 같은 이러한 양면성의 세계는 내가 무진에서 '밤에 만난 사람들'을 통하여서도 드러난다. '박'과 '조'와 '하인숙'이 그들인데 그들은 윤희중의 분신에 해당하는 것이다.

　특히 하인숙을 통하여 윤희중은 진정한 자기자신과 조우하며 정사를 나눈다. 끝내 자기기만을 감행함으로써 심한 부끄러움을 느낀다.

　혼돈과 외로움으로 얼룩진 무진, '그럭저럭 살아가는 곳'이기도 하지만 가끔 '나'를 억울하게 만들기도 하는 곳, 무진에서 '나'는 지금 탈출하지만 무진의 상처를, 아픔을, 그 어둠을 윤희중은 잊지 말았어야 했다. 그러나 그 자신이 무진을 배반하고 '한정된 책임' 속에서 살려고 선언하는 순간, 그는 영원한 어둠에 갇히게 된 것이다.

　앞으로 남은 일은 「무진기행」 뒤에 발표된 작품을 분석하여 김승옥의 문학세계가 어디로 갔는가를 밝히는 작업이다.

〔덕성여자대학교 교양학부 교수〕

참 고 논 저

1. 단행본

『김승옥 전집』, 문학동네, 1998.
『작가연구』, 새미, 1998.6.
문학사와 비평 연구회 편, 『1960년대 문학연구』, 예하, 1993.
김 현, 『사회와 윤리』, 일지사.
김 훈, 『문학기행』, 한국일보사, 1987.
나병철, 『근대성과 근대문학』, 문예출판사, 1995.
박정호 외, 『현대 철학의 흐름』, 동녘, 1999.
박태순·김동춘, 『1960년대의 사회운동』, 까치, 1991.
유종호, 『유종호 전집1. 비순수의 선언』, 민음사, 1995.

2. 학위 논문

정영훈, 『김승옥 소설에 나타난 욕망의 발현양상 연구』, 서울대 대학원 석
　　　　사학위 청구논문, 1998.
김보우, 『김승옥 소설의 글쓰기 연구』, 서울대 대학원 석사학위 청구논문,
　　　　1999.

3. 소논문, 평론

김민정, 「김승옥론」, 『외국문학』, 1996, 가을.
김병익, 「60년대의 풍속 변화」, 『상황과 상상력』, 문학과지성사, 1979.
　　, 「60년대 문학의 가능성」, 『현대 한국 문학의 이론』, 민음사, 1978.
김성곤, 「빼앗긴 시대의 문학과 백년동안의 고뇌」, 『세계의 문학』, 1991,
　　　　겨울.
김윤식, 「60년대 문학의 특질-김승옥론」, 『김윤식평론문학선』, 문학사상사,
　　　　1991.
김주연, 「윤리와 사회-김승옥 작품세계」, 『소설문학』 73, 1981.12.
김현, 「김승옥론」, 『현대문학』 135, 1966.3.
김치수, 「김승옥의 소설」, 김승옥, 『다산성-자선대표작품선』, 한겨레, 1998.

류보선,「김승옥론; 개인과 사회의 대립적 인식과 그 의미」,『문학사상』,
        1990.5.
류승렬,「김승옥의 <무진기행> 연구」,『국문학연구-송랑구연식박사 회갑기
        념 논총』, 1985.
명형대,「무진기행의 환상적 공간구조」,『한국문학논총』3, 1980.
박선부,「모더니즘과 김승옥문학의 위상」,『비교문학』7, 1982.
이남호,「<무진기행>의 의미분석」,『문예중앙』, 1987, 겨울.
이순,「김승옥론」,『연세어문학』11, 1978.
정과리,「유혹 그리고 공포, 자기 정립의 노력과 그 전망」,『문학, 존재의
        변증법』, 문학과지성사, 1985.
조남현,「미적세계관에의 입사식」,『누이를 이해하기 위하여』, 청아출판
        사, 1991.
정현기,「김승옥과 1960년대적 불안」,『한국문학의 해석과 평가』, 문학과
        지성사, 1994.
천이두,「발랄한 호기심-김승옥」,『종합에의 의지』, 일지사, 1974. ,「존재
        로서의 고독-김승옥」,『문학과 시대』, 문학과지성사, 1982. ,「60년
        대 문학, 문학사적 위치-교훈과 유희」,『월간문학』, 1969.12.
홍정선,「작가와 언어의식」,『역사적 삶과 비평』, 문학과지성사, 1986.

아웃사이더의 초월적 자아탐험
- <먼 그대>論 -

정문권*

1. 머리말

역사적으로 볼 때, 문학과 철학의 경계지음은 지적활동이 전문화, 세분화되기 시작한 근대 이후의 현상으로 볼 수 있다. 그 이전에는 대부분의 인접학문 분야가 그러하듯 문학과 철학 역시 경계가 불분명했던 것으로 보는 것이 일반적이다. 근대 이후에도 두 학문 사이가 넘나들 수 없는 영역으로 존재했던 것은 아니다. 두 학문 사이에는 학제적 구별에 의한 제도적 경계만이 존재했을 뿐 내면적 관계는 지속되었다. 이러한 관점은 두 학문이 세계와 사물의 현상, 그리고 인간에 대한 진리를 추구한다는 공통점에서 비롯된 것이다.

동양의 학문적 전통에서는 문학과 철학의 확고한 구별 없이 문(文)·사(史)·철(哲)을 같은 부류로 보았으며, 서양의 경우에도 그러한 면모를 찾을 수 있다. 가령 플라톤의 대화편은 철학적 이론서이기도 하지만 철학적 의미를 대화라는 형식으로 나타낸 문학작품으로도 볼 수 있다. 이러한 사실은 플라톤의 작품에서만 찾아 볼 수 있는 것은 아니다. 시

* 이 논문은 2000년도 배재대학교 교내 연구지원비에 의해 작성되었음.

대를 달리하면서 문학과 철학의 의미가 결합된 작품들을 접할 수 있다. 위대한 철학자라 일컫고 있는 니체의 작품과 실존주의 작가라 명명하고 있는 카뮈나 사르트르의 작품에서도 문학과 철학의 결합현상을 볼 수 있다.[1]

일반적으로 문학이 형상화하는 주된 내용이 인간의 삶에 대한 새로운 해석과 비판, 그리고 현실인식의 한 형태라고 한다면, 이는 다분히 철학적 문제를 제기하거나 내포하고 있는 것이다. "문학적 동기나 철학적 동기가 단순히 사물현상의 표상 기술에 있지 않고 그러한 것들이 삶에 대한 깊은 경험과 숙고에서 시발된 것임을 인정할 때, … 문학과 철학은 어쩌면 깊고 현실적으로는 거의 뗄 수 없는 밀접한 관계를 맺고 있는 것으로 봐도 좋을 것이다."[2] 이렇듯 문학과 철학은 심층적 의미의 겹침이 존재하고 있는 까닭에 확고한 경계는 존재하지 않는 것이다. 문학작품의 평가에서도 위대한 작품일수록 철학적 의미를 잘 형상화하였다고 말해지기도 한다.

물론 문학과 철학 사이에는 의미의 결합현상만이 있는 것은 아니다. 문학이 일어날 법한 일을 필연성의 법칙에 따라 상상의 언어로써 형상화하는데 반해, 철학은 어떤 객관적 사실에 대한 개념규정과 논증, 체계적인 사고에 의해 그 진위를 밝히려 한다. 즉 "철학의 기능이 사물 현상과 그 밖의 문제에 대한 진리 명제를 제시하는 데 있다면, 문학의 기능은 그러한 문제를 새롭게 볼 수 있게 하는 틀을 제안함에 있다. …

---

1) 문학과 철학의 관계에 대해 논한 저서들은 김병규, 『문학과 철학의 사이』, 以文出版社, 1984. 정종, 『철학과 문학의 심포지엄』, 고려원, 1992. 김영민·이왕주, 『소설 속의 철학』, 문학과지성사, 1997. 박이문, 『문학과 철학』, 민음사, 1997. 김영건, 『철학과 문학비평, 그 비판적 대화』, 책세상, 2000. 김상환·장경렬 외, 『문학과 철학의 만남』, 민음사, 2000. 등이 있다.
2) 박이문, 위의 책, 56쪽.

문학 텍스트와 철학 텍스트의 차이는 각기 그것들의 존재 양상성 modality에서 찾을 수 있다. 후자의 양상이 단언적assertoric인데 반해 전자의 양상은 개연적problematic이다."3) 위의 인용에서 알 수 있듯이, 문학과 철학의 차이는 '그럴듯함'과 '그렇다'라는 표현 양식에서 찾을 수 있을 것이다.

이 글은 철학적 의미의 문학적 표출이라는 관점에서 허무주의 혹은 회의주의적인 성격의 실존적 자아가 그것을 극복해 나아가는 과정에 대해 살펴보는 것이다. 한 실존적 인물의 삶을 통해 철학적 의미가 어떻게 문학작품에 용해되어 나타나고 있는가에 대한 접근인 것이다. 서영은의 작품 <먼 그대>4)는 주변인들에게 철저히 소외된 한 아웃사이더의 삶을 형상화하고 있다. 자신만이 추구하는 그 어떤 상태에 이르기 위해 고독한 여정을 지속하는 허무주의적 성격을 지닌 아웃사이더의 삶에 대해 서술하고 있는 것이다. 그러나 단순한 허무주의적 상황제시에 머무르는 것이 아니라 그것의 극복과정을 보여주고 있다. 즉 한 개인의 실존에 대한 문제를 보다 가치 지향적인 것으로의 변모양상을 나타내는 작품으로 보는 것이다.

이러한 양상은 <먼 그대>의 주동인물인 '문자'를 통하여 제시되고 있다. 소설 작품의 핵심적 의미는 주동인물의 양태를 통해 구현되는 것이 보편적이다. 필자는 <먼 그대>의 주동인물인 '문자'가 허무주의를 극복해 나아가는 과정에 대해 살펴볼 것이다. 이러한 분석을 하기 위한 전략적 기능으로써 콜린 윌슨5)과 니체6)의 견해를 참조할 것이다. 본론에

---

3) 박이문, 위의 책, 23쪽.
4) 서영은, <먼 그대>, '83 제7회 이상문학상수상작품집, 문학사상사, 1983.
5) 콜린 윌슨, 李成圭 譯, 『아웃사이더』, 범우사, 1994.
6) 니이체, 鄭庚錫 譯, 『짜라투스트라는 이렇게 말했다』, 三省版 世界思想
　　全集, 38, 1977.

서 다룰 콜린 윌슨과 니체의 견해는 이 작품의 명쾌한 분석과 설득력 있는 논증에 적합하다고 보기 때문이다. 콜린 윌슨이 그의 저서 『아웃사이더』에서 제시하고 있는 아웃사이더의 의미에 문자의 삶의 방식을 적용한 분석이 될 것이다. 그리고 니체가 <짜라투스트라7)는 이렇게 말했다>에서 세 단계로 제시하고 있는 인간 정신의 변화를 문자에게 적용하여 그 의미를 살펴보게 될 것이다. 이런 비교, 분석을 통하여 이 작품이 지니고 있는 내재적 의미와 작품의 주동인물인 문자가 궁극적으로 추구하였던 '먼 그대'의 대상이 무엇이었는지를 해명해 보고자 한다.

2. 아웃사이더의 자아인식

소설 <먼 그대>는 아웃사이더의 초월적 자기탐험이라 할 수 있다. 이 작품의 주동인물인 '문자'는 40고개를 바라보는 노처녀로서 잡지사에서 교정원 노릇을 하며 주변인들의 냉대에도 굴하지 않고 꿋꿋하게 살아 나간다. 그녀는 유부남인 '한수'를 사랑하는 것처럼 보이기도 하며, 그와의 사이에서 아이를 낳기도 했다. 그러나 한수는 그녀에게 감당

---

7) 짜라투스트라는 그리스語 zoroaster를 語源으로 가지는 말이다. 짜라투스트라란 페르시아의 종교인 조로아스터敎의 교주를 말하는 것으로서, 이 종교에서는 인간이 善神의 보호 아래 악과 싸워야 하고, 최후의 심판에서 상과 벌이 결정된다고 한다. 이 종교는 고대 페르시아 제국 이래로 중세의 사산(Sasan)왕조의 국교까지 되기도 하였다. 그러나 그후 이슬람교에 의하여 그 세력이 점차로 소멸되어 갔으며, 현재는 인도에 파르시(Parsee)라고 불리는 약간의 신자가 있을 뿐이다. 여기에서 니체가 쓰고 있는 짜라투스트라라는 말은 페르시아의 조로아스터敎에서 빌어 온 말이나, 이 책 전체에 나타나 있는 그의 사상을 표현하기 위하여 사용하고 있다고 믿는 것이 옳을 것이다. 니이체, 앞의 책, 150쪽.

하기 힘든 상처만을 줄뿐, 아무 것도 베푸는 것이 없다. 그럼에도 불구하고 문자는 한수에 대해 맹목적이며 헌신적인 베풀음의 행위를 지속함으로써 타인들로 하여금, 심지어는 독자들까지도 그녀가 그를 진정으로 사랑하는 것처럼 여기게 한다.

그녀가 추구하는 삶은 일상인의 세속적인 삶과는 다르다. 그녀가 몸에 걸치고 다니는 것마다 누추하기 짝이 없다. 그녀는 유행이 지난 털장갑, 닳아빠진 외투, 계절의 구분 없이 신어온 단화, 냄새 풍기는 가방 등에 만족하며 자신의 일에만 충실할 뿐이다. 이런 그녀의 외모에 대한 주변인들의 반응은 냉대와 멸시뿐이다. 그러나 그녀는 타인들의 반응에 대해서는 무관심하다. 이렇듯 그녀가 타인들의 시선을 의식하지 않을 수 있는 원천은 자신만의 정신적 세계관을 갖고 있었기 때문이다.

> 「약한 사람들은 자신의 삶을 보드라운 소파와 양탄자와 금칠을 한 벽난로와 비싼 그림과 쾌적한 침대 위에 세운다. 그런 뒤엔 그 물질로 해서 알게 된 쾌적한 맛에 길들여져 그들은 이내 물질의 노예가 된다. 그들의 갈망은 끝없이 쓰다듬는 손길에 의해서 잠을 잘잔 말의 갈기와 같다. 허지만 내 정신의 갈기는 만족을 모르는 채 항시 세찬 바람에 펄럭이기를 갈망한다.」 8)

이런 문자에 대한 주변인들의 반응은 혐오와 무시로 나타난다. 직장동료들의 노골적인 따돌림, 한수의 비정한 행위 등은 문자를 그들이 속하고 있는 사회에서 소외시켜 버리기에 충분하다. "아웃사이더란 언뜻 보면 사회문제다. 그는 눈에 띄지 않는 존재다."9) 아무도 문자에게 관심이 없다. 그녀가 결혼을 했는지 안 했는지, 어떻게 살고 있는지에 대해 알고 있는 직장동료들은 없다. 그녀의 삶은 주변인들에게 철저하게

---

8) 서영은, 앞의 책, 22쪽.
9) 위의 책, 13쪽.

감추어져 있다. 그렇다고 자신의 이야기를 동료들에게 하는 경우도 없다. 그런 문자의 사고방식에서 타인들이 볼 수 있는 것은 문자의 외형이나 태도일 뿐, 그녀의 마음은 볼 수 없다. 그녀가 온갖 역경에도 굴하지 않고 살아갈 수 있는 원천은 바로 그녀의 내면에 감추어진 '그걸 무어라 할지 알 수 없지만 남들이 눈치채지 못하는 자기 맘속의 어떤 그윽하고 힘찬 상태'가 있기 때문이다. 이런 그윽하고 힘찬 상태가 그녀의 맘속에 자리하고 있었기에 외부적 인식의 세계에 대해 초연할 수 있었던 것이다. 초연한 그녀의 의식은 자신을 소외시키고 있는 모든 주변상황에 대해 긍정의 태도로 나타난다. 이러한 태도는 전형적인 아웃사이더의 모습에 다름 아니다.

> 자기보존의 본능이 내면 확대의 고통에 반항하고, 정신적인 태만에 기울기 쉬운 충동이 일어날 때마다 파도같이 높아져 가는 것을 하찮게 여기며, 자기의 눈으로 보고 자신의 손으로 만진 체험의 양을 한정시키려고 의식적으로 노력하고, 존재의 민감한 부분에 그것에 상처를 줄지도 모르는 대상에게 드러내 보이며, 어떻게 하든지 전체로서 사물을 보려고 고투하는 것, 그것이 개인에게 맡겨진 문제이다. 개인은 이 긴 노력을 아웃사이더로서 시작한다. 그리하여 성자(聖者)로서 마칠지도 모른다.10)

그녀는 악조건의 상황을 모질게 참아내며 전체로서 사물을 보려고 고투하는 의식이 있었기에 모든 것에 대해 긍정할 수 있는 힘이 나타나는 것이다. "인간이 할 수 있는 가장 위대한 행위는 감히 찬미하는 것, 즉 영원한 부정의 최악의 상태를 알면서도 초인적인 노력으로써 그것을 소화하여 거기에서 인생을 긍정적으로 보는 방법이다."11) 그녀는 어떠

---

10) 콜린 윌슨, 앞의 책, 329쪽.
11) 위의 책, 161쪽.

한 불합리하고 부당한 대우에 대하여도 부정을 하지 않는다. 그저 긍정하고 있는 그대로 받아들인다. 그녀의 이러한 태도는 세속적 삶에 길들여진 일상인들에게 바보처럼 보이기도 하고, 그들로 하여금 그녀를 소외시키는 원인이 되기도 한다. 그러나 그들이 생각하는 것처럼 문자는 불행하지 않다. 왜냐하면 문자가 추구하는 것은 그들이 알지 못하는 '그 어떤 것'이기 때문이다. 그녀는 적어도 자신의 의식내부에 있어서만큼은 그들보다 자유롭다. 그들이 문자에게 주는 상처라는 것은 사실 문자에게 있어서 상처 그 이상의 의미로 작용한다. 그 상처는 아웃사이더인 문자에게 자양분이 되어 문자가 추구하는 '그 어떤 것'의 상태에 도달하게끔 하는 매개체가 되기 때문이다. 그녀는 자신만이 추구하는 것을 위해 정진할 뿐이다.

그렇다면, 한수의 존재에 대한 의문이 생기게 된다. 과연 한수는 그녀에게 있어서 어떠한 존재인가. 그를 문자가 사랑하는 대상으로 볼 수 있는가. 작품의 표층적 의미로는 그렇게 보이기도 한다. 그러나 한수도 앞에서 살펴본 직장동료들과 같은 경우로 그녀에게 그다지 커다란 의미의 대상은 아니다. 한수는 단지 아웃사이더로서의 그녀의 삶이 궁극적으로 지향하는 바에 수반되는 장애물12)의 의미를 갖는다. 그는 그녀에게 끊임없이 시련과 상처를 줌으로써, 그것을 극복하는 과정을 통해, 그녀가 추구하는 '그 어떤 것'의 상태에 도달하게끔 하는 역할을 갖는 매개체에 지나지 않는다.

---

12) 니체式으로 표현하자면 이는 곧, 개인의 실존이 凡人에서 초인으로 향하기 위해 건너야만 하는 험난한 절벽사이에 놓여진 위험한 다리와도 같다고 할 수 있겠다. 니체는 인간은 반드시 초월 되어져야 할 존재로 보았다. 즉 인간이란 양쪽 절벽사이에 놓여진 다리를 건너고 있는 존재인 것이다.

한수는 문자가 문 밖에서 배웅하고 있다는 것을 알면서도 곧장 뚜걱 뚜걱 계단 아래로 내려갔다. 그는 언덕을 내려가 잠시 후엔 시야에서 사라졌다. 그러나 문자에겐 그가 자기 시야에서 끝도 없이 멀어지고 있을 뿐인 것으로 느껴졌다. 그는 이미 한 남자라기보다, 그녀에게 더 한층 큰 시련을 주기 위해 더 높은 곳으로 멀어지는 신의 등불처럼 여겨졌다. 그리하여 그녀는 그것에 도달하고픈 열렬한 갈망으로 온 몸이 또 다시 갈기처럼 펄럭였다.13)

인간의 약함을 깊이 명상하면 최후에는 반드시 '종교적인 사고' 헤밍웨이의 소위 "잃을 수 없는 것을 발견하지 않으면 안 된다."는 입장에 도달한다. 즉 단념과 규율의 논리로 발전되지 않을 수 없다는 것이다. 인간은 불변하고 일관된 존재가 아니며, 어제와 내일과는 똑같은 인물이 아니라는 생각에 이르게 된다. 인간은 쉽게 잊어버리고 순간에 살며, 의지력을 함부로 발휘하지 않는다. 또 의지를 움직였다가도 곧 그 노력을 단념하든지, 아니면 당초의 목적을 잊어버리고 무엇인가 다른 것에 주의를 돌려버린다. 어떤 강렬한 의식상태를 잠깐 보았지만, 자기로서는 어떻게 하여도 그것을 꽉 붙잡아 둘 수 없다는 것을 엄연한 사실로 자각한 것은 아니다. 싸르트르, 까뮈, 헤밍웨이가 암시하고 엘리엇, 올더스 헉슬리가 분명하게 제시한 이 주제는 "어떻게 하면 인간이 강하게 될 수 있을까?", "어떻게 하면 환경의 노예상태에서 조금이라도 벗어날 수 있을까?"하는 데로 귀착한다.14)

위의 인용문에서도 나타나고 있듯이, 문자에게 있어서 한수의 존재는 그녀가 사랑하는 직접적인 대상이 아님을 알 수 있다. 그녀가 멀어져 가고 있는 한수를 통해 보고 있는 것은 그에 대한 사랑이나 또는 배신

---

13) 서영은, 앞의 책, 31-32쪽.
14) 콜린 윌슨, 앞의 책, 57쪽.

감이 아니다. 아웃사이더로 시작된, 어쩌면 '성자로서 마칠지도 모르는' 자신의 기나긴 여정의 끝을 바라보고 있는 것이다. 한수라는 인물이 지니고 있었던 의미가 막연한 상처와 시련을 주는 대상, 혹은 그녀의 험난한 여정의 장애물로서의 단계에서 조금 더 심도 있는 의미로 변화됨을 알 수 있다. 자신의 존재초월을 이룩하기 위해 끊임없는 시련을 안겨주는 '신의 등불' 같은 대상이 바로 한수라는 인물이다.

> 내 인생이 남 보기에 그렇게 안되어 보일 만큼 실패한 걸까? 그러자 괜히 웃음이 터져 나올 것 같아 입술을 지긋이 깨물었다. 자기가 동료들과 세상사람들을 멋지게 속여넘기고 있는 듯한 기분이 들었기 때문이다.15)

세상을 속이는 것은 아웃사이더의 특질중 하나이다. 소설에서 문자는 자신의 생각을 남에게 말하지 않는다. 직장동료들이 형편없는 직장이라며 자리를 박차고 나갈 때나, 주변인들이 자신의 삶이 힘들다고 투정댈 때에도, 그녀는 전혀 동요하거나 경솔하게 행동하지 않는다. 사람들은 오히려 그런 그녀를 어리석은 듯이 쳐다보지만, 그것은 아웃사이더의 길을 택한 그녀의 방식이며, 그녀의 성장을 돋우는 것들이다.

> 한수는 그녀에게 천 개의 흉터를 내었을 뿐, 그녀가 그 흉터를 스스로 딛고 일어선 지금에 이르러서 그는 이미 그녀의 맘속으로부터 지나가버린 그 무엇이었다. 그가 무자비한 칼처럼 그녀에게 낸 상처 하나하나를 딛고 일어설 때마다, 문자의 정신은 마치 짐을 얹고 또 얹고 그러는 동안 자기 속에서 그 짐을 이기는 영원한 힘을 이끌어낸 불사(不死)의 낙타 같았다.
> 그러나 한수는 문자의 주위사람들이나 마찬가지로 그런 사실을 조금도 눈치채지 못했다. 그는 바보스러울 만큼 착하다고 여겨지던 그녀가

---

15) 서영은, 앞의 책, 9쪽.

딱 한번 「무서운 여자다」 하고 생각된 때가 있었다. 왜 그렇게 생각되
었는지 그 이유는 그 자신도 알지 못했다.[16]

실존하는 개인으로서 그녀의 삶 자체는 실패한 것이 아니다.[17] 그것
은 밖으로 드러나는 것과 내면의 차이가 존재하기 때문이다. 따라서 의
도적이던 그렇지 않던, 세상은 아웃사이더에게 속을 수밖에 없는 것이
다. 이런 관점에서 본다면, 그녀는 자신이 추구하는 절대적인 그 어떤
것을 위해, 자신이 세상을 소외한 것이지 세상에서 소외당한 것이 아니
다. 이 두 개의 명제의 차이는 대단히 크다. 그녀가 세상으로부터 소외
당했다고 보는 것은 일차적 의미파악일 뿐이다. 주변인들이 속는다는
것은 그녀에 대한 몰이해로 이어져 그녀를 더더욱 소외하게 만드는 원
인이 되기도 한다. 속임과 속음이라는 두 가지 행위는 서로가 부연하여
상존(常存)하는 행위존재인 것이다.

3. 자아극복 과정으로서의 낙타

문자는 자신의 마음속에 한 마리의 낙타를 키우고 있다. 그 낙타는
문자가 온갖 역경을 이겨내는 힘으로 작용한다. 그렇다면 이러한 불사
(不死)의 낙타[18]가 갖는 의미는 무엇인가. 문학적 상징으로의 낙타는

---

16) 서영은, 앞의 책, 13쪽.
17) 윌슨은 이에 대해 "아웃사이더의 기본태도에서 인생부정이란 말은, 즉
    인간이 인간 사회 속에서 영위하여 가는 인간생활이라는 의미에서의 인
    생의 부정이다."라고 했다. 콜린 윌슨, 앞의 책, 22쪽. 즉 사회와의 관련성
    에 있어서 부정의 의미가 자신의 주체적인 실존적 자아의 개념자체의 부
    정과 合致되지는 않는다. 오히려 아웃사이더야말로 자신의 삶을 크게 긍
    정하는 면을 갖고 있다.

이 세계에서 소외된 삶을 상징한다. 그것은 기댈 곳이 없는 고달픈 삶
과 고난을 암시한다.[19] 표층적 의미의 낙타는 무거운 짐을 얹고, 무덥
고 메마른 사막을 묵묵히 걷는 동물이다. 자신에게 맡겨진 일에 대해
긍정적으로 받아들이며 사막을 건너는 동물이 바로 낙타인 것이다. 위
의 인용에서도 알 수 있듯이, 낙타의 이러한 이미지는 이전부터 관념화
되어 사용되어지고 있다.

　니체는 <짜라투스트라는 이렇게 말했다>에서 인간이 그 무엇인가를
초월하기 위한 정신의 세 가지 변화에 대해 낙타 - 사자 - 아이의 단계
로 설명하고 있다.

> 　외경(畏敬)한 마음이 깃든 강하고 억센 정신에는 여러가지 고유한 중
> 량(重量)이 있다. 그리하여 이 강인한 정신은 무거운 것, 가장 무거운
> 것을 요구한다. 무엇이 무거운가? 억센 정신은 이처럼 묻고, 낙타처럼
> 무릎을 꿇고 짐을 잔뜩 짊어지려 한다. 무엇이 가장 무거운 것인가,억
> 센 정신은 이처럼 묻고, 나는 그것을 짊어지고 내 힘을 즐기련다. ……
> 억센 정신은 이 가장 어려운 모든 것들을 스스로 짊어진다. 그리하여
> 짐을 짊어지고 사막을 달려가는 낙타와도 같이 그는 자기의 사막으로
> 달려간다.
>
> 　그러나 고독한 사막에 이르면 두 번째의 변화가 일어난다. 여기에서
> 정신은 사자가 된다. 정신은 자유를 자기 것으로 하고, 자기 자신이 선
> 택한 사막의 군주가 되고자 한다. …… 새로운 창조를 위해서 자유를
> 자기의 것으로 하는 것 ― 그것은 사자만이 감히 할 수 있다. ……
> 　어찌해서 약탈하는 사자는 또한 아이가 되어야만 하는가? 아이는 순

---

18) "낙타의 혹은 굳기름 덩어리, 즉 지방질인데, 그 지방질이 사막을 여행하
　　는 동안 몸에 수분이 극도로 부족해질 때, 물로 바뀐다고 합니다. 낙타가
　　죽음과 맞서는 신비한 힘을 얻는 것은 바로 자기자신 속에서입니다. ……
　　그가 어떤 불가항력적인 힘과 맞서 무서운 짐을 지고서라도 끝내는 무릎
　　을 세우고 벌떡 일어설 수 있는 불굴의 의지를 몸 속에 길러온 것을 알
　　수 있습니다." 서영은, 「내 마음의 빈들에서」, 고려원, 1991. 280-281쪽.
19) 이승훈 편저, 『문학상징사전』, 고려원, 1995. 93쪽.

결이요 망각이며, 새 출발이요 유희이며, 스스로 돌아가는 바퀴요 최초
의 운동이며, 신성한 긍정이다. …… 창조라고 하는 유희에는 신성한
긍정이 필요하다. 이제 정신은 자신의 의지를 요구하며, 세상을 등진
자는 자신의 세계를 획득한다.[20]

그녀는 자기에게 지워진 어떤 가혹한 짐에 대해서도 결코 화를 내거
나 탄식하지 않았고, 피하지도 않았다. 그녀의 억센 정신은 얼마든지
무거운 짐을 짊어질 수 있다는 듯이, 항시 무릎을 꿇고 있었다. ……
더욱이 그 자신감이, 자신들의 키를 훨씬 넘어 아주 높은 곳에 있는 어
떤 존재와 겨루면서 몇만리나 되는 고독의 길을 홀로 걸어오는 동안
생겨난 것이리라고는 꿈에도 몰랐다.[21]

위의 두 인용문을 접하고 보면, 문자의 내면에 존재하는 낙타와 니체
가 말하고 있는 낙타는 의미상의 구별이 불가능함을 알 수 있다. 문자
의 열악한 상황들에 대한 긍정은 기나긴 고독의 길을 혼자서 걸어오며
생긴 절대적 자신감이 있었기에 가능했던 것이다. 이러한 절대적 자신
감은 낙타가 지닌 억센 정신처럼 그녀의 내면을 지배하고 있는 것이다.
그녀가 즐기고 있는 시련은 자유로운 정신에 도달하기 위한 과정에 지
나지 않는다.

물론 그녀 역시 일상인의 속물적 근성을 다소 지니고 있었다. 그녀는
한수의 ‘속주머니에 찔려진 두툼한 돈 뭉치를 보고도 목이 메였고’, 구
두에 새겨진 ‘고급상표를 보고도 가슴이 미어졌던’ 여자였다. 그러나 소
주 두 병을 마시고 의식을 잃고 깨어난 후에 그녀의 내면에서 낙타 한
마리가 몸을 일으켰던 것이다. 그녀는 이러한 통과제의적인 절차를 거
친 후에야 긍정의 정신적 자유를 얻은 것이다. 이러한 절차의 의미는
“하나는 삶의 진정한 가치, 혹은 소중한 것은 물화된 의식이나 사물에

---

20) 니이체, 앞의 책, 152-153쪽.
21) 서영은, 앞의 책, 11쪽.

의 집착을 버림으로써 찾을 수 있게 된다는 것이고, 다른 하나는 이러한 버림으로써 찾는 방식이라는 것이 인간적 차원을 일단 벗어남으로써만 체득될 수 있다는 것이다."22) 그녀의 삶의 진정한 가치는 인간적 차원을 벗어난 그 어떤 것을 획득한 후에야 외부적 고통에도 흔들리지 않는 강한 의지를 갖게 되었다. 이러한 그녀의 강한 의지는 일상사의 사실들에 대해서 초연할 수 있는 힘이 되었다. 이제 그녀의 관심 대상은 오직 자기자신과의 싸움이었다. 그녀의 억센 정신은 어떤 고통을 느낄 때마다 내면에서 일어나는 낙타에 의해 극복하고 있다.

변화를 거부하는 은둔적인 자세로는 초월되어야 할 존재인 인간이 앞으로 나아가기는커녕, 오히려 퇴보할 수밖에 없다. 따라서 실존적인 자아가 초월을 향해 점차적으로 발전하기 위해서는 현실이 어떠한 고통을 안겨 주더라도 이를 피하기보다는 이에 정면으로 맞서서 이를 있는 그대로 받아들이는 긍정적 태도가 필요하다. 니체의 주장대로 자아의 초월을 이룩할 수 있는 길은 현실의 쓴 고통을 긍정하고 받아들이는 자세를 갖는 것이다.

문자의 생활 방식도 여기에서 벗어나지 않는다. 문자의 주변환경은 그녀에게 끊임없이 무거운 짐을 지운다. 그러나 문자가 지닌 억센 정신은 더 무거운 짐을 실을 마음의 준비가 되어 있으며, 그 짐의 무게가 크면 클수록 더 큰 기쁨을 느낀다. 이러한 면에서 문자의 낙타와 니체의 낙타 사이에는 동일성이 존재한다. 즉 낙타는 외부적 인식의 세계에 초연할 수 있는 긍정의 이미지인 것이다. 위에서 살펴보았듯이, 니체는 자아의 초월 단계로 낙타, 사자, 아이의 세 단계를 제시하였다. 새로운 가치의 창조를 위해 초원의 왕인 사자처럼 자유롭게 되기 위해서, 또한

---

22) 權五龍, 「인간과 초월 사이의 거리」, 『우리시대우리작가』 12, 서영은, 동아출판사, 1988. 405쪽.

아이의 순결함을 가진 새로운 출발을 하기 위해서는 반드시 낙타가 지닌 순수한 의지로 긍정하는 자세가 선행되어야 하는 것이다.

이제 그녀가 궁극적으로 추구하는 바가 어떤 것인지 유추해 볼 수 있다. 문자가 사라지는 한수를 보고 '더 한층 큰 시련을 주기 위해 더 높은 곳으로 멀어지는 신의 등불 같았고', 문자는 '그것에 도달하고픈 열렬한 갈망으로 온몸이 또다시 갈기처럼 펄럭였다'는 소설의 대단원 부분은 종교적인 귀결을 암시하는 듯하지만, 앞에서 살펴본 바와 같이 그 어떤 신적인 존재로의 귀결로 보기는 어렵다. 단지 실존적 개인이 끊임없는 자기극복을 통하여 도달할 수 있는 최종의 어떤 목적지일 것이다. 니체의 표현에 의하면 어떠한 초인의 상태에 이르게 되는 것을 의미하는 것이다. 즉, 문자의 행위는 자신에게 상처를 주는, 또한 앞으로 그렇게 될지도 모르는 모든 것들에 대해 절대 긍정의 정신을 갖음으로써 자기극복을 이룩하겠다는 의지의 표현인 것이다.

4. 자아초월의 지향

문자가 지향하는 삶의 방식은 아웃사이더로서 초월적 자아를 형성하는 것이었다. 문자는 자신의 내면에 낙타 한 마리를 기르면서 실존적 자아에 대한 초월을 추구하는 이른바 낭만주의적 아웃사이더[23]임을 앞

---

23) 윌슨은 아웃사이더를 두 부류로 나누어 이야기하고 있다. 그것은 리얼리스트적 아웃사이더와 낭만주의적 아웃사이더이다. 리얼리스트적 아웃사이더들의 주된 관심은 "진리란 무엇을 말하는 것일까?"에 모아져 있고, 낭만주의적 아웃사이더는 "어디서 진리를 발견 할 수 있을까?"이다. 콜린 윌슨, 앞의 책, 62쪽. <먼 그대>의 주인물인 문자는 물론 낭만주의적 아웃사이더의 경우라고 볼 수 있을 것이다.

장에서의 논의를 통해서 알 수 있었다. 그는 현실의 긍정을 통한 자아 초월의 과정을 진행하고 있는 것이다. 문자의 삶의 방식은 짜라투스트라가 지향하는 바와 같다. 짜라투스트라의 목표가 초인이 되는 것이었으며, 맨 처음 택하여야 하였던 것이 억센 정신을 바탕으로 한 고통의 수용과 긍정이었다. 문자 역시도 이와 같은 정신을 통해 자기초월을 감행하여 자유로운 정신의 상태에 이르기 위해 짜라투스트라의 방식을 취하고 있는 것이다.

> 고독한 자여, 그대는 그대 자신의 길을 걸어간다. …… 그대는 그대 자신의 불길 속에 스스로를 불태워 버리려고 하지 않으면 안된다. 그대가 먼저 재가 되지 않는다면 어떻게 다시 태어나기를 바라겠는가? 고독한 자여, 그대는 창조자의 길을 가고 있다. ……
> 그대의 사랑과 창조와 함께 그대의 고독으로 돌아가라. 그러면 뒤이어 정의(正義)는 절름거리며 그대를 따를 것이다. 나의 형제여, 나의 눈물과 함께 그대의 고독으로 돌아가라. 나는, 자신을 초월하고자 하여 멸망하는 자를 사랑한다.24)

> 「고통이여, 어서 나를 찔러라. 너의 무자비한 칼날이 나를 갈가리 찢어도 나는 산다. 다리로 살 수 없으면 몸통으로라도, 몸통이 없으면 모가지만으로라도. 지금보다 더한 고통 속에 나를 세워놓더라도 나는 결코 항복하지 않을거야. …… 」25)

위의 인용에서 알 수 있듯이, 자신을 초월하기 위해서는 먼저 자신을 극복해야 한다. 고독과 함께 자신에 대한 초월을 감행하는 인간이야말로 진정한 사랑을 할 자격이 주어진다. 위의 니체의 인용문에 나타나는 멸망이라는 단어는 사회적인 고립을 뜻하기도 하지만, 니체의 위대한

---

24) 니이체, 앞의 책, 185쪽.
25) 서영은, 앞의 책, 21쪽.

부정정신을 뜻하기도 하는 것이다. 니체의 부정정신은 그 배후에 있는 위대한 긍정에 있다. 모든 곤란과 고통의 가운데서 생을 전적으로 긍정하는 것, 이것이 니체가 말하는 위대한 긍정일 것이다.26)

<먼 그대>의 문자의 경우도 진정한 자아의 초월을 위해 모든 어려움을 극복하고 있다. 어떠한 고통에도 굴하지 않는 불굴의 정신이 위의 인용에 나타나고 있다. 그녀는 사회적인 소외나 경제적인 어려움에 대해서도 긍정의 태도를 지니고 있으며, 심지어는 자신의 아이마저도 '초극(超克)되어야 할 그 무엇'으로 생각하고 있다. 소유에 대한 모든 집념을 버리고 자기와 끊임없이 대결하는 고독의 길을 가고 있는 것이다. 이러한 고독의 길은 무거운 짐을 더 요구하는 낙타로, 문명의 유혹을 뿌리치고 더 깊은 사막으로 숨어드는 리비아인으로, 자기의 아들을 버리고 떠나가는 징기스칸으로 제시되고 있다.

그렇다면, 낙타의 긍정을 통하여 결국 도달하고자 하는 이른바 초인의 상태란 무엇인가. 니체의 표현대로 한다면, 그것은 아마도 창조자라 할 수 있을 것이다. 니체는 인간이란 존재가 평등하지 않다는 기본적인 태도를 지니고 있었다. 그것은 평등이라는 울타리로 인간존재의 실존적 개체성을 하나로 묶는다면, 이는 초인을 범인들의 단계로 끌어내리는 것이 되기 때문이다.

> 정의는 나에게 이렇게 말하기 때문이다. 「인간은 평등하지 않다.」그리고 또한 인간은 평등해서는 안된다! 내가 그렇지 않다고 말할 경우, 초인에 대한 나의 사랑은 도대체 무엇이겠는가? …… 선과 악, 풍요와 궁핍, 높은 것과 낮은 것, 그리고 모든 가치의 명목들은 그 자신이 몇 번이고 초극하지 않으면 안되는 삶의 무기이며, 과장된 표지인 것이다. 그것은 기둥과 계단으로써 그 자신의 삶 자체를 높이 쌓아 올

---

26) 김병규, 앞의 책, 138쪽.

릴 것이다. 그것은 먼 곳을 바라보고 황홀한 아름다움을 원할 것이다.
— 이 때문에 그것은 높이 오르고자 한다. …… 삶은 오르고자 하며 또
한 올라가면서 스스로를 극복하려 한다.27)

　　「나는 그 동안 너무 힘들었어. 연명할 것만 남기고 나는 늘 빈손으
로만 지냈어. 내 손은 무엇을 움켜쥐는 버릇을 잊어버린 지 오래야. 하
지만 이제 내 속으로 난 혈육만큼은 놓치고 싶지 않아. 위안 받기를 거
부하는 일이 이제는 너무 힘들어! 고통스러워!」
　　그러자 그녀 속에서 또다시 낙타가 우뚝 몸을 일으켰다.
　　「너는 할 수 있어. 도달하기 위한 높은 것을 맘속에 지님으로써 너
는 고통스러울지 모르지만, 그 고통이 너를 높은 곳에 이르게 하는 사
닥다리가 되는 거야.」 28)

　　창조자는 모든 가치를 자신이 창조해 낸다. 실존이 본질에 선행하기
위해서는 자신이 창조자가 되어야 하는 것이다. 초인의 경지란 위에 제
시한 니체의 인용문에서 제시되고 있듯이, 모든 가치들에 대하여 몇 번
이고 초극한 자를 일컫는다. 그렇다면 <먼 그대>의 문자는 모든 가치들
에 대하여 초극을 이룬 상태인가. 그렇게 볼 수는 없을 것이다. 그녀는
모든 고통을 인내하는 초극의 과정에 있다. 또한 '먼 그대'라는 제목이
암시하듯이 자신이 도달해야만 할 먼 대상으로 존재하는 것이다. 그녀
는 연금술사처럼 끊임없이 자신을 단련하고 있다. 그녀는 무거운 짊을
짊어지고 사막을 달려가는 낙타처럼 자아극복의 사닥다리를 오르고 있
다할 것이다.
　　이 작품의 주동인물인 문자처럼 극복의 과정에서 초극의 경지를 지
향하는 것이 인간에게 지워진 운명일지도 모른다. 그것은 마치 시지푸
스가 산 정상에 바위를 올리기 위해 끊임없는 고행을 하고 있는 것처럼

---

27) 니이체, 앞의 책, 215쪽.
28) 서영은, 앞의 책, 23 - 24쪽.

말이다. 바위는 시지푸스에게 있어서 고통과 극복의 대상이자 삶 자체라 할 수 있다. 그녀 역시 묵묵히 사막을 횡단하는 한 마리의 고독한 낙타처럼 자아초월의 의지를 지속하고 있는 것이다. 이런 의미에서 <먼 그대>가 함유하고 있는 내용종목은 니체의 초인사상에 대한 탐구적 성격을 지니고 있다 할 것이다.

5. 맺음말

필자는 본고를 통해 철학적 사유의 문학적 표출이라는 관점에서 아웃사이더의 점진적 자아실현의 과정에 대해 알아보았다. 이러한 분석의 이론적 근거로 콜린 윌슨과 니체의 견해를 참고하여 서영은의 작품 <먼 그대>가 지닌 내재적 의미를 파악하였다. 이러한 시도의 결과 한 아웃사이더가 허무주의적인 자아를 극복하고 자유로운 정신을 지향하는 과정에 대해 형상화한 작품임을 알 수 있었다.

'먼 그대'라는 제목이 암시하고 있는 대상이 누구인지 알 수 있다면, 작품의 주동인물인 문자가 추구하는 것이 무엇인지 알 수가 있다. 작품 끝 부분에 제시되고 있는 멀어져 가는 한수가 먼 그대인가? 물론, 그렇지 않다. 지금까지의 고찰을 통해 먼 그대는 문자 자신의 또 다른 자아임을 알 수 있었다. 즉 자신이 끊임없이 초극해야만 하는 험난한 대상으로의 자아일 것이다. 그녀가 사랑하는 대상은 외부의 세계에 있는 그 무엇이 아니라 자신의 내부에 존재하는 또 다른 자아이다. 그렇다면 결국 '먼 그대'가 뜻하는 바는 자기초월을 이룩해 낸 상태에 도달한 자기 자신의 실존일 것이다.

또한 그녀는 자아의 초월을 이룩한 자유로운 정신의 소유자는 아니다. 작품상에 나타난 문자는 아직 험난한 다리를 건너고 있는 중이다. 아직 모든 것을 긍정적으로 수용하려는 낙타일 뿐, 사자나 아이처럼 자유로운 정신의 창조자에 도달하지 못한 상태이다. 그녀는 자신의 마음속에 기르고 있는 낙타를 통해 자유로운 정신의 창조자에 이르기 위한 자아극복의 과정을 겪고 있는 것이다. 이런 과정을 통해 점진적으로 자기자신을 초인적인 불사의 의지를 가진 자유인으로 변화시키는 과정에 있는 것이다.

〔배재대학교 국문학과 교수〕

참 고 문 헌

權吳龍. 「인간과 초월 사이의 자리」, 우리시대의 우리작가 12, 서영은, 1988.

권영민 엮음. 『이상문학상 21년』, 문학사상사, 1997.

권영민 엮음. 『한국현대작가연구』, 문학사상사, 1991.

김병규. 『문학과 철학의 사이』, 以文出版社, 1984.

김상환·장경렬 외. 『문학과 철학의 만남』, 민음사.

김영건. 『철학과 문학비평, 그 비판적 대화』, 책세상, 2000.

김영민·이왕주. 『소설 속의 철학』, 문학과 지성사, 1997.

김종회.「우리시대의 정신적 모험주의」,서영은의 <먼 그대>,『문학사상』, 1989, 8.

박이문. 『문학과 철학』, 민음사, 1995.

서영은. 『먼 그대』, '83 제7회 이상문학상수상작품집, 문학사상사, 1983.

이승훈 편저. 『문학상징사전』, 고려원, 1995.

정종. 『철학과 문학의 심포지엄』, 고려원, 1992.

니이체. 『짜라투스트라는 이렇게 말했다』, 鄭庚錫 譯, 三省出版社, 1977.

메를로-뽕띠. 『意味와 無意味』, 권혁면 옮김, 서광사, 1985.

알베르 까뮈. 『시지프의 神話』, 李嘉林 譯, 文藝出版社, 1974.

콜린 윌슨. 『아웃사이더』, 李成圭 譯, 범우사, 1974.

프리츠 파펜하임. 『現代人의 소외』, 黃文秀 譯, 文藝出版社, 1978.

<어득강전>의 형성과정과 주제의식

심재숙

1. 머리말

고소설사의 말기에 해당하는 19세기 후반에서 20세기 초엽이 되면 우리 나라를 배경으로 하면서 영웅적 인물이 아닌 보통 사람의 삶을 소재로 한 신작 고소설이 여러 편 나타난다. 이런 작품들은 대개 여러 유형의 민담이나 야담을 끌어들임으로써 상층으로부터 소외된 민중이나 몰락양반 혹은 향반층의 의식을 형상화하여 보여 준다. 그렇게 함으로써 중세체제가 무너지고 근대로 이행하는 전환기에 새롭게 대두되는 문제적 현실을 포착하여 보여주는 것이다. <조충위전>, <유덕전>, <양신랑전>, <한후룡전>, <어득강전> 등이 그런 작품들이다. 19세기 후반에서 20세기 초엽에 이르는 우리 소설사의 전개양상이 아직 구체적으로 밝혀지지 않고 있는 시점에서 이들 작품들은 이 시기 고소설의 실체를 파악하는 데 중요한 의미가 있을 것으로 생각된다. 이 글에서는 우선 성종에서 명종조에 실존했던 인물인 어득강에 대한 이야기인 <어득강전>을 통해 이 시기 고소설의 전개 양상을 밝혀 보려고 한다.

이 작품에 대한 본격적인 작품론은 아직 이루어진 바 없고, 다만 《한국문학통사》에서 19세기 혹은 20세기 초, 전통적인 가치관을 파격적으로 부정하는 일군의 작품들을 소개하는 과정에서 단편적으로 언급된 바 있을 뿐이다.[1] 이처럼 이 작품에 대한 연구가 전무하다시피 한 것은, <어득강전>이 <청학동기>라는 작품의 뒤에 합철되어 있어서 그 존재 자체가 학계에 널리 알려질 기회를 얻지 못했기 때문인 것으로 생각된다.

<어득강전>은 오래전부터 상하 귀천의 관계를 역전시키는 이야기로 널리 회자되던 '속이고 속는 사연'을 끌어들임으로써 실존인물 어득강을 새롭게 형상화한 작품이다. 그러나 '속이고 속는 사연'과 <어득강전>이 외형적으로는 매우 유사하지만, 둘 사이에는 질적인 차이가 있다. 그래서 이 글에서는 <어득강전> 형성에 관련된 설화를 확인하고, 아울러 설화가 소설화되면서 어떻게 변용되는지 살펴보려고 한다. 그리고 <어득강전>의 작자와 창작시기도 추정해 보려고 한다.

영웅적 인물을 주인공으로 한 작품들은 대개 일대기적 형식으로 되어있다. 그런데 어득강이라는 영웅적 인물을 주인공으로 하면서도, <어득강전>의 구성은 일대기적 형식으로 되어 있지 않다. 이 작품은 어득강이 중세관료체제의 핵심인물들과 대결하는 여러 개의 삽화가 연철된 형태로 되어있는데, 이 때문에 <어득강전>은 설화적 구성에서 크게 벗어나지 못한 작품이라는 평을 받을 수도 있다. 이 글에서는 <어득강전>의 서사구조를 분석함으로써 소설적 구성체제로서의 완성도 여부를 살펴보고, 이 논의를 바탕으로 하여 주제의 구현 양상에 대해서도 고찰해 보기로 하겠다. <어득강전>의 이본은 정신문화연구원 소장본이 현전하는 유일본이다.

---

1) 조동일, 《한국문학통사 4》 (지식과 산업사, 1986), 332쪽 참조.

2. <어득강전>의 작자와 창작시기

<어득강전>의 작자 문제를 검토하기 위해서는 먼저 이 작품이 소장되어 있는 정신문화연구원의 서지 기록부터 확인해 볼 필요가 있다.

> 청학동기 全, (著者未詳), 筆寫本(國文), 丙戌(1886), 卷 1 冊 (27張), 32.5×18.6㎝
> 筆寫記 : 병술(1886) 졍월넘이일필교신셔언
> 附 : 어득강젼.

이 서지 기록을 보면 <어득강전>이 <청학동기>의 부록으로 합철되어 있음을 알 수 있다. 실제로 <어득강전>은 <청학동기>가 끝난 다음에 합철되어 전한다. 그리고 <어득강전> 말미의 '병술졍월넘이일필교신셔언'이라는 기록으로 보아, 일단은 '필교'라는 호를 쓰는 '신셔언'이라는 인물이 이 두 작품의 필사자이거나 작자일 것으로 짐작해 볼 수 있다.

그런데 <청학동기>의 마지막 부분과 <어득강전>의 시작부분 사이에 <청학동기>의 작자 자신이 직접 쓴 후기적 성격의 글이 있는데, 이 글을 통해 <청학동기>의 작자가 '신서언'이 아닌 다른 인물임을 확인할 수 있다.

> 이난 ᄀ히 누젼 ᄒ염즉 할셰 말ᄒ니, 이의문, 이오운 등이 기록ᄒ여 후셰인의 걸울(거울)이 되게 젼ᄒ노라. 이 알의(아래) 편은 더욱 조흔 말이 이스니 살펴보시요.

이 글에 의하면 이의문, 이오운 등이 <청학동기>를 '기록'한 것이 된다. 그런데 고소설에 있어서 '기록'이라는 말이 항용 '창작'의 의미로 쓰이는 용례가 있음에 비추어 볼 때[2], <청학동기>의 작자는 이의문, 이오운이라고 보아야 옳겠다. 그러므로 정신문화연구원의 서지기록에서 <청학동기>의 작자가 미상인 것으로 기록해 놓은 것은 잘못이다. 이런 잘못은 이 서지사항을 기록한 사람이 <청학동기>와 <어득강전>이 합철되어 있음을 감안하지 않고, <어득강전>이 끝나는 부분의 필사기만 확인하고, <청학동기>의 끝 부분 기록은 확인하지 않았기 때문에 비롯된 것으로 생각된다. 아울러 '신서언'은 이미 합철되어 전하던 <청학동기>와 <어득강전>을 필사한 필사자로 보아야 옳겠다.

그렇다면 <어득강전>의 작자는 누구일까? 이의문과 이오운은 <어득강전>의 내용이 <청학동기>보다 더욱 좋으니 꼭 읽어보라고 권하면서 <청학동기>의 뒤에 <어득강전>을 합철하고 있다. 이 기록만으로 본다면 <어득강전>의 작자에 대하여 두 가지 추정을 해 볼 수 있겠다. 즉 <청학동기>의 작자인 이의문과 이오운이 <어득강전>의 작자일 가능성과 이들이 아닌 다른 인물일 가능성이 그것이다. 다만 <청학동기>의 작자가 <어득강전>의 내용에 매우 공감했던 것으로 보아, <어득강전>의 작자가 이의문과 이오운이 아니라 하더라도 두 작품의 작자는 서로 비슷한 계층의 인물이었을 것으로 짐작해 볼 수 있겠다.

그렇다면 이의문과 이오운은 어떤 인물인지 보기로 하자. 현재로서는

---

2) 이는 정기성의 <신유복전> 말미의 "신씨부부의 사격이 하도 특별ᄒ기로 더강 긔록ᄒ노라"(동국대 한국학연구소 편, 활자본고전소설전집 4권, 아세아문화사, 1976, 238쪽 인용)라는 후기와 윤병사의 <호섭전> 말미의 "호랑 둑겁이 상힐한 거살 대강 가감하여 긔록하노라"(정신문화연구원 소장본, 29~30장 인용)라는 후기를 통해서 확인할 수 있다. 또한 <사씨전>의 후기에서는 "ᄉᄌ 훈계ᄒ 스격을 지어 --- 상ᄒ권 칙을 민드러 긔록ᄒ니라"(정명기, "고소설 후기의 성격고(_)", 원우논집7, 연대대학원, 1979, 19쪽 재인용)라고 하여, '짓다'와 '기록하다'를 같은 의미로 사용하고 있음을 볼 수 있다.

이의문과 이오운이 구체적으로 어떤 인물인지 확인할 수 없다. 다만 <청학동기>의 내용 분석을 통해서 이들에 대한 몇 가지 중요한 사실을 추정해 보고자 한다.

　<청학동기>는 도인들의 이상향인 '청학동'을 배경으로 한 작품이다. 청학동이라고 하는 곳에 하손이라는 도인이 있었다. 하손의 덕행이 뛰어나다는 것이 알려져, 그를 흠모하는 제자들이 청학동으로 모였다. 그 중에 오자대라고 하는 제자와 이찬이라는 제자가 있었는데, 둘은 여러 모로 상반되는 인물이었다. 어느 날 오자대는 스승인 하손과 하늘과 땅을 비롯한 우주가 어떻게 생성되었는지, 그리고 그 속성은 어떠한지에 대하여 이야기하던 중 큰 깨달음을 얻게 된다.

　　(가) 천지간 기운이 글언거시 아니라, 인간의 모든 살암이 정도을 덜ᄒᆞ고 비례을 힝ᄒᆞ여 원악ᄒᆞᆫ 일이 잇거니(와) 효와 도는 살암의 할거시니 만물의 셩불셩은 쳔지간 음기 조ᄎᆞ 갈거시니…

　　(나) <u>견조적부터 인심이 변ᄒᆞ여</u> 화순하미 업고 오륜을 니즈며 공교을 ᄭᅵ며 샤특ᄒᆞᆫ 힝실로 살암을 희ᄒᆞ기을 일슴으니 일로써 후로 더한다라. 이제 일ᄅᆞ려 문장의 빗츨 일니 업고 귀을 두고 도 조요만현의 솔이을 알니 업고 코흘 두고도 향훈졍츅의 알니 업고, 마음을 두고도 삼강오상의 졍도을 직히 리 업고,…… 셰속이 다 글어한고로, 부즈의 큰 도덕으로도 시졀을 만ᄂᆞ지 못ᄒᆞ여 졍수의 졍으로도 졍도을 베푸지 못ᄒᆞ니 천지간 음기의 쓸으미라. 한 살암을(이) 광구치 못ᄒᆞ리니 오직 써곰 니 몸을 보젼치 못ᄒᆞ이라.…… 우으로 쳔명을 알며 벼거 셰티을 술피며 지ᄎᆞ 니 몸을 도라보와 수시응변ᄒᆞ여 시졀이 니 몸의 이스면 니 할 지조을 감초와 이슬지니 속졀업슨 셰간을 의논ᄒᆞ리오.

　인용문 (가)는 오자대가 "쳔지ᄂᆞᆫ 녯 쳔지오, 만물은 녯 만물이뢰되, 쳔지 화치 알닐 젹도 잇고 음양이 승강ᄒᆞ미 고금이 갓지 아니ᄒᆞ니" 그 이유는 무엇이냐고 묻자 스승 하손이 답한 부분이다. 이 글에 의한다면 하손은 장마나 가뭄과 같이 천지의 좋지 않은 기운도 단순한 자연현상이 아니라, 인간이 정도(正道)를 행하지 않은 결과 나타나는 현상으로 파악하고 있음을 알 수 있다. 이러한 전제 아래 하손은 '지금'을 오륜이나 삼강오상과 같은 정도가 모두 무너져 버린 때로 파악한다. 그러므로 하손에게 있어서 '지금'은 공자처럼 몸을 숨기고 자신을 연마해야 할 때인 것이다. 인용문 (나)는 하손의 이러한 인식을 잘 드러내는 글이다. 오자대는 스승 하손의 이와 같은 답을 듣고 "어두운 밤의 명월은(을) 더흐온 듯" 크게 깨닫고, 스승처럼 몸을 숨기고 살기로 결심한다.

그런데 하손의 제자 가운데 이찬이라는 사람이 있는데, 이찬은 여러 가지로 하손이나 오자대와는 다른 인식을 가진 인물이다. 스승을 만나러 왔던 이찬은 우연히 오자대를 만나게 되고, 둘은 격론을 벌이게 된다. 둘 다 지금 세상이 정도가 행해지지 않는 때라는 데는 인식을 같이 하지만, 그 처세의 방법에 대해서는 매우 다른 입장을 갖고 있기 때문이다. 오자대나 하손이 정도가 행해지지 않는 세상에서는 몸을 숨기는 것으로 처세하려는 데 반해, 이찬은 "학이 구고의 들어시나 세간의 알니 업고 용이 못셰 들어시나 알니 업듯" 하여 세상이 어떠하든 자신의 능력을 펼치는 것이 중요하다고 생각한다. 또한 "인싱이 스스로 초로ㄹ 타니 아모디나 온 고즈도 스양말고 갈 거시오, ㄱ셔 거흔 고슬 바리물 홀 거시여늘"이라고 하여, 나를 원하는 곳이면 그 곳이 어떤 곳이든 관계치 않으며, 또한 한 번 선택한 것에 대하여서 끝까지 신의를 지켜야 한다고 생각하지도 않는다. 이찬은 세속의 흐름에 따라 변신하며 사는 것을 처세의 방법으로 생각하는 인물인 것이다. 물론 둘의 격론을 지켜본 스승 하손이 오자대의 손을 들어주는 것으로 작품이 마무리되는 것에서 알 수 있듯이[3], 하손이나 오자대는 작가의 생각을 대변해주는 인물이다. 즉 작자 이의문과 이오운은 기존의 체제가 무너지는 과정에서 가치관이나 도덕성이 극도의 혼란을 겪게 되는 문제적 현실에 대하여는 정확하게 포착하고 있지만, 이 문제적 현실에 대처하는 데 있어서는 유교라는 낡은 틀 속에서 해결하고자 한다. 또한 <청학동기>에는 <논어>를 비롯하여 <맹자>, <주역>, <상서>, <좌전>, <대학> 등 유학의 기본서라 할 만한 책에서 인용한 글이 아주 빈번하게 나오는 것으로 보아, 이의문과 이오운은 유학에 대한 소양이 있는 식자층일 것으로 생각된다.

그런데 <어득강전>의 작자를 추정하는 데 있어서 이 작품의 지리적 배경이 되는 '삼화'라는 곳과 관련하여 한 가지 흥미로운 사실이 있다. '삼화'는 평안남도 용강군에 있었던 현으로, 1811년에서 1812년에 있었던 평안도 농민전쟁의 핵심인물인 홍경래가 태어난 곳이기도 하다. 조선후기 평안도와 함경도, 그리고 황해도를 아우르는 서북지방은 금광이 발달되었고, 이를 청나라에 무역함으로써 상품경제가 일찍이 발전한 곳이었다. 그렇기에 여기서 얻어지는 이익을 둘러싸고 지방수령과 향반, 상인간에는 첨예한 갈등관계가 형성되어 있었다. 그러한 갈등이 현실적으로 폭발된 것이 바로 평안도 농민전쟁이었던 것이다.4) 이러한 사실들은 <어득강전>의 작자를 추정하는데 있어서 시사하는 바가 있다. <어득강전>이 평안도 농민전쟁의 발생지인 평안도(특히 평안도 농민전쟁의 핵심인물인 홍경래의 출생지인 삼화)를 배경으로 하고 있고, 중세적 신분질서 및 유가이념에 대해 정면으로 저항한다는 <어득강전>의 주제의식5)이 평안도 농민전쟁의 발생 원인과 상통하는 것으로 볼 때, <어득강

---

3) 션싱이 탄왈 "오싱은 가위 순의지인이라. 그 한나을 알면 열을 안다." 호엿도다.(13쪽)
4) 홍희유, "1811~1812면의 평안도농민전쟁과 그 성격", 봉건지배계급에 반대한 농민들의 투쟁(열사람, 1989), 71쪽 참조.
5) <어득강전>의 주제의식에 대해서는 4장에서 자세하게 살펴기로 한다.

전>의 작자와 평안도 농민전쟁의 주도층 사이에는 밀접한 연관성이 있지 않을까 하는 것이다. 평안도 농민전쟁의 주도층은 부를 축적하여 사회적 지위가 상승하는 중간층(부상, 토호 등)과 몰락하여 가고 있었던 평안도 향반층의 연합적인 성격의 것이었다고 한다.6) 그런데 앞으로 자세하게 살펴보게 되겠지만, <어득강전>은 중세적 신분질서에 대한 강한 비판의식을 드러낸 작품인 바, 이러한 주제의식이 신분은 양반이면서도 실질적으로는 그 신분적 특권을 누릴 수 없었던 몰락한 향반층의 현실적 욕구와 맞닿아 있는 것으로 보아, <어득강전>은 중세체제의 모순을 아주 가깝게 그리고 심각하게 느꼈던 몰락한 향반층 좀 더 좁혀서 본다면 평안도의 몰락한 향반층의 창작물이 아닌가 생가된다.

그렇다면 <어득강전>의 창작시기는 언제인가? 먼저 <청학동기>의 창작시기를 살펴보기로 하자. 위 인용문 (나)에 보면 "전조적부터" 인심이 변하기 시작했다는 내용이 나온다. '전조(前朝)'는 조선을 지칭하는 것일 테고, 조선이 '전조'가 되는 시기라면 <청학동기>의 배경은 한일합방 이후가 된다. 즉 <청학동기>는 중세체제가 붕괴되면서 기존의 가치관이나 도덕성이 심각하게 혼란을 겪었던 한일합방 이후의 세태를 배경으로 하고 있다.7) 이렇게 볼 때 <청학동기>의 창작시기는 한일합방 이후가 된다. 그러므로 정신문화연구원의 서지기록에서 이 작품의 필사연도인 '병술'을 1886년으로 추정한 것은 잘못이다. 이제까지의 논의를 종합한다면 '병술'은 한일합방 이후인 1946년이 되는 것이다. 따라서 <청학동기>의 창작시기는 한일합방이 이루어진 1910년에서 현전하는 유일

---

6) 鶴圓 裕, "평안도 농민전쟁의 참가계층", 전통시대의 민중운동(풀빛,1981), 280쪽 참조.

7) "그간 인ᄉ난 네와 달나 아면 잡뉘라 ᄒ고, 말이(을) 아니ᄒ면 얼이다 ᄒ고, 빈쳔ᄒ면 업슈이 넉이고, 부귀ᄒ면 시기ᄒ나니"라는 오자대의 말은, 합방이후 기존의 가치관이 혼란을 겪는 모습을 잘 보여준다.

본의 필사연도인 1946년 사이의 어느 시기가 될 것이다. 그런데 <청학동기>가 기존의 가치관이나 도덕성이 극도의 혼란을 겪고 있는 문제적 현실에 대하여 매우 심각하게 인식하고 있는 점을 감안할 때, <청학동기>의 창작시기는 한일합방 이후 가치관의 혼선이 가장 첨예했던 시기인 1910년에서 1920년 어름이 되지 않을까 생각된다.

　그리고 <어득강전>의 창작시기도 <청학동기>의 창작시기와 거의 일치할 것으로 생각된다. <어득강전>은 현전하는 정신문화연구원소장본이 유일본인데, 이는 이 작품이 고소설사의 늦은 시기에 창작되었기 때문에 그렇게 되었을 가능성이 크다는 점, 그리고 <어득강전>이 왕의 권위까지도 부정하면서 중세체제를 정면으로 문제삼을 수 있었던 것은 이미 중세체제가 심각하게 붕괴된 이후에 창작되었기 때문에 가능하였을 것이라는 점 때문에 그렇다. 이상의 내용을 종합한다면 <어득강전>은 중세적 관료체제에 부정적 인식을 가졌던 평안도의 몰락한 향반층(혹은 <청학동기>의 작자인 이의문과 이오운)이 19세기 후반 혹은 20세기 초엽에 지은 것으로 추정해 볼 수 있겠다.

3. 설화의 수용과 변용양상

　어득강은 성종 1년(1470)에서 명종 5년(1550)까지 살았던 조선 전기의 문신으로, 본관은 함종(咸從), 자는 자순(子舜), 호는 자유(子游), 관포당(灌圃堂), 혼돈산인(渾沌山人)이다. 성종 23년(1492) 진사가 되고 연산군 1년(1495) 식년문과에 병과로 급제하여 곡강군수 등 외관직을 거쳐 중종 5년(1549)에 가선대부에 올랐으며, 상호군을 사직한 뒤 벼슬을 하지 않고 경상남도 진주에 물러나 살았다. 문명(文名)이 있고, 특히 농

담을 잘하였다고 한다.[8]

　이처럼 <어득강전>이 어득강이라는 실존인물을 소설화한 작품이기는 하지만, 소설 속의 어득강은 사실과는 다른 부분이 있다. 먼저 실존인물 어득강은 성종에서 명종조의 인물인데 소설 속의 어득강은 세종조의 인물로 설정되어 있다. 또한 실존인물 어득강이 곡강군수 등 외직을 거쳐 대사간에 오른 뒤 관직을 버린 이후로는 끝내 관직에 복귀하지 않은 것과는 달리, 소설 속의 어득강은 양사(사헌부, 사간원)를 차례로 다하고 나서 관서 삼화부사라는 외관으로 나가는 것으로 설정되어 있다. 그렇다고 소설속의 어득강이 실존인물 어득강과 전혀 무관한 것은 아니다. 실존 인물 어득강의 모습이 소설에서도 그대로 유지되고 있는 부분이 있다. 어득강의 성격 가운데 특히 중요하다고 생각되는 면모는 소설 속에서도 그대로 받아들였을 것이므로, 사실과 소설에서 유사하게 나타나는 어득강의 면모를 살펴볼 필요가 있겠다.

　《대동야승》과 《연려실기술》에는 실존인물 어득강에 대한 기록이 전해진다. 두 기록의 내용은 거의 유사한데, 그 내용은 다음과 같다. [9]

> 첫째, 어득강은 벼슬에 뜻이 없어서 물러가기를 좋아하였고, 좋은 벼슬로 불러도 나가지 않았으며, 종 하나를 데리고 손수 밥을 지어먹으며 지냈다는 기록.
> 둘째, 누군가가 정만중이라는 사람이 문학이라는 벼슬을 하게되었다는 소식을 전하자, 어득강이 "내가 일찍 문학이 되었는데 어찌 정씨가 문학이 되었다고 하는가?"라고 농하였다는 기록.[10]

---

8) 한국민족문화대백과사전 편찬부, 《한국민족문화대백과사전 권14》 (웅진 출판주식회사, 1991), 871쪽.

9) 민족문화추진회 편, 《대동야승 V》 (민문고, 1967), 275 -276쪽 참조, 민족문화추진회 편, 《연려실기술 II》 (민족문화문고간행회, 1967), 526쪽 참조.

10) 《논어》에서 '문학은 자유, 자하'라고 하는 내용이 있는데, 어득강 자신

　　첫째 기록은 어득강의 청렴강직한 면모를, 그리고 둘째 기록은 어득강의 재치있는 면모를 잘 드러내주는 내용이다. 두 기록을 통해서 확인되는 이와 같은 어득강의 성격은 소설 속의 어득강이 보여주는 모습과 완전히 일치한다.[11] 이를 통해서 <어득강전>이 실존인물 어득강의 청렴강직하고 재치있는 면모를 그대로 받아들여 이루어졌음을 알 수 있다. 물론 이런 점도 사실과 소설에서 전적으로 동일하게 나타나지는 않는다. 《대동야승》이나 《연려실기술》에 전하는 기록이 <어득강전>에 그대로 수용되고 있지 않으며, 그 구체적인 서술이나 묘사에서는 상당한 차이가 있다는 것이다. 다만 소설에서는 실존인물 어득강의 청렴강직하고 재치있는 면모를 수용하되, 새로운 사건을 통해서 그것을 구체화하고 있다. 그리고 그러한 구체화의 과정은 오래 전부터 상하 귀천의 관계를 역전시키는 이야기로 널리 회자되던 ‘속이고 속는 사연’을 수용함으로써 이루어진다. 작자의 창의력에 의해 역사적 실존 인물 어득강은 새로운 형상으로 재창조된 것이다. <어득강전>에는 ‘속이고 속는 사연’이 여섯 차례 나온다.

　　① 어득강이 삼화부사로 부임하자, 삼화부사의 통솔권자인 관서방백은 “호승을 다투고져”하여 비장을 보내 어득강의 “허물을 잡아”오도록 하였다. 어득강은 비장과 함께 부령사 절로 놀러가 잔치를 벌였다. 비장이 술에 취해 잠이 들자, 어득강은 비장의 머리를 깎고 장삼과 고깔을 입혀 중의 모습으로 만들어버렸다. 비장은 잠에서 깨어나서야 어득강에게 속은 줄을 알고, 역마도 없이 걸어서 돌아왔다.
　　② 방백은 다시 다른 비장을 보내어 어득강의 허물을 잡아오도록 했다. 비장은 어득강의 허물을 찾으려 했지만 찾지 못하자, 지난 번에 왔

　　의 호가 ‘자유’이니 자신이 일찍이 문학(벼슬이름)이 된 것이라고 농을 한 것으로, 여기서 어득강의 재치가 잘 드러난다.
11) 이에 대해서는 4장에서 자세하게 후술하겠다.

던 비장처럼 어득강에게 속을 것이 두려워 새벽 일찍 돌아가려고 마음 먹었다. 그러자 어득강은 사람을 시켜 비장이 세수할 물에 무언가를 넣게 하여, 비장의 하얗던 수염을 붉게 물들여 버렸다. 자신이 속은 줄도 몰랐던 비장은, 사람들이 수염이 빨갛게 되었다고 하는 말을 듣고서야 자신이 속은 사실을 깨달았다.

③ 방백의 아들이 그간의 일을 설욕하고자 어득강을 찾아갔다. 어득강은 방백의 아들에게 복어를 대접했다. 방백의 아들은 죽을까 두려워 복어를 먹지 않는 것은 대장부답지 못하다고 하면서 호기있게 복어를 먹었다. 그때 한 하인이 들어와 그 복어를 먹은 하인이 죽었다고 거짓말을 했다. 그러자 어득강이 해독약이라고 하면서 똥물을 주자, 방백의 아들은 허둥지둥 똥물을 받아먹었다. 어득강은 방백에게 "골이 빈한ᄒ야 디졉홀 거시 업스 쏭물을 디졉ᄒ여 보닌나이다"라는 내용의 답서를 보냈다.

④ 급기야 방백 자신이 어득강의 잘못을 캐내어 파직하려고 갔다. 어득강은 홍장이라는 기생에게 소복을 입혀 방백을 유혹하도록 했다. 방백은 소복을 입은 기생 홍장이 빨래하는 것을 보고 한 눈에 반했다. 마침 시중들던 비장이 홍장의 사촌오빠라는 사실을 알고, 비장을 시켜 자신의 의사를 전하도록 했다. 여러 차례 비장이 홍장의 집에 왔다 갔다 한 끝에 방백은 홍장과 하룻밤을 보내게 되었다. 아침이 되자 방백은 사람들에게 들킬까 하여 홍장의 사촌오빠인 비장의 상복으로 변복하고 객사로 돌아왔다. 방백은 어득강의 허물은 찾지도 못한 채, 다른 지방을 순력하기 위해 삼화를 떠나야 했다. 그러나 방백은 홍장을 잊을 수 없어 다시 삼화로 돌아왔으나, 어득강은 홍장이 죽었다고 방백을 속였다. 그날 밤 죽었다던 홍장이 방백에게 나타나, 다음 날 자신의 무덤에 와서 제사지내주고, 영월정에 와서 자신의 마지막 가는 모습을 지켜봐 달라고 말했다. 방백은 홍장의 말대로 홍장의 가짜 무덤에 가서 제사를 지내고, 영월정으로 갔다. 거기서 방백은 배를 타고 있는 홍장을 만나게 되는데, 홍장은 가짜 선관과 함께 있었다. 선관은 똥으로 만든 가짜 선약 세 개를 주며, 그것을 먹으면 천상으로 오를 수 있다고 하였다. 방백이 구린내 때문에 선약을 반밖에 먹지 못하자, 가짜 선관은 선약을 다 먹지 않아서 천상에 오를 수 없다고 말하고는 홍장과 함께 가 버렸다. 방백은 나중에야 자신이 속은 것을 알게 되었다.

⑤ 방백이 어득강과 겨루려고 하다가 도리어 어득강에게 속은 일이

왕에게 알려지자, 왕은 어사를 보내 사실을 알아오도록 했다. 이에 어득강은 얼굴이 예쁜 기생을 골라 아버지가 돌아가셔서 늦도록 결혼하지 못한 노처녀로 위장시켜 어사를 유혹하도록 했다. 어득강의 의도대로 어사는 가짜 노처녀에 빠져 술을 먹은 채 잠들어 버렸다. 이 틈에 가짜 노처녀는 어사가 삼화에 와서 조사한 사실을 기록한 문서를 여자의 적삼으로 바꿔버렸다. 이런 사실도 모르는 어사는 여자의 적삼을 왕에게 올려 망신을 당했다.

⑥ 어득강이 왕의 특명으로 사실을 조사하러 간 어사마저 골탕먹이자, 왕은 어득강을 잡아오도록 했다. 왕은 조신들에게 계란을 하나씩 가져오라고 하여, 어득강으로 하여금 계란으로 성을 쌓아보라고 명했다. 어득강이 가볍게 한 길 성을 쌓자, 왕은 그 재주를 기특히 여겨 동돈령 벼슬을 내렸다. 그러자 이번에는 어득강이 계란을 들고 서 있는 조신들을 보며 수탉 울음소리를 냈다. 왕이 그 이유를 묻자 "암탉이 알을 낳으면 수탉이 우나이다."라고 하여 조신들을 암탉에 비유하여 조롱하였다. 어느 날 어득강이 왕의 능행을 수행하게 되었는데, 왕은 일부러 어득강을 물에 밀어 넣었다가 건지도록 하였다. 그리고는 물에서 나온 어득강에게 물에 빠진 이유를 묻자, 굴원을 만나기 위해 그랬노라고 대답했다. 그러자 왕은 굴원이 무엇이라고 하더냐고 묻는데, 어득강은 "날 ᄀᆞ튼 ?(사람)은 암주을 만ᄂᆞ야 이 물의 던져거니와 ᄌᆞ네ᄀᆞ튼 이는 명주을 만나야 무슴 일로 물의 던지ᄂᆞ고?"라고 하더라고 답했다. 왕은 어득강의 재주와 구변을 칭찬하고 '어공'으로 승품했다.

이제 <어득강전>과 <속이고 속는 사연>의 관계를 살펴보기로 하자. <속이고 속는 사연>은 1984년 전국 구비문학 조사연구에서 얻은 설화자료에 대한 분류 체계를 모색하는 과정에서 설정된 설화분류의 상위유형 가운데 하나이다. 조동일은 <이기고 지는 사연>, <알고 모르는 사연>, <잘되고 못되는 사연>, <정상이고 비정상인 사연>, <움직이고 멈추는 사연>, <속이고 속는 사연> 등 6가지 유형을 상위유형으로 설정하여 설화자료를 분류하는 체계로 삼았다. 그리고 <속이고 속는 사연>은 다시 <혜택을 베풀려는 사연>, <인정을 받으려는 사연>, <이득을 얻으려는 사연>, <지위

를 역전시키려는 사연>의 하위유형으로 분류하였다.12)

이 가운데 <속이고 속는 사연>의 하위유형인 <지위를 역전시키려는 사연>이 <어득강전>에 영향을 준 설화이다. 주인을 골탕먹이는 하인 이야기, 아전이나 관노가 원님을 골탕먹여서 쫓아내는 이야기, 서당에서 학동들이 훈장을 욕보이는 이야기, 절간에서 상좌가 노장을 욕보이는 이야기, 시골 선비가 정승을 욕보이는 이야기와 같이, 낮은 지위의 주인공이 높은 지위의 상대편을 속여 상대방을 망하게 하거나 상대방과 대등하게 되는 이야기가 여기에 속한다. 이 가운데서도 아전이나 관노가 원님을 골탕먹이는 이야기가 <어득강전>과 가장 친연성이 있는 것으로 생각된다.

아전이나 관노가 원님을 골탕먹이는 이야기는 문헌설화와 구비설화로 전한다. 문헌설화로는 《청구야담 권2》에 '逐官長知印打頰'이라는 제목으로 실린 이야기와 《어수신화》에 '擧扇更高'라는 제목으로 실려 전하는 이야기가 있다. 구비설화로는 '바보 원님과 꾀보 이방'(한국구비문학대계 1-1), '바보 원님을 속인 이방'(한국구비문학대계 1-1), '원님 미친 사람 만들어 쫓아내기'(한국구비문학대계, 11-3) 등이 있다.

> (가) 호남의 한 원님이 정사는 엉망이면서 형벌은 가혹하여 사람들이 모두 그를 두려워하였다. 하루는 이속들이 원님을 쫓아내기 위해 꾀를 내었다. 어느 날 원님이 혼자 앉아 있을 때를 틈 타, 나이 어린 통인이 원님의 뺨을 때렸다. 원님이 노발하여 이속들에게 어린 통인이 자신의 뺨을 때렸다고 하며 잡아오라고 하였으나, 아무도 원님의 말을 믿지 않았다. 더욱 화가 난 원님은 자식과 책객(冊客)들에게 사정을 이야기 하려했으나, 본래 조급한 성미인데다 분노가 복받쳐 입에 거품을 물고 두서없이 말할 뿐이었다. 더구나 어린 통인이 원님의 뺨을 때렸다는 것이 믿기지 않는 일이고 보니, 자식과 책객들은 원님이 미쳤다고 생각하게

---

12) 어문연구실 편, 구비문학 7(한국정신문화연구원, 1984), 46 - 50쪽 참조.

되었다. 결국 원님은 화병이 나서 더욱 미친 사람처럼 되었다. 감사는
이런 소식을 듣고 원님을 파직하였다. 그 뒤로도 원님이 그 이야기를
하려고 하면, 자식들이 미친 병이 재발하였다고 하므로 죽을 때까지 그
사실을 이야기하지 못했다고 한다.13)

　(나) 어느 원님이 범백사에 불민하고 오직 오만하기만 하였다. 어느
날 그 원님 뒤통수에서 흔들거리는 부챗살을 턱 밑으로 내려오게 하면
동료 아전들이 젊은 아전에게 술을 사주기로 하였다. 젊은 아전이 원님
에게 가서 거짓으로 어사가 출도한 것 같다고 속였다. 원님은 너무 놀
라서 부채가 턱 밑으로 내려가 움직이는 것도 몰랐다. 그러자 이번에는
다른 아전들이 처음과 같이 부채가 뒤통수에서 움직이도록 하면 두 배
로 술을 사주겠노라고 하였다. 젊은 아전은 원님에게로 가서 어사가 다
른 곳으로 간 것 같다고 했다. 그러자 원님은 다시 부채를 높이 들어
뒤통수에서 부치기 시작했다. 이를 엿보던 아전들은 원님의 어리석음을
비웃었다.14)

　(다) 조생원이 여수 원님이 되어 왔다. 음력 그믐에 부임한 원님은
하늘을 보고, 이 고을에는 달이 없는 모양이라고 말했다. 그믐에는 달
이 잘 보이지 않는다는 당연한 사실조차도 원님이 모른다는 것을 알고,
이방은 원님을 속여 한 밑천 잡을 궁리를 했다. 이방은 이 고을이 흉년
이 들어 전의 원님이 달을 팔았노라고 하면서, 다시 달을 사 오겠노라
고 하여 천 냥을 가로챘다. 초 열흘쯤 되어 하늘에 반달이 뜨자, 이번
에는 보름달을 사오겠다고 하여 이천 냥을 더 가로챘다. 그 후로도 천
냥이면 높은 벼슬을 할 수 있게 해 줄 이름을 작명할 수 있다고 하여
또 천 냥을 가로채고는 왕희지와 두목지의 이름에도 있는 글자라고 하
면서 '갈 지'자를 작명해왔다. 원님은 이런 식으로 나랏돈을 탕진하여
그 고을에서 쫓겨나게 되었다. 그 후 원님은 먹고살기 위해 소금장사를
하게 되었으나 그것도 제대로 되지 않았다. 할 수 없어서 집에서 기르

---

13) 이우성, 임형택 역편, 《이조한문단편집 하》 (일조각, 1978)에 <광인(狂
　人)>이란 제목으로 수록되어 있다.
14) 이우성, 임형택 역편, 《이조한문단편집》 하(일조각, 1978)에는 <선(扇)>
　이란 제목으로 수록되어 있다.

던 개라도 잡아먹으려고 했으나 애매한 부인만 죽이고 말았다. 개의 목
이 아니라, 부인의 목에 줄이 매어져 있는 줄도 모르고 부인의 목에 매
어진 줄을 잡아당겼기 때문이었다.[15]

위에서 예로 든 세 편의 이야기는 모두 지혜로운 아전이 어리석은
원님을 골탕먹이는 이야기이다. 이러한 유형의 이야기는 지적 능력과
신분이라는 두 가지 기준이 서로 대립적인 관계를 만들면서 전개된다.
가)의 원님은 어린 통인에게 뺨을 맞자 조급한 성정을 이기지 못하여
미친 사람으로 몰리고, 나)의 원님은 어사가 출도했다는 아전의 말만
믿고 정확한 사정을 알아보려고도 하지 않으며, 다)의 원님은 주기적으
로 달의 모양이 변한다는 당연한 사실조차 모를 만큼 어리석다. 그러면
서도 자신의 신분만을 믿고 '형벌을 가혹하게 하'거나 '모든 일에 불민
하고 오만'하다. 말하자면 원님은 신분의 우위만을 믿고 오만하게 행동
하지만 자신의 '어리석음'으로 인해 아전에게 골탕먹는 인물이다. 이에
비해 아전은 신분상으로 원님의 아래에 있다. 그러나 원님의 어리석음
을 이용하여 골탕먹일 수 있는 재치가 있는 인물이다. 그러므로 신분은
낮지만 지혜로운 아전이 신분은 높지만 어리석은 원님을 간단하게 골탕
먹일 수 있었던 것이다. 이러한 사실은 이 유형의 이야기가 신분과 지
적 능력의 대립관계를 통해 지적 능력이 신분보다 우월하다는 인식을
보여주고 있는 것이다.

<어득강전>에 나오는 여섯 가지 삽화도 이런 유형의 이야기 형식과
다르지 않다. 삽화 ①, ②, ③의 경우 외형적으로는 상대적으로 높은 지
위에 있는 어득강이 지위가 낮은 비장이나 방백의 아들을 속이는 형식
이므로 위의 형식과 다르다고 할 수도 있다. 그러나 비장이나 방백의

---

15) 어문연구실 편, 《한국구비문학대계 1-1》(한국정신문화연구원, 1989),
    490쪽 참조.

아들은 자신의 이해관계 때문이 아니라 방백을 대신하여 어득강과 대결하는 것이므로 실질적으로는 위의 형식과 다르지 않다. 말하자면 신분에 의해서 상하관계로 나누어져 있는데 불만을 가진 아랫사람이 교묘한 술책을 부려 윗자리에서 거들먹거리는 상대방을 끌어내리고 골탕먹이는 이야기라는 점에서 <어득강전>과 <속이고 속는 사연>은 그 친연성이 확인된다.

이처럼 <어득강전>의 여섯 가지 삽화는 외형적으로 <속이고 속는 사연>과 유사하다. 그러나 이러한 외형적 유사성에도 불구하고 이들 이야기와 <어득강전>에는 질적인 차이가 있다. 설화에서는 아전이 어리석고 거만한, 그리고 무능한 원님을 지혜로서 골탕먹이는 상황에 이야기의 초점이 맞추어져 있다. 그래서 아전이 지략으로 원님을 골탕먹이면 그것으로 이야기는 마무리된다. 그러나 <어득강전>은 어득강이 지략으로 신분이 높은 방백을 욕보이려는데 이야기의 초점이 있는 것이 아니다. 그래서 어득강의 술책은 방백을 욕보이는 데서 끝나지 않는다. 어득강과 방백의 대결은 어사, 중앙관리, 그리고 왕의 권위에 저항하기 위한 시작에 불과하다. <어득강전>은 그 대결의 층위를 비장—방백의 아들—방백—어사—중앙관리—왕으로 확장시켜나감으로써 중세적 관료체제의 모순 전반에 대하여 문제삼고자 한 것이다.

이밖에 삽화 ④는 특히 <종옥전>, <오유란전> 등으로 대표되는 훼절담과의 친연성이 확인된다. 훼절담 가운데 특히 <朴信>, <風流陳中一御史>, 그리고 <오유란전>과 <종옥전>이 <어득강전>의 삽화 ④와 밀접한 관계가 있다.

> 박신은 강원도 안렴사가 되어 강릉기생 홍장을 사랑하게 되었다. 임기가 다 되어서 돌아가려 하는데, 강릉 부윤이 '홍장이 이미 죽었다'고 거짓말을 하자 박신은 몹시 슬퍼하였다. 부윤이 박신을 불러 경포대에

나가 놀았다. 이 때 부윤이 홍장을 단장시켜 배에 태우고 경포에 나타
나도록 하였다. 부윤은 '이 곳에 옛 신선의 자취가 있다'며 분위기를
돋궜다. 마침내 홍장이 한 노인과 함께 배를 타고 나타나자, 박신이 '신
선이다'하고 자세히 보니 홍장이었다. 모든 사람이 박장대소하고 즐겁
게 놀다 파했다. 후에 박신이 이 일을 그리워하는 시를 지었다.16)

이 작품은 훼절담 가운데 가장 이른 시기에 형성되었을 것으로 추정
되는 이야기이다. 기생의 이름이 '홍장'이고, 죽었다던 홍장이 선계로
떠나면서 신선과 함께 배를 타고 와서 주인공과 만난다는 신선모티프가
나타난다는 점 등이 <어득강전>과 이 작품에서 공통적으로 확인되는
부분이다.17) 그러나 <어득강전>에 수용된 신선모티프는 <박신>이야기
의 그것과는 다른 층위로 변용되어 나타난다. <박신>이야기에서의 신선
모티프는 풍류로서의 선풍을 동경하는 사대부 양반의 마음을 긍정적으
로 드러내주는 방향에서 묘사된다. 박신을 속인 강릉부윤에게서는 박신
의 체면을 손상시키려는 악의가 발견되지 않으며, 강릉부윤에게 완벽하
게 속은 박신도 자신이 속은 것에 대하여 크게 개의치 않는다. 오히려
박신은 훗날 그 일을 그리워하는 시를 지었을 만큼, 그 날의 일을 풍류
로서 동경하기까지 한다. 그러나 <어득강전>에 수용된 신선모티프는 가
짜 신선에게 속아넘어가는 방백의 어리석음을 폭로하려는 어득강의 의
도적인 계책으로 기능한다. <어득강전>의 신선모티프에는 천상에 오를
수 있게 하는 선약이라고 하면서 똥으로 만든 가짜 선약을 방백으로 하
여금 먹도록 하는 내용이 새롭게 첨가되어 있다. 그 결과 사대부의 풍

---

16) <朴信>, 《동인시화 권 하》(《서사가전집》, 오성사영인본, 1980), 706~
707쪽 요약.
17) <풍류진중일어사>에서는 기생의 이름이 밝혀져 있지 않으며, <오유란전>
에서는 기생의 이름이 오유란으로 되어 있다. 또한 <풍류진중일어사>나
<오유란전>에는 신선모티프가 없다.

류를 드러내주던 신선모티프가 <어득강전>에서는 사대부의 어리석음을
조롱하는 형태로 변모되는 것이다.

> 한 재상이 순안어사로서 전주에 도착하였다. 매우 거만하여 기생을
> 물리치고 독거하였다. 감사와 부윤이 몰래 재색이 뛰어난 기생을 선발
> 하여 소복을 입혀 유혹하도록 하였다. 어사가 한 번 보고 반하여 배동
> 에게 물어보니, 자신의 누이라고 하였다. 배동을 시켜 기생을 설득하도
> 록 하였다. 마침내 어사는 매일 밤 기생의 집에 출입하게 되었다. 하루
> 는 기생이 어사에게 자기 어머니의 옷을 입고 감사가 베푼 잔치구경을
> 가자고 하였다. 어사는 잔치를 구경하러 갔다가, 감사에게 들켜 여자
> 옷을 입은 채 잔치에 참석하게 되었다. 다음날 어사는 줄행랑을 쳤
> 다.18)

이 작품은 《실사총담》에 전하는 <풍류진중일어사>인데, 윗사람이
기생을 유혹하는데 기생의 오빠인 통인을 매개로 한다는 점과 신분적으
로 대립적인 관계에 있는 인물들의 대결형식이라는 점에서 <어득강전>
과 상통한다. <박신>이야기나 <오유란전> 등의 훼절담은 친구사이거나,
신분적으로 상하관계에 있다하더라도 서로 호의적인 인물들이 서로 속
이고 속는 이야기인데 비해, <풍류진중일어사>는 서로 대립적인 관계에
있는 인물들의 대결형식이라는 점에서 <어득강전>과의 친연성이 뚜렷
이 확인되는 것이다. <풍류진중일어사>의 전주감사와 그 지방의 실태를
사찰하기 위해 온 어사는 각자의 입장이 상반되기 때문에 서로 대립적
일 수 밖에 없는 관계이다. 더구나 <풍류진중일어사> 속의 어사는 거만
하기까지 하다. 그래서 자신의 신분적 우월함을 드러내려는 어사와 그
거만함을 끌어내리려는 감사의 대결은 우호적일 수 없다. 즉 <어득강전>

---

18) <풍류진중일어사>, 《실사총담 권 일》(최영년 찬, 조선문예사간, 1917),
    31~32쪽 요약.

의 공격적인 대결형식은 <풍류진중일어사>에서 영향받은 것이다.

또한 주인공이 기생의 가짜 무덤에서 제사지낸다는 내용은 훼절담 가운데 <오유란전>과 <종옥전>에서만 확인되는 것으로 볼 때, <어득강전>에서 홍장의 무덤에서 제사지내는 부분은 <오유란전>과 <종옥전>에서 영향받은 것으로 생각된다.

이처럼 <어득강전>의 삽화 ④는 조선후기에 널리 회자되던 훼절담의 영향 아래 형성되었지만, 한 작품만을 수용한 것이 아니라 여러 편의 훼절담에서 부분 부분을 수용하여 새롭게 이룩된 것이다. 그런데 삽화 ④에 수용된 훼절담은 크게 신분적으로 상하관계에 있는 인물들의 공격적인 대결형식과 양반이 지향하는 유가이념의 허위성을 폭로하는 내용의 두 가지로 정리될 수 있는 바, <어득강전>의 작자가 중세적 신분질서 및 유가이념에 대하여 풍자하고자 하는 의도 아래 여러 편의 훼절담을 수용하였음을 알 수 있다.

4. <어득강전>의 서사구조와 주제의식

4-1. <어득강전>의 서사구조

<어득강전>에서 가장 먼저 야기된 갈등은 어득강이 관서 삼화부사로 부임하게 되면서 일어나는 일로서, 지위가 높은 지방장관과 지위가 낮은 지방수령의 대립에서 비롯된다.

어득강은 일찍 진사에 급제하여 옥당과 양사를 두루 맡았을 만큼 명망이 있었으나, 스스로 상소하여 삼화부사를 제수받는다. 어득강이 삼화로 부임하자 관서방백은 삼화에 사람을 보내 어득강의 허물을 잡아오도록 한다. 그러나 비장은 어득강이 마련한 술자리에서 술에 취하여 잠들

었다가, 당시에 가장 비천하게 여겨지던 중으로 전락하는 수모를 겪는
다. 어득강이 부령사의 중들을 시켜 비장의 머리를 깎게 하고 장삼을
입혀놓았던 것이다. 다음으로 삼화에 갔던 비장도 어득강에게 수염이
붉게 물들여지는 수모를 겪고 돌아온다. 다시 방백의 아들이 삼화에 가
지만, 대장부로서의 호기를 보이려다가 똥을 먹는 수모만 당하고 돌아
온다. 마침내 방백 자신이 어득강의 허물을 캐내려 삼화에 가지만, 그
역시 여색에 대한 욕망을 자제하지 못하여 아전의 무덤에 제사지내고
똥을 먹는 수모를 당한다. 이렇게 해서 어득강은 자신의 허물을 찾아내
기 위해 왔던 비장, 방백의 아들, 그리고 방백까지 욕보임으로써 관서방
백과의 대결에서 승리하게 된다.

  그런데 어득강과 관서방백의 갈등은 여기서 끝나지 않는다. 왕이 관
서방백과 어득강이 다툰 사연을 알고 어사를 보내 그 자세한 사정을 알
아오도록 한 것이다. 어득강은 본래 옥당과 양사를 두루 지낸 관료였으
므로, 중앙관료 가운데 친분이 있는 사람들이 많았다. 그 가운데 대간벼
슬을 하는 친구가 있었는데, 그 아들이 어득강을 만나러 삼화에 왔다가
이러한 사연을 듣게 된 것이다. 친구의 아들은 서울에 올라가자 그 아
버지에게 이러한 사실을 말하였고, 결국 왕에게까지 알려지게 되었던
것이다. 그런데 친구의 의도와는 달리 왕은 '방백의 소회가 무상ᄒ거니
와 <u>수령이 ᄀ장 그르니</u> 어ᄉ을 퇴출ᄒ야 득강 소회를 탐지한 후 처치ᄒ
라'고 한다. 어득강이 자신보다 신분이 높은 방백에게 그 신분에 걸맞
는 대우를 하지 않았다는 이유 때문에, 왕은 방백의 편에 서는 것이다.
신분질서는 중세적인 지배체제를 온존시키는 요체라고 할 수 있다. 신
분이 낮은 사람은 신분이 높은 사람을 공경하고 그에 맞는 대우를 해야
한다. 어득강은 이러한 중세적 신분질서를 부정하였고, 왕은 그러한 어
득강을 처벌하고자 어사를 보낸 것이다. 이제 어득강과 방백의 갈등은

어사와의 갈등으로 확장되고 있음을 알 수 있는데, 이것은 왕과의 갈등으로 확대되어 나가는 과정에서 일종의 전초전으로서의 의미가 크다. 왜냐하면 어사는 왕의 특명을 받고 일을 처리하는 왕의 대리인이기 때문이다.

일의 사정을 탐문하기 위해 삼화에 온 어사는 처음에는 자신의 의무를 충실히 수행한다. 어사는 삼화에 이르러 "어공의 속이던 절츠와 방백의 희악흔 거동을 졀졀이 세계의(서계에) 올느여 세의 너혀 잠으고" 잘 보관한다. 날이 저물어 어사는 한 촌가에 머물게 되는데, 이 집은 어득강이 어사를 속이기 위하여 거짓으로 꾸며놓은 집이었다. 어득강은 얼굴이 고운 기생을 택해 홀어머니와 함께 기거하는 노처녀로 위장하여 이 집에 머물게 했던 것이다. 홀어머니는 그 날이 마침 남편의 기일이라고 하며 제사 음식을 어사에게 대접한다. 어사는 노처녀로 변장한 기생을 보고 반하여 "니 이 골을 흐거든 할미을 크게 상급흐리라"는 감언으로 그 딸과 하루 밤을 보내게 되었다. 어사가 잠이 들자 딸로 변장했던 기생은 상자안에 들어있던 서계(보고서)를 꺼내고 여자의 적삼으로 바꾸어놓았다. 자신이 속은 줄도 모르는 어사는 여자의 적삼이 든 문서 상자를 왕에게 올렸고, 어사는 이 일 때문에 사핵을 당하게 된다.

'서계'는 어사가 시찰한 내용을 적은 일종의 보고서로서, 어사 자신의 교양과 정치적 식견을 평가할 수 있는 근거로 간주되었다. 그래서 서계의 내용은 어사의 출세에도 영향을 미쳤으며, 어사가 귀환하고도 서계를 제출하지 않거나 서계를 대필시킨 것이 알려지면 처벌을 면할 수 없었다고 한다.19) 그런데 삼화에 왔던 어사는 이처럼 중요한 의미를 지니는 서계를 분실했을 뿐만 아니라, 서계 대신 천한 것으로 여겨지던

---

19) 한국민족문화대백과사전 편찬부, 《한국민족문화대백과사전 14》 (웅진출판주식회사, 1991), 582쪽 참조.

여자의 적삼을 왕에게 올렸던 것이다. 이로써 어득강은 어사의 권위를 여지없이 손상시킴으로써 이 갈등에서도 우위에 서게 된다.

어사를 대리인으로 하여 어득강과 대결하려 했던 왕은 직접 어득강과 대결하기 위해 어득강을 잡아오도록 명령한다. 이제 어득강과 방백의 갈등은 중앙관리 및 왕과의 갈등으로 그 층위가 더욱 확장되는 것이다. 왕은 조신들에게 계란을 한 알씩 가져오도록 하여, 그것으로 성을 쌓아보라고 어득강에게 명한다. 어득강은 계란으로 한 길이나 되는 성을 쌓는다. 계란으로 성을 쌓는다는 것은 보통 사람의 능력으로는 불가능한 일이다. 왕은 어득강에게 불가능한 일을 요구함으로써 어득강을 처벌할 구실을 얻고자 한 것인데, 어득강은 불가능한 일을 가볍게 해냄으로써 일차적으로 왕과의 대결에서 승리한다. 그리고는 조신들이 모두 계란을 갖고 있는 것을 보고 어득강은 문득 수탉의 울음소리를 낸다. 왕이 그 이유를 묻자, "암탉이 알을 낳으면 수탉이 우나이다"라고 대답한다. 이는 어득강이 자신은 수탉으로 조정의 관료는 암탉으로 비유하여 한 말이다. 굳이 '암탉이 울면 집안이 망한다'는 속담을 떠올리지 않더라도, 암탉은 부정적인 의미로 받아들여지는 것이 우리의 정서이다. 조정의 관료를 암탉으로 비하함으로써, 어득강은 중앙관리를 조롱한 것이다. 작자 자신도 이 사건에 대하여 "계신덜이 다 욕을 보왓ᄂ지라"라고 하여 그 뜻을 분명히 하고 있다.

그런데 왕은 재차 어득강과 겨뤄보려고 한다. 왕은 어득강을 일부러 물에 밀쳐 넣었다가 건져내도록 한 뒤, 태연하게 물에 빠진 이유를 어득강에게 묻는 것이다. 이에 대하여 어득강은 굴원을 만나러 물 속으로 들어갔던 것이며, 굴원이 "날 ᄀᆞ튼 ?(사람)은 암주을 만ᄂ야 이 물의 던져거니와 ᄌᆞ네갓튼 이는 명주을 만나야 무슴 일로 물의 던지ᄂ고? 셜리 나가라 ᄒᆞ더이다.'라고 답한다. 왕이 자신처럼 능력있는 신하를 저버린다면 명주가 아니라 암주임을 굴원의 일에 빗대어 말한 것이다. 결국 몇 차례의 시험 끝에 왕은 어득강의 재주와 구변에 감동하여 어득강의 벼슬을 승품한다. 이로써 어득강은 중앙관리 및 왕과의 갈등에서도 우월한 위치에 서게 된다.

이처럼 <어득강전>의 서사구조는 '비장―방백의 아들―방백―어사―중앙관리 및 왕' 등으로 그 갈등의 층위가 확대되는 형태를 취하고 있다. <어득강전>이 조선후기 야담집 및 구비설화에 빈번하게 등장하는 '속이고 속는 사연'을 끌어들였지만, 그것을 유기적, 총체적인 관계에서 구조화하여 새로운 의미층위를 구현함으로써 보다 심화된 주제의식을 드러 낼 수 있었던 것이다. 즉 초반부에서는 신분상 상위에 있는 지방관리와의 갈등을 통해 지방관아에서 벌어질 수 있는 문제를, 중반부에서는 왕의 특명을 받고 내려온 어사와의 갈등을 통해 파견관리의 문제를, 그리고 후반부에서는 중앙관료 및 왕과의 갈등을 통해 중앙정치의 문제를 표면화할 수 있었다. 그렇게 함으로써 어득강의 행동은 개인의 일탈적 행동이 아니라 중세적 관료체제 전반에 대한 저항으로 승화되는 것이다.

신분의 우위를 앞세워 자신을 제압하려는 방백을 골탕먹이는 어득강의 행동은 탐욕스러운 상관에 대하여 불만을 품은 어득강 개인의 일탈적 행동이 아니다. 만일 <어득강전>이 여타 '속이고 속는 사연' 설화처럼 방백과의 일회적인 대결로 마무리되었다면, 이 작품 역시 신분질서에 불만을 가지고 있는 지위가 낮은 사람이 지위가 높은 사람을 골탕먹이는 이야기로 머물고 말았을 것이다. 그런데 <어득강전>에서는 '신분질서'로 인한 갈등이 지방관리에서 파견관리, 그리고 중앙관리 및 왕으로 그 층위가 확대됨으로써 중세적 관료체제의 모순 전반에 대하여 문제삼을 수 있었던 것이다. '신분질서'로 인해 야기되는 문제는, 지위가 높은 지방관리와의 대결을 통해서 해결될 수 있는 성질의 것이 아니다. 그것은 당대 통치질서 전반에 대한 갈등을 통해서만 극복될 수 있다. '신분질서'는 중세적 관료체제의 요체이기 때문이다. 그래서 어득강과 방백의 갈등은 보다 높은 층위와의 갈등으로 확장될 수 밖에 없는 것이다.

그런데 중세적 관료체제의 정점이라 할 왕과의 갈등에서조차도 어득강은 왕보다 우월한 위치에 선다. 현실적으로 본다면 어득강의 중세적 관료체제에 대한 저항은 비극적인 패배로 끝날 수밖에 없다. 그럼에도 어득강은 그 재주와 언변을 인정받아 오히려 더 높은 벼슬로 승품된다. 이러한 역설적 결말이 또한 <어득강전> 서사구조의 묘미인데, 이러한 특징적인 서사구조를 통해서 작품의 주제의식이 효과적으로 제시되고 있는 것이다.

4-2. 주제의식

이제 앞서 살펴 본 <어득강전>의 서사구조를 통해 구현되는 주제의식에 대하여 살펴보기로 한다. 먼저 어득강이 방백을 비롯한 인물과 갈등하는 원인을 살펴보자. 소설 속에서는 그 갈등이 "호승을 다투고져" 하는 방백의 도전으로부터 비롯되는 것으로 나타난다. 그러면 관서방백이 어득강과 힘을 겨루려는 이유는 무엇인가? 이 문제는 우선 소설의 배경이 되는 관서지방이라고 하는 지역의 특성을 살피는 것으로부터 그 답의 실마리를 찾을 수 있을 것 같다.

평안남북도와 황해도 북부지역을 두루 일컫는 관서지방은 유기수공업과 광산경영이 현저하게 발전하였던 곳이다. 특히 중앙의 통제로부터 멀리 떨어진 이곳에서는 대청 은자무역과 관련하여 금은 광산의 채굴이 급속히 진행되었다. 그래서 대청무역을 통해 누백만금의 부를 축적한 대상인들이 허다하였다. 또한 어득강이 부임한 삼화는 평안남도 용강군

삼화면 지역에 있었던 현으로, 예로부터 고려 자기 생산지로 유명한 곳
이었을 뿐 아니라 평안도에서도 가장 토지가 비옥한 지역이었다. 그래
서 가장 혹심하게 수탈이 이루어졌던 지역이었다.[20] "관서는 번화지지"
라서 관서방백이 어득강과 "호승을 다투고져"하였다는 소설 속의 표현
은 바로 관서지방의 이와 같은 지역적 특성을 잘 드러내 주고 있다고
하겠다.

그런데 어득강은 옥당과 양사를 두루 지낸 인물이다. 옥당은 홍문관
을 양사는 사헌부, 사간원을 부르는 말로, 백관에 대한 감찰과 국왕에
대한 간쟁을 담당하던 언관이었다. 어득강을 이러한 인물로 설정한 것
은, 원칙에 충실한 어득강의 면모를 우회적으로 표현하고자 하는 작자
의식의 발로라 하겠다.

이에 비해 관서방백은 어떠한 인물인가? 어득강의 허물을 잡아내기
위해 삼화로 간 어사는 "수청 기생과 풍악을 다 가까이 아니하고 옥식
과 벽사를 간략히 하고 우의를 엄숙히 하여 잡인을 금"한다. 그러나 방
백이 이렇게 한 것은 그가 청렴하기 때문이 아니다. 어득강에게 속을
빌미를 주지 않기 위해서 그렇게 한 것이다. 그래서 "일졍 기싱을 각ㄱ
이 한즉 일졍 속을 듯 한 일도 잇거와 져런 계집을 각ㄱ이 ㅎ면 말도
샐거시 업슬 뿐 덜려" 라고 하며 과부로 위장한 홍장을 유혹하는 것이
다. 본래 방백은 각 지방을 순력할 때면 지방관이 제공하는 온갖 향응
에 대하여 자제하고자 하는 인물은 아니었던 것이다. 뿐만 아니라 방백
은 온갖 술책을 써서 수절하려는 과부 홍장을 차지하고야마는 탐욕스러
운 인물이다. 방백은 "간밤 꿈의 일몽을 어드니 월궁션녀을 만나여 희
롱ㅎ다 닙은? 치미을 벼셔 쓰고 다녀뵈던 션녀로다"라는 거짓말로, 그

---

20) 홍희유, "평안도농민전쟁과 그 성격", 봉건지배계급에 반대한 농민들의
    투쟁(열사람, 1989), 54~63쪽 요약.

리고 "네 날을 위ᄒ여 인연을 잇거 ᄒ면 너의 일가로 냥반이 되게 ᄒ고 너을 갓 쓰워 군관의 부쳐 다리다가 니 병판 곳 ᄒ면 쳔만 호을 주마" 라고 하여 자신의 신분을 앞세워 홍장을 유혹한다. 이처럼 탐욕스러운 방백으로서는 어득강처럼 청렴강직한 인물이 자기 관하의 부사로 오는 것이 부담스러웠을 것이다. 그래서 부임 초에 신임관리의 허물을 캐냄으로써 자신의 수하로 길들이고자 한 것이다. 어득강과 방백의 갈등의 단초는 바로 여기에서 비롯된다.

그러나 어득강과 방백의 갈등은 '청렴하다'거나 '탐욕스럽다'거나 하는 개인적 차원의 문제로부터 비롯된 것만은 아니라는 데, 그 갈등의 심각성이 있다.

방백은 조선시대 각 도에 파견된 지방장관으로[21]그 기능은 크게 두 가지로 나눌 수 있다. 첫째는 외관의 규찰이라는 관찰사 고유의 기능이다. 즉 국왕의 특명을 받은 사람으로서 끊임없이 도내를 순력하면서 1년에 두 차례 수령을 비롯한 모든 외관에 대한 성적을 평가하고 보고하는 일이었다. 이것은 외관의 포폄에 절대적인 기준이 되었으며, 풍문만으로도 외관을 탄핵할 수 있는 풍문거핵의 권한이 주어지기도 하였다. 임기를 1년 이상으로 연장하지 않으려 한 것도 공정한 성적평가를 유도하기 위한 것이었다. 둘째는 도내의 모든 군사와 민사를 지휘, 통제하는 지방장관으로서의 기능이다. 그러나 이러한 지방장관으로서의 기능은 끊임없이 도내를 돌면서 외관을 규찰해야 하는 관찰사 고유의 기능과 마찰을 일으키게 되어 관서지방을 제외한 도에서는 폐지되기도 하였다.[22]

이와 같은 상황이라면 어득강이 출세하기 위해서는 마땅히 순력나온

---

21) 방백은 관찰사, 감사, 도백 등의 별칭으로 불리기도 한다.
22) 한국민족문화대백과사전 편찬부, 《한국민족문화대백과사전 3》 (웅진출판주식회사, 1991), 135쪽 참조.

관서방백을 후하게 대접해야 한다. 설령 관서방백이 "호승을 다투고저"
하여 자신에게 부당한 대우를 했다하더라도 그러하다. 더구나 관서지방
은 방백의 권한이 가장 확대되어 있던 지역이었으니 더더욱 그렇다. 그
럼에도 어득강은 방백의 명을 받고 삼화에 왔던 두 비장과 방백의 아들
을 골탕먹였다. 두 비장과 방백의 아들은 방백의 대리인 자격으로 어득
강을 찾아온 것이다. 그런데 어득강은 그에 상응하는 대우를 하지 않았
다. 방백은 앞의 세 사람보다도 더욱 치욕적인 방법으로 체통을 손상당
하고 하찮은 존재로 끌어내려졌다. 신분이 낮은 사람은 신분이 높은 사
람을 공경하고 그에 맞는 대우를 해야 하는 것이 '중세적 신분질서'인
데, 어득강은 이를 부정한 것이다. 이로써 보건대 어득강의 행동은 '중
세적 신분질서'에 대한 심각한 부정으로부터 비롯된 것임을 알 수 있
다. 중세적 신분질서는 중세적 관료체제의 요체이다. 그러므로 어득강의
중세적 신분질서에 대한 저항은 방백과의 대결을 통해서 해결될 수 있
는 문제가 아니다. 그래서 어득강과 방백의 갈등으로부터 비롯된 중세
적 신분질서에 대한 저항은 그것을 배태시킨 중세적 관료체제 전반에
대한 저항으로 확대될 수밖에 없다. 그리고 그러한 문제제기는 어득강
과 방백의 갈등에 왕이 개입함으로써 구체화된다.

　어득강과 방백이 다툰 사연을 들은 왕은 일방적으로 방백의 편에 선
다. 이는 '방백의 소회 너무 심하거니와 <u>수령이 가장 그르니 어사를 퇴
출하여 득강 소회를 탐지한 후 처치하라</u>'고 하는 왕의 말을 통해서 분
명하게 확인된다. 왕도 방백의 행동에 대해서는 부정적이다. 방백이 아
전의 상복을 입는가 하면, 기생의 가짜 무덤에서 제사지낸 것은 양반으
로서 마땅히 지켜야 할 유가이념을 무시했기 때문이다. 그럼에도 왕은
어득강의 잘못이 더 크다고 생각한다. 어득강이 자신보다 신분이 높은
방백을 욕보인 것은 중세적 신분질서를 위협하는 것이기 때문이다. 그

래서 왕은 어사를 보내면서 어득강의 행동만을 조사하도록 명하는 것이다. 이에 대하여 어득강은 어사를 골탕먹이는 것으로 대응한다. 어사는 왕의 특명을 수행하는 왕의 대리인이다. 그리고 중세적 관료체제는 왕을 정점으로 한다. 즉 왕은 중세적 신분질서에 있어서 최고의 통치권자인 것이다. 그러므로 어득강이 어사를 골탕먹인 행동은 왕의 권위에 대한, 곧 중세적 신분질서에 대한 전면적인 부정을 의미한다. 이제 어득강은 왕과의 정면대결을 피할 수 없게 된다.

그렇게 됐을 때 어득강이 왕에게 패배하는 것은 당연한 결과일 것이다. 그럼에도 소설속에서는 어득강이 승리한다. 이 대결에서 어득강을 승리로 이끈 힘은 어디에서 비롯되는가?

방백의 아들, 방백, 어사, 왕은 모두 자신에게 내재되어 있던 결함 때문에 어득강에게 속임을 당한다. 방백은 남편을 잃고 수절하는 여인을 집요한 방법으로 유혹하여 훼절시킨다. 또한 사람들의 시선을 속이기 위하여 아전의 상복을 입는가 하면, 홍장이 죽었다는 거짓말을 믿고 기생의 가짜무덤에 제사지내기까지 한다. 어사는 여인을 차지하고 싶은 욕망을 억제하지 못하여 여인(어득강의 명에 의해 노처녀로 위장한 기생)의 아버지 제삿날에 여자를 탐하는 우를 범하기도 한다. 전통적인 유교사회에서 '무덤'이나 '상복', 그리고 '제사'는 조상숭배의 직접적인 징표라 할 수 있는 것이다. "만물은 하늘에 근본을 두고 사람은 조상에 근본을 두므로(萬物本乎天 人本乎祖 - <예기>)" 조상의 무덤을 소중히 받들고 이것을 자손에게 물려주어 그치지 않게 하는 것은 자손의 의무이다. 또한 "제사는 교육의 근본(祭者敎之本也)"이라 하여 자손들은 마땅히 '제사'와 '무덤'을 소중히 해야 할 의무가 있다. 그러므로 아전의 상복을 입고, 기생의 무덤 앞에서 -그것도 거짓으로 만들어 놓은 무덤 앞에서 제문까지 지어 읽으며 제사를 지내는 방백의 행동은 양반으로서 중요하게 여기던 유가이념을 스스로 부정한 것이 된다. 또한 강제로 과부를 훼절시키는 방백의 행동도 과부의 수절을 강조하던 유가이념에 어긋나기는 마찬가지다.

방백의 아들 또한 "쟝뷔 조흔 음식을 죽을가 ᄒ여 아니 먹으리오 ᄒ고 장담ᄒ여 먹더니" 복어에 독이 들어있다는 말을 듣고는 허겁지겁 똥물을 먹는 추태를 보인다. 여기서 죽을 수도 있는 위험 앞에서 평소 중요하게 여기던 '대장부다움'이라는 미덕을 너무나 쉽게 저버릴 수 있는 양반의 가식적인 윤리의식이 드러난다.

그리고 왕은 신하의 재주를 시험해 보기 위해 고의적으로 어득강을 물에 밀어버린다. 오륜(五倫)은 유교이념의 중추적 바탕이 되는 중요한 덕목이다. 그리고 임금과 신하가 서로에 대한 의를 저버리지 않는다는 '군신유의(君臣有義)'는 오륜의 하나이다. 그런데 소설 속의 왕은 신하를 시험하기 위해 일부러 물에 빠뜨린다. 왕 스스로 신하에 대한 의리를 저버림으로써 모두 겉으로는 중세적 유가이념을 표방하지만 그와는 반대되는 행태를 보이는 모순을 보여주는 것이다. 자신도 양반인 어득강은 양반관료의 이와 같은 윤리적 허위성에 대해서 정확하게 파악하고 있었을 것이고, 이 점을 이용하여 자신에게 유리하게 대결을 이끌어 갈 수 있었던 것이다.

이에 비해 어득강의 상대는 대결에서 이기기 위한 방책이 전혀 마련되어 있지 않다. 방백을 비롯하여 두 명의 비장과 방백의 아들은 아무런 계책 없이 어득강과 대결하기 위해 삼화로 간다. 어득강이 방백을 비롯한 여러 사람을 골탕먹였다는 사실을 익히 알고 삼화에 갔던 어사조차도 어득강의 공격에 대해서는 전혀 무방비상태이다. 그렇기에 어사는 방백과 거의 같은 방식으로 어득강에게 속임을 당할 수밖에 없다. 이들은 단지 자신들의 우월한 신분만으로도 어득강을 제압할 수 있다고 생각했던 것이다.

> "너가 친히 가셔 번고ᄒ고 그 골의 집탈ᄒ야 파직을 ᄒ리라. <u>졔 지략과 구변이 조흔덜 방백과 엇지 결우리오?</u>"

　이 인용문은 그 동안 골탕먹은 방백이 어득강과 대결하기 위해 삼화로 가면서 한 말이다. 여기서 방백은 어득강이 아무리 지략이 넓고 유려한 언변을 가지고 있다하더라도, 방백이라는 신분 앞에서는 어쩔 수 없을 것이라는 안이한 생각을 갖고 대결에 임하고 있음을 알 수 있다.

　말하자면 어득강은 상대의 약점을 파악하고 이를 이용하여 대결을 유리하게 이끌어 갈 수 있는 지략과 언변이 있었으므로 유리한 위치에 있을 수 있었으나, 어득강의 상대는 우월한 신분만을 믿고 아무런 계책을 마련하지 못했기 때문에 불리한 위치에 있었다. 즉 <어득강전>의 갈등구조는 '중세적 신분질서 - 개인의 지적 능력(지략 혹은 언변)의 대결'이라는 양상을 띠고 있다. 그런데 이 대결에서 방백과 어사, 그리고 왕은 매번 어득강의 지략과 언변에 지고 만다. 결국은 왕이 몇 차례의 시험을 통해 어득강의 지략과 언변을 확인하고 어득강에게 벼슬을 내린다. 중세적 신분질서를 중요한 가치로 여기던 왕이 지략과 언변이라는 개인의 지적 능력의 중요성을 입증함으로써, 이제는 개인의 지적 능력이 중세적 신분질서의 우위에 서게 되는 것이다.

　이처럼 '중세적 신분질서 - 개인의 지적 능력'의 갈등구조가 방백으로부터 시작하여 중세적 관료체제의 정점인 왕으로까지 점차 확장되어 가는 과정은 중세적 신분질서가 무너지고 새로운 체제로 나아가는 과정을 보여주는 것이다. 거기에 신분질서가 더 이상 실질적인 지배원리가 되지 못하는 중세적 관료체제에 대한 비판의식과 지략과 언변이라는 개인의 지적 능력이 새로운 지배원리로 부각되기를 바라는 작자의식이 투영되어 있는 것이다.

　<어득강전>은 19세기 후반에서 20세기 초엽에 신작된 것으로 추정되는 작품이다. <어득강전>은 현재 유일본만이 전해지는데, 이는 이 작품이 고소설사의 늦은 시기에 창작되어 널리 읽힐 기회를 얻지 못했기 때문에 그렇게 되었을 것이다. 또한 중국이 아닌 우리 나라를 배경으로 하고, 천부적으로 신이한 능력을 갖고 태어난 영웅적 인물이 아닌 보통 사람을 주인공으로 하여 전환기의 문제적 현실을 보다 현실감있게 포착하고, 주인공이 문제를 해결해나가는 과정에서 초월적 존재를 끌어들이지 않고 소설 자체의 논리로 전개해 나가는 데서 근대소설적 징표가 확인되기도 한다.

　19세기 후반에서 20세기 초엽에 이르는 시기는 중세체제가 무너지고 근대로 이행하는 전환기였다. 그래서 중세체제를 대체할 새로운 체제의 형태에 대한 모색은 당대 지식인의 공통된 관심사였다. <어득강전>의 작자는 새로운 체제의 질서로서 개인의 지적 능력을 제시함으로써 이와 같은 시대적 과제에 참여하고 있는 것이다. 이는 문벌을 폐지하고 평등권을 확립하여 재능에 따라 인재를 등용할 것을 주장한 1884년의 갑신개화파 정권의 국정개혁안인 갑신정강과 매우 유사하다. 그리고 이 갑신정강은 다시 1894년 갑오경장의 지도이념으로 채택되는데, 이로써 중세적 신분제도는 최종적으로 폐지되기에 이르는 것이다. <어득강전>은 당시의 이와 같은 근대화 변혁의 흐름에 촉발되어 이루어진 것으로 생각된다.

5. 마무리

이제까지 <어득강전>의 작자와 창작시기, 설화의 수용과 변용양상, 그리고 <어득강전>의 사사구조와 주제의식 등에 관하여 살펴보았다. 지금까지의 논의를 요약하면 다음과 같다.

<어득강전>의 작자와 창작시기는 분명하게 밝혀진 바가 없는데, <어득강전>과 합철되어 전해지는 <청학동기>의 내용과 작자후기를 통해 <어득강전>의 작자가 평안도의 향반층이 아닐까 추정해 보았다. 이러한 논의를 바탕으로 하여 그 창작시기는 이미 중세체제가 심각하게 붕괴된 이후가 되는 19세기 후반에서 20세기 초엽이 될 것으로 추정하고, 아울러 <어득강전>의 주제의식을 분석하였다.

<어득강전>은 '속이고 속는 사연'으로 분류되는 유형의 설화을 끌어들임으로써 이루어진 작품이다. 이 가운데서도 아전이나 관노가 원님을 골탕먹이는 이야기가 <어득강전>과 가장 유사하다. 이러한 유형의 설화는 신분, 직책, 학식 등에 의해서 상하관계로 나누어져 있는데 불만을 가지고 아래 위치에 있는 주인공이 교묘한 술책을 부려 윗자리에서 거들먹거리는 상대방을 끌어내리고 욕보이고 골탕먹이는 이야기라는 점에서 <어득강전>과 유사하다. 그리고 어득강이 방백을 속이는 이야기는 특히 훼절담과 밀접한 관련이 있다.

그러나 <어득강전>이 '속이고 속는 사연' 설화에 그 뿌리를 두고 있기는 하지만, 소설과 설화 사이에는 질적인 차이가 있다. 김선달이나 정수동을 주인공으로 한 '속이고 속는 사연'의 연쇄적인 일화도 '속이고 속는 사연'을 여러 편 끌어들여 이루어졌지만, 그것을 유기적인 관계에서 구조화시키고 있지는 못하다. 이에 비해 <어득강전>은 여러 편의 삽화로 연철된 형태이기는 하지만, '비장 - 방백의 아들 - 방백 - 어사 -

중앙관리 및 왕' 등으로 그 갈등의 층위를 확장시켜가는 서사구조를 통해 설화보다 한 차원 높은 형태로 승화된다. 즉 <어득강전>은 단순히 '속이고 속는 사연' 설화를 여러 편 나열해 놓은 것이 아니라, 그것을 유기적, 총제적인 관계에서 구조화함으로써 소설적 구성체제를 구현하고 있는 것이다.

<어득강전>의 갈등구조는 '중세적 신분질서 - 개인의 지적 능력(지략 혹은 언변)의 대결'이라는 양상을 띠고 있다. 그런데 이 대결에서 방백과 어사, 그리고 왕은 매번 어득강의 지략과 언변에 지고 만다. 결국은 왕이 몇 차례의 시험을 통해 어득강의 지략과 언변을 확인하고 어득강에게 벼슬을 내린다. 중세적 신분질서를 중요한 가치로 여기던 왕이 지략과 언변이라는 개인의 지적 능력의 중요성을 입증함으로써, 이제는 개인의 지적 능력이 중세적 신분질서의 우위에 서게 되는 것이다. 이를 통해서 <어득강전>은 신분질서가 더 이상 실질적인 지배원리가 되지 못하는 중세적 관료체제를 비판하고, 지략과 언변이라는 개인의 지적 능력이 새로운 지배원리로서 부각되기를 바라는 작자의식을 보여주는 것이다.

그리고 이 작품이 지어진 19세기 후반에서 20세기 초엽은 중세체제가 무너지고 근대로 이행하는 전환기로서, 중세체제를 대체할 새로운 체제의 형태에 대한 모색이 당대 지식인의 공통된 관심사로 떠오르던 시기였다. <어득강전>의 작자는 새로운 체제의 질서로서 개인의 지적 능력을 제시함으로써 이와 같은 시대적 과제에 참여하고 있는 것이다. 이는 문벌을 폐지하고 평등권을 확립하여 재능에 따라 인재를 등용할 것을 주장한 1884년의 갑신개화파 정권의 국정개혁안인 갑신정강과 매우 유사하다. 그리고 이 갑신정강은 다시 1894년 갑오경장의 지도이념으로 채택되어 중세적 신분제도는 최종적으로 폐지되기에 이르는데, <

어득강전>은 당시의 이와 같은 근대화 변혁의 흐름에 촉발되어 이루어진 것으로 생각된다.

이 글은 <어득강전>을 통해 19세기 후반에서 20세기 초엽에 이르는 시기에 신작된 고소설의 양상을 살펴보려고 하였다. <어득강전> 이외에도 <조충위전>, <유덕전>, <양신랑전>, <한후룡전> 등이 이 시기에 신작된 작품들이다. 시골사람이 서울에 가서 봉림대군과 친구가 되었다는 <조충위전>과 황제를 죽이고 황후를 후궁으로 삼았다는 <유덕전>은 중세적신분질서를 부정하는 의식을 보여준다. 또한 <양신랑전>은 우여곡절 끝에 무남독녀 외딸이 결혼에 성공하여 사위와 함께 집안을 빛낸다는 이야기를 통해 딸은 쓸데없다는 인식에 문제를 제기하였고, <한후룡전>은 앉은뱅이와 장님이 자신의 인생을 개척해나가는 이야기를 통해 고난 속에서도 좌절하지 않는 서민의 강인한 정신력을 보여준다. 이상에서 거론한 작품들은 전단계의 고소설에서 볼 수 없던 근대적인 의식을 표출하고 있어, 고소설사에서 중요한 의미를 갖는 작품들이라고 할 수 있다.

이 시기 고소설의 전개양상에 대해 고찰한 기왕의 연구는 활자본으로 신작된 고소설을 대상으로 한 것이었다.[23] 그래서 활자본으로 신작된 고소설이 부분적으로는 근대적인 모습을 보여주기도 하지만, 통속·친일화되어 사회적 역기능을 했다는 결론을 내렸는데, 여기서 연구대상으로 한 작품은 모두 일제하에서 활자본으로 출간된 것들이니 이런 작품들이 대중소설적 통속성과 친일적 속성을 드러내는 것은 어쩌면 예견된 결과라고 할 것이다. 그런데 필사본으로 전해지는 작품 가운데는 이상에서 거론한 작품들처럼 전환기의 문제적 현실에 대하여 심각하게 고민한 작품이 상당수 있어 주목되는 바이다. 이 글에서는 <어득강전>만

---

23) 권순긍, "1910년대 활자본 고소설 연구", 성균관대 박사학위논문, 1990.

을 고찰해 보았으나, 앞으로 여기서 다루지 못한 작품들이 보다 정밀하게 분석됨으로써 19세기 후반에서 20세기 초엽에 이르는 시기에 신작된 고소설의 전개양상과 그 소설사적 의미가 실증적으로 밝혀질 수 있기를 기대한다.

〔고려대학교 국문학과 강사〕

<구렁덩덩신선비>의 심리적 고찰

이기대

1. 머리말

‘구렁이의 출생과 결혼 및 변신’의 모티프로 이루어진 것을 총칭하는 민담[1]인 <구렁덩덩신선비>는 전국적으로 전승되고 있으며, 지역에 따라 <뱀서방>, <뱀신랑>, <구렁선비>, <구렁이에게 시집간 막내딸>, <구

---

1) <구렁덩덩신선비>의 갈래에 대해서는 설화·민담·신화적 성격을 지닌 것 등으로 논의되었다. 일반적으로 <구렁덩덩신선비>는 설화로 논의되어 왔지만, 서대석은 <구렁덩덩신선비>가 본래는 신화였다는 입장에서 논의를 펼쳤다. 한편 서대석이 <구렁덩덩신선비>를 신화라 보는 것에 반론을 제기하는 과정에서 최래옥은 <구렁덩덩신선비>를 민담이라 논한 바 있다. 본고에서는 <구렁덩덩신선비>를 민담이라는 입장에서 논의하고자 한다. 일단 설화라는 용어는 신화·전설·민담을 모두 포함한다는 점에서, 틀린 것은 아니지만 <구렁덩덩신선비>의 갈래를 명확히 드러낸 것은 아니다. 문제는 서대석이 <구렁덩덩신선비>를 신화적으로 본 것인데, 논자 역시 <구렁덩덩신선비>의 현존 형태는 민담적 성격이 강하다 한 바 있고 현존자료는 민담이라 하고 있다. 본고에서는 <구렁덩덩신선비>에 신화에 나타나는 신적 존재가 부재하고, 구렁이나 그의 아내가 되는 셋째딸이 신화적 인물이라 기보다는 민담적 성격이 강하며, <구렁덩덩신선비>와 유사한 “잃어버린 남편을 찾아서”라는 유형을 분류한 아르네 톰슨 역시 민담을 분류하기 위한 측면이 강했다는 점에 근거하여, <구렁덩덩신선비>를 민담으로 본다.

렁덩덩소선비> 등으로 불리기도 한다. 이에 대한 연구는 인간이 뱀을 출산하고 뱀이 인간과 결혼하여 허물을 벗는다는 내용으로 인해, '이류 교혼모티프'와 '변신모티프'라는 두 소재에 대한 해석에서부터 시작되었다.[2] 또한 세계 광포 설화인 <큐피드, 사이키 설화>와 같은 유형임이 지적되어 양자간에 친연성이 거론되는가 하면,[3] 신화적 성격[4]이나 형성 및 변이과정[5] 그리고 상징성에 대해서도 논의[6]가 이루어져 연구성과는 비교적 다양한 편이다.[7]

이 가운데 <구렁덩덩신선비>의 상징성에 주목한 곽의숙과 신해진은 작품에 나타난 상징적 요소들, 특히 구렁이에 대한 해석을 융의 용어인 '아니무스'를 이용하여 밝히려 하였다. 그러나 이들의 논의는 다소 상반되는데 곽의숙은 "뱀은 사회적 윤리와 성적 억압이라는 생활 속에 살아

---

2) 김기창(1984), 「이류교혼설화연구」, 성균관대 석사학위논문.

3) 임석재, 「구렁덩덩신선비 설화와 큐피드·사이키 설화와의 대비」(구비문학국제연구발표회), 인하대학교 인문과학연구소.
   서대석(1986), 「<구렁덩덩신선비>의 신화적 성격」, 『고전문학연구』 3, 한국고전문학연구회, 186-188쪽 재인용.

4) 서대석(1986), 「<구렁덩덩신선비>의 신화적 성격」, 『고전문학연구』 3, 한국고전문학연구회.

5) 곽의숙(1988), 「뱀서방형 설화 연구」, 부산대 석사논문.
   박종성(1991), 「사신설화의 형성과 변이」, 서울대 석사논문.
   원성학(1992), 「뱀변신설화연구」, 전남대 석사논문.
   곽의숙(1994), 「異類交婚설화연구」, 부산외국어대 석사논문.

6) 곽의숙(1988), 「<구렁덩덩신선비>의 상징성 고찰」, 『국어국문학』 25, 부산대 국어국문학과.
   신해진(1995), 「<구렁덩신선비>의 상징성」, 『한국민속학』 27, 민속학회.

7) 이외에 김경희와 노영근은 <구렁덩덩신선비>에 대한 전반적인 논의를 수행하였고, 이윤경은 모티프를 중심으로 논의하였다.
   김경희(1997), 「구렁덩덩신선비 설화 연구」, 교원대 석사논문.
   이윤경(1997), 「금기 모티프 수용 설화 연구」, 성신여대 석사논문.
   노영근(2000), 「구렁덩덩신선비형 민담고」, 『국민어문연구』 8, 국민대.

온 여성들의 부정적인 아니무스"8)라 하여 다소 부정적인 시각에서 구렁이의 정체를 밝히고 있는데 반하여, 신해진은 "구렁이는 다름 아닌 여성의 무의식 속에 있던 막연한 느낌의 남성상들인 아니무스가 전이되어 구체적으로 발현된 상태"9)라하여 구렁이의 존재를 여성의 내밀한 심리와 밀착시켜 해석하고 있다.

이러한 연구는 뱀과 인간의 관계에 있어 합리적으로 인식하기 힘들었던 문제들을 심리적으로 접근하였다는 점에서 중요한 의미가 있다. 즉 뱀의 탄생과 변신 그리고 인간과의 결혼이라는 내용은 인간이 직접 경험할 수 없는 현상이라는 점에서, 인간의 현실을 반영하기보다는 인간의 심층심리를 반영하는 것이라 할 수 있고, 이 때문에 그 접근방법을 인간의 논리적 사유방식에 의지하기보다는 유연한 입장에서 심리적으로 접근하는 것이 보다 타당하다 할 수 있기 때문이다.

그러나 위의 논의는 <구렁덩덩신선비>의 가장 장편화된 형태를 가지고 논의한 것이기에, 전승되는 <구렁덩덩신선비>에 대한 보편적인 논의로 채택하기에는 주저되는 바가 있다. 예컨대 신해진은 셋째딸이 신선비를 찾아가는 과정을 거쳐서 비로소 무의식과 의식의 합일이 가능해진다10)고 하였지만, 이는 <구렁덩덩신선비>의 뒷부분 내용에 근거하여 설명하고 있는 것이다. 그렇지만 전승되는 <구렁덩덩신선비> 가운데 뒷부분이 없는 것도 3분의 1정도 되기에, 위의 설명에 따른다면 전승되는 <구렁덩덩신선비>의 많은 편수가 불완전한 의미를 담고 있는 민담으로

---

8) 곽의숙(1988), 앞의 논문, 234쪽.
9) 신해진(1995), 앞의 논문, 209쪽.
10) 탐색 모티프 내에서의 恝苦의 과정은 여성들이 궁극적으로 자신과의 투쟁 과정으로서, 意識과 無意識의 葛藤﹑同化의 과정을 거쳐 對稱的 兩者를 合一하여 바람직한 인간상을 구현해 가는 자기실현의 과정이라고 할 수 있다. 신해진(1995), 앞의 논문, 221쪽.

남게 된다. 이처럼 <구렁덩덩신선비>를 완결된 형태로 놓고 연구하는
것은 아르네 톰슨의 "잃어버린 남편을 찾아서"라는 이야기와 이 민담간
의 유사성이 지적되면서, 연구자들이 아르네 톰슨의 유형분류를 의식할
수밖에 없었고, 따라서 아르네 톰슨의 유형과 부합된 민담이 <구렁덩덩
신선비>의 완전한 형식으로 전제되어 왔었기 때문이다.11) 그렇지만 완
결된 형태로 이 민담을 해석하는 것은 <구렁덩덩신선비>로 전승되어
온 각편 가운데 일부만을 포함하여 해석할 수 있는 것이라면, 나머지
각편을 이해하기 위해서는 적합하지 않을 수 있다는 문제에 봉착하게
된다.

 물론 이러한 문제는 민담 연구에서 흔히 부딪치게 되는 문제 가운데
하나이다. 구비와 적층이 민담을 포함한 설화의 전반적 속성인 이상, 그
변이는 오히려 자연스러운 것이다. 그리고 어떤 민담이든 적층과 변이
의 과정을 거치게 된다는 것을 전제로 한다면, 해당 민담의 각편 가운
데 가장 장편화되고 완결된 것을 연구의 대상으로 삼는 것이, 그 민담
의 의미를 가장 선명하게 드러내는 것일 수도 있다. 그렇지만 완결된
것처럼 보이는 부분이 실제로는 여러 적층의 경로를 밟아 온 것이고,
그 과정에서 완고하게 변하지 않는 측면이 있었다면, 변하지 않았던 부
분의 의미는 완결된 형식보다 해당 민담의 근원적이며 심층적인 의미를
담고 있을 수도 있다. 특히 변이과정에 대한 추적이나 작품론적 해석을

---

11) 아르네 톰슨의 'Type 425. 잃어버린 남편을 찾아서'는 간략히 다음과 같
   이 정리된다.
    1.괴물남편
    2.주술에서 풀려난 괴물로
    3.남편을 잃음
    4.남편 찾기
    5.남편을 도로 찾음
   서대석(1986), 앞의 논문, 183-184쪽.

분석의 방법과 연구의 목적으로 삼지 않고, 해당 민담의 심리적 해석을 전제로 한다면, 논의의 초점은 해당 민담의 원형에 다가서려는 노력이 있은 연후에 진행되어야 할 것이다. 그렇게 해야만 야만 심리분석적 접근의 전제라 할 수 있는 내밀하고 근원적인 심층적 사유가 가능해지기 때문이다.

이 글의 문제의식은 바로 이점에 있다. 기존의 <구렁덩덩신선비>에 대한 심리적 접근이 그 타당성에도 불구하고, 이 민담의 원형적 모습이 아닌 가장 장편화된 모습에서 출발하고 있다. 이로 인해 발생하는 혼선을 제거하면서 이 민담의 원형적 모습을 통해 본고에서는 <구렁덩덩신선비>가 지닌 본래의 심층적 의미를 해석해 내고자 하는 것이다.

이러한 연구 과정을 위해, 이 글에서는 먼저 국내에 전승되는 <구렁덩덩신선비> 유형의 민담을 『구비문학대계』에 실린 것들을 중심으로 자료 검토를 수행하고,12) 이 과정을 통해 <구렁덩덩신선비>의 서사단락을 분석하여 원형과 변이형을 추출한 후, 이를 통해 <구렁덩덩신선비>의 원형과 변이형에 해당하는 부분의 심리적 의미를 고찰해 보고자 한다.

2. 자료검토

『구비문학대계』에 수록된 <구렁덩덩신선비> 유형의 민담은 모두 49편이다. 특징적인 것은 각 편간의 차이가 크게 난다는 점과, 이 민담의 제보자들이 모두 여자라는 것이며, 전국적으로 전승되고 있기에 지

---

12) <구렁덩덩신선비> 유형은 『한국구비문학대계』의 별책부록(1)인 『한국설화유형분류집』에 실린 611-1 '뱀에게 시집간 세째딸'을 토대로 선정했다. <구렁덩덩신선비>는 『한국구비문학대계』 이외에 『전북민담』(최운식), 『한국의 민담』(임동권) 등에도 다수 실려 있다. 다만 이글에서는 <구렁덩덩신선비>에 내재된 심리적 문제를 고찰하기로 한 이상, 전체 민담을 대상으로 하기보다는 『한국구비문학대계』의 자료에 한정하여 살펴보기로 한다.

역적 차이 등은 뚜렷하게 찾을 수 없다는 것이다. 다만 <구렁덩덩신선
비>외에 <뱀신랑>, <뱀서방> 등 명칭이 비교적 다양한 편이지만, 대체
<구렁덩덩신선비>라 전승되고 있어 <구렁덩덩신선비>라 명명되어 오던
것이, 후대에 오면서 그 명칭에 변화가 일어난 것임을 알 수 있다.

　<구렁덩덩신선비>의 서사단락은 서대석이 아르네 톰슨의 유형분류를
받아들여 정리한 바 있는데, 우선 서대석에 의해 나누어진 <구렁덩신선
비>의 순차단락은 다음과 같다.13)

> a. 한 늙은 여인이 구렁이를 낳았다.
> b. 이웃의 장자집 딸 삼형제가 와서 보고 셋째 딸만 구렁덩덩신선비
>   를 낳았다고 칭찬을 한다.
> c. 구렁이는 장자집 셋째 딸에게 청혼하기를 어머니에게 요구한다.
> d. 구렁이는 셋째 딸과 혼례를 치른 후 허물을 벗고 미남 선비가 된
>   다.
> e. 신선비는 신부에게 구렁이 허물을 잘 간수하라고 부탁한다.
> f. 신선비는 과거를 보러 나간다.
> g. 신부의 언니들이 허물을 빼앗아 불에 태운다.
> h. 신선비는 허물 타는 냄새를 맡고 자취를 감춘다.
> I. 신부는 신선비를 찾아 나선다.
> j. 신부는 신선비가 달을 보고 자기를 그리워함을 알고 노래로 화답
>   하여 재회한다.
> k. 신선비는 전처와 후처에게 물긷기, 호랑이 눈썹 뽑아 오기 등의
>   시험을 부과한다.
> l. 신선비는 전처와 재결합한다.

　이러한 순차단락을 통해 <구렁덩덩신선비>는 크게 네 이야기로 나누
어지는 것을 볼 수 있다. 하나는 구렁이의 탄생이며, 두 번째는 구렁이
와 인간의 결혼이며, 세 번째는 구렁이가 신선비로 변신하는 것이며, 네

---

13) 서대석(1986), 앞의 논문, 182쪽.

번째는 신선비의 처가 신선비를 찾아간다는 일종의 탐색과정이다. 서대석이 구분한 서사단락은 <구렁덩덩신선비>의 특징적인 측면을 모두 포함하고 있기에, 이 민담을 분석하는데 여전히 유효하다. 본고에서도 서대석이 나눈 <구렁덩덩신선비>의 순차단락을 이용하여 <구렁덩덩신선비>의 각 편을 분석하였으며, 분석의 결과를 토대로 전국에 분포되어 있는 <구렁덩덩신선비>의 순차단락을 제시하면 다음과 같다.

번호	제목	제보자	a	b	c	d	e	f	g	h	i	j	k	l	대계 번호
1	구렁덩덩신선비	이금봉.여	+	-	+	+	+	+	-	-	+	-	-	+	1-2
2	구렁덩덩신선비	오수영.여	+	+	+	+	+	+	+	+	+	+	+	+	1-9
3	구렁덩덩신선비	권은순.여	+	+	+	+	+	+	+	+	+	+	+	+	1-9
4	구렁덩덩신선비	목수회.여	+	-	+	+	-	-	+	+	-	-	-	-	2-6
5	구렁이를 낳은 할머니	손양분.여	+	+	+	+	+	+	+	+	+	+	+	+	4-1
6	구렁덩덩소선비	박용애.여	+	+	+	+	+	+	+	+	+	+	+	+	4-5
7	구렁덩덩소선비	황필녀.여	+	+	+	+	+	+	+	+	+	+	+	+	4-5
8	구렁덩덩신선비	유조숙.여	+	+	+	+	+	+	+	+	+	+	+	+	4-6
9	구렁덩덩신선비	조한순.여	+	+	+	+	+	-	+	+	-	-	-	-	4-6
10	구렁덩덩신선비	김정형.여	+	-	+	+	-	-	-	-	-	-	-	+	4-6
11	뱀 신랑의 복수	유미자.여	+	+	+	+	+	-	-	-	-	-	-	-	5-1
12	구렁덩덩신선비	진순남.여	-	+	+	+	+	+	-	-	-	-	-	-	5-1

13	구렁덩덩신선비	김판숙.여	+	+	+	+	-	-	-	-	-	-	-	-	5-2
14	구렁덩덩신선비	백금순.여	+	+	+	+	+	+	+	+	-	-	-	-	5-2
15	구렁덩덩신선비와 그의 아내	백옥련화.여	(+	(+	(+	(+	+	+	+	+	+	+	+	+	5-2
16	구렁덩신신선비	임영순.여	+	+	+	+	+	+	+	+	+	+	+	+	5-2
17	구렁덩덩신선비	신서임.여	+	-	+	+	+	+	+	+	+	+	-	+	5-3
18	구렁덩덩신선비	김계님.여	+	+	+	+	+	+	+	+	+	+	+	+	5-3
19	구렁덩덩신선비	고아지.여	+	+	+	+	+	+	+	+	+	+	+	+	5-4
20	구렁덩덩신선비	이병금.여	+	+	+	+	+	+	+	+	+	+	-	+	5-5
21	구렁덩덩시선부	서봉님.여	+	+	+	+	+	+	+	+	-	-	-	-	5-5
22	구렁덩덩시선부	김학기.여	+	+	+	+	+	+	+	+	+	-	-	+	5-5
23	구렁덩덩신선비	김요지.여	-	(+	(+	+	+	+	+	+	+	+	+	+	5-5
24	구렁덩덩시선부	송점순.여	+	+	+	+	+	+	+	+	+	+	-	+	5-5
25	구렁덩덩시선부	신금순.여	+	-	+	+	-	-	-	-	-	-	-	-	5-6
26	구렁덩덩신선비	김판례.여	+	+	+	+	+	+	+	+	+	+	+	+	5-7
27	구렁이에게 시집간 막내딸	이순례.여	+	+	+	+	+	-	-	-	-	-	-	+	6-1
28	뱀서방	이난자.여	-	+	+	+	+	+	+	+	+	+	-	+	6-5
29	옥골남자로 변한 구렁이	백금단.여	+	+	+	+	+	+	-	-	-	-	-	-	6-7
30	구렁덩덩서선비	임묘금.여	+	+	+	+	+	+	+	+	+	+	-	+	6-8
31	구렁덩덩신선비	김순예.여	+	+	+	+	+	+	+	+	+	+	+	+	6-8
32	구렁이 자식	황원수.여	+	+	+	+	-	-	-	-	-	-	-	-	6-11
33	구렁이와 정승의 세째딸	박상선.여	+	-	+	+	+	+	+	+	-	-	-	+	7-4
34	뱀신랑의 슬픈 운명	하석준.여	+	-	+	+	+	+	+	+	-	-	-	-	7-5
35	뱀신랑	조유란.여	+	-	+	+	+	+	-	-	+	+	+	+	7-6
36	구렁이 선비	문종림.여	+	-	-	+	+	+	+	+	-	-	-	-	7-8
37	뱀아들의 결혼	안금옥.여	+	+	+	+	+	+	+	+	+	+	+	+	7-10
38	구렁이 허물 벗은 선비	최순금.여	(+	-	(+	(+	+	+	+	+	+	+	+	+	7-12
39	구렁덩덩신선비	전점목.여	+	-	+	+	+	+	+	+	+	+	-	+	7-13
40	뱀신랑	김덕선.여	+	-	+	+	+	+	+	+	-	-	-	-	7-15

41	구렁선비	양또순.여	+	+	+	+	+	+	+	+	+	+	+	+	8-1
42	뱀신랑	이남이.여	+	-	+	+	+	+	+	+	+	+	+	+	8-5
43	뱀신랑과 열녀부인	김태영.여	+	+	+	+	+	+	+	+	+	+	+	+	8-7
44	뱀에게 시집간 딸	이귀조.여	+	-	+	+	+	+	+	+	-	-	-	-	8-8
45	동동시선부	김순이.여	+	+	+	+	+	+	+	+	+	+	+	+	8-9
46	구렁신랑	김수영.여	+	+	+	+	+	+	+	+	+	+	+	+	8-10
47	구렁이 신랑	반연악.여	+	+	+	+	+	+	+	+	+	+	+	+	8-11
48	구렁선비	박말순.여	+	-	+	+	+	+	+	+	-	-	-	-	8-12
49	구렁덩덩신 선비	우두남.여	+	+	+	+	+	+	+	+	+	+	+	+	8-13

+ 는 해당 단락이 있는 것이고 -는 없는 것이다. (+)는 해당 단락은 존재하지만 명확하지 않은 것이다.

이상과 같이 구비문학대계에 수록된 49편의 <구렁덩덩신선비>를 살핀 결과, 가장 특징적인 현상은 '이류교혼과 구렁이의 변신으로 이루어진' d단락이 49편의 자료 모두에 존재한다는 것이다. 따라서 <구렁덩덩신선비>의 핵심적 모티프는 이류교혼과 구렁이의 변신이며, d단락의 존재여부가 <구렁덩덩신선비> 유형의 민담에 포함되는가와 그렇지 않은가를 결정한다고 할 수 있다. 그리고 순차단락이 모두 갖추어진 것은 <구렁덩덩신선비>의 장편화된 형식이긴 하지만, 원형에서 변이된 것임을 알 수 있어, 이를 <구렁덩덩신선비>의 일반적인 형태로 파악하는 것이 문제가 됨을 알 수 있다. 그 이유는 위의 표에 의하면 전국적으로 전승되는 <구렁덩덩신선비>의 전체 민담 가운데 18편(2·3·5·6·7·8·16·18·19·26·31·37·41·43·45·46·47·49)만이 모든 서사단락을 포함하고 있을 뿐이며, 이는 수치상 36%에 불과하여 과반수에도 미치지 못하기 때문이다. 반면에 d단락을 기준으로 앞의 네 단락인 a, b, c, d를 중심이 된 것도 18편(4·9·10·11·12·13·14·21·25·27·

29 · 32 · 33 · 34 · 36 · 40 · 44 · 48)이나 되어 모든 서사단락을 포함하고 있는 것과 동일한 편수를 나타낸다. 그리고 나머지 13편은 전체 서사단락 가운데 부분적으로 생략되거나 과정도 없이 결과만 제시되고 있을 뿐이다. 그런데 중요한 점은 이 13편(1 · 15 · 17 · 20 · 22 · 23 · 24 · 28 · 30 · 35 · 38 · 39 · 42) 가운데 앞부분의 a, b, c, d 단락에서 변화를 보인 것은 3편에 불과하고, 나머지 10편은 뒷부분에서 변화가 일어난다는 점이다. 이러한 결과를 놓고 볼 때 <구렁덩덩신선비>에 나타난 구렁이의 탄생과 이류교혼 및 구렁이의 변신부분은 비교적 완고한 형태로 전승되고 있지만, 신선비의 아내가 신선비를 찾아가는 부분은 일반적이라 할 수 없고, 대신 전승의 과정에서 첨가되거나 생략된 것임을 알 수 있다.

이러한 결과가 나오게 된 데에는, <구렁덩덩신선비>에 나타난 신선비 아내의 탐색화소가 독립적으로 유형화되어, 변이될 수 있는 측면이 강하기 때문이다. 즉 탐색화소는 <구렁덩덩신선비> 외에도 다른 유형의 설화에서 흔히 볼 수 있으며, 그 자체가 하나의 설화로 독립할 수 있기 때문이다.14) 따라서 탐색화소는 전승의 과정에서 끼어들거나 이탈하기가 용이하다. 물론 이러한 결과를 놓고 신선비 아내의 탐색화소가 덧붙여졌다는 것을 확증할 수는 없다. 전체서사단락이 완결된 상태에서 뒷부분이 생략된 것이었을 가능성도 염두에 두어야 한다. 물론 이 글에서는 뒷부분이 전승의 과정에서 첨가되었을 것이라 가정하고 있지만, 근본적으로 주목하고자 하는 것은 전승의 과정에서 첨가되었든 탈락되었든 간에, 각각의 민담을 <구렁덩덩신선비>로 인식하게 하는 완고하며

---

14) 설화 가운데 탐색화소가 대표적으로 나타난 것은 <바리공주>이며, 민담 중에서는 <쫓겨난 여인 발복 설화>라 할 수 있다. 여성이 어떤 계기에 의해 기존의 질서에서 벗어나 고난을 당한다는 식의 이러한 이야기는 설화뿐 아니라 소설을 비롯하여 다양하게 나타난다. 홍태한(1998), 『서사무가 바리공주 연구』, 민속원, 261-271쪽 참조.

변하지 않는 부분에 이 민담의 심층적 의미가 담겨져 있을 것이라는 점
이다. 그리고 이 부분이 이류교혼에 의한 구렁이의 변신이라 할 때, 이
부분이 <구렁덩덩신선비>의 원형에 해당된다 보고 이에 대한 심리적
분석을 수행하고자 하는 것이다.

3. 이류교혼모티프와 변신모티프의 심리적 의미

앞서의 자료분석을 통해 살펴보았듯이 이류교혼과 구렁이의 변신으로
이루어진 것이 <구렁덩덩신선비>의 핵심적 모티프이며 이를 둘러싸고 있
는 부분이 <구렁덩덩신선비>의 원형이고, 뒷부분에 나타난 신선비 아내의
탐색화소가 있는 것을 이 민담의 변이형이라 할 수 있다. 그런데 구렁이
가 변신의 과정을 거치기 위해서는 반드시 이류교혼이라는 선행단계가
있어야 한다는 점에서, 이 두 모티프는 긴밀한 대응쌍이며, 이에 대한 해
석이 <구렁덩덩신선비>의 의미를 파악하는데 긴요하다 하겠다.

이렇게 볼 경우, <구렁덩덩신선비>는 남녀주인공이 결혼의 과정에 이
르는 다른 민담들과 비교하여 그 내용의 전개양상이 다르다고 할 수 있
다. 즉 다른 민담들의 경우 각 민담에 등장하는 남녀주인공들은 대체적
으로 삶의 고난을 극복한 다음에 비로소 행복을 찾게 되고, 그 행복은
흔히 남녀의 결혼이라는 형태로 주어지기 때문이다. 따라서 결혼에 이
르기까지의 고난은 이들이 사랑을 받을 만한 가치가 있다거나 개인적
성장이라는 입사식의 의미를 지니게 되며, 그 과정을 거친 자라야만 개
인적 보상이라는 의미에서 새로운 삶의 형태인 결혼에 이르게 되는 것
이다.15)

---

15) 민담 가운데에는 결혼담이라고 이를 수 있는 것이 꽤 있으며, 다시 그
    부류에 속하는 것으로서 난제극복형의 결혼담도 상당수 발견된다. 이 난

그런데 <구렁덩덩신선비>는 구렁이와 인간이 결혼한다는 특이한 설정에도 불구하고, 별다른 고난의 과정이 나타나지 않는다. 다만 구렁이가 어머니를 통해 셋째딸에게 청혼하려 할 때 어머니가 허락하지 않자, 구렁이가 어머니를 위협하는 장면이 c단락에 나타난다. 이 부분은 구렁이와 어머니 간의 갈등으로 비쳐질 수 있지만, 갈등으로 심화되지 않고 구렁이의 의지대로 어머니가 셋째딸의 부모에게 청혼하기 때문에, 혼인을 가로막는다는 의미에서의 고난이나 갈등이라 볼 수 없다. 또한 구렁이의 결혼을 승낙하는 셋째딸의 아버지도 그 결혼에 대해 심각하게 고민하지 않으며 반대하지도 않는다.

이처럼 결혼하는 과정에서 장애가 두드러지지 않다는 것을 이 민담의 특징으로 볼 수 있다. 그렇지만 이 문제는 시각을 달리한다면 장애가 선행되어야 하는 부분이다. 예컨대 사회사적 관점에서 접근한다면 이류와의 교혼은 흔히 신분상의 갈등을 나타내기에 상당히 심각한 장애가 동반되어야할 부분이어서, 장애없이 결혼한다는 것은 쉽게 받아들이기 어렵다.[16)

제극복형 결혼담으로 동양에서는 아마 저 중국의 "견우직녀설화"같은 것이 그 대표적인 것일 것이다. 혹은 아내가 될 당사자로부터, 혹은 딸을 내어주는 전제로서 남편이나 사위의 능력을 시험하기 위하여 장인될 인물로부터 난제해결을 부과받기도 한다. 성기열(1988),『한국설화의 연구』, 인하대 출판부, 140쪽.

16) 이류교혼의 의미는 강진옥에 의하면 자연과 인간의 교류와 통합성을 내재한 것이라 하고, 신화적 인물의 출생과 관련이 있을 것이라 하였다. 이러한 시각과 달리 본고에서 사회사적으로 보겠다고 한 것은 임형택에 의해 <김현감호>가 분석되면서, 호랑이 처자와 김현의 만남을 신분문제로 본 것과 같은 맥락이다. <김현감호>의 경우 사회사적 시각으로 보면 원래 신분문제로 인해 결혼할 수 없었던 남녀 주인공을, 호랑이라는 형태로 환원한 것으로 해석할 수 있다. 이러한 시각에 의하면 구렁이로 나타난 신선비도 그의 모친이 의지할 데 없는 노파라는 점에서, 정승집 딸로 등장하는 셋째와 신분적으로 차이가 나는 것이라 추측해 볼 수 있다. 그러나 중요한 것은 어떤 의미이든 문제될 것 같

그렇다면 이 민담에서 문제삼고자 하는 것은 결혼하기까지의 고난과 이 과정을 통해 증명되는 남녀 주인공의 개인적 성장에 있지 않고, 결혼이라는 그 자체에 초점이 맞추어져 있다고 할 수 있다. 그런데 결혼에 초점이 맞추어져 있다는 것은, 결혼이라는 문제를 정면으로 다루고자 한다는 의미인데, 이 점은 남녀주인공이 등장하는 다른 이야기들의 경우 결혼 그 자체는 소홀히 다루고 있는 것과 차이를 보인다.

예컨대 <지하국대적퇴치설화>에서 남자 주인공이 고난을 극복하고 여자를 구해내어 결혼하는 유형의 경우,[17] 고난을 겪는 과정은 상세하게 보여주고 있지만, 그 이후는 일률적으로 결혼해서 잘 살았을 것이라고 일방적으로 암시하곤 한다. 그리고 이러한 결말에 대해 그들이 실제로 행복했을까하는 의심을 품어보기도 하지만, 대체로 그 결말은 그대로 인정받고 수용된다.[18]

그렇지만 <구렁덩덩신선비>는 결혼 그 자체에 초점을 맞추어 결혼

은 남녀주인공이 아무런 장애 없이 결혼하게 된다는 점이다. 강진옥(1990), 「구전설화의 이물교혼 모티브 연구」, 『이화어문논집』 11, 이화여대, 199-200쪽. 임형택(1981), 「나말여초의 전기문학」, 『한국한문학연구』 5, 한국한문학연구회, 95-96쪽.

17) <지하국대적퇴치설화>는 내용에 따라 첫째 피납여인을 전혀 모른 상태에서 찾아나서며 그 이후에 행복한 결말에 이르게 되는 것과, 둘째 피납여인을 아는 상태에서 찾아나서며 역시 행복한 결말에 이르게 되는 것, 셋째 피납여인을 알기는 하지만 피납여인이 탐색주체를 배반하는 경우가 있다. 본고에서는 첫째 유형의 이야기를 중심으로 남녀간의 고난과정을 말한 것이다. 이채연(1990), 「대적퇴치설화의 탐색담적 구조와 의미」, 『한국문학논총』 11, 부산대, 참조.

18) <지하국대적퇴지설화> 이외에 <설씨녀>의 경우, 남녀 주인공이 결혼에 이르기까지의 약속과 신뢰를 바탕으로 한다. 설씨녀가 가실에게 보여주는 믿음은 곧 사랑의 약속이다. 그리고 사랑의 약속을 지켜가는 과정과 이를 어기는 경우 어떻게 그 사랑이 이루어질 수 없는가를 보여줌으로서, 남녀간의 사랑과 신뢰에 대한 이야기를 하고 있는 것이, 남녀가 결혼하기까지의 과정을 중시한 민담이라 하겠다.

후에 잘 살았다는 몇 마디 말보다는, 결혼이란 행위에 더 큰 관심을 기울이고 있어 특징적이다. 이러한 특징으로 인해, 흔히 결혼 이후의 과정을 설명하지 않는 민담과 <구렁덩덩신선비>처럼 결혼과 그 이후의 과정에 관심을 기울인 민담은 그 의미하는 바가 다르며, 서로 다른 의미에 의해 보완적 의미를 지니는 것으로 생각해볼 수 있다.

우선 결혼 이전의 과정을 중시한 민담은 결혼 이후, 언제까지나 매력적인 배우자와 행복한 삶을 살았다는 것을 몇 마디 말로 결론내리지만 이러한 결론이 실제로 그러했을 것이라는 점을 보장해 주지는 못한다. 오히려 서로 인정하고 사랑하면서 남녀주인공이 완전한 행복감을 누린 것으로 이해되기 위해서는 '잘 살았다'는 그런 말로는 여전히 부족한 무언가를 느끼게 만든다. 그리고 이 경우에 남녀주인공이 진실로 행복한 삶을 살아가기 위해서는 결혼하기 이전에 보여주었던 헌신이나 고난에 대처했던 그 용기 이외에도, 배우자로 맞아들이기 위한 다른 측면에서의 변화가 있어야 함도 말해줄 필요성이 있다. 그렇지만 이러한 부분에 대해서는 결혼해서 '잘 살았다'라고 결말짓고 있는 민담들에서는 진지하게 언급하고 있지 않다.

물론 결혼하기 전에 보여주었던 용기와 숭고한 사랑 이외에, 이들이 결혼한 이후에도 여전히 행복하기 위해서 다른 무언가가 있다라는 것을 직접적으로 보여주는 그런 민담은 존재하지 않는다. 결혼하기까지의 과정만도 버거운 짐과 인생의 굴곡으로 생각하는 민담 수용자들에게, 다른 무언가가 있어야 한다는 것을 말해주는 것은 오히려 혼란스러움만을 가중시키는 것일 수도 있다. 이러한 것이 직접적으로 말해진다면, 그 민담은 이야기적 긴밀성이 상실될 수 있고, 결혼하기 전까지의 흥미진진했던 남녀주인공의 행위는 그렇게 부각되지도 못할 것이다. 그러나 남녀주인공의 내면적 변화가 실제로 중요한 것이고, 결혼의 과정 못지 않

게 심각한 것이라면, 이 부분에 대한 설명은 새로운 형태의 민담이 해
담당하게될 것이고, 이러한 형태의 민담은 결혼하기 전까지의 과정 대
신 결혼 그 자체를 중시한 <구렁덩덩신선비>가 될 것이다. 이러한 점에
서 앞서 말한 것처럼 두 유형의 민담은 상보적일 수 있다.

<구렁덩덩신선비>는 결혼한 그날 남편의 모습이 변하는 내용을 담고
있다. 결혼하기 전까지의 남편은 결혼한 셋째딸을 제외하고 모두 싫어
했던 흉칙한 구렁이었지만, 후에 어엿한 선비로 변한다. 이처럼 모습이
어떤 계기를 통해 갑작스럽게 변한다는 것은, 심리적인 측면에서 이전
에는 부정적이거나 사실을 제대로 알지 못했던 무언인가가 새롭게 인식
된다는 것을 의미한다. 그리고 그 변화가 흉측했던 신랑이 결혼이라는
과정을 통해 변신한 것이라는 점에서, 여성의 성에 대한 부정적 인식이
일순간에 새롭게 전환된 것이라 볼 수 있다.[19] 그리고 구렁이의 변신을
성에 대한 부정적 인식과 부정적 태도를 야기했던 억압이 일시에 해소
된 상태를 보여준 것이라 해석한다면, 구렁이로서 등장하는 남편 이전
의 모습은 그 인식의 전환이 얼마만큼이나 충격적이었는가를 보여주기
위해 설정된 것임을 알 수 있다. 물론 구렁이라는 형태가 단순히 그 형
태적 특징때문에 채택된 것이 아니라, 구렁이 자체를 남성과 관련하여
생각하는 전통적인 상상력의 결과이긴 하겠지만,[20] 구렁이가 선비로

---

19) 본고에서 말하는 여성의 성에 대한 부정적 시각이라는 문제는 프로이드
   가 여성이 성욕에 대해 전반적인 반감을 갖는 과정에 대한 설명과 관련
   되어 있다. 프로이드식으로 여성이 유아기에 거세컴플렉스의 영향으로
   성을 부정시하고 이로 인해 억합당하는 과정이, 본고에서는 여성이 선비
   를 구렁이로 보는 시각과 관련되어 있다고 보는 것이다. 그리고 이러한
   억압의 극복은 곧 남성 성기에 대한 소유의 욕구로 나아가는데, 이 과정
   을 통해 부정적으로 인식되던 성이 새로운 욕망의 대상으로 바뀌게 된다
   는 것이다. 프로이드 ̖ 김정일 역(1996), 「여성의 성욕」, 『프로이드전집』
   9, 열린책들.
20) 설화에서 구렁이나 뱀이 상징하는 바는 여러 가지가 있다. 강진옥은 뱀

변신한다는 의미는 그만큼 당사자들에게 지울수 없는 충격이었음을 드러내기에 손색이 없는 형태라 하겠다.

특히 이러한 인식이 새로운 것이었음은 현재 남아 있는 자료에 나타난 몇몇 전승과정에 대한 설명을 통해서도 확인할 수 있다. 예컨대 자료 8의 제보자인 유조숙은 이 이야기를 구연하는 과정에서 그가 이 이야기를 들었던 상황을 떠올리면서, '어머니께 옛날 애기를 조르곤 하던 어릴 때 모습을 떠올리더니 바로 그 무렵에 대단한 흥미를 갖고 들었던' 것이라 하고 있다.[21] 이처럼 <구렁덩덩신선비>는 특히 여성들에게 상당히 흥미를 부여할 수 있는 내용으로 이루어진 것이다.

4. 원형에 드러난 성(性)의식과 그 의미

구렁이의 변신을 성에 대한 인식의 전환과 심리적인 문제로 치환하여 해석한 결과를 놓고 보면, 이류교혼과 변신모티프를 둘러싸고 있는 <구렁덩덩신선비>의 원형이라 할 수 있는 부분도 性에 대한 인식과 관

에 관한 자료를 동해 뱀은 ① 풍요의 상징 ② 사신숭배의 불합리성을 말하는 사신퇴치의 대상 ③ 인간에게 보복하려는 원귀의 의미가 있다고 하였다. 또한 이능화의 『조선여속고』에서는 태몽에 나타난 뱀은 女兒를 의미한다고 하였다. 한편 『상징사전』에는 "뱀은 종종 여자들의 속옷 냄새를 맡고 나타난다하여, 여자 속옷으로 뱀을 잡기도 한다. 그래서 뱀을 남근의 상징물로 삼는 듯하다."라고하여 남성의 성기와 관련짓고 있다. 구렁이와 뱀에 대한 이와 같은 다양한 의미 가운데, 본고에서는 구렁이를 남성의 성기와 관련짓는 입장을 취하는데, 이 민담이 여성의 성에 대한 인식을 전제로 하고 있다고 보기 때문이다. 강진옥(1992), 「변신설화에서의 '정체확인'과 그 의미」, 『진단학보』 73, 진단학회, 177쪽. 상징사전 편찬위원회(1990), 『상징사전』, 동아출판사, 328쪽.

21) 『구비문학대계』 4-6, 178쪽.

련지어 해석되어질 수 있다. 우선 구렁이의 출생과 관련된 a단락의 경우, 아이를 낳기 힘든 노파가 알을 낳는다는 설정부터 살펴보도록 한다.

노파가 알을 낳았다는 것은 상식적으로 이해하기 힘든 일이다. 노파라 굳이 명칭을 부여한 것은 출산할 수 없는 나이가 아주 많은 여자임을 강조하기 위해 사용한 명칭이라는 것을 알 수 있다. 따라서 이 노파는 근본적으로 출산능력이 없다. 그런데 이러한 노파가 낳은 것이 사람도 아닌 알이라는 점에서, 그 상황은 더욱 복잡해진다. 물론 알을 낳는다는 설정은 난생설화와 관련되어 있지만, 난생이라 해서 동명왕이나 혁거세와 같이 신이한 인물이 태어나는 것도 아니라는 점에서 구별된다.[22] 따라서 노파가 알을 낳는다는 설정은 기존의 난생설화와 다른 시각에서의 해석이 요구되며, 앞서 설명한 바와 같이 구렁이의 변신을 심리적인 문제로 치환한 것과 관련지어 설명해 볼 수 있다.

그런데 문제는 노파가 알을 낳는 과정에서 알을 낳게된 원인이나 그 과정에 대해 자세한 설명이 없다는 것이다. 즉 노파는 어느 날인가 알을 낳게 되는데, 이는 여성이 임신하는 상황을 이야기하는 야래자(夜來者)의 경우에 상대자가 존재한다는 것과 비교하여,[23] 그 상황이 구체적으로 드러나지 않고 있다는 점에서 흥미롭다.[24] 또한 일단 알을 낳았다

---

22) 신해진(1995), 앞의 논문, 208쪽.

23) 김화경(1981), 「야래자설화의 구성 구조 분석」,『한국고전산문연구』, 동화출판사, 7-20쪽 참조.

24) 야래자 설화는 이류교혼 설화의 한 유형이지만, 이류는 대체로 정체모를 남성의 모습을 띠고 있다. 그리고 야래자의 등장과 이로 인한 출산의 과정에서, 출산한 인물은 대체로 뛰어난 인물로 형상화 된다. 따라서 야래자는 뛰어난 인물이 어떻게 출생하게 되었는가를 설명하기 위해 등장하는 것이다. 그러나 <구렁덩덩신선비>는 특정한 계기 없이 구렁이가 태어난다는 점에서, 야래자가 등장하지도 않을뿐더러 구렁이가 뛰어난 인물이 되지도 않는다는 점에서, 특징적이다. 야래자전설에 대해서는 다음 논의를 참조하였다. 박병완(1998), 「야래자전설」,『설화문학연구』下, 단국

는 점에서, 알의 둥그런 형태를 토대로 그 신성성이 강조될 수 있지만,
이 경우 출산 능력이 없는 노파가 낳은 알이라는 점에서, 이 알은 신성
성과는 거리가 멀다. 오히려 알이라는 것은 그 안에 든 것이 무엇인가
를 가리기 위한 가리개의 역할이 강조된다 할 수 있고, 이는 알을 낳게
된 원인이 구체적이지 않다는 것과 아울러 실제로 출산의 행위를 감추
려는 것과 관계있다.

알로써 가린다는 것은 임신을 통해 출산되는 과정일 것이며, 출산 자
체는 남녀의 성적인 결합을 통해서만 가능한 것이다. 그러니 이를 알로
가린다는 것은 출산의 원인이나 직접 아이를 낳는 과정도 은폐한다는
것을 뜻하며, 내면적으로 출산의 과정을 은밀하게 다루고자 한다는 것
을 암시한다. 즉 출산 자체를 부정시한다기 보다는 출산의 은밀함을 앞
세우는 것이다. 특히 이를 노파를 통해 출산한 것으로 설정한 것은, 성
적인 문제가 남녀의 문제가 아니라 가정에서 할머니가 아이를 돌보는
것처럼 가정내의 문제이며, 인간적인 문제로 인식시키기 위한 것이다.

그러나 이것은 그렇게 성공적인 은폐술이라 할 수 없는데, 그 알은
자연적으로 곧 깨어지게 되기 때문이다. 그리고 그 안에서 구렁이가 나
온다는 설정으로 인해, 언제까지나 감출 수 없는 현실임이 금방 밝혀진
다. 하지만 성에 대한 억압의 시도와 그 상황은 지속되고 있다는 점이
중요하다. 그것은 알에서 나온 것이 흉측한 구렁이의 모습이라는 점에
서, 남녀의 성적 결합이나 이로 인한 출산의 과정은 결국 동물의 행위
인 것처럼 묘사하며, 두려워하거나 숨기고 멀리해야 할 것으로 인식시
키려 하기 때문이다. 이러한 관점에서 본다면, 구렁이의 모습은 성에 대
한 구체적 실상을 감춘 결과 나타난 금기의 산물임이 드러난다. 그리고
이는 성에 대한 인식을 명확히 하지 않는 이상 언제까지나 잠재적으로

대학교 출판부.

남아있게 되는 의식이기도 하다.

이렇게 잠재화된 성에 대한 인식은, 요컨대 개인의 성에 대한 확고한 인식을 통해서만 그 변화가 가능하다. 또한 이러한 인식을 가진 자라야만 구렁이처럼 부정적으로 보이는 성의 실상이 온전하게 인식될 수 있다. 이러한 인식의 과정은 셋째딸을 통해 드러난다.

따라서 d단락에 나타난 구렁이의 변신은 구렁이의 의지에 의해서가 아니라, 구렁이의 정체를 냉철하게 인식하는 사람에게 주어진 몫이다. 이는 성을 부정적으로 인식하는 것에서 여성으로서 그 성의 본질을 정확히 이해해야만 가능한 것이기도 하다. 그리고 이를 제대로 인식하지 못하는 사람은 남녀간의 결혼이라는 문제를 제대로 수용할 수 없다는 것을 은유적으로 드러낸다. <구렁덩덩신선비>에 나오는 셋째딸의 언니들이 바로 이를 대변하고 있는 것이다.

부연하자면 셋째딸은 언니들에 비해 나이가 어린데도 성에 대해 명확히 인식하고 있는 인물인데 구렁이를 보고도 선비라 말하는 것을 통해, 셋째딸의 의식이 구체적으로 드러난다. 반면에 셋째의 언니들은 구렁이를 여전히 구렁이로 보는 데서 알 수 있듯이 성에 대한 바른 인식이 서 있지 않음을 알 수 있다.[25] 따라서 성에 대한 인식은 나이나 신

---

25) 이러한 상황을 자료 9번 <구렁덩덩신선비>를 통해 살펴보면 다음과 같다.
　　동네서, 참 과부댁 할머니가 사는디, 느닷읎이 애기를 낳댜. 애기를 낳는디 구렝이를 낳대요, 구렁이를 나서 굴뚝에다 삭(삿)갓 덮어 놨는디. 큰딸이 오더니, "할머니? 할머니?" "왜?" "어제 저녁이 애기 낳다더니 어따 됐어요?" "저 굴뚝이 가 삭갓 떠들어 봐라." 그렁깨 떠들어보구 오더니, "아이구, 할머니두. 구렝이를 낳네. 퉤퉤." 허구 가더래요. 그래 인제 둘째딸이 오더니, "할머니? 할머니? 어제 저녁이 애기 낳다더니 어따 됐어요?" "저 굴뚝이 삭갓 떠들어 봐라." 그러닝께 참 보고 와서, "할머니는 구렁이를 다 낳네." 그러구는 '퉤 퉤' 침밷고 가더래요. 그런데 셋째딸은 와서, "할머니? 할머니?" "왜?" "할머니 어제 저녁이 애기 낳다더니 어따 됐어요?" "저 굴뚝이 삭갓 떠들어 봐라." 하닝깨, 보구 와서 그러더래요. "아이구 할머니는 구렁덩덩 신선비를 나셨네." 그러구

체의 발달에 관련된 것이라기보다는, 심리적인 성숙과 깊이 관련되어 있다는 것이 셋째와 그녀의 언니들의 관계를 통해 드러난다. 실제로 셋째가 선비를 알아본다는 것은, 성에 대한 인식이 내면적인 것임을 암시한다. 이렇게 본다면 셋째딸의 결혼에 대해 그녀의 아버지가 반대하지 않은 것은 셋째딸이 성에 대해 명확히 인식하고 있었다는 것을 알았기에 가능한 것이었다. 즉 아버지는 딸이 진정으로 결혼할 수 있다는 것을 인정하고 이를 허락한 것이다.

이처럼 <구렁덩덩신선비>의 중심 모티프를 이류교혼과 구렁이의 변신으로 놓고 이를 심리적 분석한 결과, 원형에 나타난 구렁이의 출생 역시 심리적 문제와 상관되어 있음을 알 수 있다. 그러나 여기서 간과해서는 안될 점은 구렁이나 셋째의 성에 대한 인식이 어떻게 확립될 수 있었는가의 문제인데, 앞서 말한 셋째의 내면적 성숙이 어떻게 해서 가능했는가에 대한 의문이다. 즉 셋째는 성에 대한 인식이 확고해 질 수 있었지만 그렇지 않을 수도 있었을 것이고, 이를 두고 여성이면 누구나 거치게 되는 과정이라는 식의 설명과 그로 인해 자연스럽게 해결되는 것이라 말한다면, 그녀의 언니들은 왜 그렇지 못했는가하는 의문이 여전히 남게 되기 때문이다.

이 문제는 일종의 성을 금기하는 부모와 자식의 대립으로 환원되는 문제인데, 구렁이로 나타나는 성적 금기가 어떻게 그 틈새를 보이면서 풀려나가는지를 통해 이해될 수 있다. c단락을 보면 구렁이가 어머니를 위협하는 장면이 나온다. 그 이유는 청혼이 되지 않으면 나무와 불을 가지고 어머니의 뱃속으로 다시 들어가겠다는 것에서 비롯된 것이다. 이는 앞서 구렁이와 셋째딸이 결혼하는 과정에서 잠시 언급된 부분이기도 하지만, 그 의미는 결혼의 고난을 의미하는 것이기보다는, 성을 명확

가더래요. (『구비문학대계』 4-6, 585쪽.)

히 인식해 가는 과정에서 겪게 되는 인식의 성장과 인식이 성장함으로서 자연스럽게 그 틈새가 벌어질 수밖에 없는 성적 금기에 대한 갈등으로서의 성격이 보다 명확하다.

구렁이가 어머니를 위협한다는 설정은 상당히 풍부한 의미를 함유하는데, 일단 피상적으로 접근해 보자면, 자식이 부모를 위협한다는 점에서, 이는 그 자체로 금기시 되는 것이긴 하지만 그 위협의 언사가 어머니의 뱃속에 나무와 불을 다시 가지고 들어간다고 하는 점에서 심리적으로 복잡한 내용을 암시하고 있음을 알 수 있다. 어머니의 뱃속은 현실세계가 아닌 구렁이가 탄생될 수 있는 모체라 할 수 있는데, 그 세계 안으로 생명성이라 흔히 상징되는 나무와 번식력으로 해석되는 불을 가지고 들어가겠다는 것은, 현실세계에서 생명이 이어질 수 있는 가능성을 막아버리겠다는 것을 뜻한다. 특히 그곳이 어머니의 뱃속이라는 점에서, 어머니의 뱃속으로 한정되는 즉 성적인 실체를 가리곤 하던, 그래서 성적인 결합없이 아이를 낳았다고 감추고 금기시하던 바로 그 뱃속으로 모든 생명성을 가져가겠다고 말하는 것이다. 이는 더 이상 성에 대한 금기나 부정된 인식이 거짓이었음을, 그리고 그 세계가 금기와 장막에 가려진 세계였음을 폭로하고 있는 것이다. 그리고 이러한 자식의 폭로에 부모는 더 이상 성을 금기시 할 수 없으며, 자식이 결혼할 때임을 인정할 수밖에 없게된 것이다.

그리고 이 문제를 심리적 문제로 보다 깊이 접근하자면, 여기에는 간과할 수 없는 중요한 의미가 담겨 있다. 셋째에게 있어서 성적 인식의 확립은 그 사랑의 대상이 아버지에게서 이성에게로 옮아간 것을 의미하는 것이기 때문이다. 즉 이를 프로이드적으로 말하자면, 셋째의 행위는 일종의 오이디프스적 갈등에서의 해방을 의미한다. 셋째는 오이디프스적 사랑의 대상인 아버지에게서 벗어남으로써 다른 남성을 사랑할 수 있게 되었다.26) 그렇지만 그녀의 두 언니들은 여전히 유아기적 사랑인 아버지에 대한 사랑에 빠져 있다고 볼 수 있다. 따라서 새롭게 등장한 남성이라 할 수 있는 신선비는 흉측한 구렁이로 인식할 수밖에 없는 것이다. 요컨대 오이디프스적 사랑에서 벗어난다는 것은, 성에 대한 명확한 인식이 확립됨을 의미하는 것이며, 이는 역설적으로 오이디프스적 사랑 즉 부모에 대한 사랑은 성에 대한 인식이 서지 않았을 때 지속되는 것임을 보여준다고 할 수 있다. 그리고 셋째의 성적 인식에 대한 확립은 그녀가 더 이상 아버지를 오이디프스적으로 사랑할 수 없다는 것을 보여주며, 어떻게든 그 사랑의 대상을 외부에서 찾아야 하는 것을 의미했다. 따라서 그녀에게는 성에 대한 명확한 인식이 없었다면 결코 남성으로 보이지 않았을 구렁이라는 존재가 훌륭한 신랑감으로 보이는 심리적 변화를 경험하게 되는 것이다.27)

---

26) 프로이드는 여성이 거세컴플렉스를 돌파하는 과정에서 세 가지의 중요한 변화를 제시하였는데, 이 가운데 여성이 아버지를 사랑하는 과정은 두 번째의 단계에 해당한다. 즉 여성은 (페니스가 없는) 어머니를 무시하게 되고 페니스를 소유하고 싶은 자신의 소망을 실현하고 있는 (페니스를 소유한) 아버지에게로 다가가며, 이렇게 해서 성의 여린 감정은 아버지에게 닿아있다는 것이다. 따라서 <구렁덩덩신선비>에서 셋째는 프로이드가 말한 두 번째 단계에서 벗어나, 여성이 지닌 페니스의 선망을 성교를 통해 페니스를 향유하는 욕망으로 변화하는 과정이라 할 수 있다. 나지오 지음·표원경 옮김(1999), 『정신분석학의 7가지 개념』, 백의, 23-27쪽 참조

27) 특히 이러한 인식의 변화가 셋째를 통해 이루어진다는 것은, 어머니의 부재라는 점과 자매의 관계라는 점에서 기인한다. 첫째의 경우 어머니가 부재하기에 심리적으로 아버지를 놓고 경쟁할 대상이 없기에, 오래도록 오이디프스적 상태에 머물러 있을 가능성이 크다. 둘째 역시 첫째보다는 덜하겠지만, 어머니의 부재로 인해 첫째와 같은 심리상태에 머물러 있었을 것이며, 첫째가 새로운 경쟁상대로 부각되겠지만, 셋째보다는 상대적으로 아버지를 놓고 첫째와 경쟁을 벌일 만한 위치에 있다고 할 수 있다. 그러나 셋째는 첫째와 둘째를 보면서, 보다 일찍 오이디프스적 상태에서 벗어나, 새로운 이성에 관심을 가지게 된 것으로 생각된다. 따라서 첫째

　이러한 점들은 성에 대한 인식이 필연적으로 얻어지는 것이 아니라, 그 세계에 대한 호기심과 성에 대한 지식을 통해 가능한 것이었음을, 그리고 성에 대해 부정시하는 것이 실은 억압이었고 은폐였음을 폭로하는 과정에서 얻어지는 것임을 보여준다. 그리고 이를 인식한 존재는 부모에게 안주할 수 없으며, 새로운 사랑의 대상을 향해 밖으로 나갈 수밖에 없음을 깨닫는다. 남녀가 결혼을 하는 과정은 용기와 헌신 이외에 성에 대한 명확한 인식이 필요하며, 그 세계가 어떻게 은폐되어 왔는지를 들추고자 할 때 비로소 가능한 것임을 나타낸다는 것이다. 이러한 세계의 금기를 인식할 수 있을 때, 흉측했던 구렁이는 선비로서 그 모습을 바꿀 준비가 되어 있는 것이다.

　그렇다고 이 민담에서 이야기하고 있는 것이 성에 일방적인 폭로만은 아니다. 성에 대한 인식이 그 금기를 폭로하는 것에 한정된 것이며, 성은 더 이상 은폐될 수 없는 것이라면, 애초에 구렁이로 나타난 성에 대한 은폐가 어떻게 시도되고 있는지 말할 수 없기 때문이다. 따라서 성에 대한 명확한 인식이란 성을 드러내는 것과 아울러 이를 감추는 기능까지 병행해야 함을 의미한다. 성이 폭로되기만 했다면, 성에 대한 은폐는 시도될 수 없었을 것이고, 그렇다면 <구렁덩덩신선비>와 같은 이야기는 가능하지도 않았을 것이다. 따라서 <구렁덩덩신선비>에는 다시금 성을 은폐하려는 기제가 작동된다. 그리고 이는 구렁이에서 남편으로 변한 신선비가 셋째에게 허물을 잘 간수하며, 누구에게도 말하지 말라는 금기를 통해 이루어진다.

　구렁이에서 선비로 변했을 때, 그리고 셋째가 구렁이를 선비로 보았을 때, 남겨진 구렁이의 허물은 남녀의 성에 대한 구체적 증거물임을 의미한다. 그리고 허물을 감추며 이를 말하지 말라는 것은, 자신들의 성

　와 둘째는 성에 대한 인식이 셋째보다 늦었을 것이다.

에 대한 문제를 공개적으로 말하지 말라는 것으로 이는 e단락을 통해 드러난다. 그리고 이러한 금기를 이해해야 비로소 셋째가 처음부터 성에 대한 금기를 알지 못했던 과정도 설명이 되는 것이다. 즉 성은 완전히 폭로되는 대신 새롭게 금기를 만들어간다. 이는 성 자체가 영원히 다 드러날 수 없는 성질의 것임을 말해주는 것이다. 따라서 이에 대한 금기는 가혹한데 부부의 성적인 문제를 공개적으로 말하지 말라는 금기를 어기는 경우, 남녀는 더 이상 부부로서의 관계를 지속할 수 없음을 드러낸다. 그리고 이것이 남녀의 결혼을 유지시키는 근본적인 질서가 된다.

이러한 의미로 셋째는 성에 대한 은폐에 새로이 동참해야만 한다. 그리고 이 과정을 통해 셋째는 그의 후손들에게 다시금 성을 감추려 할 것이고, 그 후손들은 셋째가 거쳤던 것과 동일하게 성을 인식하게 되는 것이다. 이러한 의미에서 셋째는 성의 무지에서 성에 대해 새롭게 인식하지만, 다시 그 자신이 성을 금기시하는 역할을 수행하게 되는 것이다.

5. 변이 과정에 나타난 탐색화소의 의미

원형을 심리적으로 고찰해 본 결과, <구렁덩신선비>는 결혼 과정과 관련된 성적인 문제와 이 문제를 어떻게 대처해야 하는가에 대해 말하고 있음을 알 수 있었다. 그리고 성을 금기시하던 자아는 성을 적극적으로 수용해야 하는 자아로 변해야 하며, 그 과정에서 실제로 구렁이처럼 보이던 그 흉측한 것이 얼마나 매력적이었는가를 인식함으로서 흉측하던 구렁이는 멋진 선비로 변하게 될 것임을 말하고 있는 것이 이 민담이라 하였다.

그런데 <구렁덩덩신선비>는 앞서 자료분석에서 살편 바와 같이 이러한 의미에 덧붙여져, 뒷부분에는 구렁이에서 남편으로 변한 이후에 과거를 보러 떠나는 장면과 셋째딸이 선비가 제시했던 금기를 어기자 사라진 남편을 찾아 떠나는 부분이 나온다. 그리고 이 부분이 <구렁덩덩신선비>의 각 편에 다수 포함되어 있는 만큼, 이 부분이 어떻게 첨가되었으며, 이로 인해 새롭게 획득된 의미는 무엇인지에 대해 해명할 필요가 있다. 본고에서는 뒷부분의 내용이 첨가되었다는 입장에 서 있지만, 이것이 <구렁덩덩신선비>에 새로운 의미를 부여한 이상 간과할 수만은 없기 때문이다.

우선 뒷부분의 이야기는 구렁이와 셋째가 결혼한 이후에, 선비로 변한 남편이 아내인 셋째딸에게 안주하지 못하는 상황에서 시작된다. 선비는 아내와 함께 있기를 택하기보다는 과거라는 새로운 목표를 설정하고 아내의 곁을 떠나게 되는데, 이러한 설정으로 인해 늘 곁에 있기를 바라는 아내의 기대와 달리 남편은 부재라는 상황을 연출한다. 그런데 이러한 상황 설정 자체가 사실은 후대에 덧붙여졌다는 증거가 되는데, 일단 남편이 아내의 곁에 안주할 수 없는 상황이나 남편의 부재를 당연하게 받아들이는 아내의 태도는, 남편에 대한 아내의 순종적인 태도를 보여주기 때문이다. 이는 남편이 아내와 다르게 그 권위가 강화되었음을 보여주는데, 이러한 남편의 권위적인 태도는 민담의 원형으로 존재했던 것이라기보다는 시대적 산물로서 해석되기에 충분하다. 그리고 이러한 상황이 첨가됨으로써, 앞부분에서 성에 대한 금기를 똑똑히 인식하던 여성의 모습은, 남편으로 대표된 남성의 부재와 그들이 남긴 새로운 금기를 지켜야 하고 이를 어겼을 때는 어떠한 고난이든지 겪어야만 하는 수동적으로 위축된 모습으로 바친다. 따라서 위축된 여성의 모습이 드러난다는 상황 설정은 앞부분에서 성에 대해 냉철한 인식을 하던 여성의 모습과 대조되기에 <구렁덩덩신선비>의 원형이 되기 어렵다. 이 부분에는 무엇보다 여성은 남성과 분리될 수 없는 존재이며, 더 나아가 남성과의 분리를 두려워한다는 사고가 새롭게 덧붙여진 것이다.[28]

따라서 전승과정에서 첨가되었을 뒷부분은 그 내용이 인간의 심층적인 심리를 반영하기보다는 사실적이며 일상적인 생활과 닮아 있다. 구체적으로 남편의 금기를 어긴 셋째가 남편을 되찾기 위해 찾아나선 과정은 k단락에 드러나는데, 이 과정에서 셋째가 겪는 고난은 여성의 일상적인 삶을 축소해낸 듯한 인상을 준다. 즉 셋째가 남편을 찾기 위한 과정에서 몇 가지 시험을 거치게 되는데 그 과정은 물 길어 오기와 범눈썹 구해 오기, 새 앉은 나무가지 꺾어오기, 수놓기, 동지섣달에 딸기 구해 오기 등이다. 여기서 범눈썹 구하기 등이 비현실적이라 할 수 있지만, 이는 민담적으로 변형된 것일 뿐, 위에서 다루어진 여성에게 가해진 고난은 여성의 노동과 일상적인 삶이 관련되어 있는 것이다.

이러한 점은 자료를 통해서도 간접적으로 확인할 수 있는데, 예컨대 자료 43[29]의 경우 이 편의 제목이 <뱀신랑과 열녀부인>으로 바뀌었고, 자료 31[30]의 경우에는 '애첩의 노래'를 부른 뒤에 구술한 것으로 되어 있는데, 특히 자료 31은 뒷부분의 내용이 <구렁덩덩신선비>의 각 편 가운데 가장 부연되어 있다. 또한 자료 39[31]에는 '시집살이 노래'의 모티

---

28) 이경하는 <바리공주>의 경우 뒷부분에서 바리공주가 약수를 구하는 과정에 대하여, 바리공주가 약수를 구하러 가는 여정은 가부장적 질서에 순응하고 봉사할 수밖에 없는 여성의 행동과 역할을 드러낸 것이라 파악하고 있다. 이처럼 <구렁덩덩신선비>의 뒷부분에 나오는 셋째의 남편을 찾아가는 모습은 여성의 순응적 삶과 관계되어 있는 것이다. 이경하 (1997), 「바리공주에 나타난 여성의식의 특징에 관한 고찰」, 서울대 석사 논문, 41-43쪽 참조.
29) 『구비문학대계』 8-7, 638쪽.
30) 『구비문학대계』 6-8, 711쪽.
31) 『구비문학대계』 7-13, 374쪽.

프가 차용되어 있다. 이렇게 볼 때 셋째가 고생하는 내용과 후처와 경쟁을 벌이는 내용이 강화되었다는 것은 <구렁덩덩신선비>가 후대적으로 변모된 것임을 결정적으로 드러낸다. 즉 후처와의 경쟁이란 가정 내에서 주도권을 잡기 위한 갈등적 상황을 암시하는 것인데, 이러한 권리 다툼은 조선 후기 일군의 소설에 빈번히 등장하여 조선 후기의 하층민에게까지 일반화된 소재이기 때문이다. 따라서 이러한 부분은 조선후기에 일반화된 이야기의 하나로서, <구렁덩덩신선비>의 뒷부분에 영향을 준 것이라 볼 수 있다.

이처럼 셋째가 겪게 되는 시험의 과정은 <구렁덩덩신선비>의 완결된 형식일수록 앞부분에 비해 강화되고 있음이 드러나는데, 이는 앞부분보다 뒷부분이 강화되어, 오히려 뒷부분에 이 민담의 의미가 있는 듯한 인상마져 남긴다. 그리고 셋째가 겪게되는 고난의 과정이 가혹하면 할수록, 아내로서 셋째의 모습은 더욱 순종적이며 남성 의존적인, 그러면서 실제적으로는 바람직한 여성의 모습인 것처럼 각인되고 있는 것이다.

한편 역설적으로 이 부분에서 시험의 과정이 많을수록 셋째가 감수해야 할 시련은 더욱 가혹해지지만, 이것만 견디면 행복이 찾아올 것이라는 낙관적 전망을 다시 제시하게 된다. 그리고 낙관적 세계관을 제시함으로서, 원형부분에 지녔던 이 민담의 본원적 의미는 희미하게 되고 가정 내에서 아내가 겪어야될 시련과 후처와의 경쟁만이 중요한 의미로 남게 된다. 따라서 원형부분이 민담으로서 그 심층적 의미가 내재화된 것이라면, 첨가된 부분은 여성의 순종적 삶이라는 이데올로기적 측면이 강하게 드러난다.

물론 이처럼 여성이 일상의 잡다한 일들을 처리하고 특히 전처와 후처의 관계로 묘사되는 모습은, 시대적 변화와 관련된 것이기에 수용자의 욕구와 상황에 맞추어 변이된 것일 수 있다. 그리고 이는 구체적으로 앞서 자료검토에서 살펴본 바와 같이, 각 편의 편차와 부분에 대한 의미 해석을 통해 이 부분에서 시대에 따라 변화된 민담의 모습을 읽어 내야 함도 그래서 중요한 것이다. 즉 <구렁덩덩신선비>에서 뒷부분이 원형에 해당하는 부분과 그 내포하고 있는 의미가 다른 것은 민담이 전 승되면서 새로운 의미가 첨가되었고 이에 대해 민담 향유층이 적극적으 로 관심을 보였기 때문이다. 특히 이러한 점은 <구렁덩덩신선비>의 제 보자 49명이 모두 여성인 것과 무관하지 않다.32) 제보자가 모두 여성이 라는 것은 이 민담이 남성보다는 여성과 보다 밀접한 내용이라 할 수 있으며, 따라서 그 수용적 의미도 여성의 심리나 생활과 밀접하게 되어 있다고 할 수 있다.

6. 맺음말

지금까지 <구렁덩덩신선비>의 서사단락에 나타난 모티프를 중심으로 그 원형적 의미와 전승과정에 나타난 변이의 의미를 살펴보았다. 그리 고 이 과정을 통해, 이 민담이 심리적으로 성에 대한 인식과 밀접하게 관련되어 있음을 논하였다. 이러한 심리적 측면을 <구렁덩덩신선비>의 전체적인 서사단락과 연결하여 그 의미를 정리해 보자면 다음과 같다.

---

32) 『구비문학대계』에 실린 <구렁덩덩신선비> 가운데, 제보자가 누구에게서 이 이야기를 들었는가를 설명한 것이 몇 부분 있는데, 모두 여성에게서 들었다고 이야기하고 있다. 자료 8의 제보자 유조숙은 어머니에게서, 자 료 12의 제보자 진순남은 큰애기때 친정어머니한테서 들은 이야기라 한 다. 또한 자료 37의 제보자 안금옥은 처녀 시절 친정에서 삼삼기를 하면 서 할머니들께 들은 것이라 한다. 이를 통해 볼 때 <구렁덩덩신선비>는 여성들 간에 여성들만의 공간(삼삼기 하는 방같은 곳)에서 전승되어왔을 가능성이 높다 하겠다.

<구렁덩덩신선비>에 대한 자료검토 결과, 전체적으로 완결된 형식과 앞부분이 강조된 형식 그리고 뒷부분이 강조된 형식으로 나눌 수 있다고 했다. 그리고 앞부분에는 구렁이와 사람의 교혼 모티프 및 구렁이의 변신모티프가 중심이 되고, 뒷부분은 신부가 신선비를 찾아가는 것으로 변별될 수 있다. 따라서 전체적으로 완결된 형식은 앞부분과 뒷부분이라는 두 개의 국면이 합쳐진 이야기라 할 수 있다. 이를 토대로 <구렁덩덩신선비>의 원형과 변이형을 추적해 볼 수 있었다.

일단 앞부분의 구렁이가 태어나 교혼하고 변신한다는 내용은 성적인 금기로 인해 이를 냉철하게 자각해야 비로소 결혼과 성에 대한 인식이 가능하다는 것을 보여주는 것으로, 이 민담의 원형이라 할 수 있다. 그리고 이 부분은 원형이 되는 이야기이기에 상대적으로 다른 단락에 비해 변이형이 적다. 반면에 뒷부분은 원형에서 드러난 심층적 의미와 아울러 당대의 전승적 상황에서 여성에게 부과되는 새로운 이데올로기적 문제가 내면화되가는 과정을 의미한다. 특히 새롭게 덧붙여진 뒷부분은 당대의 향유층의 고민과 일상생활에 깊이 관련되기에 강한 전승력을 지녔을 것으로 보인다. 따라서 a에서 l까지의 가장 장편화된 형식은 후대에 이루어진 것이라 할 수 있다. 이로 인해 뒷부분은 전승 과정에 덧붙여진 내용이기에 일상적 의미가 강하고 전승되면서 이 부분은 보다 강조되기도 한다. 이 가운데에서도 특히 변모의 양상이 심한 것은 i、j、k의 신부가 시험받는 단락인데, 신부가 시험받는 과정과 시험의 종류가 민담 각 편에 따라 강조되어 부연된 것도 있다. 이는 신부가 시험받는다는 의미가 이데올로기적 측면을 포함에서 시험의 종류와 고난의 강도가 강화될 필요가 있기 때문이다.

이상과 같이 <구렁덩덩신선비>의 원형과 변이형에 대한 심리적 접근을 통해, 단순한 현실 이외의 심리적 문제가 이 민담에 내재되어 있음을 확인할 수 있다. 그렇다면 이러한 분석 과정에서 <구렁덩덩신선비>가 어떤 방식으로 인간의 심층적 세계를 거론하고 있는가 하는 점이 마지막으로 검토되어야 할 것이다. 그리고 이 과정은 일단 다양한 상징을 통해, 이루어지고 있었다. 이는 인간의 성에 대한 인식이 금기시되는 상황에서 직설적인 언어로는 거론하기 힘든 측면을 우회적으로 표현한 데서 비롯된 것으로 볼 수 있다. 따라서 수용층은 이 문제에 대해 의식적으로 관심을 기울이는 것은 아니었지만, 잠재적으로 내면에 각인되는 과정을 거치게 된다. 결혼이라는 문제가 현실적으로 닥쳐올 때에 이를 마음속에서 받아들일 수 있는 준비를 하기 위한 것이다. 그리고 여기에는 셋째의 언니들을 예로 들어가면서 적당한 위협도 가하고 있는데, 만약 이러한 심적 준비가 갖추어지지 않았을 경우, 성이라는 문제에 맞닥트렸을 때에 성에 대한 진정한 가치를 인식할 수 없다는 의미를 심어주기 위한 것이다. 그렇지만 이를 내면적으로 받아들인 셋째처럼, 혼란기를 벗어나 이를 받아들여 심리적 동요를 극복할 수 있게 되면, 성에 대해 거부하려는 생각이 자연스럽게 하나둘씩 벗겨져 나갈 것임을 말해주고 있다.

<구렁덩덩신선비>의 이러한 의미는 일견 정신분석의 방법론과 유사한 것처럼 보인다. 정신분석이란 삶에 나타나는 부정적 인식으로 인해 사람들이 파멸하거나 도피하지 않고, 삶의 부정적인 본질을 내면적으로 자연스럽게 받아들이도록 하기 위해 시작된 것이었다.[33] 정신분석의 이

---

33) 치료의 목적은 잘못된 길에 들어선 정동의 소산이 아니라, 억압을 찾아내어 전에 거부되었던 것을 받아들이거나 폐기하도록 하는 판단 행위로 억압을 대체하는 것이다. 나는 이런 새로운 점을 고려하여 나의 연구 방법과 치료방법을 더 이상 감정정화라 하지 않고 정신분석이라 불렀다. 프로이드 ˎ 한승완 역(1997), 「나의 이력서」, 『프로이드전집』 20, 열린책들, 40쪽.

러한 방법론과 관련짓자면, <구렁덩덩신선비>는 나름대로 인간의 성에 대한 인식을 언급하기에 이상적인 방법을 띠고 있으며, 성에 대한 부정과 금기를 어떻게 극복하고 제대로 받아들여야 하는가를 말해주고 있는 것이라 할 수 있다.

요컨대 <구렁덩덩신선비>는 여자들 사이에서 전승되면서, 성에 대한 이야기를 직접적으로 말해주는 대신, 그것을 알아야할 시기가 도래함을 암시적이며 풍부한 상상력을 동원하여 이야기해 주고 있는 것이다. 혹은 프로이드적으로 성에 대한 금기와 억압을 풀어야 함을 설명해 주고 있기도 하다. 그래서 마음의 준비가 되어 있는 경우에만, 위험하고 불쾌하고 꺼림칙하게 느꼈던 대상에 대하여, 그것이 실제로는 매력적이고 조화로운 것으로 보인다고 말해주고 있는 것이다.[34] 또한 이를 제대로 받아들이지 않는다면, 추하다 여겨졌던 것이 실제로도 추한 것이라 왜곡시키고, 결국에 가서는 성에 대한 부정적 인식에 억압당한다고 암시하고 있다. 따라서 성장하면서 겪게 되는 성에 대한 억압과 금기를 자연스럽게 해결하도록 유도하고 있는 것이 <구렁덩덩신선비>의 심리적 의미가 되는 것이다.

〔고려대학교 국문학과 강사〕

---

34) 우리는 무의식으로부터 침입해 들어오는 내용과 욕구를 찾아내어 그것의 원천을 밝혀 그것을 비판에 노출시킴으로써, 자아 속에 질서를 회복시킨다. 프로이드ㆍ한승완 역(1997), 「정신분석학 개요」, 『프로이드전집』20, 열린책들, 195쪽.

이광수의 <再生>에 나타나는
욕망의 변모양상
-작중인물의 심리적 변이와 욕망이론을 중심으로-

이길연

1. 서론

이광수는 우리 나라 근대문학의 대표적 작자로서 민족주의적 계몽문학의 선구자이다. 그의 많은 작품이 종교적 인생관을 작품화한 것으로 알려져 있는데, 종교적 성향은 크게 기독교와 불교사상으로 구분할 수 있다. 특히 기독교정신이 강조된 것은 우리 신문학 초기의 문학적 환경과 깊은 관계가 있다고 볼 수 있다. 또한 그의 작품에는 주제와 의도에 있어서 항상 선행된 의식이 있는데 기독교적인 사상은 그런 의식성의 하나였던 것이다. 이광수의 작품에서 기독교적 색채가 보이고 있는 것은 초기의 작품들이다. 이 시기의 작품 중에서 기독교적 세계가 작품의 배경이 되거나 기독교적 사상이 작품 주제에 영향을 미치고 있는 작품으로는 <무정> <재생> <애욕의 피안> <흙> <유정>등을 들 수 있다. 이 논문에서는 이들 작품 가운데 기독교적 성격과 아울러 욕망의 변화에 관해 투철히 형상화한 <재생>을 중심으로 작중인물의 심리적 변모양상을 살펴보고자 한다.

<재생>은 1924년 11월 9일부터 1925년 9월 28일까지 『동아일보』에 연재되었던 장편소설이다.1) 이 작품은 사랑의 삼각관계 모티프를 기본 구도로 하고 있는데, 기독교계 여학교의 모범생이었던 여주인공 김순영이 에로스적 욕망과 재물에 현혹된 배금주의자로 육의 노예가 되어 타락하는 과정을 다루고 있다. 신문 연재 소설로 순수한 사랑보다 돈을 택하는, 다분히 통속성을 띠는 소설 구도를 나타내고 있다.

이 작품은 작자가 대단한 관심과 열의를 가지고 쓴 작품으로,2) 작품 전반에 걸쳐 기독교적 배경을 서술하여 기독교의 사랑과 희생정신을 형상화하고 있으며, 작품의 시대적 배경으로 하는 3·1운동 이후 암울한 시대상황을 타파하고 개화의식을 고취하려는 의도가 엿보이는 작품이다. 작품의 배경으로 민족사적인 사건을 등장시킨 것은 작자의 의도적인 설정으로 작품의 플롯 전개와도 밀접한 관련을 맺고 있다. 따라서 그 동안의 평가도 기독교적인 차원에서 죄의 문제를 심각하게 다룬 작품3)이나주인공들이 모두 예수교인으로서 선악의 갈등과 영육의 혼돈, 죄를 짓고 회개하는 주제를 다루고 있다는 점에서 중요한 기독교문학을 이룬다4)는 면으로 이뤄져 왔다. 이 논문에서는 이와 같은 기존 연구를 바탕으로 작중인물의 심리적 변모양상을 살피는 것이 주요 과제이다.

---

1) 그 뒤 안동서관(1926년)과 박문서관(1934)에서 각각 단행본으로 간행되었고, 1971년 삼중당판 『이광수전집』 제2권에 실렸다. 텍스트는 『이광수전집』 제2권의 게재분으로 하고, 이하는 페이지만 밝히기로 함.

2) 이광수가 「조선청년독립선언서」를 작성하여 2·8 독립선언을 하고, 상해로 건너가서 직접 독립운동에 투신하다가 3·1독립운동의 실패 이후 좌절하여 고국에 돌아와 「민족개조론」으로 파문을 일으킨 후, 중단된 <금십자가>에 앞서 <재생>을 쓰기로 작정했다고 밝혀져 있다.

3) 김희보, 「이광수의 <재생>과 죄의 문제」, 『기독교사상』(1977.5), p.110.

4) 구창환, 「춘원문학에 나타난 기독교사상」, 『최남선과 이광수의 문학』, 새문사, 1981, p.129.

　라캉의 욕망이론에서 주체는 결핍으로 나타난다. 그러면서 주체는 대
상이 결핍을 채워줄 것이라고 믿기 때문에 대상에 욕망을 느낀다. 그러
나 욕망 역시 결여이다. 그 대상을 얻어도 욕망은 여전히 남는다. 주체
가 요구하는 대상은 욕망을 충족시키지 못하고 한발 앞서갈 뿐 욕망은
여전히 남아있게 된다. 대상은 결코 주체의 욕망을 충족시킬 수 없는
결핍인 것이다. 욕망은 다른 욕구가 일어날 때까지는 주체에게 동기를
부여하지 않는 그런 욕구와는 달리 결코 충족될 수 없다. 욕망의 실현
은 '채워지는' 것이 아니라 똑같은 욕망을 재생해낼 뿐이다. 그러므로
욕망은 대상에 대한 관계가 아니라 결여에 대한 관계이다. 자기 욕망의
주인이 될 수 없는 주체는 소외된 채로 끝이 없는 '욕망의 환유연쇄'에
사로잡히게 된다.5) 이와 같은 관계에서 대상을 실재라고 믿고 다가서는
과정이 상상계요, 그 대상을 얻는 순간이 상징계요, 여전히 욕망이 남아
그 다음 대상을 찾아 나서는 게 실재계이다.6) 한편 주체의 욕망을 충족
시킬 것처럼 보이는 대상, 즉 대체가 가능하리라 믿는 단계, 이것이 압
축이요, 은유이다. 그러나 충족시키지 못하고 다시 또 그 다음 대상으로
자리를 바꾸는 전치, 이것이 환유이다.7) 그러므로 욕망 역시 언어처럼,

---

5) 딜런 에반스, 『라깡 정신분석 사전』(인간사랑, 1999), 김종주외 역,
　　p.p.278-287참조.
6) 라캉은 주체 형성의 단계를 상상계, 상징계, 실재계라는 세 단계로 설명
　　하고 있다. 상상계는 주체가 형성되는 첫 번째 단계로서 주체와 타자가
　　구분되지 않는 상태이다. 상징계로의 진입은 언어의 습득과 불가분의 관
　　계를 맺고 있는데, 언어를 통해 주체는 상징계의 질서를 받아들이는 동
　　시에 자신의 본질로부터 소외된다는 것이다. 상징계의 질서에 적응한다
　　는 것은 곧 사회화를 의미하는 것인데, 이는 언어 속에서 욕망을 소외시
　　키는 과정과 일치한다. 실재계는 상상계와 상징계에 연결되어 있으며 상
　　상계도 아닌 상징계도 아닌 것을 나타낸다. 주체로 하여금 자신을 능가
　　하는 세계에서 상상계나 상징계와 같은 구성이 생겨남을 상기시켜 주는
　　구실을 한다. 이혜원, 「이상과 윤동주 시에 나타나는 주체 형성의 양
　　상」, 우리어문학회 동계 학술 대회 발표요지, 2001.2. p.p.19-20참조.

무의식처럼, 은유와 환유로 구조되어 있다. 따라서 욕망은 환유이다. 또한 욕망(desire)은 욕구(need)와 요구(demand)와의 상호관계로 정의되며 <요구-욕구=욕망>으로 표현할 수 있다. 한편 프로이트는 《쾌락원리를 넘어서》에서 욕망을 충족시키는 유일한 대상은 죽음뿐이라고 말한다.

2. 작중인물의 갈등과 욕망의 재생

<재생>의 주인공으로는 김순영과 신봉구가 설정되어 있는데, 이들을 중심으로 등장인물을 크게 두 부류로 나눠볼 수 있다. 우선 작품이 지향하는 기독교정신에 부응하는 긍정적인 부류의 인물들이다. 사랑과 희생정신을 지니고 자신보다는 이웃과 사회 혹은 민족과 나라를 염려하는, 보다 큰 가치를 지향하는 인물들로 봉구, P부인, 순홍, 인순 등이 이에 속한다. 봉구와 순홍은 기미년 3·1만세운동에 주체적으로 참여하다 복역하는가 하면, P부인은 선교사로서 교회와 교육에 일생을 바쳐 일하면서 순영의 정신적 지주로서 역할을 담당하고 있다. 인순도 기독교인으로 순영의 여러 가지 갈등과 문제해결을 위한 인물로 형상화되어 있으며, 봉구의 어머니와 경주도 긍정적인 인물로 설정되어 있다. 다음으로, 물욕과 음욕만을 추구하는 세속적인 인물 군상들이다. 타인을 희생시켜가면서 자신의 안락과 행복을 위해 살아가는 부류의 부정적인 인물들로, 윤희, 순기, 김박사, 윤변호사, 선주 등이 자리하고 있다. 다방골 백윤희는 무역회사 사장으로 부유한 재력을 통해 순영의 육체를 탐하는 등 기생첩을 일삼는 인물로, 순기는 동경 유학을 다녀와서도 '금전 옥

---

7) 쟈크 라캉, 『욕망이론』(문예출판사, 1994), p.19.

답'을 팔아 탕진해버리고 여동생 순영을 백윤희에게 넘겨준 대가로 한 몫을 챙기는 몰염치한 행위를 일삼아 자신의 이익만을 위해 살아간다. 김박사는 유학을 하여 서구교육을 받았으나 본처를 쫓아내고 다른 여자들을 따라 다니는 여성 편력자로, 윤변호사 역시 자신의 사회적인 지위와 금력을 이용해 젊은 여성만을 따라다니며, 선주 역시 음욕적인 생의 만족만을 추구하는 인물로 그려지고 있다.

2.1. 양가감정의 야누스 : 순영

순영은 이화학당 학생으로 아름답기로 소문이 나 있다. 그녀는 성격적으로 대단히 복합적인 캐릭터의 양상을 보이고 있다. 오빠 순흥을 따라 3·1독립만세운동으로 투옥되는 투사적인 일면을 보이기도 하지만, 석방된 후에는 부호 백윤희와의 관계에서 이제까지와는 전혀 다른 획기적인 전환을 맞게 된다. '나라를 위한 만세운동'이나 신앙을 중심한 삶에서 물질적인 풍요로움을 만끽하는 것이 사람답게 사는 것이라는 인식의 전환을 가져오게 된 것이다. 이는 당시 시대적인 현상으로 민족사적인 3·1운동이 실패한 후 좌절한 지식인이나 학생들의 의식과 삶의 반영인 것이다. 이제까지 영위해왔던 순영의 공의로운 삶에서 벗어나 점차 개인적인 삶으로의 욕망에 따른 전환을 의미한다. 신앙을 통해 금기되고 억압되었던 무의식적인 욕망이 겉으로 표출되기 시작한 것이다. 이는 성본능의 욕망과 물질적인 욕망으로 대별될 수 있다.

동래온천의 여관방에서 불시에 침입한 백윤희에 의해 정조를 유린당한 순영은 내재된 신앙과 도덕성으로 완강히 거부하지만, 내부에서 솟아나는 육욕에 대한 유혹을 뿌리치지 못하고 무너지고 만다. 도덕성과 육욕의 본능 가운데 갈등하는 그녀는 대단히 복합적인 심리적인 양상을 띠고 있다. 다음날 아침 잃어버린 순결과 윤희에 대한 분한 마음을 이기지 못하여 울부짖으며 징표로 준 반지를 빼어 던지는데, 그러면서도 '반지의 보석이 부서지지나 아니하였나' 확인하는 심리적 양상은 신앙을 중심으로한 도덕적인 양심과 물질에 대한 욕망 사이에서 방황하는 심리적 묘사로, 작중인물의 성격적인 결함을 드러내고 있다. 물욕에 관한 의식은 부호 백윤희가 보낸 승용차를 타 보고는 자동차를 부의 상징으로, 마치 왕이나 왕후의 옥좌와 같은 높고 귀한 것의 상징으로, 자기가 그와 같은 자동차의 주인이 되어 마땅하다고 생각하는 데서도 드러난다. 백윤희의 제물로 호사를 하고 싶은 잠재적 욕망이 그녀를 사로잡아 마침내 타락의 길로 들어서게 되는 것이다. 결국 순영의 성(性)은 재물의 유혹에 의해 무너지게 된 것이다.

욕망의 구조에 비춰볼 때 주체는 대상이 자신의 결핍을 채워줄 것이라고 여기고 있으나 그 대상을 얻어도 욕망은 여전히 남는다. 대상은 결코 주체의 욕망을 충족시키지 못하는 결핍인 것이다. 성적인 관계(sexual relation)는 욕망이라는 순환계 속에서 이중의 의미화(doubly signifying)를 통해 불가해한 관계를 만든다. 성적인 관계는 다시 등장하는 요구나 모호함의 형태로 이중의 의미화를 행하여 성적인 욕구충족을 목표로 하는 주체에게 사랑을 요구하게 된다.[8] 그러나 육욕에 관한 갈망은 주체의 요구를 충족시키기보다 점점 더 큰 욕망의 회로 속으로 밀어 넣는다. 순영이 죄를 짓고 하나님에게 회개한 후 용서를 빌며 일생을 교회 일과 교육을 위해 헌신하며 살아가리라고 다짐한다. 그러나 원산 별장으로 놀러오라는 백윤희의 전갈을 받고는 마음의 저변에서 꿈틀대는 욕망의 사슬에 얽매여 육욕이 그립다는 유혹에 빠져든다. 그리고는 원산으로 떠나 한여름을 같이 보내고 결국, 백윤희의 첩이 될 것을 허락한다. 또한 봉구가 보내온 구애의 편지를 받고는 마음의 갈등을 느

---

8) 권택영외 역, 『욕망이론』, 문예출판사, 1994, p.267.

끼며, 봉구와 함께 석왕사에 다녀오게 되는데 둘은 가까워져 사랑하게 되고 결혼하자는 약속까지 하게 된다. 이와 같이 언제든지 현실적인 유혹에 침몰할 수 있는 그녀는 물질적인 삶을 표상 하는 백윤희와 진정한 영혼의 사랑을 소유한 봉구 사이에서 갈등하고 있다. 순영은 이렇게 양가감정(兩價感情) 사이에서 번민과 혼돈을 거듭하는 성격의 캐릭터형상을 보여주고 있다. 이렇게 그녀는 항상 현실과 이상의 간극 사이에서 고심하고 방황하는 전형적인 욕망의 소유자이다.

순영은 봉구를 그리워하면서도 결국 백윤희와 결혼하여 그의 첩으로 들어갔으나 그녀는 현실적인 욕망의 간극을 채우지 못한 채 끊임없이 방황한다. 안주인이 되기 위해 본 부인이 죽을 날만을 기다리는가하면, 남편 윤희가 아닌 봉구의 자식을 낳아 이런 내용을 숨기며 생활한다. 열심히 신앙 생활을 하는 인순을 보기만 해도 양심의 가책을 받고, 아들의 울음소리에도 봉구에 관한 기억이 되살아나는 것이다. 또한 봉구가 살인 혐의자로 구속되자, 순영은 자진하여 법정에서 봉구의 무죄를 증명했으나 당장 손에 쥐어진 행복이 날아가 버릴 수도 있다는 생각에 후회하며, 검사국에 가서는 증언했던 내용을 모두 부인한다. 이는 모두 순영의 성격 자체의 결함에 기인하는 것으로 작자는 외부적인 요소뿐만 아니라 순영의 욕망을 통해 플롯 전개의 갈등요소를 배치하고 있다.

백윤희로부터 파탄 선고를 받고 집을 나온 순영은 앞을 보지 못하는 딸을 낳아 방직공장에서 여공으로 일하면서 살아간다. 순영은 소경 딸을 데리고 봉구를 찾아와 용서를 빈 다음 하직 인사를 하고 떠난 후 비록 봉구의 사랑을 배반했지만 죽는 날까지 봉구만을 사랑했노라는 내용의 편지를 부치고 금강산 구룡연을 향해 오른다. 인간의 내면에 성적 에너지인 리비도는 언제나 가득 차 있어서 그 대상을 향하여 흐르고 있다. 순영의 자기애인 육적인 욕망은 백윤희를 선택했지만 부정적인 결과를 자아내게 된다.

라캉의 거울단계란 개념에 비추어 볼 때 1차적 자기애(primary na-rcissism)는 리비도와 성적리비도의 역동적 대립을 강조하는데 이것은 파괴적인 충동 즉 죽음의 충동을 설명하고 있다. 순영이 구룡연에서 소경 딸과 함께 자살을 함으로써 욕망의 파괴적인 결과를 맞이하게 된 것이다.라캉은 기표의 영향에 의해서 생기는 상실을 감수해야 한다고 보고 있으며, 이런 상실 속에서 프로이트가 이야기한 죽음의 충동에 관한 원인을 발견한다. 그는 죽음의 충동이 인간(condition human)에 속한다는 프로이트의 견해에 따르면서, 죽음의 충동은 잃어버린 '직접성'에서 기인하는 것이며 기표의 작용에서 초래된 결과라는 것을 보여준다. 주체는 잃어버린 자기 자신과의 합일을 끊임없이 추구하지만, 주체가 거기서 만나는 것은 실재의 허무에 불과하다고 말하고 있다. 욕망의 충동에 따라 추구한 순영의 삶은 허무한 결과를 맞이한 것이다.

> 하얀 물기둥은 파란 석양의 하늘에서 멀어지고 천 길인지 만 길인지 깊이를 모르는 검푸른 속에서 뽀얀 안개가 덮었다 그쳤다 하였다. 얼음 같이 찬 물바래와 물바래를 따라 일어나는 바람이 순영을 칠 때에 업힌 소경 딸은 …(중략)… 물바래에 순영의 때묻은 옷은 축축히 젖고 몸에는 찬기운이 돌았다. …(중략)… 피가 똑똑 흐르는 단풍 가지에 덮인 두 시체를 앞세우고 구룡연의 깊은 골짜기를 내려올 때에 봉구는 그 지접할 곳 없는 두 영혼이 공중에 떠서 자기를 따라 오면서,9)

2.2. 민족을 향한 욕망의 상승 : 신봉구

욕망은 수동적으로 경험한 향유(享有)의 장면을 기억하게 하는 대상

---

9) 『이광수 전집』, 삼중당, 1971, p.p.231~233.

을 가지고 있지만, 시간이 경과함에 따라 욕망은 최초의 대상으로 돌아
갈 수 없게 된다. 욕망은 대상에서 대상으로 이전하는 환유의 길을 따
라가게 되는 것이다. 욕망을 되찾으려면 하나의 다른 무대로 나아가야
한다.[10] 라캉이 중요시하는 세 질서(상징계, 상상계, 실재계) 가운데 상
징계는 인간을 자연으로부터 문화로 상승시킨다. 아름다운 마음과 심정
법칙의 변증법은 대상의 구성이 어떻게 의식의 실현에 예속되는가를 보
여준다. 헤겔은 불행하면서도 이른바 아름답다고 하는 마음은 스스로의
내면으로부터 광채를 잃어 가면서 무형의 아지랑이와도 같이 소멸된다
고 여기고 있다. 봉구에게 있어 순영의 배신은 소멸인 동시에 존재에
관한 결여로 그는 욕망을 채우기 위한 다른 대상으로의 대체를 시도한
다. 그것은 물론 순영에 대한 복수의 일환으로 돈을 벌겠다는 생각인데,
이름을 김영진이라는 가명으로 바꾸고 인천에 있는 미두의 중매점에 점
원으로 들어간다. 미두의 중매는 봉구의 욕망을 실현시킬 또 다른 무대
가 된다. 주인은 김연오라는 영감인데, 점차 그의 신임을 얻게되고 재산
관리는 물론, 작은 딸 경주의 배필로 생각하게 된다. 그러나 그는 뜻하
지 않게 주인을 살해했다는 혐의자로 몰려 감옥에 가게 된다. 재판 과
정에서 그는 자기를 위해 헌신적으로 애쓰는 주변사람들을 생각하며 의
식을 변화를 갖게 되는데, 이제까지 자신은 누구를 위하여 희생해 본
적이 있는가하는 자문을 하게 된다. 이와 같은 자문은 기독교의 희생정
신으로 이어지는데, "예수께서는 십자가에 달리면서도 자신을 십자가에
매다는 자들을 사랑하고 복을 빌었던 것"을 생각하며 이와 같은 희생정
신이 수반된 사랑이야말로 진실한 사랑임을 자각한다. 이러한 자각은
이제까지와는 달리 자기애의 리비도를 벗어나 타자와의 융합을 시도하
여 또 다른 모습으로의 욕망의 변모를 의미한다. 타자와의 대립적이고

---

10) 김인환, 『한국문학의 연구』, 을유문화사, 1986, p.p.278~279 참조.

상대적인 관계가 화합적이고 융합적인 관계로의 변신을 뜻한다. 그 동
안 자신이 순영을 사랑한 것은 진실한 사랑이 아닌 단지 소유욕에 불과
했음을 깨닫고 더욱이 순영을 죽을 때까지 용서할 수 없다고 생각했던
자신이 단지 감정의 노예에 불과했다고 생각한다. 그리고는 '춥다. 춥
다.-영혼이 춥다!'고 소리를 지르며 뉘우침의 고백을 한다. 그러한 회개
로 말미암아 순영을 용서하고 사랑하리라 다짐한다.

> 순영을 위하여 또는 나 자신을 위하여, 진정으로 순영을 사랑하였음
> 이라 하면, 나는 오직 그의 행복만 도모할 것이 아닌가, 비록 그가 나
> 를 길가에 내어버리더라도, 그가 나를 발길로 차고 또는 나를 죽이더라
> 도 진실로 내가 그를 사랑한다하면 이런 일이 있더라도 나는 결코 그
> 를 원망하거나 미워함이 없이 끝까지 그를 사랑하고 그의 복을 빌어야
> 할 것이 아닌가? 그런데 나는 순영이에게 대하여 어찌하였나 …(중
> 략)… 보라 예수께서는 어찌하였는가? 십자가에 달려서도 자기를 십자
> 가에 다는 자들을 사랑하고 그들의 복을 빌지 아니하였나— 이것이 진
> 실로 사랑이다.[11]

> 하나님이시여— 당신의 뜻대로 하시옵소서. 나는 이 몸을 당신께 드
> 리오니 죽이든지 살리든지 당신 뜻대로 하시옵소서. 다만 나로 하여금
> 내 몸을 내 욕심을 위하여 쓰지 말게 하시옵소서.[12]

지난 날 자신의 삶에 관한 회개로써 기독교사상의 희생정신이요 사
랑이다. 이제부터는 이기적 욕심을 버리고 자신의 몸과 마음을 바쳐 사
랑을 실천하리라 다짐한다. 봉구가 순영에 관해서 자신이 용서하는 것
이 아니라 자신이 용서받아야 한다고 생각한다. 이는 자기로 말미암아
순영에게는 괴로움의 한 근원이 되었음을 사죄하며 이 세상에서 깊은

---

11) 李光洙, 再生, 李光洙代表作選集3, (三中堂, 1968), p.333.
12) 李光洙, 再生, 李光洙代表作選集3, (三中堂, 1968), p.335.

관계를 맺었던 것을 감사하게 생각하고 순영을 도와주고 복을 빌어주어야 한다고 생각한다. 순영의 배신으로 좌절과 절망 가운데서 증오를 퍼붓던 봉구가 역설적으로 회개하며 순영의 용서를 받아야 한다는 의식의 전환은 종교적인 신앙에 기인한다. 종교는 인간의 무의식적인 욕구를 표상하는 매우 정교한 상징 체계로 되어 있다. 사람들이 커다란 가치를 부여하고 있는 신·진리·사랑 등에 관한 신화를 제시하고. 그 가치들을 체험하게 하는 제의를 마련해 주는 것이다. 또한 사람들이 삶의 여러 가지 상황 속에서 좌절하고, 절망하거나 죄를 짓고 고통 당할 때, 거기에 알맞는 여러 가지 교의와 의례를 제공하면서 고난을 딛고 일어서게 해 준다.[13]

더 나아가 봉구는 모든 사람을 사랑할 수 있기를 희망한다. 천하 만민을 모두 사랑하며 자신의 가슴으로 품어보리라 다짐한다. '예수가 십자가상에서 하신 모양'으로 자신도 천하 만민을 단 한순간이나마 품어보고 싶어한다. 자신이라는 욕심과 편벽의 껍데기를 깨뜨리고 하늘과 같은 넓은 가슴으로 세계 인류를 안아보고 싶은 것이다. 누구를 사랑하고 미워하며, 기뻐하고 괴로워하는 것과 같은 감정의 희로애락을 초월해 단지 세상을 사랑하고 인류를 위해 헌신하고자 한다. 이는 곧 작자의 인생관이요 세계관으로 인류애를 지향하는 한 단면이기도 하다. 이와 같은 의지는 좀더 적극적으로 나타난다.

> 봉구는 마침내 벌떡 일어나 앉았다. 봉구의 눈앞에는 새 천지가 열린 것이다. 봉구의 눈에서는 그 눈의 밝음을 가리웠던 비늘이 떨어진 것이다. "살아나야 하겠다—낡은 세상을 고쳐서 새 세상을 만들어야 하겠다. 불타와 예수와 그밖의 모든 성인·성도들이 뿌려 놓은 씨를 거둘 때가 왔다—거둘 사람을 기다린다—그 사람은 내다, 내라야만 한다!"

---

13) 김성민, 『분석심리학과 기독교』, 학지사, 2001, p.65.

돈의 욕심과 연애의 욕심과 살려는 욕심과 따라서 나오는 모든 번뇌를 벗어난 봉구에게는 새로운 천지의 문이 열린 것이다.[14]

과거에 대한 회개와 용서를 넘어서 새롭게 거듭난 봉구는 새로운 사명의식을 깨닫는다. 낡은 세상을 고쳐 새로운 낙원을 만들고 성현들이 뿌려놓은 씨앗을 추수해야 하는 것이 자신이요, 나아가 지상천국을 이룩하는 것이 자신의 사명이라고 인식한다. 감옥에서 사형을 언도 받은 봉구가 이와 같이 새로운 인식의 전환을 맞은 것은 부활이요 중생인 것이다. 그러한 의식을 지닌 봉구에게 꿈에서조차 베드로가 나타나 '문이 열렸으니 나가라며 나가서 주의 일을 하라'고 지시한다. 성서 가운데 베드로가 옥에 갇혀있을 때 주의 천사가 나타나 옥문을 열어주었던 장면과 흡사한 것이다.

살인의 진범인 김경훈이 잡히자 봉구는 혐의가 풀려 석방된다. 봉구는 집에 돌아와 어머니의 사랑을 받게되자, 한번 기독교의 사랑으로 부활하여 중생된 그는 어머니와 같은 사랑으로 조선을 사랑하고 조선 사람을 사랑할 수 없을까 생각하게 된다. 이제 봉구는 자신이 행해야 할 사명과 행동을 정확히 깨닫고 있다. 예수가 인류에게, 복음을 전파하고 사랑을 실천했듯이, 자신은 나라와 민족을 위해 헌신하고 굶주린 이웃과 백성들에게 희망과 비전을 제시해야 한다고 생각한다. 어머니의 사랑으로 불쌍한 백성들을 위하여 피땀을 흘리겠다는 맹세인 것이다. 봉구는 순영을 아내로 맞이하겠다는 처음의 수동적인 욕망에서 나라와 민족이라는 무대로 나아가, 상승된 욕망의 실현을 능동적으로 추구하고 있다. 시간이 경과함에 따라 욕망은 최초의 대상에서 또 다른 대상으로 이전하는 환유의 길을 따르게 된 것이다. 죽는 날까지 불쌍한 백성들을 위하여 살기로 맹세한 봉구는 농사를 지으며 야학에서 국문도 가르치며

---

14) 李光洙, 再生, 李光洙代表作選集3, (三中堂, 1968), p.156.

글씨를 모르는 사람에게 편지를 써주는 등 사랑을 실천하며 새로운 삶을 살아간다.

순영이 찾아와 지난날 자신에 관한 과거의 잘못을 뉘우치고 용서를 빌고 떠난 뒤로는 더욱더 조선에 대한 사랑의 깊이가 더해간다.

> 인제부터 조선의 불쌍한 백성이 내 사랑이다. 내 님이다. 죽고 남은 이 목숨을 나는 그들에게 바치련다. 그들과 같이 울고, 같이 웃고, 그들과 같이 고생하고, 같이 굶고, 같이 헐벗자. 그들의 동무가 되고, 심부름군이 되자. 종이 되자.
> 모든 빛난 것이여! 모든 호화로운 것이여! 모든 아름다운 것이여! 다 가라! 조선의 모든 백성들이 다 안락을 누릴 때까지 내 몸에 안락이 없으리라! 다 한가히 놀 수 있을 때까지 내 몸에 안락이 없으리라!

순영을 향한 사랑은 이제는 한낱 지나간 꿈에 불과한 것이고 대신 자신이 사랑해야할 대상은 조선 백성이요 민족인 것이다. 자신만의 안락이나 아름다움은 이제 존재할 수 없는, 오로지 조선을 위한 삶만 있을 뿐이다. 불쌍한 조선의 백성 특히 농부들을 위한 삶은 봉구가 지향해야할 목표요 주어진 과제인 것이다. 이는 당시 작자가 내세운 님이 표상하는 조선과 민족에 관한 사상과 관심이 작품에 투영되었음을 알 수 있다.

순영이 다녀간 후 도착한 편지에는 유서를 대신한 글들이 적혀있다. 그 길로 봉구가 구룡연에 도달했을 때는 이미 순영과 봉사 딸이 뽀얀 안개가 덮인 수면 위에 시체로 떠돌고 있을 때였다. 봉구는 단풍나뭇가지로 시체로 덮어 신계사 동구밖 길 왼쪽에 무덤을 만들고 '나의 사랑하는 내 순영의 무덤' 이란 목패를 세운다.

2.3. 욕망의 중재자 : P부인과 백윤희

이화 학당 기숙사의 사감인 P부인과 부호인 백윤희는 순영이 추구하는 욕망의 양극단에 위치하여 중개자 역할을 하고 있다. 이들을 정점으로 순영은 욕망의 변화를 겪게 된다. 끊임없이 변모하는 순영의 욕망 양 극단에는 선과 악, 정신과 물질, 용서와 죄를 상징하는 P부인과 백윤희가 자리하고 있는 것이다.

집을 나온 순영이 P부인을 찾아와 자신은 속아서 결혼했다며 죽고 싶다고 호소하자 P부인은 순영이를 속인 사람은 다른 사람이 아닌 순영이 자신이라고 질책하며, 생명의 존귀함을 강조한다.

> "하나님 역사하신 것 중에 생명 제일 귀한 것 아니요? 이 생명 하나님의 영광 위해 내이신 것 아니요? 주 예수 그리스도께서 그 생명 어떻게 쓰시었소? 만백성—온 인류 구원 하시는 일에 쓰시었으니 우리도 주의 본을 받을 것이요. 우리도 우리 생명 살아 있는 동안 하나님의 자녀를 주의 앞으로 인도하기에 이 생명 바치어야 할 것이요. …(중략)… 지금 한국나라 대단히 어려운 중에 있소. "쎌프·새크리파이스"하는 남자와 여자 많이 있어서 힘을 합하여 일하면 살 수 있고, 저마다 "쎌피 수니스트" 따라가면 망하는 수 밖에 없는 것이오. 누구 그런 사람 있소? 나 아는 사람 그런사람 대단히 적소. 순영이 그런 사람이오?

P부인은 순영에게 사람의 생명이 얼마나 가치 있고 귀한 것이며 이는 하나님의 영광을 위하여 내신 것이니 인류 구원을 위하여 살아가야 할 것임을 설파하고 있다. 따라서 이는 인간의 궁극적인 창조목적이 무엇이며 어떻게 살아가야 하는지에 관하여 성서적인 답변을 제시하고 있는 것이다. 아울러 한국이 처해진 현 상황에서 개인이나 민족이 살아가야 할 방향을 제시해주고 행동지침을 마련해주는 것이다. 이는 곧 작자가 외국 선교사라는 작중인물의 입을 빌려 한국 사람들에게 전하고 싶

은 메시지인 것이다.

이 작품의 등장 인물 가운데 작품이 지향하는 기독교사상의 형상화에 가장 중심적인 위치에 있는 것은 P부인이다. 주인공 순영에게 커다란 영향을 주고있을 뿐만 아니라 작품 전반적으로도 마치 하나님의 위치에서 놓여진 인물이다. P부인의 위로와 격려는 순영의 영혼을혼들어 놓는 계기가 된다. 한편 백윤희는 순영으로 하여금 순수한 사랑을 버리고 물욕과 육욕을 따라 자신의 첩이 되어 술과 담배, 임질과 매독으로 파멸로 이끄는 역할을 하고 있다.

한편 인순 역시 P부인을 돕고 그를 대행하는 역할을 감당하고 있다. 인순은 "자정마다 나는 강당에 혼자 들어가 너를 건져 줍소사 하고 기도를 하였다. P부인도 그리셨단다. 그렇게 P부인은 나를 보고 일기책을 내어 보이는데 한 주일에 꼭 세 번씩 너를 위해서 기도를 드렸어. 나를 대하면 안부를 묻고…… 순영아, 하나님께서 아마 나보다 P부인보다도 더 간절히 돌아오기를 기다렸을 것이다"라며 인순은 그 동안 P부인과 함께, 순영이 거짓된 백윤희의 첩 생활을 정리하고 돌아오기를 하나님께 기도해왔다는 사실과 '의와 나라를 위해 힘쓰라'며 P부인과 같이 더 나은 거룩한 삶을 살아갈 것을 충고한다.

2.4. 현실과 이상의 욕망 : 순홍

이와 같은 주인공들을 중심한 사랑의 부침이 반복되는 가운데서, 가장 당시 시대적인 상황을 철저하게 인식한 인물은 역시 순홍을 들 수 있다. 그가 3·1독립 만세운동에 연루되어 감옥에 있다가 출옥했지만 믿었던 동지들은 모두 흩어져 사라져 금욕이나 이기주의에 빠져 타락의 길로 추락했고 누이동생마저 부자의 첩이 된 현실을 통탄하는 것이다. 그는 진정 이러한 때에 몸바쳐 조선을 위하고자 하는 사람은 없고 나라의 재산만 허비해 유학이나 고등교육을 받고 자신의 이익만을 추구하는 현상들을 지켜보며 분노하는 것이다. 그래서 자기 여동생에게도 거짓된 생활을 청산하고 참된 생활로 돌아올 것을 권유하고 있다.

3. 결론

<재생>은 다양한 등장 인물들 사이에서, 기독교인이면서도 현실적인 욕망과 순결한 사랑 가운데 방황하는 미모의 여주인공 김순영의 타락 과정을, 그리고 배신당한 사랑의 복수를 위해 역경의 시간을 살아가지만 회개와 용서를 통해 재생의 길을 가는 봉구의 인생노정을 보여주고 있다. 여주인공 김순영의 비극적 종말은 그가 택한 물욕과 육욕에 사로잡혀 방탕의 길을 택한 결과이다. 백윤희와 간음죄를 범하고 난 뒤 하나님께 회개의 기도를 올리며, 백윤희와 약혼을 한 후 봉구와 함께 석왕사 여행을 가 그의 아이를 잉태한 채 다시 백윤희와 화려한 결혼식을 올린다. 결국 순영은 그들을 통해 육욕의 음탕함과 정신적인 사랑을 함께 취하고 싶었다. 이처럼 순영은 윤회와 봉구 사이에서 현실적인 욕망과 이상 사이에서 양가감정(兩價感情)에 사로잡혀 끊임없이 방황하다 파탄을 맞이한다. 그러나 신봉구가 따른 길은 처음에는 순영으로 표상되는 현실적인 욕망의 성취가 좌절되자 비기독자적인 삶의 길을 택하였으나 결국 죄를 깨닫고 회개한 후 기독자적인 삶의 길을 찾고 있다. 기독자적인 삶의 길이란 그리스도의 말씀대로 '그 나라와 **義**를 구하는' 자기 희생의 삶을 말한다, 봉구는 국가와 민족이라는 또 다른 차원의 무대로의 변이를 통해 농민들의 위한 새로운 삶을 추구하는데, 이것은 곧 그의 재생을 의미한다. 결국 남녀 주인공들의 여정에 따라 기독교적인 삶

과 비기독교적인 삶을 대비시켜 욕망의 변모양상을 제시하고 있다.

　이화 학당 기숙사의 사감인 P부인은 순영이 추구하는 욕망의 중재자였다. 그러나 새로운 중재자 백윤희가 나타나 욕망의 변형을 가져온다. 그녀가 변형된 욕망을 달성하려면 P부인의 자리에 백윤희를 치환시킬 수밖에 없다.

　<재생>은 기독교적인 사랑과 자기 희생의 정신으로 '재생'을 보여주고 있다. 기독교 정신을 통하여 민족을 계몽하고 싶었던 것이 작가의 의도였다. 그러나 가장 궁극적인 존재에의 물음인 죄에 관한 근본적인 문제나 기독교적인 구원은 민족적 회개나 구원에 흡인되어 도외시되고 있다. 이 소설이 이광수의 작품 중 비교적 깊숙히 죄와 구원의 문제를 다루고 있음에도 불구하고 이 소설은 결말이 비기독교적인 것으로 마무리되었다고 할 수밖에 없다. 신봉구는 재생을 통해 구원을 받았으나, 정말 죄의 구렁에서 방황한 순영은 결국 장님 딸과 함께 구룡연에 빠져 죽고 만다. 여기에 기독교사상을 주제로 하는 이 작품의 문제점이 있다.

　<재생>의 등장 인물들을 중심으로 심리적 변이양상을 욕망이론에 비춰 살펴보았다. 근대문학의 계몽 작가로서 평가된 춘원의 작품을 중심으로 제한적이기는 하나 욕망의 변모양상을 본격적으로 조망하고자 했던 것이 주된 과제였다. 따라서 이와 같은 측면에서의 연구가 축적된다면 이제까지와는 다른 각도에서의 작가에 대한 사적 의미를 부여할 수 있으리라 기대한다.

〔선문대학교 국문학과 강사〕

현대소설의 구성방법론
- 현상과 심상에 따른 소설구성-

윤충의

1. 서언

소설을 소설답게 꾸며주는 중요한 요건 중의 하나는 구성의 묘미이다. 주체적 의미가 서로 상통하는 경우에도 그 작품의 구성방법이 어떻냐에 따라 독자에게 전달되는 정서적 인지의 정도가 다르기 마련이다. 소설뿐만 아니라, 그 동안 인류가 쌓아온 지적 재산들을 가장 효과적으로 전달하는 방법으로 서사구조의 구성방법을 많이 사용하고 있다. 특히 영상매체를 통한 대중전달의 방법으로 서사구조의 형식을 빌리는 경우가 많다. 이러한 서사구조 형식의 중심이 구성방법이다. 처음이 있고 중간이 있고 끝이 있다. 그런데 요즈음은 서사구조의 중심이 되는 구성방법이 해체되는 것이 아니냐고 논의되기도 했다. 그러나 그것은 해체가 아니라 새로운 모색이다.

그동안 소설은 일상적인 이야기 재료들을 절정과 결말에 이르도록 구성해 왔고, 재료들의 배열과정에서 필연성을 강조하여, 인과적 논리의 적용 등으로, 소설의 질서나 규칙을 가능한 한 지키도록 가르쳐 왔다. 그런데 지금의 소설들 중에는 일상적인 이야기의 재료들을 어떤 원칙이나 인과성을 무시하고 그저 늘어놓는 것 같아 보이는 작품들도 많이 있다. 이것은 비논리적 일상성이 논리적 소설구조에 편입되었다가 다시 일상으로 환원되는 과정의 양상들이다. 사람의 생각은 반드시 논리적 사유과정을 거치는 것은 아니다. 감성이나 직관적인 인식과정에서는 논리와 시간의 앞뒤가 무너지거나 무시되고 있다. 실제로 우리가 일상에서 시간의 앞뒤를 가려서 생각하는가. 생각의 범주에 시간과 공간은 앞뒤나 여기와 저기, 거기의 경계가 없는 것이다. 이러한 소설의 구성방법은 논리적이고 인위적인 방법에서 본성적인 방법으로 회복되는 일상적 인식행위와 관계된다.

이 글에서는 논리적 구성과 일상적 인식행위에 의존하는 구성방법이 병행되는 소설의 구성방법을, 현상과 심상에 따른 구성으로 설명하려고 한다.

2. 소설의 구성방법

1) 소설구성에 대한 견해들

소설은 작가의 정신적 구조물이다. 소설을 창작하려는 작가로서의 의도와 주제를 결정하고, 그에 필요한 재료들을 준비하였다 하더라도, 그 재료들을 얽어 매듭을 지어 나가면서, 어떻게 정신의 부피를 만들어 내야 할 것인지를 생각해야 한다.

서사구조로서 소설의 구조에는 원시재료적 요소로 인물과 배경이 있고, 이 재료를 배열하고 유기적 관계를 제공하는 구성적 방법으로 상황과 행동이 있다. 그리고 독자와의 관계를 매개하는 화자와 시점이 있다.

이러한 요소들의 역할이 진행된 구조물은 문장이라는 전달매체로 표현된다.

소설의 구성방법을 말하는 플롯이라는 용어는, 아리스토텔레스가 행동의 짜임새로 설명한 이래, 대체로 행동과 사건의 구조로 이해되어 왔다. 그런데 근래에 들어 뚜렷한 사건이 없고, 인물이 일상적 상황에 심리적으로 반응하여 이것을 긴장으로 이끌어 가든가, 일상의 일들을 관찰하거나 겪으면서도 그것을 한 높·낮이나 굴곡없이 배열하는 경우도 있고, 규범적 관점으로 보았을 때, 아예 시작·중간·끝이라든가, 발단·전개·절정·결말에 이르는 묵시적인 차례마저 해체하고, 장면을 순서없이 늘어놓은 경우도 있다. 이러한 작업에 대해서는 나름대로의 이유와 해명이 있을 터이지만, 아무튼 이러한 양상은 지금 이루어지고 있는 소설창작의 한 경향이다.

여기에다 기존의 창작논리를 억지로 꿰어 맞추려는 일은 무리한 일이고, 플롯이라는 용어가 가지고 있는 그 동안의 개념과 방법에서 자유로워야 할 것이다. 흔히 소설작법에서 갈등을 만들어 정점에 이르게 하였다가 결말을 맺어 깨달음이나 감동을 주어야 한다고 가르치는 것은, 사건이나 인물의 행위를 소설구성의 중심재료로 삼을 경우에 해당하는 언술이며, 이때에는 작가의 의도가 중심이 되었다. 현대소설에서는 작가의 쓰기와 함께 독자의 읽기가 더해지면서, 작가는 어떤 일이나 사건에 대해서 매듭을 지어주기도 하지만, 그저 제시해 주고, 나머지 매듭을 어떻게 지을 것인가는 독자에게 맡겨 두는 경우가 보다 더 바람직한 창작의 태도라고 일컫기도 한다. 심지어는 소설의 장면들을 순서없이 늘어놓기만 해서 독자가 그림의 조각들을 짜맞추어 한 폭의 그림을 완성하게 하는 퍼즐게임 같은 작품도 있다. 이러한 사정을 생각한다면 어설프게 소설구성의 모형을 과거의 틀에 의존하여 제시한다는 것은 어려운 일이다.

그러면 이제까지의 소설구성에 대한 가르침은 어떠한 것이 있었나를 먼저 말해보기로 한다. 서사문학의 구성방법에 대한 개념은 아리스토텔레스로부터 시작되었다. 그는 「시학」 제 6장에서 비극의 여섯 가지 요소 중의 하나로 미토스(Mythos)를 들었는데, 이는 행동의 짜임새로 오늘날의 플롯에 해당하는 개념이다. 그는 행동이 짜임새를 갖추려면, 처음·중간·끝을 가진 전체로 구성되어야 한다고 했고, 역전과 발견이 들어 있어야 한다고 했다.[1]

20세기에 들어서 러시아의 형식주의자들과 토도로프, 포스터 등은 소설의 문예학적 위상을 제고하기 위해, 기존의 '이야기' 형식과 구분하려고 노력했는데, 앞서 있어온 계기적 이야기 형태를 소설로 구성되기 이전의 재료적 개념으로 설명하며, 파불라·이야기·스토리라고 이름을 지어 불렀고, 인과적 필연성에 따라 이루어진 소설의 구성을 쉬제·담화·플롯 등의 이름으로 구분하고 있다.

플롯의 유형으로는, 클라이맥스를 갖는 '팽팽한 플롯'과 극적 곡선의 기복이 심하지 않은 '느슨한 플롯'으로 구분[2]하기도 하고, 대단원이 없이 정점에서 끝냄으로써 독자에게 대단원을 맡기는 경우나, 중심사건 이외의 삽입되는 작은 이야기들을 허용하여 유연성을 가진 '열려진 이야기' 형태와, 독자에게 마무리를 제시해 주거나, 필연성에 따라 엄격하게 조직된 '닫혀진 이야기' 형태로 나누기[3]도 한다.

플롯의 구성단계를 사건이나 긴장의 정도에 따라 제시한 견해들로는,

---

1) 아리스토텔레스, 천병희 역 ; 「시학」 (문예출판사, 1988), 제 6장, 7장, 10장.
2) Richard Eastmann ; A Guide to the Novel, SanFrancisco, 1965, p.14.
3) 롤랑 부르뇌프·레알 웰레, 김화영 편역 ; "스토리와 서술", 「현대소설론」 (현대문학사, 1999. 3), p.p.80~81

아리스토텔레스가 처음·중간·끝이 있어야 하고, 그 안에 역전과 발견이 들어 있어야 한다고 했으며, 브룩스와 위렌은 발단·분류·정점·대단원으로 전개과정을 설명했고, 프라이타크는 희곡의 구조를 설명하면서, 도입·상승·정점·하강·파국의 5단계로 나누었는데, 이것은 소설의 플롯 구조에도 원용되어, 이와 대등한 구성단계를 거치는 것으로 논의되어 왔다.

플롯의 구성단계를 인물의 행동과 관계에 초점을 맞춘 의견으로는 E.M.포스터가 소설의 패턴(pattern)이라고 제시한 '모래시계'꼴과 '커다란 고리(環)'꼴4)이 있다. 이 구분은 인물의 만남과 헤어짐을 기준으로 삼았는데, 모래시계꼴은 관계가 없던 인물들이 어떤 상황 때문에 서로 만나게 되고, 일정한 목적이 이루어진 뒤에는 각각 상황과 처지가 달라져서 헤어지게 되는 과정의 이야기를 모래시계 윗 부분의 모래가 허리를 거쳐 아래로 내려가는 양상에 비유했다. 커다란 고리꼴은 처음에 만났던 사람들이 헤어져 각각 이러저러한 만남과 경험을 한 후에 어떤 기회에 다시 만나게 되는 과정의 구성방법이다.

토도로프는, 인물들의 상호관계를 기술하면서, '욕망·의사전달·참여'를 행위자의 기본적 술부라고 정해놓고, 이들의 관계망이 작품구조에 근본적인 역할을 한다고 믿는다. 다른 모든 관계는 이 세 가지 기본 술부에서 파생하는 것으로, 파생은 대립의 법칙과 수동의 법칙으로 이루어진다고 하였는데, 사람의 욕망에 대하여 대립하는 증오·속내를 털어놓음에 대하여 그 비밀을 누설하는 행위·도움에 대하여 거절이나 방해, 사랑하는 행위에 대하여 사랑받는 행위·도와주는 행위에 대하여 도움받는 행위 등으로 그의 원리를 설명했다. 그리고 이 관계들의 움직

---

4) E.M 포오스터, 정병조 역 : "도안과 율격", 「소설의 양상」 (신양사, 1964), p.p. 158~173

임과 변화를 묘사하기 위해서는 행동의 법칙이 필요하다고 하였다.

행동이나 사건의 배열방법에 따라 플롯의 유형을 구분하기도 하였다. 토도로프는 주로 중심이야기와 그 안에 삽입된 이야기의 배열방식을 설명했다.[5] 여러 개의 이야기를 차례로 연속시키는 배열방식을 '사슬모양의 배열'이라고 했고, 두 가지 이상의 이야기를 동시에 전개하는데, 한 가지 이야기를 잠시 중단하고, 처음 이야기를 다시 계속하는 전개방법을 '교차식 배열'이라고 했다. 그리고 '상감기법'에 대하여 설명했는데, 이것은 격자소설 또는 액자소설로 알려진 방법이다. 바깥 이야기와 안 이야기로 구분되는 이 방식은, 바깥 이야기가 안 이야기로 이끌어 가는 도입기능을 하는 경우도 있고, 바깥 이야기와 안 이야기의 인물이나 화자가 동일하기도 하고, 다르기도 하다. 이상은 플롯의 구성에 대한 이제까지의 견해들을 검토한 것이다.

2) 소설의 구성방법

(1) 소설의 행위와 심상

이제까지의 견해들은 플롯을 행동의 구성으로 말하기도 하고, 사건의 서술로도 설명했다. 행동의 구성이라고 말하는 경우에도, 그 행동을 사건으로 대체하여 논리를 펴 나갔다. 그리고 형식주의자들이 작은 단위의 사건을 모티프라고 부르고, 구조주의자들이 문법적 구조에 대입했을 때, 소설의 단위를 사건적인 한 문장으로까지 최소화하려고 노력했다.

그런데 소설은 인물의 행동 구조이지, 사건 전개의 구조가 아니다. 일상생활에서 사건이란, 사람들의 관심이나 주목거리를 말한다. 이때 사

---

5) 김화영 편역 : 앞의 책, p.p. 77~78 참조

람들은 관찰자이고, 사건은 아직 사람들의 관찰대상이다. 그러나 소설에서 이러한 경우는 사건이 아니라, 인물의 행위가 작용하기 이전의 상황이 될 수 있지만, 인물이 간과해 버리면, 그것은 사건도 상황도 아닌 것이다. 그동안 관용적이고 묵시적으로, 사건을 일상의 평형상태나 질서를 깨뜨리는 상황의 발생이나, 상황에 반응하는 인물의 행위를 구분하지 않고 모두 사건이라고 설명하거나, 이 두 영역을 포함한 개념을 사건으로 이해하여 왔다. 그러나 소설의 사건은 어떤 작품 안에서 작중의 인물이 일으켜서 새로운 상황을 만들게 되고, 그 영향으로 어떤 행동을 하게 된다든가, 인물의 심리적 평형상태를 흔드는 것을 말한다. 사건이란 어떤 상황을 만난 인물의 행동이나 심리적 변화이다. 작품 밖의 사회나 역사적 사건 그리고 작가의 개인적 경험이 그대로 소설의 사건이 되는 것은 아니다. 어느 특정한 시대를 작품의 시대적 배경으로 삼는 경우에도, 그 시대의 역사적·사회적 사건이 그대로 소설의 사건이 되는 것은 아니다. 작중인물이 그 역사적 사건을 일으켰다거나 그것에 휘말려 있었다면, 그것은 소설의 사건이지만, 그 역사적 사건 때문에 다른 행위를 하게 되었다면, 그 역사적 사건은 다른 행위를 하게 된 동기로의 상황이다.

플롯의 진행은 사건으로만 이루어지지는 않는다. 인물의 감성과 심리 그리고 관념 등이 포함되기도 한다. 이즈음에는 사건보다도 이들의 비중이 대부분을 차지하는 작품들도 많다. 그래서 소설의 구성을 사건의 전개로 설명하기에는 한계가 있다. 우선 사건이라는 용어로는 이 모든 개념을 대표하거나 포괄하지는 못한다. 소설을 행동의 구조로 이해한다면 어느 정도 현재의 소설적 경향을 무리하지 않고 설명할 수 있다. 이제 행동은 행위적 사건만으로 대표되는 개념이 아니다. 행동은 행위와 심상을 포괄하는 개념이다. 행위는 소설의 현재적 진행과정에서 이루어지는 것이고, 행위라 하더라도 인물의 기억 저 깊은 늪에서 건져 올려 놓은 과거의 경험적 행위는 심상의 영역에 속하며, 이것을 사건적 심상이라고 이름을 불러 행위와 구분한다. 심상에는 감각적 작용을 통해서, 묘사나 설명으로 감정이나 느낌, 분위기를 말한 감성적 심상, 가치판단의 기준이나 지식 또는 가치판단이 드러나는 관념적 심상, 심리적인 움직임이 드러난 심리적 심상 등이 있다. 심리적 심상에는 무의식이나 잠재의식의 상태가 언어로 표현되어 불합리하거나 모순된 관계와 상황이 의식의 영역에 표상화된 것과, 이와 연관이 있는 환각이나 공상 등도 포함된다. 이러한 구분들은 소설의 구성을 시간적 관점에서 관찰하기 위하여, 원인과 결과라는 행동의 필연성을 상황과 행동의 관계로 설명한다거나, 현재의 상황이나 행위에 앞서는 사건적 심상에 대해 의논하는 것은 시간적 관점에 따른 것이다.

(2) 상황의 유형과 역할

행동에는 의도적 목적과 관계된 행위뿐만 아니라, 심리나 감성 그리고 관념적 심상도 포함된다고 하였다. 그러나 행동만으로 플롯이 진행되지는 않는다. 시간·공간적 배경이 있어야 하고, 행동의 방향과 크기를 정해줄 상황이 있어야 한다. 상황은 인물의 행위와 심상을 불러일으키는 동기이고, 인물의 태도를 정해주는 조건이다.

상황은 인물의 행동이나 정신작용에 근거하여, 사건적 상황, 심리적 상황, 관념적 상황으로 구분할 수 있다. 사건적 상황은, 자연현상이나 자연의 이변과 같은 자연적 상황과, 역사 사회적 관습이나 현상 및 분위기 등의 사회적 상황, 그리고 개인의 입장과 처지에 따른 개인적 상황도 인물의 행동을 변화시키고 운동하게 하는 동인이 되는 힘이다. 심리적 상황과 관념적 상황은 인물의 심리나 사회인식·미의식·이성과 이상 등의 정신적 행위의 판단기준이 인물의 행동을 규정하여 어떤 방향으로 나아가게 하거나 제한할 때에 상황으로 작용한다.

　인물의 욕망과 상황의 관계를 생각할 때는, 일상적 상황, 인물의 욕망을 매개하는 매개적 상황, 인물의 욕망을 조절하는 제어적 상황, 대상을 상실함으로써 주체를 결여상태로 되돌아가게 하는 해체적 상황 등으로 구분할 수도 있다.

　상황은 인물들이 개입되거나 처한 입장에 따라, 일상적 상황·의도적 상황·특수한 상황·한계적 상황으로 구분할 수 있다. 일상적 상황은 반복적인 일상에서 생활하는 가운데 벌어지는 일들로 인물의 어떤 행위를 동기화하는 것이다. 의도적 상황은 일상에서 이루어지기는 하지만, 일정한 틀에서 잠시 벗어나는 낚시, 여행, 등산, 동창회, 나들이나 작업 행위 등과 같이 일상에서 인물의 의도에 따라, 일시적이거나 한시적으로 벗어났다가 다시 일상으로 되돌아 갈 것이 예정된 상황을 말한다. 특수한 상황은 어떤 특별한 경험이나 일상에서는 이루어지기 어려운 예외적이고 의외적인 사건이나 인물을 만나게 되는 경우이다. 한계적 상황은 삶과 죽음의 경계의 놓여져 있어 한치 앞을 내다볼 수 없는 사건적 상황이다. 조난이나 납치 등으로 인한 생명의 위협, 화산 폭발로 인한 죽음의 공포, 인류 멸망이나 종족 멸실의 위기, 허무와 절망의 상태 등과 같이 인물의 극복능력이 한계에 도달한 상태에 대한 설정이 이에 해당한다. 이러한 상황에는 기본적으로 시간과 공간적 배경이 설정되어 있고, 인물이 들어 있기도 하지만, 아직 인물은 나서지 않는 상태일 수도 있다.

　상황은 인물의 행위를 일으키는 매개항이다. 상황을 만나면 인물은 욕망하거나, 주저하거나 피하거나, 수동적으로 끼어들게 되거나, 주눅들거나, 억제하거나, 다른 인물의 발목을 잡거나, 덩달아 따라 다니거나,

대리로 나서서 행동하게 된다. 이 행동은 다른 상황 또는 다른 인물의 행위들을 끌어내는 또다른 상황이 된다.

상황은 행동뿐만 아니라, 인물의 심상을 표면으로 이끌어 올리기도 한다. 심상이라는 용어는 주로 시의 창작과 이해를 설명하는 과정에서 쓰이지만, 소설 창작 용어로서 심상의 개념으로, 우선 사전적 의미6)인, "외적 자극과는 관계없이 과거의 경험으로부터 구체적·감각적으로 마음속에 재생되는 상"이라는 개념과, 외적인 매개로 말미암은 경험적 기억이나 연상, 현재의 느낌, 혼자 생각, 감정 등과, 정신적인 관념, 심리, 내면의식을 나타내는 비일상적이고 비논리적인 비유나 상징 등을 모두 포괄하는 개념으로 사용한다.

상황은 관념을 불러일으키기도 한다. 관념은 인물의 윤리·도덕적 기준이나 가치관, 그리고 세상에 대한 정신적 태도를 모두 가리킨다. 상황은 인물의 관념을 확인하는 계기가 된다. 상황에 대한 인물의 태도를 따라 가치관이 드러나게 되고, 이러한 관념적 태도가 인물들의 행동이나 관념을 고무시키거나 제한하여 소설이 진행되어 가게 된다.

상황은 인물의 행위와 심상을 정하는 바탕이고, 행동과 심상은 또다른 상황이나 행동·심상의 온상이다. 만일 소설의 전개를 사건의 인과적 필연성을 도구개념으로 삼아 차례를 따라가다 보면, 소설구성에 대한 올바른 이해를 얻지 못하게 된다. 소설의 구성은 인물의 행위·심상·관념을 포괄하는 행동의 관계를 따라가 보는 일이다. 그리고 소설의 긴장이란 상황과 행동의 관계에 대한 인물이나 독자의 심리적 반응으로 그 정도가 정해지는 것이지, 사건의 크기나 절박함이 긴장의 상태를 재는 기준이 아니다. 사건은 절박해 보이더라도, 인물이 반응하지 않는다면, 그것을 긴장 상태로 인지하기는 어렵다. 소설 구성에서 절정의

---

6) 신기철, 신용철 편저 ; 「새우리말 큰사전」 (삼성출판사, 1975), p.2124.

단계도 사건의 크기나 정도의 깊이가 아니다. 인물의 심리적 반응의 정도가 정점에 이르렀음을 의미하는 것이다. 역전도 이제까지의 과정을 뒤집어 놓는 사건적 상황으로서, 그에 따르는 인물의 행동을 주제적 결말에 이르도록 하는 전환의 장치인데, 이 때 이제까지의 긴장의 축적을 해소하거나, 아니면 또다른 긴장이 발생하는가는 역전적인 사건적 상황 자체에서 비롯되는 것이 아니고, 인물이나 독자의 심리적인 변환의 결과인 것이다.

(3) 소설구성의 유형

소설구성의 동적 재료는 상황과 행동이다. 그리고 이러한 동적 재료가 활성화하기 위해서는, 소설이 사람사는 이야기이기 때문에 인물이 있어야 하고, 상황이나 인물의 행위가 전개될 공간과 시간 그리고 분위기를 지정한 배경이 그 밑자락에 깔려 있어야 한다. 배경에는 인물·시간·공간·분위기에 대한 평면적 정보가 제시된다. 배경은 상태로 있을 때에만 배경이 된다. 만일 어떤 배경이 직접적으로 인물의 행동을 변화시키는 계기가 된다면, 그때의 배경은 상황으로 간주하여야 한다. 소설에서는 어떤 배경으로부터 상황이 발생하는 단계를 거치기도 하지만, 특정한 상황을 먼저 설정하고, 그것으로 그 작품을 진행하는 배경으로 삼기도 한다. 배경과 상황의 관계는 인물의 행동이 이루어지는 바탕이라는 점에서는 일치하지만, 배경에서 이루어지는 인물의 행동은 일상적인 것이고, 사건적 행위는 아니다. 사건적 행위는 상황에서 이루어지는 것이다. 배경은 상황과 행동이 이루어질 평정한 상태의 공간이고, 상황이나 행동은 일상의 균형을 깨뜨리는 변화의 힘이다.

소설구성의 단위는, 이제까지 모티브로 설명되어온 바와 같이, 한 문장으로까지 최소화할 수 있는 사건으로 설정할 일이 아니다. 소설구성의 단위는 상황 또는 행동으로 대표되어야 한다. 그것은 한 장면으로 이루어질 때도 있고, 연속된 장면들로 구성될 수도 있을 것이다. 그래서 플롯의 단위를 상황이나 행동을 드러내는 한 장면이나 연속된 일련의 장면으로 생각해야 할 것이다. 굳이 최소단위를 만들어 한 문장이나 그보다 더 작은 단위를 찾느라고 고심할 것이 아니라, 소설창작의 기본단위를 상황과 행동 그리고 배경의 장면으로 설정하는 것이 바람직하다. 배경에는 시간과 공간이 있고, 인물이 소개되기도 하며, 분위기가 생성되어 있기도 하다. 행동의 영역에 포함된 행위로서, 일상적 행위와 인물의 사건적 행위 그리고 사물에 대한 감성적 느낌, 인물의 관념적 사유, 심리적 변이의 장면 등이 모두 소설의 단위가 될 것이다.

이러한 소설의 단위는, 행동이 이루어진 시간과, 행동이 반영되는 위상에 따라 현상과 심상으로 구분할 수 있다. 현상은 내면적인 의미나 본질과의 관계를 배제한 단순한 의미로서, 소설이 시작되는 장면에 나타난 시간으로부터 진행되는 현재적 시간의 표면적인 상황과 인물의 일상적·사건적 행위를 가리킨다. 심상은 이미 인물의 기억이나 경험 속에 내재하는 과거의 경험적 사건과 감성, 관념, 그리고 의식으로 표면화된 인물의 심리적 작용을 이른다. 소설이 현상과 심상을 서로 적절하게 또는 작가의 의도를 따라 교묘하게 결합되어 이루어진다고 보면, 소설의 유형을 구분하는 일반적 기준으로서 행동소설은 현상이 중심이고, 성격·심리소설은 심상에 비중이 실린 것이다.

현상과 심상으로 이루어지는 소설의 표현단위는 한 문장이다. 그러나 서사구조로서 소설의 작은 단위는 상황과 행위와 심상이다. 소설은 이 작은 단위들이 모여서 긴장 관계와 그에 대한 해명의 단계를 만든다. 긴장의 단계와 해명의 단계가 각각 소설의 큰 단위가 되고, 긴장과 해명의 과정이 갖추어지면, 한 편의 소설로서 격식을 이루게 되는 완전한 단위가 성립하는 것이다.

　한 편의 소설은 단일한 형태로만 구성되어 있지 않다. 긴장이나 해명의 단계에서 작은 단위들이 복합적이고 다양하게 작용하거나, 긴장과 해명의 단계가 두 번 이상 전개되기도 한다. 이들의 전개와 결합방식은 삽입, 병렬, 첨가 등이다.

　소설의 기본적인 전개방식은 인물의 현재적 행위와 상황이 순행적인 시간의 흐름에 따라 진행되고, 긴장과 해명의 과정을 순차적으로 겪어 나가게 하는 것이다. 그런데 소설의 전개과정에 심상이 개입될 때, 심상 중에서 과거의 경험적 상황이나 사건에 대한 기억과 회상이 소설의 현재 진행적 시간의 표면으로 떠올라, 현재의 시간과 나란히 서사될 때, 이러한 과거의 경험적 심상은 현상의 현재적 진행과정에 삽입된 것이다. 물론 소설에서의 시간의 전개는 현재로부터 어떤 매체를 통해서 과거의 회상이나 기억 속으로 역행적 이동이 자유롭게 이루어지지만, 이야기의 전개는 궁극적으로 현재의 시간으로 되돌아오게 마련이다. 소설에서의 시간의 귀결은 의도적인 굴절이 없는 한에서 현재이므로, 소설이 시작되는 처음의 현재적 시간이 소설이 끝나는 현재적 시간으로 진행되는 중간과정에서 처음의 시간보다 역행된 시간에서 이루어진 상황이나 행위는 모두 삽입된 것으로 생각해 볼 수 있다. <무진기행>의 현재적 진행으로서의 현상의 내용은, '나'(윤희중)가 제약회사의 전무 승진을 결정해 줄 주주총회가 이루어지는 동안, 아내의 권유에 따라 고향인 무진에 내려가 그곳에서 사람들을 만나 겪으면서, 순수한 내면적 자아를 가지고 있으면서도, 타산적인 현실에 자기 자신을 내맡겨 이끌려 가고 있는 부끄러움을 말하고 있다. 이러한 진행적 현재에다가 무진에서 치루었던 지난 날의 어두운 기억과 서울에서 있었던 가까운 과거의 이야기가 삽입되어 있다. <삼포가는 길>에서는 타향살이의 어려움에 지쳐서, 고향을 찾아가는 인물들의 현재 진행적 과정에다가, 그 인물들의 과거 행적들이 삽입되어 있다. 이러한 구성방법은 물론 시간의 역행적 구성이라든가, 의식의 흐름을 따라 서사된 것으로 설명되어 왔다. 그런데 의식의 흐름을 따른다는 것이, 마치 덩굴줄기 식물의 새순이 돌무더기나 나무등걸을 지나고, 다른 사물에 감기기도 하며, 땅바닥에 기어 퍼지기도 하면서 자기 생장을 하는 것처럼, 자동조절 기능을 가진 것은 아니다. 일상생활에서의 인간의 의식은 시간이나 공간의 경계를 넘나들며, 논리적인 차례나 규칙들을 벗어나 자유롭게 운동한다고 말할 수 있다. 이 생각에서 저 생각으로 옮겨 다니기도 하고 갈팡질팡하기도 하다가, 시작과는 터무니없이 차이가 나는 생각의 끝에 이르러 있기도 한다. 흔히 공상이라고 불리는 의식작용이 이러하다. 이러한 의식의 이동은 자동으로 조절되는 것이 아니다. 의식의 방류 상태이다. 무엇을 생성해 가는 것이 아니고, 소멸되어 가는 것이다. 의식의 흐름이 자동적으로 조절되려면 전제된 조절장치가 마련되어 있어야 한다. 의식의 방향을 목적지로 이끌어나갈 작가의 정신이 선행되어 있어야 한다. 그 작가정신이 방류상태인 의식의 흐름에서 필요한 것을 취사선택하는 자동조절의 기능을 담당할 것이다. 그러므로 현재 진행되는 상황이나 행위에서 과거의 경험으로 옮겨 다니는 것을 의식의 흐름으로 설명하는 것은, 창작의 결과물을 독서하는 입장에서 말할 수 있는 것이고, 작가가 작품을 구상하는 단계에서는 현상에 대한 기본적 구조를 세운 다음에, 그 과정에다가 경험적 과거를 삽입하는 형식으로 설명하여야 할 것이다. 상황이나 행동을 시간의 순서대로 정하여 놓고, 중간의 어느 시점을 작품의 시작으로 삼아서 진행해 나갈 때, 그 기준시간 이전의 경험들은 차례나 순서를 따르지 않고 진행과정에 삽입된다. 이러한 삽입내용은 현재에다가 과거의 상황이나 행동을 삽입하는 것이므로, 이것을 인물의 경험삽입이라고 볼 수 있다. 삽입 내용에는 인물에 대한 깨우침이나 주제를 암시한 예화(例話)삽입도 있다.

소설을 이루는 최소단위가 두 번 이상 포함되어 있는 작품의 전개는 병렬한다. 소설의 한 단위는 다른 단위에 비하여 긴장구조의 중심단위가 된다. 한 단위가 중심단위가 되고, 다른 단위가 부수적·보조적 단위가 되면, 이러한 경우는 종속적 병렬관계가 된다. 그런데 두 단위의 우열이 없고, 편중됨이 없는 경우에는 대등적 병렬이다. 인물이나 사건이 서로 다르지만 주제는 동일한 옴니버스형의 작품이나, 사건이나 주제는 서로 다르지만, 동일한 인물이 겪어나가는 몇 개의 소설 단위를 묶어 놓은 피카레스크의 경우도 이에 속한다. 연작소설도 이러한 전개 방법이다. 이러한 작품들은 대개 평행적으로 병렬되어 있다. 박태원의 <천변풍경>에서 여러 인물들을 따라 이루어지는 소설의 단위들은 종속적 관계가 아니고, 대등하고 평행적인 병렬이다.

소설에서 둘 이상의 단위가 시작은 다르지만, 중간이나 끝 부분에서 서로 상관관계를 가지고 결말에 이르는 경우는 병합적 병렬이다. <수호지>의 인물들이 양산박으로 모이기까지의 개인적 과정들은 서로 상관관계가 없이 평행적으로 병렬되어 있지만, 이들이 양산박에 모여서 태어난 시각은 다르지만 죽는 시간은 함께 하겠다는 동지의식으로 하나가 되는 과정은 병합이다. 그리고 한 단위의 이야기가 다른단위의 한 부분과 한두 번 마주 쳤다가 지나쳐서 다시는 상관관계가 이루어지지 않는 교차적 병렬이 있다.

삽입이나 병렬 이외에 첨가가 이루어지기도 한다. 중심 이야기에다 그러한 이야기를 하게 된 동기나 유래, 인물의 소개나 사건 발생의 계기, 중심이야기의 사실성이나 진실성 등을 말하는 부대적 부분이 첨가되기도 한다. 일반적으로 액자소설이라고 언명된 경우에 겉 이야기와 속 이야기로 구분하는데, 겉 이야기가 이야기로서의 단위가 이루어지지 않는 경우에 해당한다. 첨가는 중심이야기의 처음의 앞과 끝의 뒤에 자리잡고, 삽입은 중심이야기의 전개과정인 중간에 위치한다. 그런데 겉 이야기와 속 이야기가 각각 충분한 이야기의 단위로 성립될 때에는 이들은 표리적(表裏的) 병렬구성이라고 말할 수 있다.

이 글에서는 이러한 소설의 구성단위에 따르는 논의는 다음으로 미루고, 소설작품을 장면으로 나누어서, 소설의 구성요소들의 활용 정도와 전개의 차례가 어떠한가를 살펴보려고 한다. 그리고 대상작품에 대한 장면 구분이 다분히 의도적이라는 점을 말해 둔다.

3. 소설 구성방법의 실제

앞에서 우리는 소설구성의 요소로, 기본적인 요소로 인물과 배경이 있고, 그 위에 상황과 행동이 있어야 한다고 말했다. 행동은 행위와 심상으로 나누었고, 행위는 다시 일상적 행위와 사건적 행위로, 심상은 감성적·사건적·관념적·심리적 심상으로 세분해 놓았다. 이 항목에서는 작품을 분석해서, 이러한 구성요소들이 작품에 따라 어느 정도의 비중을 차지하고 있으며, 구성요소들이 어떠한 진행과정을 구성하고 있는지를 검토해 보기로 한다. 대상 작품으로는, 현상적 행위가 중심인 소설로 <삼포 가는 길>(황석영)을, 심상이 중심인 소설로는 <그가 모르는 장소>(신경숙)를 선택하였다. 이 작품들을 통해서 소설의 구성방법을 유형화하기보다는 구성방법의 한 본보기를 제시하려고 한다.

1) 현상적 행위중심의 소설구성

<삼포가는 길>의 플롯은, 두 개의 구조 중 하나를 주제적 관점에서 상위 구조에 삽입을 한 것이다. 이 작품은 떠돌이 인생의 귀향과정이 사회변화에 따른 타의로 좌절되어 여전히 떠돌이 인생으로 내몰리게 되는 구조와, 떠돌이 인생의 사랑을 복합시켜 놓은 것이다. 이 작품의 구성적 진행은 다음과 같다.

| 현재 진행되는 상황·행위
　| (과거의) 사건적 심상
　　| 현재와 과거를 넘나드는 감성적·관념적 심상
　　　| 심리적 심상

1. 새벽의 겨울 바람 속에 공사판 밥집에서 도망 나와 어디로 갈까 궁리하는 영달
2. 넉달 전 이곳에 왔을 때, 오래 머물 수 없으리라고 짐작한다.
3. 밭고랑을 지나 누군가 걸어와 영달을 알아보고, 천가 마누라인 청주 댁과의 관계를 말하며 빈정거린다.
   a 청주댁의 행실과 그녀에 대한 영달의 관심
4. 영달은 사내의 시원시원한 태도가 은근히 밉질 않아 경계심을 풀고, 행선지를 묻는다. 사내는 고향인 삼포로 간다고 하고, 영달은 그와 월출리까지 동행하기로 한다.
5. 사내는 영달에게 아침은 자셨느냐고 묻고, 찬샘까진 가야 밥술이라도 먹게 될 것이라고 했다. 두 사람은 통성명한다. 사내는 정씨이다.

b. 정씨는 목공, 용접, 구두수선을 '큰집'에서 배웠다고 했다.

6. 산을 돌아가 나간 길을 두고, 강을 질러 건너 찬샘골로 간다. 서로 행선지에 대해 말한다. 정씨는 삼포가 비옥한 땅이 남아 돌아가고, 고기도 얼마든지 잡을 수 있는 곳이라고 말하고, 영달은 부러워한다.

7. 하늘은 회색으로 흐려져 가고, 그들은 읍내로 들어서 서울 식당이라는 주점으로 들어선다.

8. 주인인 듯한 사내와 동네 청년들이 간밤에 도망친 술밥집 색시 백화를 잡을 궁리와, 그녀에 대한 손님들의 평판을 이야기한다. 두 사람은 국밥을 시켜 먹는다.

   c. 영달이는 작년 겨울에 옥자라는 애와 살림을 살다가 실직하는 바람에 서로 헤어졌다고 말한다.

9. 뚱뚱보 주인 여자가, 머리가 길고 외눈 쌍거풀인 계집년을 잡아다 주면 사례하겠다고 한다.

10. 두 사람은 눈발이 내리다가 함박눈이 펑펑 쏟아져 내리는 길을 간다. 작은 마을을 지나고, 옛 원님의 송덕비를 세운 비각 앞에서 쉬어가기도 한다.

11. 이정표를 알아볼 수 없어, 반대쪽에서 마주 길을 오던 노인에게 월출리로 가는 길을 묻지만, 고개가 있어 수월치 않으니, 고을 셋을 지나 감천으로 가면, 그곳에 철도가 닿는다고 일러준다.

12. 새끼줄로 감발을 치고 눈길을 걷는다. 마을 하나를 지나고, 두 번째 마을의 노변 구멍가게에서 소주 한 병을 까고, 송림사이를 지나가다가 소나무 아래 허연 궁둥이를 쳐들고 속곳을 올리는 백화를 발견한다.

13. 영달이가 붙잡아다 술집 여주인에게 데려가 주겠다고 수작하자,

백화는 거친 말솜씨와 행동으로 영달을 몰아 세운다. 옆에 있던 정씨가 자기들도 의리가 있는 사람이라 치사한 짓은 하지 않는다고 하자, 백화는 어느 정도 누구러지고, 자기 이름은 가명이고 본명은 아무에게도 가르쳐 주지 않는다고 한다.

14. 백화의 감당할 수 없는 거친 입담이 계속되었다. 감천 가는 도중의 마지막 마을에게서 요기나 하고 몸이나 녹여가자고 했으나, 정씨는 서둘러야 한다고 두 사람을 재촉한다.

15. 길가의 퇴락한 초가 한 칸이 보이자, 영달이가 신발이라도 말리고 가자고 들어선다. 영달이 땔 만한 것을 끌어 모아다가 봉당에 쌓아 불을 지폈다. 긴 나무를 무릎으로 꺾고, 눈물을 홀리며 입김을 불어대는 영달을 보고 백화는 건달인 줄 알았더니 괜찮은 사내라고 한다. 백화는 자기네도 순정한 사랑이 있다고 했다.

  d. 백화는 처음에 부산에서 잘못 소개받아 술집에 팔리는 바람에 고단한 인생살이 시작하게 되었다. 그녀는 '갈매기집'에 있을 때, 마을로 작업하러 나온, 얼굴이 화사한 군재소자에게 담배를 쥐어주고, 음식을 장만해 감옥 면회실로 그를 만나러 갔다. 옥바라지 두 달만에 그는 이등병 계급장을 달고 백화를 만나러 와, 하룻밤을 같이 보내고 전속지로 떠났다. 그런 식으로 여덟 사람을 옥바라지했다.

16. 다시 일어나 길을 가다가, 백화가 눈 덮인 고랑에 빠져 꼼짝 못하고 주저앉아 신음을 했다. 영달이가 달려들어 싫다는 백화를 업고 감천 읍내까지 간다.

17. 장터 모퉁이에서 시루팥떡을 사서 요기를 하게 됐는데, 백화는 자기를 업고 오느라고 힘이 배는 들었을 것이라고 하면서 자기 몫의 절반을 떼어 영달에게 주고, 갈 곳이 정 해지지 않았으면

자기 고향에 함께 가자고 한다.
18. 고심하던 영달은 능력이 없다고 거절하고, 정씨를 따라 가기로 작정한다.
19. 백화는 아쉬워하며 개찰구로 가다가 돌아와, 젖은 채로 웃으며, 자기 본명이 이점례라고 말한다.
20. 백화를 보낸 후, 대합실 의자에서 잠시 눈을 붙인 그들은 옆에 앉아 있던 노인에게서 정씨의 고향 삼포가, 이제는 바다에 방죽을 쌓아 신작로를 냈고, 관광호텔을 여러 채 짓는다는 소문을 듣는다.
21. 작정하고 벼르다가 찾아가는 고향에 대한 풍문마저 낯선 정씨는 마음의 정처를 방금 잃어버렸다.

이 작품에서 a~d로 표기된 인물들의 행적은, 이 소설의 시작인, 영달이가 밥집에서 도망 나오기 이전에 이루어진 과거의 행위들이다. 이러한 경험적인 사건적 심상은 현상이 진행되는 현재의 시간에 삽입되어 있다.

이 작품의 진행은, 영달이 정씨를 '만나', 정씨가 '작정하고 벼르다가', 고향으로 돌아가려는 '욕망'을 따라, 여정을 따라 나서는 '시행'과정에서 영달이와 백화가 '만나게' 되었는데, 영달의 헛튼 소리에 백화가 토라져 거칠게 내뱉는 말솜씨와 행동이 유난스럽게 '부딪치다'가, 언 몸을 녹여주려고 불을 지펴주고, 길을 가다가 고랑에 빠져 걷지 못하자, 등에 업고서 감천 역까지 데리고 가는 '필요와 도움'의 과정이 이고, 이에 감복한 백화는 시루팥떡을 떼어주고, 자기 고향에 같이 가자고 하는 '화해'에 단계에 이른다. 이때 영달과 백화의 만남에서 화해에 이르는 과정은 독립된 구조로 볼 수 있다. 이 구조를 앞의 귀향의 여정에 삽입하여, 평면적인 단면구성에다가 입체적 구성의 모양새를 지니게 되었다.
위의 진행내용을 상황·행위·심상으로 나누어 보았다

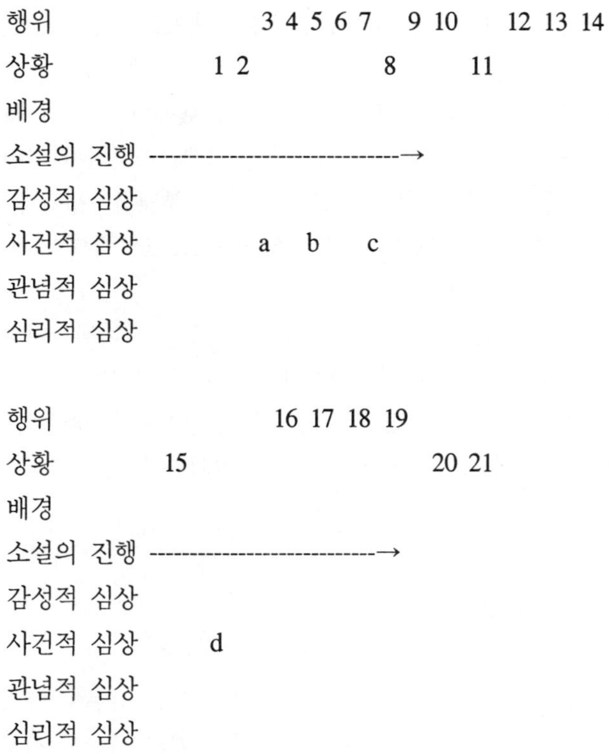

위의 표를 보면, 이 작품의 구성이 현상적 상황과 행위 중심의 작품
이라는 점을 쉽게 알게 된다. 인물의 행적을 말하는 a(청주댁), b(정씨),
c(영달), d(백화)의 사건적 심상은, 각각 개별적인 것으로, 서로간의 연
계가 없고, 현재 진행되는 상황이나 행위에 필연성으로 작용하지 않는

것이다. 그러나 이 작품에서는 떠돌이 인생의 삶의 모습이나 마음 씀씀이 또는 자기를 희생하는 순정한 인간성을 보여주는 매개적 심상으로는 유용하게 활용되었다. 그러나 경험적 심상은 현상에서의 사건적 행위나 시공간적 배경 또는 인물에 매개되는 동기나 필연성으로 설정되는 것이 일반적 관례이다.

이 작품의 구성은 두 개의 구조로 되어 있다고 했는데, 귀향과 좌절의 구조는, "만남→욕망의 은근한 제시→계획과 시행→어긋나서 내던져짐"의 짜임새로 이루어졌고, 사랑의 구조는 "만남→부딪침→필요와 도움→화해"로 이루어져 있고, 사랑의 구조가 앞의 구조 중 '계획과 시행'의 과정에 삽입된 짜임새이다.

이외에도 행위중심 소설로서 <그 해 겨울>(이문열)은 "좌절→떠남→좌절의 연속→깨달음에 눈뜸→깨달음→돌아감"으로 구성되어 있고, 현상적 행위와 심상이 조화된 <무진기행>(김승옥)은 "찾아감→의식의 부침(현상과 심상을 오르내림)→만남→욕망/거절→자기와의 약속/단념→약속의 파기→떠나옴"과 같은 차례로 구성되었다.

2) 심상적 행위중심의 소설구성

<그가 모르는 장소>의 구성을 상황·행위·심상으로 나누어 보기로 한다. 아래의 줄거리에서 a는 인물 '그'와 아내가 관계된 사건적 심상이고, b는 그와 '어머니'의 과거의 경험적 행위이고, c는 어머니와 외가가 관련된 심상이다.

| 현재 진행의 상황·행위
 | (과거의) 사건적 심상
  | 현재와 과거를 넘나드는 감성적·관념적 심상
   | 심리적 심상

1. 낚시터인 호수의 정경, 그는 이 호수에서 대형 향어를 낚았다가 다시 놓아준 것을 기억했다.
2. 그는 어머니와 함께 밤낚시를 왔다. 밤하늘의 잔별과 초승달.
3. 배꼼히 그를 내려다 보고 있는 초승달에서 딸애의 얼굴이 떠오르고, 평소에 엄마의 곁을 떠나지 않는 딸애를 생각했다.
4. 그와 어머니의 10월의 밤 추위에 대한 대화, 어둡고 조용한 호수 주변의 정경, 매운탕 끓일 준비를 하는 어머니의 도마질 소리.
5. 저물녘 호수에 도착했을 때, 낚시꾼은 이제 이 호수에 향어는 사라졌다고 말했다.
6. 낚시의 찌가 움직이는 기척이 전혀 없다.
    a1. 자동차 회사의 홍보실에서 근무하던 그는 결혼을 하고서 떠돌던 마음을 가라앉히고, 업무를 충실하게 수행하며 지내왔다.
7. 향어에 대한 지식으로서의 정보.
8. 낚시꾼은 직장에서 떨려난 후, 향어를 낚아 팔아 돈벌이를 했다는데, 이제 그의 살림망에서는 향어 대신 잔챙이 몇 마리가 들었다.
9. 그는 향어 낚기에 맞춤인 오뚝이 찌를 새로 구해 달았다. 그가 낚시할 때는 매운탕 끓일 거리만 빼고 모두 놓아주고는 했다. 어머니가 절대로 죽은 생선은 먹지 않기 때문이다.
10. 어머니는 밤낚시하러 온 사람이 없는데 신경을 쓰며, 커피라도

한잔 끓여 주라고 묻는다.

11. 그는 초승달빛이 어룽지고, 그 위에 가랑잎들이 가랑가랑 떠내려가는 호수를 바라보며 생각에 잠기고, 담배를 피면 어머니가 사력을 다해 말렸던 것을 기억하며 담배를 핀다.

12. 어머니가 커피를 타다가 그에게 건넸다.

    a2. 벚꽃 피는 봄밤에 아내와 호수를 바라보며 커피를 마시고, 물냄새, 벚꽃냄새, 흙냄새에 이끌려 아내와 관계를 맺는다. 승희가 그 봄밤에 생긴 것 같다고 아내는 수줍게 말했었다.

13. 어머니는 <흐르는 강물>이라는 영화 이야기를 꺼냈다.

    b1. 그 영화는 어머니가 팔당 지나 능내 집에 이사하여 들어가겠다고 했을 무렵에 보았다. 그 집은 전형적인 예전의 시골 집이다. 어머니는 그 집을 마당이 있고 꽃나무가 있는 집으로 가꿔 냈다. 그렇게 가꾼 집은 그녀가 외할아버지와 싸우고 도망쳐 나온 어머니의 친정집과 분위기가 같았다.

14. 어머니는 영화에서 송어 낚시와, 너그럽고 단아하고 때로는 엄숙한 아버지의 삶을 흠모한다고 말한다. 그는 반항적인 기질의 아들이 마을 축제에서 어머니와 춤추는 장면을 기억했다.

15. 향어의 입질이 시작되어 낚시줄을 감아올렸지만, 그는 낚싯대에 걸려 올라오던 물고기를 놓친다. 어머니는 그에게 배고프냐고 묻고, 그는 '지금 괜찮다'고 한다.

    a3. "지금은 괜찮아, 아직은 괜찮아"라고 하는, 어머니가 가장 많이 쓰는 말은, 그가 지난 일년 간 아내 생각이 밀려들면 자주 웅얼거리던 말이다.

16. 건너 도로의 낚시꾼들의 말소리가 두런두런 들려온다.

17. 향어의 서식 생리와 낚시하기 좋은 자리에 대하여.

18. 어머니가 밤하늘의 달이 이뻐서 지었다는 시를 읽겠다고 했다.

   b2. 눈이 밝은 어머니는 당근을 심어 놓고 늘상 뽑아서 먹곤했다.

19. 어머니는 시를 읽는다. 그는 어머니가 시를 쓴다는 것을 몰랐다.

   a4. 그는, 상처받기 싫어서 심지어는 아내인 자기와도 깊은 관계
를 맺지 않는다는 아내의 말을 생각했다.

20. 어머니는 그의 아버지가 가족에게 연금을 남기기 위해, 삼개월
밖에 못 산다던 병원의 진단을 넘기고 아홉 달을 살아서 연금
수혜 기간을 채우고 돌아갔다고 말했다.

21. 자신이 죽을 때를 안 이웃과 옛 사람들.

   b3. 죽은 생선은 절대로 먹지 않는 어머니와 아내와의 갈등.

22. 호수는 어린 그와 남은, 어머니가 세상사는 일이 쉽지 않을 때,
마음 달래기에 알맞은 장소였다고 말한다.

23. 어머니는 그에게 서약한 말을 지키라고 약속을 받는다.

   b4. 아내를 어머니에게 인사시키던 날, 어머니는 훗날 자신이 치
매에 걸리면 요양소에 보내기로 서약을 받았다.

   b5. 젊은 날, 어머니가 이 호수에 아버지의 뼛가루를 뿌렸다. 그
리고 시간 날 때마다 그를 데리고 이곳에 왔다.

   b6. 그가 스무 살이 되었을 때, 그냥 호수를 찾는 일이 멋적어
낚시도구를 장만했다.

   c1. 어머니는 고향에서 외할아버지와 한사코 싸웠고, 황혼녘이면
자기를 도취시키는 바다, 해산물이 풍성한 바다를 두고, 집을
버리고, 견딜 수가 없어서 떠나와 버렸다고 말했었다. 무엇이
견딜 수가 없었냐고 물으면, 어머니는 입을 다물었었다.

24. 어머니가 그에게 '이제 얘기해 보거라'고 말했다. 무슨 얘기길
래, 그리 내내 망설이느냐고 한다.

25. 그는 어머니가 자기의 내심을 들여다보고 있는 것 같아 놀랜다.
26. 호수 저편에서 낚시꾼들이 낚시한 것을 가지고 웅성거린다.
27. 그는 어머니에게 얘기하기로 마음을 먹다.
    a5. 같은 직장에 다니던 아내를 만나게 된 계기와 결혼.
28. 저녁거리로 라면을 끓이려고 불터를 만들고, 화목을 구하러 어
    머니와 야산을 돌아다님. 라면을 먹는다.
    b7. 시험 때가 되면, 어머니가 신새벽에 야참으로 밥 한술과 라
        면 반개를 끓여 내왔다.
29. 어머니가 호수 위의 물새를 사진으로 찍을 것을 권유한다. 그가
    찍은 호수는 울고 있는 것 같더라고 말한다. 그도 어머니가 돌아
    가신 후의 혼자 있을 자기 모습이 사진에 스미는가보다 말한다.
30. 어머니는 왜 혼자겠느냐, 승희와 승희에미도 있잖냐고 말하고,
    승희의 동생을 봐야 한다고 했다.
31. 어머니는 물 위의 불은 옛날에 알던 사람을 모두 보여준다고 말
    한다.
32. 그는 무엇이 견딜 수 없었느냐고 묻는다.
33. 어머니는 젊어서 그랬다고 얼버무리고 만다.
34. 그는 무슨 말을 해도 듣고만 계실 수 있느냐고 묻고, 어머니는
    그러마고 한다.
35. 그는 이 호수에서 잡은 월척들에 대해 말하고, 이제 향어는 잡
    히지 않는다고 말한다. 이 호수의 주인은 향어가 아니라고.
    a6. 아내와 아이와 함께 평화롭게 지냈던 일상의 생활.
    a7. 일년전 회사가 구조조정에 들어간데다, 새 모델 출차까지 앞
        두고 있어 바쁘던 때, 아내는 자기를 사랑하느냐고 번번히
        물었다.

a8. 주인 잃은 떠돌이 개인 더펄이를 집에 데려가 기르겠다는 아내. 그는 자기 식구 냄새 말고, 동물 냄새가 섞이는 것이 싫다고 했다.

a9. 그는 구조조정으로 회사에서 바늘방석에 앉아 있는 듯한 처지이다.

a10. 회사에서 집에 와 보면, 아내가 없는 날이 종종 생겼다.

a11. 퇴근 길에 평소에는 보지 못했던, 처녀 시절처럼 차린 아내가 웬 남자와 여관으로 들어가는 것을 보게되었다.

a12. 아내는 사랑하는 사람이 생겼다고 고백했다.

a13. 그는 마음을 돌려놓으려고 협박, 엄포, 회유했으나, 아내는 살아가는 것처럼 살고 싶다고, 자신을 놓아 달라고 했다.

a14. 아내는 자신에게 가장 알맞은 장소는 그 사람이라고 말했다.

36. 그는 어머니께 헤어지겠다고 말한다.

37. 목석이 되어 버린 어머니, 어둠속의 호수, 무당개구리, 풀씨, 곤충, 초롱꽃, 달맞이꽃 등.

38. 딸 승희를 아내에게 보내겠다고 한다. 그는 아내가 자신의 욕망에 솔직한 것이지, 죄를 지은 것은 아니라고 말했다.

39. 어머니는 승희를 보내지 못하겠다고 하고, 그는 아이는 생모 밑에서 자라는 것이 좋겠다는 것이 자기 생각이라고 말한다.

40. 어머니는 그에게 자기가 잘못한 것이 있느냐고 묻는다.

41. 그는 어머니가 생모보다 더할 나위 없이 잘해 주었지만 자기는 생모만이 할 수 있는 자식에 대한 본능적 애정의 결핍을 느꼈다고 말한다. 그래서 승희를 에미에게 보내겠다고 한다.

42. 어머니는 젊은 날에 견딜 수 없었던 것이 무엇이었는지를 말한다.

c2. 시집간 언니가 난장이 아기를 낳고 쫓겨 왔다. 자기집에 난

장이 내력이 있다는 것을 알게 됐다. 죽고 싶었다. 그래서 외할아버지를 물어 뜯고 분풀이하고 결혼도 안하고 아이도 낳지 않겠다고 괴롭혔다. 그 마을에는 혼인해서 오손도손 살 꿈을 꾸게 한 남자도 있었다. 부새가 울던 날, 언니는 어린 애를 안고 바다에 **빠져** 죽어 나왔다.

43. 어머니는 '그'가 자기를 살아있게 한 호수였다고 말한다.

44. 그는 어린애를 달래듯이 우는 어머니를 업고 호수가를 서성거렸다.

45. 그는 호수가 우는 소리를 들었다. 카메라를 들고 물 속으로 들어갔다. 자신이 호수 밑바닥에 가라앉아 있음을 깨닫는다. 혀에 상처 입은 향어가 그를 낚아채 물 밖으로 밀어낸다. 그는 눈을 번쩍 떴다.

46. 초승달이 까닥까닥 이울고 있다. 아름다운 호수, 옛날에는 향어가 살았고, 어디에나 있고, 어디에도 없는 호수다. 어쩌면 카메라의 필름 속에나 존재하는 호수다.

이 작품의 현상적 행위는 '그'와 '어머니'가 함께 밤낚시를 하다가, '그'가 어머니에게 아내와의 결별을 고백을 한다는 내용이다. 단순해 보이는 현상적 행위에 소설로서의 부피와 주제적 무게를 얹어 준 것이 심상이다. 다른 작품에 비하여 심상의 유형도 다양하게 활용되고 있고, a,b,c로 표시된 인물들의 사건적 심상은 현재적 진행 안에 삽입되어, 현상과 심상의 조화로운 관계로 작용하고 있다.

이 내용을 다시 상황·행위·심상의 유형별로 나누어 보면 아래와 같다.

행위				10 12 13 1415 16 18	19	23	
상황	2 4 6					20	
해설						22	
소설의 진행	----------------------------------→						
감성적 심상	1 3		11				
관념적 심상		5 7-9		b1	17	a4	
사건적 심상		a1	a2	a3	b2	21	
심리적 심상					b3	b4-6c1	

행위	24 26	28	29~35		36	38~42 43 44	
상황	25 27						
배경							
소설의 진행	----------------------------------→						
감성적 심상				37			
관념적 심상							46
사건적 심상							
심리적 심상	a5	b7	a6~a14	c2		45	

심상이 중심인 소설에는, 대체로 인물의 영혼에 깊은 상처를 준 과거의 경험이 숨어 있다. 결여적 상황이고, 사건적 심상이다. 시간으로는 진행적 현재에서 멀지 않은 경우도 있고, 아주 먼 예전의 일일 수도 있다. 그러나 현재 진행의 표면적 현상에서는 그러한 경험에 따르는 절박함이나 긴장감이 두드러지게 나타나 보이지는 않는다. 서술자가 이끌어

가는 현재의 진행적 상황이나 행위가 아니고, 인물이 그것을 겪은 시기로부터 인고의 세월을 겪으면서 내면으로 침전시킨 것으로 설정되어 있다. 그 깊은 상처는 겉으로는 드러나지 않지만, 내면으로부터 무겁게 내려 눌러서, 인물의 현상적 행위를 제한하고 제어하거나 또는 해체하기도 한다. 그러나 깊고 검은 상처는 인물의 고백이나 회상을 통해서 알려지게 된다.

이 작품은 위와 같이 현상과 심상이 활용된 빈도가 거의 비슷하다. 이 작품의 표면적인 이야기는 인물들의 여가적 행위인 밤낚시이다. 호수와 낚시에 대한 생각과 대화가 진행된다. 물론 인물들의 결여적 상황은 후반부에 이르러야 들어나지만, 전반부에서 암시하기도 하고 상징으로 드러내 보이기도 한다. 이 작품에서는 암시와 상징이 여러 부분에서 제시되고 있다. 작품의 처음과 끝부분의 "어쩌면 카메라 필름 속에나 존재하는 호수"나, 향어로 상징되는 가정과 아내의 상징, '이제 이 호수에 향어는 없다', '그가 찍은 호수는 울고 있는 것 같다'로 암시되는 아내의 부재로 깨어져 버린 가정 등이 반복적으로 나타난다.

이 작품의 결여적 상황은 두 유형이다. 하나는 '그'가 삶의 방법에 대한 인식의 차이 때문에 아내와 결별하게 된 것을 어머니에게 고백할 때 드러나는 '그'의 결여적 상황이고, 다른 하나는 딸애의 양육을 부모 중에서 누가 맡아야 옳은가를 놓고, '그'와 어머니의 의견 차이가 생길 때 알게 되는 어머니의 결여적 상황이다. 여가적이고 일상적인 행위가 인물들의 경험적 과거에 이루어졌던 결여적 상황에 이르기까지, 현상과 심상을 오르내리는 인물들의 의식은 a1~a14, b1~b6, c1~c2에서와 같이 점진적이고 암시적으로 진행되다가, 결말에 가까워지면, 결여적 상황이 구체적으로 드러나게 된다.

심상이 중심이 되는 작품들의 주요한 구성의 단계는, "(결여된 인물의) 일상적 행위·관찰→(결여에 대한) 대리충족 시도→의식의 부침→ (결여의 동기나 원인) 고백 또는 (결여적 상황에) 침잠→결여적 상황에 대한 대리만족의 한계/결여적 상황의 승인과 현상적 회복/결여적 상황의 지속"과 같은 구조를 가지며, 이 작품의 결말은 환상적인 심상 묘사나 관념의 서술로 보아, 결여적 상황에 대한 승인으로 매듭지어져 있다고 생각하여야 할 것이다.

4. 결어

이 글에서는 소설의 구성방법을 논의하면서, 구성요소를 상황과 행동으로 설정하고, 상황의 유형을 인물의 행동이나 정신작용, 인물의 욕망과의 관계, 인물들의 개입 정도 등에 따라 다시 세분하였고, 상황에 따라 행하는 인물의 행동을 행위와 심상으로 구분하였다. 행위에는 일상적·사건적 행위가 있으며, 심상은 감성적·관념적·사건적·심리적 심상 등으로 구분하여 개념과 기능을 설명하였다. 소설의 구성유형을 현재적 진행과정의 행위가 중심이 되는 현상적 행위중심 소설과, 심상이 중심이 되는 소설로 나누어, 현상에 심상이 삽입되는 경우와, 구성방법을 본보기로 제시하였다.

이 글에서 논의한 구성요소들의 유형과 구성방법은 현대소설의 다양한 구성방법에 대한 논의의 실마리를 풀어내기 위한 작업의 한 부분으로 이해되기를 기대한다.

〔안양대학교 국문학과 강사〕

참 고 도 서

김천혜 ; 소설구조의 이론, 문학과 지성사, 1999
김경수 ; 현대소설의 유형, 솔, 1997
구인환 외; 현대소설론, 평민사, 1994
롤랑 부르뇌프·레알 윌레, 김화영 편역, 현대문학, 1999
F. K. 스탄젤, 김정신 역 ; 소설의 이론, 문학과 비평사, 1990
헬무트 본하임, 오연희 역 ; 서사양식, 예림기획, 1998
V. 쉬클로프스키 외, 문학과 사회연구소 역 ; 러시아 형식주의 문학이론, 청
        하, 1986
빅토르 어얼리치, 박거용 역 ; 러시아 형식주의, 문학과 지성사, 1989

한국문학과 심리주의

인쇄일 초판 1쇄   2001년 07월 25일
         3쇄   2015년 07월 20일
발행일 초판 1쇄   2001년 07월 31일
         3쇄   2015년 07월 25일

지은이 우리어문학회
발행인 정 찬 용
발행처 국학자료원
등록일 1987.12.21, 제17-270호
서울시 강동구 성내동 447-11 현영빌딩 2층
Tel : 442-4623~4 Fax : 442-4625
www.kookhak.co.kr
E- mail : kookhak2001@hanmail.net

ISBN 978-89-8206-658-0 *93810
가 격 15,000원